家藏文库

# 周邦彦词

〔宋〕周邦彦 著　　谢永芳 注评

中州古籍出版社

·郑州·

图书在版编目（CIP）数据

周邦彦词 /（宋）周邦彦著；谢永芳注评. — 郑州：中州古籍出版社，2015.5（2019.4重印）
（家藏文库）
ISBN 978-7-5348-5088-2

Ⅰ.①周… Ⅱ.①周…②谢… Ⅲ.①宋词-选集 Ⅳ.①I222.844

中国版本图书馆CIP数据核字（2014）第277066号

家藏文库：周邦彦词

| | |
|---|---|
| 选题策划 | 卢欣欣　赵发杰 |
| 约稿统筹 | 卢欣欣 |
| 责任编辑 | 高林如　王建新 |
| 责任校对 | 李接力 |
| 封面设计 | 王　歌 |
| 版式设计 | 曾晶晶 |

| | |
|---|---|
| 出　版 | 中州古籍出版社 |
| | 地址：郑州市郑东新区金水东路39号C座 |
| | 邮编：450016 |
| | 电话：0371-65788693 |
| 经　销 | 新华书店 |
| 印　刷 | 郑州市毛庄印刷厂 |
| 版　次 | 2015年5月第1版 |
| 印　次 | 2019年4月第2次印刷 |
| 开　本 | 640毫米×960毫米　1/16 |
| 印　张 | 23印张 |
| 字　数 | 284千字 |
| 定　价 | 36.00元 |

# 前　言

　　赵宋政权建立后，为了王朝的长治久安，施行崇文抑武的国策，对于文人官吏，几乎给予了空前绝后的政治地位和经济待遇，这是其文化得到高度发展乃至登峰造极的重要因素。北宋前期词坛，在经历了大约半个世纪的寂寞后，柳永、张先、晏殊、欧阳修联袂而起，一面承袭西蜀、南唐遗韵，一面多方求变创新，共同开创了宋词发展的新局面。其中，柳永贡献尤大。11世纪下半叶，柳永等人先后离开词坛，继之而起的，一是以苏轼为领袖，黄庭坚、秦观、晁补之、李之仪、赵令畤、陈师道、毛滂等为羽翼，以及与苏门词人过从甚密的晏几道和贺铸等组成的泛苏门词人群落；一是以周邦彦为主帅，由曹组以及曾供职于大晟府的万俟咏、晁端礼、徐伸、田为、晁冲之、江汉、姚公立等人组成的泛大晟词人群落。两大群体中人，"各尽其力，自成一家"（王灼《碧鸡漫志》卷二）。苏轼登场后，继柳永之后新开一派，全面革新词风，为词体创作指出向上一路，进一步大力开拓词境。苏门弟子黄庭坚、晁补之师法苏轼而自成面目，秦观学柳永而别有会心。晏几道对小令有新的发展，贺铸融豪侠之气与绮丽柔情为一体。通过他们的努力，北宋中后期词苑呈现出繁花迷眼的鼎盛气象。至周邦彦，就水到渠成地绾结北宋，通过建立严整的词艺规范而另开一派，登上了又一座高峰。南宋词就是沿着苏、周二人开辟的方向继续发展的。

周邦彦（1056—1121），字美成，自号清真居士，钱塘（今浙江杭州）人。五世祖某仕于钱镠。祖周维翰，父周原，皆未仕。邦彦为周原第三子。（吕陶《净德集》卷二十六《周居士墓志铭》）叔周邠，嘉祐八年（1063）进士，熙宁间为钱塘令，与苏轼为知交。后知吉州，官至朝请大夫。邦彦早年"疏隽少检，不为州里推重，而博涉百家之书"（《宋史》本传）。宋神宗元丰二年（1079），入都为太学生。六年七月，献《汴都赋》七千言赞颂新法，神宗异之，命尚书右丞李清臣（一说为王安礼，见《朱子语类》卷一百三十九）读《汴都赋》于迩英阁，并召周邦彦赴政事堂。七年，为太学正。（《续资治通鉴长编》卷三百四十四）哲宗元祐二年（1087），出为庐州（今安徽合肥）教授，后赴荆州（今湖北江陵）。元祐八年，知溧水县（今属江苏）。（《景定建康志》卷二十七）绍圣末，还为国子主簿。元符元年（1098），重进《汴都赋》，除秘书省正字。（《续资治通鉴长编》卷四百九十九）徽宗即位，迁校书郎。崇宁三年（1104），迁考功员外郎。大观元年（1107），迁卫尉宗正少卿，兼议礼局检讨，参与修撰《礼书》。政和元年（1111），以直龙图阁知河中府，未赴。（《宋会要辑稿》选举三三之二六）二年，改知隆德军府（今山西长治）。五年，迁知明州（今浙江宁波）。六年，还京为秘书监。七年，进徽猷阁待制，提举大晟府。重和元年（1118），出知真定府（今河北正定），改顺昌府（今安徽阜阳）。宣和二年（1120），徙知处州（今浙江丽水），值方腊起义，道梗不赴。旋罢，提举南京（今河南商丘）鸿庆宫。宣和三年卒，年六十六。五月，追赠宣奉大夫。（《宋会要辑稿》仪制十一）现存词集两种：《片玉集》十卷、《清真集》二卷《集外词》一卷。《全宋诗》卷一千一百八十八录其诗一卷，《全宋文》卷二千七百七十四至二千七百七十五收其文二卷。

周邦彦卷入党争，几度浮沉于地方州县，羁旅行役之感因之成为其词的重要主题，漂泊的疲惫和失意则构成了其词作的情感基调。如《六丑·落花》：

> 正单衣试酒，恨客里、光阴虚掷。愿春暂留，春归如过翼。一去无迹。为问花何在，夜来风雨，葬楚宫倾国。钗钿堕处遗香泽。乱点桃蹊，轻翻柳陌。多情为谁追惜。但蜂媒蝶使，时叩窗隔。　　东园岑寂。渐蒙笼暗碧。静绕珍丛底，成叹息。长条故惹行客。似牵衣待话，别情无极。残英小、强簪巾帻。终不似一朵，钗头颤袅，向人欹侧。漂流处、莫趁潮汐。恐断红、尚有相思字，何由见得。

写惜花之情，不断变换角度、层次，把一丝感触、情绪向四面八方展开，层层深入地烘托，毫发毕现地刻画，一气贯注，千回百折。又在其中隐隐表露出自伤自悼的游宦之感，因此也可以说是首"惜人"之作。即便重返汴京为官，词中也充满着"谁识。京华倦客"（《兰陵王·柳》）的孤独和"自叹劳生，经年何事，京华信飘泊"（《一寸金·江路》）的悲伤。压抑苦闷之下，周邦彦有时也借助咏物词加以表达。与柳永图形写貌以及苏轼开始物我合一不同，周邦彦所作将身世飘零之感、仕途沦落之悲、情场失意之苦与所咏之物融为一体，为南宋咏物词重寄托开示了法门。

被誉为"词人之甲乙"（陈振孙《直斋书录解题》卷二十一）的周邦彦，词作精心结撰，强烈追求词艺的规范，"下字运意，皆有法度"（沈义父《乐府指迷》），主要体现在章法、句法、炼字和音律等方面。因为法度秩然，所以"作词者多效其体制"（张炎《词源》卷下）。如果考虑到黄庭坚之前已对有宋诗法按照自己的理解予以规范，因而跻身于唐宋规范诗学家的行列，那么，周邦彦的规范词学、示人矩矱，也可以说来得正是时候，表明自唐代以来，诗词二体从此都已相继进入规范时代。从"写什么"到"怎么写"的转变，蕴含其中的讨论代表的是一种学术发展趋势。

周邦彦词（以下简称周词或清真词）的章法结构缜密而又复杂多变，主要是变柳永的平铺直叙为曲叙，将顺叙、逆叙和插叙等多种方式错综结合，时空结构上体现出跳跃性回环往复的特点。如《早梅芳·牵情》：

> 缭墙深，丛竹绕。宴席临清沼。微呈纤履，故隐烘帘自嬉笑。粉香妆晕薄，带紧腰围小。看鸿惊凤耸，满座叹轻妙。　酒醒时，会散了。回首城南道。河阴高转，露脚斜飞夜将晓。异乡淹岁月，醉眼迷登眺。路迢迢，恨满千里草。

词意细腻绵密，"无一剩字"（黄苏《蓼园词选》）。又如《过秦楼》：

> 水浴清蟾，叶喧凉吹，巷陌马声初断。闲依露井，笑扑流萤，惹破画罗轻扇。人静夜久凭阑，愁不归眠，立残更箭。叹年华一瞬，人今千里，梦沈书远。　空见说、鬓怯琼梳，容销金镜，渐懒趁时匀染。梅风地溽，虹雨苔滋，一架舞红都变。谁信无憀，为伊才减江淹，情伤荀倩。但明河影下，还看稀星数点。

篇法精妙，"不可思议"（陈洵《海绡说词》）。还有《瑞龙吟》：

> 章台路。还见褪粉梅梢，试花桃树。愔愔坊陌人家，定巢燕子，归来旧处。　黯凝伫。因念个人痴小，乍窥门户。侵晨浅约宫黄，障风映袖，盈盈笑语。　前度刘郎重到，访邻寻里，同时歌舞。唯有旧家秋娘，声价如故。吟笺赋笔，犹记燕台句。知谁伴、名园露饮，东城闲步。事与孤鸿去。探春尽是，伤离意绪。官柳低金缕。归骑晚、纤纤池塘飞雨。断肠院落，一帘风絮。

先叙目前景况，再追叙过去，最后回到本题。虽然内容上只是"人面桃花，旧曲翻新"，但"由无情入，结归无情，层层脱换，笔笔往复"（周济《宋四家词选》），道似无情胜有情，又能整篇浑成，毫无堆砌痕迹。又，《兰陵王·柳》：

柳阴直。烟里丝丝弄碧。隋堤上、曾见几番,拂水飘绵送行色。登临望故国。谁识、京华倦客。长亭路,年去岁来,应折柔条过千尺。　　闲寻旧踪迹。又酒趁哀弦,灯照离席。梨花榆火催寒食。愁一箭风快,半篙波暖,回头迢递便数驿。望人在天北。　　凄恻。恨堆积。渐别浦萦回,津堠岑寂。斜阳冉冉春无极。念月榭携手,露桥闻笛。沈思前事,似梦里,泪暗滴。

也是今昔回环、情、景、事交错,备极吞吐之妙,"无处不郁"(陈廷焯《白雨斋词话》卷一)。尤其是其中"斜阳冉冉"句,"绮丽中带悲壮"(梁令娴《艺蘅馆词选》梁启超评语),一直以来备受赞誉。

周济借用画论中体现艺术辩证法精神的"钩勒"范畴,从一个侧面揭示出清真词高妙的艺术手法,加深了对其艺术成就的理解:"读得清真词多,觉他人所作,都不十分经意,钩勒之妙,无如清真,他人一钩勒便薄,清真愈钩勒愈浑厚。"(《介存斋论词杂著》)在周济看来,清真词中也有一些点明主旨的"钩勒"之句,却不仅没有使词的含蓄蕴藉之美受到影响,反而"愈钩勒愈浑厚",审美价值更高,这是他人难以达到的境界。如《浪涛沙》:

昼阴重,霜凋岸草,雾隐城堞。南陌脂车待发。东门帐饮乍阕。正拂面垂杨堪缆结。掩红泪、玉手亲折。念汉浦离鸿去何许,经时信音绝。　　情切。望中地远天阔。向露冷风清,无人处、耿耿寒漏咽。嗟万事难忘,唯是轻别。翠尊未竭。凭断云留取,西楼残月。

罗带光销纹衾叠。连环解、旧香顿歇。怨歌永、琼壶敲尽缺。恨春去、不与人期,弄夜色,空余满地梨花雪。

"恨春去"句为周济所评"钩勒"之句。从全词来看,该句以上,由往事写到现在,反复渲染现今的思念。"恨春去"句跳出叙事语境,直接抒发情感,好似对以上情事的总结,全篇主旨也于此句显明和凸现。这种以叙事渲染、以抒情"钩勒"的手法，使词旨在显与不显中闪动，意境更加浑厚。

周邦彦能自铸伟辞，更善于融化前人诗句，浑然天成，冠绝一时。与一般人只是或全句嵌用，或句法不变而略改数字不同，周词不仅经常数句同时化用，更从意境上点化，创造出新的意境，从而将其发展为一种可资取法的语言技巧。如前引《瑞龙吟》，几乎句句有出处，无一字无来历，又能不露痕迹。又如《西河·金陵》：

  佳丽地。南朝盛事谁记。山围故国绕清江，髻鬟对起。怒涛寂寞打孤城，风樯遥度天际。　断崖树，犹倒倚。莫愁艇子曾系。空余旧迹郁苍苍，雾沈半垒。夜深月过女墙来，伤心东望淮水。　酒旗戏鼓甚处市。想依稀、王谢邻里。燕子不知何世。入寻常、巷陌人家，相对如说兴亡，斜阳里。

化用刘禹锡《石头城》、《乌衣巷》和古乐府《莫愁乐》，言语既经整合，情境更饶新意。周邦彦虽以语言雕刻取胜，但有的作品也能写得朴实自然。如《苏幕遮》：

  燎沈香，消溽暑。鸟雀呼晴，侵晓窥檐语。叶上初阳干宿雨、水面清圆，一一风荷举。　故乡遥，何日去。家住吴门，久作长安旅。五月渔郎相忆否。小楫轻舟，梦入芙蓉浦。

以雨后风荷为中心，引入故乡归梦，结尾用"小楫"二句绾合，上下片联成一气，触景入情，不着痕迹。其中"叶上"二句写荷花神态，锻炼推敲之极，而又自然清新，一直以来，就深受读者的喜爱，并不是偶然的。

周词在音律方面的特点是调美、律严、字工。周邦彦新创、自度五十余调，虽然数量不及柳永，但其中如《瑞龙吟》、《六丑》和《兰陵王》等，声腔圆美，用字高雅，因而受到更为广泛的遵从和效法："凡作词，当以清真为主。盖清真最为知音，且无一点市井气。"（沈义父《乐府指迷》）周词也注重词调声情与宫调音色协调一致。如同为《少年游》，写离别感伤，选用商调（首句"并刀如水"）；写荆州的明媚春光，则用黄钟宫（首句"南都石黛扫晴山"）。为使音律和谐，周词审音用字非常严格精密，不仅分平仄，而且严分仄字三声，使语言字音的高低与曲调旋律的变化密切配合。如《绕佛阁·旅情》之双拽头：

> 暗尘四敛。楼观迥出，高映孤馆。清漏将短。厌闻夜久，签声动书幔。　桂华又满。闲步露草，偏爱幽远。花气清婉。望中迤逦，城阴度河岸。

四声几无一字不合。后来，吴文英等作词分四声，就是以周词为典范，凡与周词同调之作，音律一概依之不变。方千里、杨泽民的《和清真词》与陈允平的《西麓继周集》，几乎遍和清真（分别存词九十三、九十二、一百二十八首），且谨守其句读字声，"一一按谱填腔，不敢稍失尺寸"（《四库全书总目》卷一九八《片玉词》提要）。"（宋代）词律未造专书，即以清真一集为之仪埻。"（邵瑞彭序《周词订律》）可见周词影响之大与规范词律之功。周词还特别擅长在拗怒中追求音律的和谐统一，一方面是字声错综使用，能更恰当地表达喜怒哀乐等不同情感；另一方面能加强声情顿挫的美感，适应歌者的自然声腔和乐曲旋律的需要。所以，王国维《清真先生遗事》说：

> 以宋词比唐诗，则东坡似太白，欧、秦似摩诘，耆卿似乐天，方回、叔原则大历十子之流，南宋惟一稼轩可比昌黎，而词中老杜，则非先生不可。昔人以耆卿比少陵，犹为未当也。……故先生之词，文字之外，须兼味其音律。……今其声虽亡，读其词者，犹觉拗怒之中，自饶和婉，曼声促节，繁会相宣，清浊抑扬，辘轳交往。两宋之间，一人而已。

杨缵曾以周邦彦词为典范指示词法，成《圈法周美成词》一书，惜已佚。杨缵所作《作词五要》，传于张炎，著录于《词源》，可能是《圈法周美成词》的纲要，至少两者应该是相通的。这五个要点是：择腔、择律、填词按谱、随律押韵、立新意。前四条讲词律，是重点所在，特点在于"严"。词法与词风彼此呼应，相互影响。宋末论词，几乎无不以协音为先，词家也多严于持律。杨缵所指出的这些特点，与周邦彦的典范性创作有莫大关系，当然会对后来的词史进程产生重要影响。又，曾学词于吴文英的沈义父，在其《乐府指迷》中将周邦彦树为楷模，当是带有吴文英指授的影子。而具体地看，吴氏对他的传授，可能就包括：

> 音律欲其协，不协则成长短之诗；下字欲其雅，不雅则近乎缠令之体；用字不可太露，露则直突而无深长之味；发意不可太高，高则狂怪而失柔婉之意。

这些内容正好可以铺展开来形容周邦彦。以这四条为纲领，《乐府指迷》主要谈具体的词法，类似于发源于唐、大盛于宋的一些诗格著作，因而不妨将之称为"词格"。《乐府指迷》与张炎《词源》前后出现，从二者表现出的相当的一致性，可以见出当时词坛的总体趋向。

本书为展示周邦彦词全貌，以唐圭璋先生所编《全宋词》为底本，参以吴则虞先生所校《清真集》、罗忼烈先生《周邦彦清真集笺》、孙虹教授《清真集校注》等，共收词作一百八十五首；删去原有的题材分类标识（如"春景"之类）与宫调标识（如"越调"之类），依照《全宋词》排序，行文中亦据《全宋词》对相关互见之作略作提示。注释主要参考《清真集校注》等，不厌其烦，择善而从，以协助读者排除读解文本中可能会遇到的障碍。评析则注意在读解文本的基础上，兼采众长，灌注史识，纵横比较，适度发挥，力求还原周邦彦的词史地位和影响，要在整体揭示清真词接受过程中出现的反差现象（即学术层面上已然完成经典化进程，而普通读者层面却远未达到像其他一些北宋词人那样相应的、耳熟能详的程度）及其因由。

限于水平，书中恐难免存在这样那样的不足，衷心希望读者批评指正。必须说明的是，这本小书在编写过程中，对前修时彦如陈思、程千帆、村上哲见、蒋哲伦、刘斯奋、刘扬忠、刘永济、刘永翔、刘尊明、龙榆生、罗忼烈、钱鸿瑛、沈祖棻、施议对、孙虹、唐圭璋、王国维、王强、王兆鹏、吴世昌、吴熊和、吴则虞、夏承焘、薛瑞生、杨荫浏、叶嘉莹、俞陛云、俞平伯、张师宏生、诸葛忆兵等诸位先生的相关研究成果，多有参考。所有这些，都尽可能在正文中以随文作注的方式加以说明，另于书末按编著者姓氏音序，列举出主要参考引用文献，以为读者提供方便。责任编辑高林如、王建新付出了辛勤的劳动。谨此一并致谢。

谢永芳
2014 年 2 月 16 日于黄冈师范学院

# 目 录

瑞龙吟（章台路） ........................................ 1

锁窗寒（暗柳啼鸦） .................................... 3

风流子（新绿小池塘） ................................ 5

渡江云（晴岚低楚甸） ................................ 7

应天长（条风布暖） .................................... 9

荔枝香近（照水残红零乱） ...................... 12

荔枝香近（夜来寒侵酒席） ...................... 13

还京乐（禁烟近） ...................................... 16

扫地花（晓阴翳日） .................................. 18

解连环（怨怀无托） .................................. 19

玲珑四犯（秾李夭桃） .............................. 21

丹凤吟（迤逦春光无赖） .......................... 24

满江红（昼日移阴） .................................. 26

瑞鹤仙（悄郊原带郭） .............................. 29

西平乐（稚柳苏晴） .................................. 31

浪涛沙（昼阴重） ...................................... 33

| 忆旧游（记愁横浅黛） | 38 |
| --- | --- |
| 蓦山溪（湖平春水） | 40 |
| 少年游（南都石黛扫晴山） | 42 |
| 少年游（朝云漠漠散轻丝） | 45 |
| 秋蕊香（乳鸭池塘水暖） | 46 |
| 渔家傲（灰暖香融销永昼） | 47 |
| 渔家傲（几日轻阴寒测测） | 49 |
| 南乡子（晨色动妆楼） | 50 |
| 望江南（游妓散） | 51 |
| 浣沙溪（争挽桐花两鬓垂） | 53 |
| 浣沙溪（雨过残红湿未飞） | 55 |
| 浣沙溪（楼上晴天碧四垂） | 56 |
| 迎春乐（清池小圃开云屋） | 57 |
| 迎春乐（桃蹊柳曲闲踪迹） | 58 |
| 点绛唇（台上披襟） | 60 |
| 一落索（眉共春山争秀） | 62 |
| 一落索（杜宇思归声苦） | 63 |
| 垂丝钓（缕金翠羽） | 64 |
| 满庭芳（风老莺雏） | 66 |
| 隔浦莲（新篁摇动翠葆） | 69 |
| 法曲献仙音（蝉咽凉柯） | 72 |
| 过秦楼（水浴清蟾） | 74 |
| 侧犯（暮霞霁雨） | 77 |
| 塞翁吟（暗叶啼风雨） | 80 |

苏幕遮（燎沈香） …………………………………… 82

浣沙溪（日射欹红蜡蒂香） ………………………… 84

浣沙溪（翠葆参差竹径成） ………………………… 85

浣沙溪（薄薄纱厨望似空） ………………………… 87

浣沙溪（宝扇轻圆浅画缯） ………………………… 89

点绛唇（征骑初停） ………………………………… 89

诉衷情（出林杏子落金盘） ………………………… 90

风流子　秋怨（枫林凋晚叶） ……………………… 91

华胥引　秋思（川原澄映） ………………………… 94

宴清都（地僻无钟鼓） ……………………………… 96

四园竹（浮云护月） ………………………………… 98

齐天乐　秋思（绿芜凋尽台城路） ………………… 100

木兰花　暮秋饯别（郊原雨过金英秀） …………… 103

霜叶飞（露迷衰草） ………………………………… 104

蕙兰芳引（寒莹晚空） ……………………………… 105

塞垣春（暮色分平野） ……………………………… 107

丁香结（苍藓沿阶） ………………………………… 109

氐州第一（波落寒汀） ……………………………… 111

解蹀躞（候馆丹枫吹尽） …………………………… 113

少年游（并刀如水） ………………………………… 115

庆春宫（云接平冈） ………………………………… 118

醉桃源（冬衣初染远山青） ………………………… 122

醉桃源（菖蒲叶老水平沙） ………………………… 124

点绛唇（孤馆迢迢） ………………………………… 125

夜游宫（叶下斜阳照水）　　　　126

夜游宫（客去车尘未敛）　　　　129

诉衷情（堤前亭午未融霜）　　　　130

伤情怨（枝头风势渐小）　　　　131

红林檎近（高柳春才软）　　　　132

红林檎近（风雪惊初霁）　　　　134

满路花（金花落烬灯）　　　　136

解语花　元宵（风销焰蜡）　　　　138

六么令　重九（快风收雨）　　　　140

倒犯　新月（霁景、对霜蟾乍升）　　　　142

大酺　春雨（对宿烟收）　　　　145

玉烛新　梅花（溪源新腊后）　　　　148

花犯　梅花（粉墙低）　　　　150

丑奴儿　梅花（肌肤绰约真仙子）　　　　153

水龙吟　梨花（素肌应怯余寒）　　　　154

六丑　落花（正单衣试酒）　　　　157

虞美人（金闺平帖春云暖）　　　　160

虞美人（廉纤小雨池塘遍）　　　　162

兰陵王　柳（柳阴直）　　　　163

蝶恋花　柳（爱日轻明新雪后）　　　　170

蝶恋花（桃萼新香梅落后）　　　　171

蝶恋花（蠢蠢黄金初脱后）　　　　172

蝶恋花（小阁阴阴人寂后）　　　　173

西河　金陵（佳丽地）　　　　174

| 归去难 | 期约（佳约人未知） | 178 |
| 三部乐 | 梅雪（浮玉飞琼） | 180 |
| 菩萨蛮 | 梅雪（银河宛转三千曲） | 182 |
| 品令 | 梅花（夜阑人静） | 184 |
| 玉楼春 | 惆怅（玉琴虚下伤心泪） | 185 |
| 黄鹂绕碧树 | 春情（双阙笼嘉气） | 187 |
| 满路花 | 思情（帘烘泪雨干） | 189 |
| 绮寮怨 | 思情（上马人扶残醉） | 191 |
| 拜星月 | 秋思（夜色催更） | 192 |
| 尉迟杯 | 离恨（隋堤路） | 194 |
| 绕佛阁 | 旅情（暗尘四敛） | 197 |
| 一寸金 | 江路（州夹苍崖） | 198 |
| 蝶恋花 | 秋思（月皎惊乌栖不定） | 201 |
| 如梦令 | 思情（尘满一绯文绣） | 203 |
| 如梦令（门外迢迢行路） | | 204 |
| 月中行 | 怨恨（蜀丝趁日染干红） | 205 |
| 浣沙溪（日薄尘飞官路平） | | 206 |
| 浣沙溪（贪向津亭拥去车） | | 208 |
| 浣沙溪（不为萧娘旧约寒） | | 209 |
| 点绛唇 | 伤感（辽鹤归来） | 210 |
| 少年游 | 楼月（檐牙缥缈小倡楼） | 212 |
| 望江南 | 咏妓（歌席上） | 213 |
| 意难忘 | 美咏（衣染莺黄） | 215 |
| 迎春乐 | 携妓（人人花艳明春柳） | 218 |
| 定风波 | 美情（莫倚能歌敛黛眉） | 219 |

| 红罗袄 | 秋悲（画烛寻欢去） | 220 |
| 玉楼春 | （当时携手城东道） | 221 |
| 玉楼春 | （大堤花艳惊郎目） | 223 |
| 玉楼春 | （玉奁收起新妆了） | 224 |
| 玉楼春 | （桃溪不作从容住） | 226 |
| 夜飞鹊 | 别情（河桥送人处） | 228 |
| 早梅芳 | 别恨（花竹深） | 230 |
| 早梅芳 | 牵情（缭墙深） | 232 |
| 凤来朝 | 佳人（逗晓看娇面） | 234 |
| 芳草渡 | 别恨（昨夜里） | 236 |
| 感皇恩 | 标韵（露柳好风标） | 238 |
| 虞美人 | （灯前欲去仍留恋） | 239 |
| 虞美人 | （疏篱曲径田家小） | 241 |
| 虞美人 | （玉觞才掩朱弦悄） | 242 |
| 玉团儿 | （铅华淡伫新妆束） | 243 |
| 玉团儿 | （妍姿艳态腰如束） | 245 |
| 粉蝶儿慢 | （宿雾藏春） | 246 |
| 红窗迥 | （几日来、真个醉） | 247 |
| 念奴娇 | （醉魂乍醒） | 250 |
| 燕归梁 | 晓（帘底新霜一夜浓） | 252 |
| 南浦（浅带一帆风） | | 253 |
| 醉落魄 | （茸金细弱） | 255 |
| 留客住 | （嗟乌兔） | 256 |
| 长相思 | （夜色澄明） | 258 |
| 看花回 | （秀色芳容明眸） | 260 |

看花回（蕙风初散轻暖）·················· 263

月下笛（小雨收尘）······················ 264

无闷　冬（云作轻阴）···················· 266

琴调相思引（生碧香罗粉兰香）············ 268

青房并蒂莲　维扬怀古（醉凝眸）·········· 270

满庭芳　忆钱唐（山崦笼春）·············· 271

满庭芳（花扑鞭梢）······················ 273

满庭芳（白玉楼高）······················ 274

青玉案（良夜灯光簇如豆）················ 277

一剪梅（一剪梅花万样娇）················ 279

鹊桥仙令（浮花浪蕊）···················· 281

花心动（帘卷青楼）······················ 282

双头莲（一抹残霞）······················ 284

大有（仙骨清羸）························ 286

丑奴儿（南枝度腊开全少）················ 288

丑奴儿（香梅开后风传信）················ 289

蝶恋花（鱼尾霞生明远树）················ 290

蝶恋花（美盼低迷情宛转）················ 292

蝶恋花（晚步芳塘新霁后）················ 294

蝶恋花（叶底寻花春欲暮）················ 296

蝶恋花（酒熟微红生眼尾）················ 297

减字木兰花（风鬟雾鬓）·················· 299

木兰花令（歌时宛转饶风措）·············· 300

蓦山溪（楼前疏柳）······················ 302

蓦山溪（江天雪意）······················ 303

南柯子（宝合分时果）…………………………… 304

南柯子（腻颈凝酥白）…………………………… 305

关河令（秋阴时晴向暝）………………………… 307

长相思 晓行（举离觞）………………………… 308

长相思 闺怨（马如飞）………………………… 310

长相思 舟中作（好风浮）……………………… 311

长相思（沙棠舟）………………………………… 313

万里春（千红万翠）……………………………… 314

鹤冲天 溧水长寿乡作（梅雨霁）……………… 317

鹤冲天（白角簟）………………………………… 318

西河（长安道）…………………………………… 320

瑞鹤仙（暖烟笼细柳）…………………………… 322

浪淘沙（万叶战）………………………………… 323

南乡子（秋气绕城闉）…………………………… 325

南乡子（寒夜梦初醒）…………………………… 326

南乡子 咏秋夜（户外井桐飘）………………… 327

南乡子 拨燕巢（轻软舞时腰）………………… 328

浣溪沙慢（水竹旧院落）………………………… 330

夜游宫（一阵斜风横雨）………………………… 332

诉衷情（当时选舞万人长）……………………… 333

虞美人（淡云笼月松溪路）……………………… 335

烛影摇红（芳脸匀红）…………………………… 336

参考引用文献举要 ……………………………… 340

# 瑞龙吟

　　章台路。还见褪粉梅梢,试花桃树。①愔愔坊陌②人家,定巢燕子,归来旧处。　　黯凝伫。因念个人痴小③,乍窥门户。侵晨浅约宫黄,障风映袖,④盈盈笑语。　　前度刘郎⑤重到,访邻寻里,同时歌舞。唯有旧家秋娘⑥,声价如故。吟笺赋笔,犹记燕台句。⑦知谁伴、名园露饮⑧,东城闲步⑨。事与孤鸿去。探春尽是,伤离意绪。官柳低金缕⑩。归骑晚、纤纤池塘飞雨。断肠院落,一帘风絮。

**【注释】**

　　①"章台路"三句:章台,本秦宫名,汉章台街在章台路,后多用以代称妓女聚集之地。试花,花始开之状。张籍《新桃》:"植之三年余,今年初试花。"　②愔(yīn)愔坊陌:愔愔,幽深貌。柳恽《长门怨》:"玉壶夜愔愔,应门重且深。"坊陌,一作"坊曲"。《北里志》:"平康里入北门东回三曲,即诸妓所居之聚也。"　③因念个人痴小:念,《诗词曲语辞汇释》(以下简称《汇释》):"犹怜也,爱也。"个,《汇释》:"指点辞,犹这也,那也。"痴小,憨騃不达貌。白居易《井底引银瓶》:"寄言痴小人家女,慎勿将身轻许人。"　④"侵晨"二句:侵晨,破晓。浅约宫黄,额间薄薄涂黄,又称"约黄"。萧纲《美女篇》:"约黄能效月,裁金巧作星。"障风映袖,举起衣袖遮挡晨风。映,遮。王初《送王秀才谒池州吴都督》:"衣袂障风金缕细,剑光横雪玉龙寒。"　⑤前度刘

郎:《幽明录》载刘晨曾两入仙境,故云。刘禹锡《再游玄都观》:"种桃道士归何处,前度刘郎今又来。" ⑥旧家秋娘:旧家,《汇释》:"犹云从前,家为估量之词。"秋娘,泛称歌伎。白居易《琵琶行》:"曲罢曾教善才伏,妆成每被秋娘妒。" ⑦"吟笺"二句:李商隐《赠柳枝》:"长吟远下燕台句,惟有衣香染未消。" ⑧露饮:《梦溪笔谈》卷九:"(石曼卿)每与客痛饮,露发跣足。" ⑨东城闲步:杜牧《张好好诗》序:"牧太和三年,佐故吏部沈公江西幕。好好年十三,始以善歌来乐籍中。后一岁,公移镇宣城,复置好好于宣城籍中。后二岁,为沈著作述师以双鬟纳之。后二岁,于洛阳东城重睹好好,感旧伤怀,故题诗赠之。" ⑩官柳低金缕:柳丝轻拂。官柳,典出《晋书·陶侃传》,后谓官道上的柳树。初春柳条新绿,嫩黄如金线,因称金缕。

**【评析】**

这是一首伤离恋旧词,作于绍圣四年(1097)作者还京任国子监主簿时。词写故地重游,回忆起当年冶游的经历,尤其是那位"声价如故"的"坊陌"女子,但久别重来,已是物是人非,不免失意与苦涩"意绪"萦怀。首叠写旧地重游所见所感。起首三句写景,次则点明所怀之人的身份。"愔愔"二字极言冷清,暗寓今夕对比之意;又用燕归旧巢兼喻作者的重游故地。次叠写当年旧人旧事。用"黯凝伫"的凝重之笔,引出下文轻盈跳脱之词句,写备受作者怜爱的坊陌女子当时的活泼天真,相映成趣,也可见思念之深重。三叠写抚今追昔之情。"前度刘郎重到",追忆往事,"如故"云云,写出所追念者当年声价之高,以及移情别恋的现况。"吟笺赋笔"以下,是所追怀情事的具体内容。"事与孤鸿去",一笔收束往事,回到当前。"探春尽是,伤离意绪"是一篇主旨,显得沉着深厚。结尾再次写景,既与篇首遥相照应,又写出其足以令人"断肠",更增添了离愁别恨。全篇层次分明,曲折盘旋,情思缠绵,语语真切。

此词,周济《宋四家词选》以为"不过桃花人面,旧曲翻新",罗忼烈《周邦彦清真集笺》则认为"看似章台感旧,而弦外之音,实寓身世之感,则又系乎政事沧桑者也"。可见,各版清真词集置其于篇首以压卷,当非无故。吴世昌《词林新话》评此首于词中写故事的作法云:

> 近代短篇小说的作法,大抵先叙目前情事,次追述过去,求与现在上下衔接,然后承接当下情事,继叙尔后发展。欧美大家作品殆无不守此义例。清真当九百年前已能运用自如。第一段叙目前景况,次段追叙过去,三段再回到本题。杂叙情景故事,又能整篇浑成,毫无堆砌痕迹。

叙事相对完善,或亦可以成为该篇倍受重视的一个理由。〔按:美国传播学家杰里·施瓦茨(Jerry Schwartz)《如何成为顶级记者》即认为:"以说故事的方式向人们提供的信息更容易被理解和记忆。因为这种方式让人放松,让人觉得有趣,以这种方式整合过的新闻素材将更加有效地吸引读者。"〕

## 锁窗寒

暗柳①啼鸦,单衣②伫立,小帘朱户。桐花半亩,静锁一庭愁雨。洒空阶、夜阑未休,③故人剪烛西窗语④。似楚江暝宿,风灯零乱,少年羁旅。　　迟暮。嬉游处。正店舍无烟,禁城百五。⑤旗亭唤酒,付与高阳俦侣。⑥想东园、桃李自春⑦,小唇秀靥⑧今在否。到归时、定有残英,待客携尊俎。

【注释】

①暗柳：暮春之柳已褪嫩黄，成为深绿。萧绎《将军名诗》："细柳浮新暗，大树绕栖乌。"　②单衣：单层薄衣。　③"桐花"三句：《苕溪渔隐丛话》前集卷七引许彦周语云："嘉祐中，河滨渔者，网得一小石，石上刻一小诗云：'雨滴空阶晓，无心换夕香。井梧花落尽，一半在银床。'银床，井栏也。不知谁作。"　④"故人"句：李商隐《夜雨寄北》："君问归期未有期，巴山夜雨涨秋池。何当共剪西窗烛，却话巴山夜雨时。"　⑤"正店舍"二句：禁城，谓京城，京城禁止夜行，故云。冬至至清明凡一百零五日，因称清明为百五，禁火三日。　⑥"旗亭"二句：旗亭，市楼。李贺《开愁歌》："旗亭下马解秋衣，请贳宜阳一壶酒。"高阳俦侣，酒徒，典出《史记·郦生陆贾列传》。　⑦"想东园"句：阮籍《咏怀诗八十二首》其三："嘉树下成蹊，东园桃与李。"　⑧秀靥：《酉阳杂俎》卷八："近代妆尚靥，如射月，曰黄星靥。靥钿之名，盖自吴孙和邓夫人也。"李贺《恼公》："晓奁妆秀靥，夜帐减香筒。"

【评析】

这首词写羁旅愁怀。上片由户而庭，由昏而夜，状眼前春雨萧索之景，孤馆寂寥之愁，勾起异乡之客对故人的思念，对少年漂泊的回忆。下片笔锋从上片遥远的往事跌回到现实中来，先写京城寒食，冷落凄迷，自伤迟暮，无心嬉游的无聊处境。紧接着，用急转直下的笔法，以"想"字领下，一直贯到煞拍。设想故乡春色满园，佳人风韵可亲，而归时春残，佳人已去，只好对花自酌，聊以自慰。全篇融汇现在、过去与未来之景，层层脱换；情景人事，峰回路转，无不归于羁旅、迟暮之感。

相比而言，同为京师寒食之作，另外的一首《应天长》细寻前迹，差堪载酒,此首则景随情迁,但存归思而已矣。

# 风流子

新绿小池塘。风帘动、碎影舞斜阳。羡金屋去来,旧时巢燕,①土花缭绕,前度莓墙。②绣阁凤帏深几许,曾听得理丝簧。欲说又休,虑乖芳信,未歌先咽,愁近清觞③。　遥知新妆了,开朱户,应自待月西厢④。最苦梦魂,今宵不到伊行⑤。问甚时说与,佳音密耗⑥,寄将秦镜,偷换韩香⑦。天便⑧教人,霎时厮见⑨何妨。

【注释】

①"羡金屋"二句:金屋藏娇,典出《汉武故事》。顾野王《艳歌行三首》其三:"轻风飘落蕊,乳燕巢兰室。""窗开翠幔卷,妆罢金屋出。"　②"土花"二句:土花,苔藓。李贺《金铜仙人辞汉歌》:"画栏桂树悬秋香,三十六宫土花壁。"前度莓墙,典出《本事诗》所载崔护"人面桃花"诗本事。　③清觞:一作"清商"。商,五音之一,其调凄清悲凉,故称清商。《古诗十九首》:"清商随风发,中曲正徘徊。一弹再三叹,慷慨有余哀。"　④待月西厢:元稹《会真记》:"待月西厢下,迎风户半开。"　⑤伊行:你那里。《汇释》:"伊,第二人称之辞,犹云君或你,与普通用如他字者异。""行,用于自称、人称各辞之后,约相当于我这边、你那边之这边、那边,或我这里、你那里之这里、那里。"　⑥密耗:密约。　⑦"寄将"二句:将,语助词,用于动词之后。秦镜、韩香,东汉秦嘉因妻徐淑卧病娘家,未获面别,赠以明镜、宝钗等;西晋

贾充女午与韩寿私通,并将皇帝赐其父之外域异香赠寿。后泛指男女定情之物。庾信《燕歌行》:"盘龙明镜饷秦嘉,辟恶生香寄韩寿。" ⑧便:《汇释》:"犹虽也,纵也,就使也。" ⑨厮见:《汇释》:"相见也。"

【评析】

这首词抒发相思怀人之意。上片写徘徊于往昔欢会之地,回想旧时风情,愁思无限。下片设想对方同样有所思念和期待,可是自己欲往不得,梦魂难到;愁苦无以寄托,便渴望互通音信,以至祈求上苍。结二句,思极、怨极、无奈至极语,朴厚。唐圭璋《唐宋词简释》的解说极其精到:

此首写怀人,层次极清。"新绿"三句,先写外景,图画难足。帘影映水,风来摇动,故成碎影,而斜日反照,更成奇丽之景,一"舞"字尤能传神。"羡金屋"四句,写人立池外之所见。燕入金屋,花过莓墙,而人独不得去,一"羡"字贯下四句,且见人不得去之恨,徒羡燕与花耳。"绣阁里"三句,写人立池外之所闻。"欲说"四句,则写丝簧之深情。换头三句,写人立池外之所想,故曰"遥知"。"最苦"两句,更深一层,言不独人不得去,即梦魂亦不得去。"问甚时"四句,则因人不得去,故问可有得去之时。通篇皆是欲见不得之词。至末句乃点破"见"字。叹天何妨教人厮见霎时,亦是思极恨极,故不禁呼天而问之。〔按:《唐宋词简释》为唐先生晚年所著,选释宋词一百七十六首,除苏轼《念奴娇》(大江东去)、张舜民《卖花声》(木叶下君山)等七首外,其余一百六十九首不仅选目,而且每位词人作品的排序,都与朱祖谋《宋词三百首》完全一致。〕

此词,王明清《挥麈余话》卷二云有本事:"周美成为江宁府溧水令,主簿之室有色而慧,美成常款洽于尊席之间。世所传《风流子》词,盖所寓意焉……新绿、待月,皆簿厅亭轩之名也。俞羲仲云。"沈辰垣等编《御选历代诗余》所引,"主簿之室"作"主簿之姬","美成常款洽于尊席之间"只作"每出侑酒",无"俞羲仲云"一句。(按:《御选历代诗余》卷八十六误题此词贺铸作,对选、评词的前、后明显矛盾处疏于检视。) 罗忼烈《周邦彦清真集笺》认为所记失实:

> 新绿池名,而以为轩亭名,其牴牾一也。既常款洽于尊席间矣,而词所言则为屋外人不得入见之苦,其牴牾二也。新绿、待月为县圃中物,当属邑令所有,安得为主簿之厅亭轩?其牴牾三也。古者官吏尊卑之分甚严,主簿为邑令之属员,以其妻款洽其上,固无此理,即姬妾亦不当也。此盖应歌之作耳,因新绿、待月而附会成词事,亦《少年游》"并刀如水"之类也。王明清父铚,以后辈与清真相识,故《挥麈录》记清真事较多。然宋人笔记每多信手记录,不复考核,此所以往往失实也。

蕴含其间的,是实证辨正的思路和方法,颇为可法。

# 渡江云

晴岚低楚甸①,暖回雁翼②,阵势起平沙。骤惊春在眼,借问何时,委曲③到山家。涂香晕色,盛粉饰、争作妍华。千万丝、陌头杨柳,渐渐可藏鸦。　　堪嗟。清江东注,画舸西流,指长安日下④。愁宴阑、风翻旗尾,潮溅乌纱⑤。今宵正对初弦月⑥,傍水驿、深舣⑦兼葭。沈恨处,时时自剔灯花。

【注释】

①楚甸:楚地郊外的平原。谢朓《和伏武昌登孙权故城》:"鹊起登

吴山,凤翔陵楚甸。" ②暖回雁翼:南岳衡山有回雁峰,雁至即止,春来北归,故曰暖回。 ③委曲:婉转曲折。 ④长安日下:《世说新语·夙惠》:"晋明帝数岁,坐元帝膝上。有人从长安来,元帝问洛下消息,潸然流涕。明帝问:'何以致泣?'具以东渡意告之。因问明帝:'汝意谓长安何如日远?'答曰:'日远。不闻人从日边来,居然可知。'元帝异之。明日,集群臣宴会,告以此意,更重问之。乃答曰:'日近。'元帝失色,曰:'尔何故异昨日之言邪?'答曰:'举目见日,不见长安。'"王勃《滕王阁序》:"望长安于日下,目吴会于云间。" ⑤乌纱:《新唐书》卷二十四:"乌纱帽者,视事及燕见宾客之服也。"杜甫《双枫浦》:"浪足浮纱帽,皮须截锦苔。" ⑥初弦月:阴历每月初七、初八,月如弓弦,故称。杜甫《遣意》:"云掩初弦月,香传小树花。" ⑦舣:《集韵》:"南方人谓整舟向岸为舣。"

【评析】

这首词是作者入都途中走水路过荆南时所作,主要写漂泊之苦。起首三句,写春回人间,大地复苏,气象万千。雁阵起飞,曲笔点染,隐喻政治情势变化。"骤惊"三句,承上点出"春"字,春而"在眼",旅途所见,心情舒畅,目中景象自然生动。"借问"有意想不到之意。"委曲"将春人格化,将人意象化,似乎春天沿着曲折蜿蜒的小路迎面而来,暗寓再度被召还朝的喜悦之情。"涂香晕色"以下,补写"春在眼"。"盛粉饰"暗含党人竞相趋进之意。过片"堪嗟",承接上片所未明写的政局变换后的惊喜之情,蕴含词人对被召回京师的矛盾和忧惧心态。"愁宴阑"二句,以对当时饯行情景的追忆,回答了"堪嗟"的原因,在于政争的反复无常。明乎此,就能明了上片极力铺写的明媚春色,不只是"以乐景写哀",为了反衬旅途的辛劳和内心的寂寞;而下片写船上的苦闷无聊和深夜泊舟芦荡的凄凉，也不只是为了以此"哀景"与前面的"乐景"形成对比，以突出羁旅行役之苦和对游宦生涯的厌倦而已。"今宵正对"以下，由逆笔追述转向实写现在，是上文"愁"的依托，也是下文"恨"的立足点。看尽宦海风波的词人，不能不有许多的感慨，一钩初弦月下，"时时自剔灯花"的，正是一个陷入"沈恨"的沉思者的形象。全篇情事全以景出，不露痕迹，而又寄慨遥深，含蓄蕴藉。

# 应天长

条风①布暖，霏雾弄晴，池塘遍满春色②。正是夜堂无月，沈沈暗寒食。③梁间燕，前社客。似笑我、闭门愁寂。乱花过，隔院芸香④，满地狼藉。　　长记那回时⑤，邂逅相逢，郊外驻油壁⑥。又见汉宫传烛，飞烟五侯宅。⑦青青草，迷路陌⑧。强带酒、细寻前迹。市桥远，柳下人家，犹自相识。

【注释】

①条风：东风。《史记·律书》："条风居东北，主出万物。条之言条治万物而出之，故曰条风。"　②"池塘"句：谢灵运《登池上楼》："池塘生春草，园柳变鸣禽。"　③"正是"二句：白居易《寒食夜》："无月无灯寒食夜，夜深犹立暗花前。"　④芸香：《初学记》卷十二："芸香辟纸鱼蠹，故藏书台称芸台。"　⑤时：《汇释》："为语气间歇之用，犹阿或啊也。"　⑥油壁：《苏小小歌》："妾乘油壁车，郎乘青骢马。何处结同心，西陵松柏下。"　⑦"又见"二句：《汉书·元后传》载汉成帝一

日之内封五个舅舅为侯，史称"五侯"。韩翃《寒食》："春城无处不飞花，寒食东风御柳斜。日暮汉官传蜡烛，轻烟散入五侯家。"　⑧"青青"二句：蔡邕《饮马长城窟行》："青青河边草，绵绵思远道。"

【评析】

　　这首词上片描绘寒食寂寥情况，以景寓情，不用直笔。下片强寻前迹，追忆从前，笔意沉郁。全篇意境空淡深远，后来姜夔之作即"专得此种笔意"（先著、程洪《词洁》卷四），如《长亭怨慢》：

　　渐吹尽，枝头香絮，是处人家，绿深门户。远浦萦回，暮帆零乱向何许。阅人多矣，谁得似长亭树。树若有情时，不会得青青如此。

　　日暮，望高城不见，只见乱山无数。韦郎去也，怎忘得玉环分付。第一是早早归来，怕红萼无人为主。算空有并刀，难剪离愁千缕。

　　罗忼烈《周邦彦清真集笺》据"芸香"之典，断此词作于周邦彦还朝做国子主簿之后。又，在现存周词版本中，唯有王奕清等所编《钦定词谱》卷八"夜堂无月"作"夜台无月"，刘逸生《宋词小札》据以定此首为悼亡词。均可备一说。

　　在长期的创作过程中，某一词调的下字，已经有了共同的规范，不能随意更改。但是，明人在这个方面有比较粗疏之处，如张綖的《诗余图谱》和程明善的《啸余谱》，皆不顾普遍创作实践，随意标注平仄。兹以周邦彦的这首《应天长》为例，略加说明。清初万树在《词律》卷五中即提出："此九十八字乃一定之格，只内数字平仄可换耳。"蒋捷、方千里等人都有和清真词，四声均一字不改，可见用字自有定格。此外，万树还具体批评了明人标注此词的错误：

　　弄字宜用去声，谱图云：可平。暗寒食，五侯宅，宜仄平仄，方、康（指康与之）、吴、蒋皆同，谱图云：可平仄仄。前社客，迷路陌，宜平去仄，方、康、吴、蒋皆同，谱图云：可仄平仄。似笑我，强载酒，宜仄去上，方、康、吴、蒋皆同，谱图云：可平平仄。后起康作楚岫在何处，正与前叶词同，谱图云：在字可平。驻油壁，宜去平仄，方、康、吴、蒋皆同，谱图云：可平平仄。乱花过，市桥远，宜仄平仄，方、康、吴、蒋皆同，谱图云：可平平平。俱不顾腔调而信意乱注，真为怪事。至于闵字、细字，方用易、渐，康用顿、夜，吴用醉、堕，蒋用昼、堕，俱是去声。概曰：可平。必欲将此调注坏，何欤？

指出明人标注中的疏误，反过来也就等于较为细致地阐明了周词格律严谨的一个方面，指出其词足堪为后来者师法的事实和缘由。

两宋之交，李清照在《词论》中提出带有辨体性质的词"别是一家"之说，认为词为了协律可歌，不仅要像诗那样分平仄，而且还要分五音、五声、六律、清浊轻重，不如此，词就不成其为词，而是"句读不葺之诗"。"别是一家"说反映出了李清照较为强烈的文体忧患意识，所以，《词论》中本来是相当正面的立论，却偏偏要出之以对几乎所有前代词人近乎全盘否定的挑剔口吻。不过，李清照的批评对象独未及周邦彦。在可以推测的种种文学原因中，周词符合了《词论》中的许多要求，当更为可信。

这个问题涉及《词论》作者真伪、作年问题等，一时难于定论。但可以明确的一点是，不能因为周词符合了《词论》中的许多要求，就简单地推断：《词论》不提周邦彦是因为周邦彦的创作完全符合其理论，或者说，《词论》的写作就是以清真词为审美标准和依据的。另外还有一种可能性，就是杨海明《唐宋词论稿》中经过一系列文献资料统计分析后，提出的一个观点：周邦彦极有可能是因为其词在当时流传还不够广泛，所以,在当时的影响并没有大到足以让李清照注意到他的地步。需要附带提及的是,以上问题的逐渐深入讨论,是基于当代对《词论》价值的高评,如认为李清照是以辨体为尊体,与此前苏轼的"自是一家"说一道,分别开出了尊体史发展演进的两条基本线索。事实上,自宋至清,《词论》并没有多大的影响力,针对它的评论也是贬多于褒。

# 荔枝香近

照水残红零乱,风唤去。尽日测测①轻寒,帘底吹香雾。黄昏客枕无憀②,细响当窗雨。看两两相依燕新乳③。　　楼下水,渐绿遍、行舟浦。暮往朝来,心逐片帆轻举。何日迎门,小槛朱笼报鹦鹉。④共剪西窗蜜炬⑤。

【注释】

①测测:一作"恻恻",轻寒貌。韩偓《寒食夜》:"恻恻轻寒剪剪风,小梅飘雪杏方红。"　②无憀(liáo):无聊。温庭筠《菩萨蛮》:"时节欲黄昏,无憀独倚门。"　③"看两两"句:当为"□看两两相依燕新乳",方千里和作以及柳永、吴文英词正作九字句。燕新乳,犹言"新乳燕",雏燕。韦应物《长安遇冯著》:"冥冥花正开,飏飏燕新乳。"　④"何日"二句:《霍小玉传》:"庭间有四樱桃树,西北悬一鹦鹉笼,见生入来,即语曰:'有人入来,急下帘者!'生本性雅淡,心犹疑惧,忽见鸟语,愕然不敢进。"李惟《霍小玉歌》:"西北槛前挂鹦鹉,笼中报道李郎来。"　⑤蜜炬:蜜蜂采花蕊,酝酿成蜜,其房如脾,谓之蜜脾。蜜

脾之为蜡，可以制烛，是为蜜炬。李贺《河阳歌》："花船饫口红，蜜炬千枝烂。"

【评析】

这首羁旅思乡词在写作上有两个特点。其一，情感表达的逐渐明朗化。上片重在写因失望而产生的清冷无奈情绪。作者有意将这种情绪埋藏在字里行间，只是从平面铺展开去，选用凄黯的字面，将一个个细小的景物罗列出来，以渲染和烘托浓厚的伤感气氛。下片通过有层次的描写，将绵绵希冀横贯其中。从眼前之景着笔，取空疏之景，着自然之色，与上片的浓密很不相同。"暮往朝来"二句，是殷切渴慕的不变情思。"何日迎门"三句，设想未来，更进一步。当然，想象愈具体，愈幸福，就愈觉出眼前生活的孤独寂寞。这是用虚拟的乐景来反衬或消解心中的哀情。

其二，前后严密照应。全词以"照水"发端，下片以"楼下水"三字领起，暗承上片，并引出后面那情意深长的"心逐片帆轻举"。对于"雨"，上片有"细响当窗雨"，表现孤客面对黄昏细雨，生起难以遏制的悲伤；片末又安排"共剪西窗"暗应之。上、下片的结尾也是互相呼应的。上片是双燕相依，下片是爱人欢聚，前者为实，后者为虚，在虚实对举中表情达意。

# 荔枝香近

夜来寒侵酒席，露微泫①。舄履初会，香泽方薰，②无端暗雨③催人，但怪灯偏帘卷。回顾，始觉惊鸿④去云远。　　大都⑤世间，最苦唯聚散。到得春残,看即是、开离宴。细思别后,柳眼花须⑥更谁剪。此怀何处消遣⑦。

**【注释】**

①露微泫(xuàn):泫,此指露水下滴。谢灵运《从斤竹涧越岭溪行》:"岩下云方合,花上露犹泫。" ②"舄(xì)履"二句:《史记·滑稽列传》:"日暮酒阑,合尊促坐,男女同席,舄履交错,杯盘狼藉,堂上烛灭,主人留髡而送客,罗襦襟解,时闻芗泽,当此之时,髡心最欢,能饮一石。" ③暗雨:夜雨。白居易《上阳白发人》:"耿耿残灯背壁影,萧萧暗雨打窗声。" ④惊鸿:借指体态轻盈的美女。曹植《洛神赋》:"其形也,翩若惊鸿,婉若游龙,荣曜秋菊,华茂春松。" ⑤大都:《汇释》:"犹云不过也。" ⑥柳眼花须:初春柳抽叶如眼,花吐蕊如须。李商隐《二月二日》:"花须柳眼各无赖,紫蝶游蜂俱有情。" ⑦消遣:排遣。郑谷《渼陂》:"潸然四顾难消遣,只有伴狂泥酒杯。"

**【评析】**

这首词写离别宴会,词人更想到别后落寞情怀。杨铁夫《清真词选笺释》的读解很是细密:"(一)不呆写酒席,寒侵二字含下聚散,露泫复寒侵。(二)写得热闹,用一方字与下无端相呼应。(三)无端陡转。必人去始卷帘,今不先言人去,止说帘卷,卷得无端,殊觉可怪。(四)至此方点去字,曰回顾,曰始觉,为上怪字点睛。(五)此句九字作一句读,与上一阕楼下水三字一逗不同。盖可逗可不逗也。聚散意主散,聚字陪衬。如言成败者意重在败也,或作有聚必散,亦通。如梦窗之轻鸥聚别,亦同。(六)即申明上句意。(七)想到柳眼花须,愈说得闲,愈见得关切。(八)结穴。"

此词，吴则虞校《清真集》谓，郑文焯校记所云"此词讹脱殊甚，方、杨、陈和作并沿其误，以为又一体，非也"，未为可信："此词宋人所见之本相出入者只二处：一作灯遍帘卷，一作帘卷灯遍，此其一也；去下有云字，一无云字，此其二。此首与照水残红阕不同，前依柳词，后多变化，故不必与上首求同，即上片同，下片亦无法全同。此另一体，非有讹脱。"兹录柳永同调词以对照：

> 甚处寻芳赏翠，归去晚。缓步罗袜生尘，来绕琼筵看。金缕霞衣轻褪，似觉春游倦。遥认众里盈盈好身段。　　拟回首，又伫立、帘帏畔。素脸红眉，时揭盖头微见。笑整金翘，一点芳心在娇眼。王孙空恁肠断。

词中过片"大都世间，最苦唯聚散"二句，是全篇主旨所在，已将聚散离别上升到人生哲理的高度。陈锐曾指出过其句意之所来："柳词云：'算人生、悲莫悲于轻别。'又云：'置之怀袖时时看。'此从古乐府出。美成词云：'大都世间，最苦惟聚散。'乃得此意。"（《裒碧斋词话》）对于这样的研究角度和方法，蔡桢《柯亭词论》提出过以下看法：

> 周词渊源，全自柳出。其写情用赋笔，纯是屯田家法。特清真有时意较含蓄，辞较精工耳。细绎《片玉集》，慢词学柳而脱去痕迹，自成家数者，十居七八。字面虽殊，格调未变者，十居二三。陈裒碧有言：能见耆卿之骨，始能通清真之神。目光如炬，突过王晦叔、张玉田诸贤远甚。梦窗深得清真之妙，其慢词开阖变化，实间接自柳出。惟面貌全变，另具神理，不惟不似屯田，并不似清真。看词者若仅于字句表面求之，更不易得其端倪矣。〔按：法国学者安伯托·艾柯（Umberto Eco）在其《阅读故事》一书中提出，所有的文章都会拥有双重读者模式：天真的读者与批判的读者。如果说天真的读者浅显地、漫不经心地阅读文章，那么批判的读者就是在重读文章的同

时，将意义效果联系起来思考的读者。词话作者，从接受的角度来说，可谓"批判的读者"。]

意思是，清真词和梦窗词，或直接、或间接地渊源于柳永词。但周、吴词在"字句表面"上，又不完全同于柳永词，有自己的创造和变化。这就要求人们既要重视词人之间的渊源关系，又不能只是满足于追溯渊源的层面，更要注意他们之间的变化，探究各自的独创性。

# 还京乐

禁烟近，触处①、浮香秀色相料理②。正泥花③时候，奈何客里，光阴虚费。望箭波④无际。迎风漾日黄云委⑤。任去远，中有万点，相思清泪。　　到长淮⑥底。过当时楼下，殷勤⑦为说，春来羁旅况味⑧。堪嗟误约乖期，向天涯、自看桃李。想而今、应恨墨盈笺，愁妆照水。怎得青鸾翼，飞归教见憔悴⑨。

【注释】

①触处：《汇释》："犹云到处或随处也。"岑参《江上春叹》："春风触处到，忆得故园时。"　②料理：逗引。《汇释》："犹云安排或帮助也，又犹云排遣也，又犹云逗引也。"韩愈《饮城南道旁古墓上逢中丞过》："为逢桃树相料理，不觉中丞喝道来。"　③泥花：即"孂花"，与花纠缠不清之意。《汇释》："至晚唐诗人用孂字，其义渐广。……而韩偓《有忆》诗：'愁肠泥酒人千里。'泥一作孂，则孂酒之孂直与泥同用矣。"　④箭波：流动迅速犹如飞箭的水波。柳永《定风波》："塞柳万株，掩映

箭波千里。"　⑤黄云委：黄云，风中多沙，云色若黄。委，堆积。谢灵运《拟魏太子邺中集》："河洲多沙尘，风悲黄云委。"　⑥长淮：淮河。何逊《望新月示同羁》："初宿长淮上，破镜出云明。"　⑦殷勤：王锳《诗词曲语辞例释》（以下简称《例释》）："等于说'千万'，表祈使语气的副词。"　⑧况味：景况和情味。张方平《岁除》："容华益凋歇，况味殊萧条。"　⑨"怎得"二句：朱昼《喜陈懿老示新制》："将攀下凤手，愿假仙鸾翼。"谢朓《将发石头上烽火楼》："归飞无羽翼，其如离别何。"

【评析】

　　这首词写羁旅怀人。上片开门见山写出节序与春色。寒食将近，春色迷人，本该尽情游赏，但"奈何"一语却形成了本篇一大转折。想起自己长期漂泊的身世，仕宦羁旅和幸福爱情的矛盾，不禁忧从中来，惆怅不已，从而展开主题。以下抒发"奈何"之情，伤春和伤别水乳交融，打通上、下片，分别以"望"、"嗟"、"想"引出三层意思，娓娓道来，层层曲折。其一，从"望箭波"至"羁旅况味"，望着茫茫远去的江水，痴情地叮嘱它，流到淮水下游，经过当年与伊人欢会的绣楼下，一定要稍作停留，向她述说自己游宦漂泊、失意沉浮的诸般况味。想象极为丰富。其二，"堪嗟"二句，叹息自己耽误了当初约定的佳期，只落得值此春光明媚之际，和她遥隔天涯，独自看桃李以消闷；与上片"触处、浮香秀色"的"泥花时候"却"客里，光阴虚费"相呼应，也是对上文"春来羁旅况味"的一种补充。其三，"想而今"至结尾，料想清泪未必能带去自己对她的情意，也许对方如今也正忧愁凄苦；继而生出奇妙的幻想，恨自己"身无彩凤双飞翼"，不能马上飞到伊人身旁，教她看看自己因羁旅相思而形容憔悴，以消减她心头的幽怨。全篇情思婉转淳厚，章法圆美流转，笔力劲健奇丽。

# 扫地花

晓阴翳日①，正雾霭烟横，远迷平楚②。暗黄万缕。听鸣禽按曲，小腰欲舞。③细绕回堤，驻马河桥④避雨。信流去⑤。想一叶怨题⑥，今在何处。　　春事能几许。任占地持杯，扫花寻路。泪珠溅俎⑦。叹将愁度日，病伤幽素⑧。恨入金徽，见说文君更苦。⑨黯凝伫。掩重关、遍城钟鼓。

【注释】

①晓阴翳日：翳，遮蔽。曹植《情诗》："微阴翳阳景，清风飘我衣。"　②平楚：平楚，平林，平原。谢朓《郡内登望》："寒城一以眺，平楚正苍然。"　③"听鸣禽"二句：鸣禽按曲，鸣鸟按照曲度鸣叫飞舞。庾肩吾《送别于建兴苑相逢》："去马船难驻，啼乌曲未终。"小腰，喻柳丝。　④河桥：本指杜预所造之桥，典出《晋书·杜预传》。后也泛指黄河上的桥。徐陵《洛阳道》："濯龙望如雾，河桥度似雷。"　⑤信流去：信，随。苏轼《点绛唇》："醉漾轻舟，信流引到花深处。"　⑥一叶怨题：《云溪友议》卷下："明皇代……卢渥舍人应举之岁，偶临御沟，见一红叶，命仆寰来。叶上乃有一绝句。置于巾箱，或呈于同志。及宣宗既省宫人，初下诏，许从百官司吏。独不许贡举人。渥后亦一任范阳，获其退宫人，睹红叶而吁怨久之，曰：'当时偶题随流，不谓郎君收藏巾箧。'验其书，无不讶焉。诗曰：'水流何太急，深宫尽日闲。殷勤谢红

叶，好去到人间。'"他书所载，有所出入。　⑦泪珠溅俎：韩愈《元和圣德》："咸见容色，泪落入俎。"　⑧病伤幽素：李贺《伤心行》："咽咽学楚吟，病骨伤幽素。"　⑨"恨入"二句：金徽，琴名。李商隐《寄蜀客》："金徽却是无情物，不许文君忆故夫。"

【评析】

　　这是一首春游怀人词。起三句写天阴欲雨景色，是远景，大笔涂抹。接着三句，写雨快来临时的近处景色，工笔细描。"按曲"、"小腰"为拟人手法，微妙地透露怀人情愫。以下写雨终于下来了。"细绕回堤"暗示心事满腹。上结三句写得很妙。表面上是以宕开之笔写红叶题诗故事，实际上是河桥避雨，看到漂流的树叶而触景伤情，其间有内在的意脉相连，而且此意脉贯穿于下片。过片"春事"句意脉承上，写得细密。"任占地"三句，是惋惜春光流逝，难以挽留的痛楚之笔，细腻而具象。"泪珠溅俎"句承上启下。以下，"叹将愁度日"二句推进一层，说自己抱愁度日，忧伤成病，将伤春引向伤别。接着"恨入"二句文笔一转，又深入一层，设想对方此时可能比自己还要痛苦，于是加倍地伤心感怀。"黯凝伫"文笔又一转，回到当前情景，写自己黯然神伤，长久站立凝思，不觉已是暮色降临。"掩重关、遍城钟鼓"以归后实景结情，余音绕梁。

# 解连环

　　怨怀无托。嗟情人断绝，信音辽邈。信妙手、能解连环①，似风散雨收，雾轻云薄。燕子楼空，暗尘锁、一床弦索。②想移根换叶。尽是旧时,手种红药③。　　汀洲渐生杜若④。料舟依岸曲,人在天角。谩记得、当日音书,把闲语闲言,待总烧却。⑤水驿春回,望寄我、江南梅萼。拚⑥今生,对花对酒,为伊泪落。

【注释】

①"信妙手"句:《战国策·齐策六》:"秦始皇尝使使者遗君王后玉连环,曰:'齐多知,而解此环不?'君王后以示群臣,群臣不知解。君王后引椎破之,谢秦使曰:'谨以解矣。'"　　②"燕子"两句:白居易《燕子楼三首并序》:"徐州故张尚书有爱妓曰盼盼,善歌舞,雅多风态。予为校书郎时,游徐、泗间。张尚书宴予,酒酣,出盼盼以佐欢,欢甚。予因赠诗云:'醉娇胜不得,风袅牡丹花。'一欢而去,迩后绝不相闻,迨兹仅一纪矣。昨日,司勋员外郎张仲素绩之访予,因吟新诗,有《燕子楼》三首,词甚婉丽。诘其由,为盼盼作也。绩之从事武宁军累年,颇知盼盼始末,云:'尚书既没,归葬东洛,而彭城有张氏旧第,第中有小楼名燕子。盼盼念旧爱而不嫁,居是楼十余年,幽独块然,于今尚在。'"苏轼《永遇乐》:"燕子楼空,佳人何在,空锁楼中燕。"　　③红药:芍药别名。欧阳修《醉蓬莱》:"红药阑边,恼不教伊过。"　　④"汀洲"句:杜若,香草名。《楚辞·湘夫人》:"搴汀洲兮杜若,将以遗兮远者。"谢朓《怀故人》:"汀洲有杜若,可以赠佳期。"　　⑤"谩记得"三句:待总烧却,虽然打算烧毁。总,《汇释》:"犹纵也,虽也。"却,《汇释》:"语助词,用于动词之后。"汉乐府《有所思》:"闻君有他心,拉杂摧烧之。摧烧之,当风扬其灰。"　　⑥拚:《汇释》:"判,割舍之辞,亦甘愿之辞。自宋以后多用拚字或抌字,而唐人则多用判字。"杜甫《曲江对酒》:"纵饮久判人共弃,懒朝真与世相违。"

【评析】

　　这首词写"弃男"（叶嘉莹《诗馨篇》）之情。起首即作决绝语，点明"怨怀无托"的主题，以及怨怀产生的根由。接着浓笔抒情，采用层转层深的手法，诉说心灵所受的创痛，从连环纵解、人去楼空、芍药新发等角度，反复铺叙感情执著，相思难断。"信妙手"三句，插入到本可直接对接的"信音辽邈"和"燕子楼空"两句中间，是典型的顿挫之法。下片紧承上片，以人在天角、焚毁情书进一步抒发深切哀怨。随即又反转回来，以江南寄梅、对花对酒表现绝望中的期待。全篇情思凄苦，节奏跌宕，用典自然贴切，"谩记得"和"拚今生"几句，纯用口语，更见真率动人。

　　此词采用频繁的时空物我交错的结构方式。赵仁珪《论宋六家词》中的解析颇为细致：上片"怨怀"三句是写今日，写"我"，感慨自己和情人恩断义绝。"信妙手"三句是写昔日，写双方，慨叹两人的感情已如"风散雨收"。"燕子"五句是写今日，写她，感慨她去后的物是人非。下片"汀洲"三句是写今日，写她，料想她已依人远去。"谩记得"三句是写昔日，写"我"，回忆她以前与自己的情愫。"水驿"二句是写将来，写她，但愿她还能一如既往，时时记挂着自己。"拚今生"三句是写将来，写"我"，表明自己对她的情感将终生不变。

## 玲珑四犯

秾李夭桃①，是旧日潘郎，亲试春艳。自别河阳，长负露房烟脸。②憔悴鬓点吴霜③，念想梦魂飞乱④。叹画阑玉砌都换⑤。才始有缘重见。　　夜深偷展香罗荐⑥。暗窗前、醉眠葱蒨⑦。浮花浪蕊⑧都相识，谁更曾抬眼。休问旧色旧香，但认取、芳心一点。又片时一阵，风雨恶，吹分散。

**【注释】**

①秾李夭桃：《诗·召南·何彼秾矣》："何彼秾矣，华如桃李。"《诗·周南·桃夭》："桃之夭夭，灼灼其华。"　②"是旧日"四句：《白氏六帖·县令》："潘岳为河阳令，树桃李花，人号曰河阳一县花。"露房烟脸，此指带露含烟的桃李花。　③"憔悴"句：李贺《还自会稽歌》："吴霜点归鬓，身与塘蒲晚。"　④"念想"句：《青琐高议·温泉记》载张俞题骊山温汤驿诗："梦魂飞入瑶台路，九霞宫里曾相遇。"　⑤"叹画阑"句：李煜《虞美人》："雕栏玉砌应犹在，只是朱颜改。"　⑥罗荐：丝织席褥。萧绎《采莲歌》："故以水溅兰桡，芦侵罗袴。"　⑦葱蒨（qiàn）：草木葱郁茂盛。江淹《池上酬刘记室》："葱蒨亘华堂，蓊葪杂绮树。"　⑧浮花浪蕊：寻常花草。韩愈《杏花》："浮花浪蕊镇长有，才开还落瘴雾中。"

**【评析】**

这首词似为重返汴京赠旧欢之作，以花譬人。"秾李"三句，写往日情惊。"自别河阳"，喻当时出都远行。等到重来，"有缘重见"，己则"鬓点吴霜"，地则栏砌都换，人则色香俱褪，所以下文说"休问"。下片，离合悲欢，辗转曲尽。全篇"绮艳盈纸，亦不外沧桑之感耳"（罗忼烈《周邦彦清真集笺》）。

这首冶游之作写得精湛而又感人的地方,是下片"休问旧色旧香,但认取、芳心一点"二句。已色衰香退,而芳心一点,历久不渝,句意并美,相当于提出"芳心"比"旧色旧香"更为重要,也是判别是否"浮花浪蕊"的首要标准。清真词中女性形象,重芳心胜于玉容,所以写来往往色泽淡,而意态浓。而重意态,若王安石咏明妃所谓"意态由来画不成",与崇尚平淡、神理的时代审美风尚有关。或者,也多多少少受到了以"意"胜的宋诗主流——江西诗派的影响。(参钱鸿瑛《周邦彦研究》)龙榆生《清真词叙论》认为:"清真词之高者,如《瑞龙吟》、《大酺》、《西河》、《过秦楼》、《氐州第一》、《尉迟杯》、《绕佛阁》、《浪淘沙慢》、《拜星月慢》之属,几全以健笔写柔情。"至少从这一点上,很可以找到周邦彦和后来以江西诗法入词,因而尤擅"以健笔写柔情"的姜夔之间,在创作思路上的前后紧密关联处;又可见出,后来清代词坛上分别主要以姜、周为宗的浙西、常州两派之间,并非全然不存在关联。(按:如浙西词派中期领袖厉鹗即有《惜余春慢·戊戌三月二十二日泛湖,用清真韵》:"绿遍山腰,青回沙尾,花信几风吹断。屏间鸟度,镜里舟移,乍试苎衫绡扇。常把禅机破除,难负春妍,流光如箭。正蘅皋税驾,袜尘不动,黛明波远。 看渐是、弱絮萦烟,新荷铸水,丽景一番熏染。初啼鸠后,将噪蝉前,池阁嫩晴千变。谁道凭阑,有人暗忆年华,自怜幽倩。且停桡浅酌,霏雨沾衣数点。"《丁香结·暮春初霁,用清真韵》:"吹落娇云,展开平碧,枝上雨残犹陨。恨流光偏迅。数景物、剩得莺憨蜂润。小红曾记否,朝醒䴘、薄寒自忍。可怜游舫散后,定是芜菁开尽。 相引。早钲钉阴晴,花信催过几阵。曲巷幽坊,柳绵竹粉,翠楼生晕。谢家飘荡紫额,剪翄尘盈寸。凭阑干那曲,冶叶何人摘损。")

# 丹凤吟

迤逦春光无赖①,翠藻翻池,黄蜂游阁。朝来风暴,飞絮乱投帘幕。生憎②暮景,倚墙临岸,杏靥夭斜③,榆钱轻薄④。昼永惟思傍枕,睡起无憀,残照犹在亭角。　况是别离气味,坐来⑤但觉心绪恶。痛引浇愁酒,奈愁浓如酒,无计消铄⑥。那堪昏暝,簌簌⑦半檐花落。弄粉调朱柔素手,问何时重握。此时此意,长怕人道著。

【注释】

①"迤逦"句:迤逦,逐渐。贺铸《更漏子》:"迤逦黄昏,景阳钟动,临风隐隐如闻。"无赖,《例释》:"等于说无意、无心。"杜甫《绝句漫兴九首》其一:"眼见客愁愁不醒,无赖春色到江亭。"　②生憎:《汇释》:"犹云偏憎或最憎。"　③杏靥夭斜:杏靥,杏脸。苏轼《哨遍》:"方杏靥匀酥,花须吐绣,园林排比红翠。"夭斜,婀娜多姿貌。白居易《和春深二十首》其二十:"杭州苏小小,人道最夭斜。"　④榆钱轻薄:庾信《燕歌行》:"桃花颜色好如马,榆荚新开巧似钱。"轻薄,轻佻浮薄。杜甫《绝句漫兴九首》其五:"颠狂柳絮随风去,轻薄桃花逐水流。"　⑤坐来:《汇释》:"犹言本来或自然也。"　⑥"痛引"三句:消铄(shuò),消解。《世说新语·任诞》:"王孝伯言:'名士不必须奇才,但使常得无事,痛饮酒,熟读《离骚》,便可称名士。'"韩愈《感春四首》其四:"乾愁漫解坐自累,与众异趣谁相亲。数杯浇肠虽暂醉,皎皎万虑

醒还新。"　⑦簌簌：坠落貌。元稹《连昌宫词》："又有墙头千叶桃，风动落花红簌簌。"

## 【评析】

　　这首词写春日怀人的无聊心情。上片用反衬手法，以乐景衬愁情。起首"迤逦"句总冒上片。以下，借具体景色渲染春光无赖。"翠藻"二句，色彩鲜丽，富有生机，本来应该是赏心悦目的。"朝来风暴"二句进一步渲染，纷纷飞絮，正是诗人纷乱心绪的物化。"生憎暮景"四句，写美丽的杏花倚墙夭斜，自在飞舞的榆钱临岸轻薄，无理而妙。歇拍三句，转进一层意思。景物处处惹厌，只有用睡觉来打发时光，偏偏一觉醒来，夕晖犹照亭角，还是感到无聊。下片直抒胸臆，通过使用"况是"、"奈"、"那堪"等语词，一层深进一层，回旋顿挫，笔势如环。换头"况是"二句，点明上片种种无聊情绪，皆因别离而心绪恶劣之故，这是加倍写法。"况"字承上"无憀"，启下"无计"：觉心绪恶而"痛引浇愁酒"，是"承"；"奈愁浓如酒"，无法消解，是"转"。以下从檐花下落联想到似水流年、如花美眷，以"那堪"引出，并转出下一层意思。从"檐花落"到"柔素手"，没有语词的转折过渡，只有内在意义的过渡，这是一种潜气内转之法。（钱鸿瑛《柳周词传》）结二句统收无聊、无计。全篇通过对妍丽景物的铺染，人物心理的展示以及行为动作的描述，刻画出抒情主人公的生动形象。

　　以男子身份表达对女方的相思之情，在唐宋词史上并不多见。写得比较早也比较好的，是韦庄的一首《荷叶杯》：

　　　　绝代佳人难得。倾国。花下见无期。一双愁黛远山眉。不忍更思惟。　　闲掩翠屏金凤。残梦。罗幕画堂空。碧天无路信难通。惆怅旧房栊。

陈耀文《花草粹编》卷六《谒金门》（空相忆）词末引杨湜《古今词话》云："韦庄以才名寓蜀，王建割据，遂羁留之。庄有宠人，姿质艳丽，兼善词翰。建闻之，托以教内人为辞，强庄夺去。庄追念悒怏，作《小重山》及此词。情意凄怨，人相传播，盛行于时。姬后传闻之，遂不食而卒。"词多用唇齿间字，单单借声音即可表示宠姬曼倩之姿质，真才人"呕出心血"（傅庚生《中国文学欣赏举隅》）之作。相比而言，清真词的刻画，的确更为具体形象而且细腻深入，但与韦词之间的差异，恐怕主要是与二者体式之间的差别有关。

## 满江红

昼日移阴，揽衣起、春帷睡足。临宝鉴、绿云撩乱，未忺[①]妆束。蝶粉蜂黄都褪了，枕痕一线红生肉[②]。背画栏、脉脉悄无言[③]，寻棋局[④]。　　重会面，犹未卜。无限事，萦心曲。想秦筝[⑤]依旧，尚鸣金屋。芳草连天迷远望[⑥]，宝香薰被成孤宿。最苦是、蝴蝶满园飞，无人扑[⑦]。

【注释】

①忺（xiān）：适意，高兴。韦应物《寄二严》："丝竹久已懒，今日遇君忺。"　②红生肉：《西京杂记》卷一："赵后（指赵飞燕）体轻腰弱，善行步进退，女弟昭仪不能及也。但昭仪弱骨丰肌，尤工笑语。二人并色如红玉，为当时第一，皆擅宠后宫。"　③脉脉悄无言：杜牧《题桃花夫人庙》："细腰宫里露桃新，脉脉无言几度春。"　④寻棋局：《子夜

歌四十二首》其九："明灯照空局，悠然未有期。"棋局中无棋，谐音"无期"。　⑤秦筝：《风俗通》："筝，秦声也，蒙恬所造。"《因话录》："秦人鼓瑟，兄弟争之，破而两。筝之名自此始。"　⑥"芳草"句：《诗话总龟》前集卷三十六引《遁斋闲览》云："陈智夫，襄阳人，博学有才思，尤长于歌诗。尝遇异人授以吐纳之术，故佳句多于梦中得之，若'花笑似留客，鸟声如唤人'，又'野花临水数枝恨，芳草连天千里情'之句，虽前辈不能远过。"　⑦"最苦是"二句：《杜阳杂编》："穆宗皇帝，殿前种千叶牡丹花。始开，香气袭人，一朵千叶，大而且红。上每睹芳盛，叹曰人间未有。自是，宫中每夜即有黄白蛱蝶万数，飞集于花间，辉光照耀，达晓方去。宫人竞以罗巾扑之，无有获者。"

## 【评析】

　　这首词描写春闺怀人心曲。上片，先写女子春日睡起的无聊情态。"昼日移阴"二句，以景衬人，写女子日高懒起。接下来，"临宝鉴"二句，以女子起床后无心打扮的慵懒之状，透露情丝繁乱。"蝶粉蜂黄"二句，续写睡起动人之态。歇拍二句，以刻画富有特征的细节，揭示心理状态，为下片相思之情的宣泄埋下伏线。下片放笔言情，代言相思之苦。换头四个三字句，句短韵促，意悲情切，以质直而重拙之笔突出全篇的情感内容，为一篇之眼。接下来的"想秦筝"二句，设想情人远离之后，想必她还照常弹奏筝曲，表达内心的情愫。这一变换角度的虚拟之笔，使得对女子相思心理的刻画更深入了。"芳草连天"二句即承此意而来，女子为能排遣忧思，又登高望远，不料春草连天，视线为之遮断，只好重薰锦被，再受孤宿之苦。最后，作者笔头一转，由室内至庭院，由环境渲染转入心理描述，写女子见春色而增愁，无心扑捉蝴蝶，反而比锦帐孤眠时更伤感了。结以炽烈朴厚情语，更显余味悠长。

《满江红》一调，音节拗怒，声情激壮，适合抒写豪壮慷慨的感情。柳永似最早使用此调，或描写山水风光，或抒发羁旅哀愁，或表达相思之情。后者如下引一首，颇显直露粗糙：

访雨寻云，无非是、奇容艳色。就中有、天真妖丽，自然标格。恶发姿颜欢喜面，细追想处皆堪惜。自别后、幽怨与闲愁，成堆积。

鳞鸿阻，无信息。梦魂断，难寻觅。尽思量，休又怎生休得。谁恁多情凭向道，从来相见且相忆。便不成、常遣似如今，轻抛掷。

此后，苏轼用这个词牌感慨人生，创作了不少以阳刚之美见长的篇章，也算是对柳词在一个方面的发展。周邦彦此作，既与东坡词的激越迥然异趣，也在换头处作出符合情境的适当保留，更一变柳词俚俗的写法，在柳永的基础上又创一格，从而极大地影响了南宋以后作者。柳、周之间的亲密传承，由此可见一斑。兹录秋瑾、郁达夫的豪放之作于下，以见清真词对后世的影响中有局限的一面：

小住京华，早又是、中秋佳节。为篱下、黄花开遍，秋容如拭。四面歌残终破楚，八年风味徒思浙。苦将侬、强派作蛾眉，殊未屑。

身不得，男儿列。心却比，男儿烈。算平生，肝胆因人常热。俗子胸襟谁识我，英雄末路当磨折。莽红尘、何处觅知音，青衫湿。

三百年来，我华夏、威风久歇。有几个、如公成就，丰功伟烈。拔剑光寒倭寇胆，拨云手指天心月。到于今、遗饼纪征东，民怀切。

会稽耻，终须雪。楚三户，教秦灭。愿英灵，永保金瓯无缺。台畔班师酣醉石，亭边思子悲啼血。向长空、洒泪酹千杯，蓬莱阙。〔《满江红·福州于山戚武毅公祠新修落成，于祠同人广征纪念文字，为填一阕，用岳武穆公原韵》。按：署名岳飞的那首著名的《满江红》（怒发冲冠），自新中国成立以来，学界对其作者归属一直存在争议。详参王太岳《岳飞〈满江红〉的真伪问题》（载《建国以来古代文学问题讨论举要》)。近来，张仲谋《明词史》继余嘉锡《四库提要辨证》、夏承焘《岳飞〈满江红〉词考辨》之后提出，此《满江红》很可能是明代弘治年间词人所伪托。补充的推测依据之一是其时陈霆写的一首《念奴娇·三忠庙祀汉诸葛武侯、岳武穆、文文山》："乾坤易老，叹风尘飘荡，河山分裂。名分纲常都扫地，曾有何人提挈。身翊飞龙，气吞胡马，赤手扶天阙。精忠照耀，一时名并日月。　须信天理人心，自来不泯，千载思遗烈。庙貌燕山崇祀典，华表三忠新揭。西北中原，东南王气，回首惊风雪。伤心行路，不堪日暮时节。"］

## 瑞鹤仙

悄郊原带郭①。行路永，客去车尘漠漠。斜阳映山落。敛余红、犹恋孤城栏角。凌波步弱。过短亭、何用素约②。有流莺劝我，重解绣鞍，缓引春酌。　不记归时早暮，上马谁扶，醒眠朱阁。惊飙动幕。扶残醉，绕红药。叹西园③、已是花深无地，东风何事又恶④。任流光过却⑤。犹喜洞天⑥自乐。

**【注释】**

①带郭：绕城外郭，近城郭。皎然《寻陆鸿渐不遇》："移家虽带郭，野径入桑麻。"　②素约：旧约。《史记·韩世家》："且楚韩非兄弟之国也，又非素约而谋伐秦也。"　③西园：张衡《东京赋》："岁惟仲冬，大阅西园。"薛综注："西园，上林苑也。"此泛指文期酒会之所。　④"东风"句：李商隐《无题》："相见时难别亦难，东风无力百花残。"恶，谓

程度加深。柳永《凤凰阁》："音信难托，这滋味，黄昏又恶。" ⑤流光过郤：郤，通"隙"，空隙。《庄子·知北游》："人生天地之间，若白驹之过郤，忽然而已。"陆德明《释文》："郤，本亦作隙。隙，孔也。" ⑥洞天：道家所谓仙人所居之地。《茅君内传》："大天之内，有地之洞天三十六所，乃真仙所居。"

【评析】

　　这首词可能是出守顺昌后所作，写送客后的所遇所感。（按：黄苏《蓼园词选》认为，其所选二十二首清真词中，有一半与出知顺昌有关。可见，结合作者身世，阐发深层寄托，是该选本一贯的诠释角度。）起拍三句，点明送客之地和客去之状，郊原寂静，客去尘飞，映带出伫立怅望的情态。"斜阳"二句，孤城日落，依阑留恋，拟人兼衬托，写送客后返城之所见，进一步烘托依依难舍的惜别情怀。"凌波"以下，写黯然神伤之际，过短亭时又有所遇，因而解鞍重酌。换头三句，写从醉梦中醒来，回想昨日薄暮醉时之事。"醒眠朱阁"为点睛之语，见出此前的笔墨，皆为醒后追叙。"惊飙"五句又兴波澜，言因风起而念花落，故扶醉往视，然东风肆虐，花事堪虑，遂怆然作惜花伤春之叹。结二句，化忧为喜，聊作宽解，也将词中脉络隐约之三境——人难长聚、酒难长醉、花难长好，总摄于"流光过郤"。全篇在结构上直叙中有波澜，顺叙中插逆转，顿挫生姿；情感也随之倏起倏落，转换无迹。两相契合，正所谓"人巧至而天机随"（俞陛云《唐五代两宋词选释》引夏孙桐语）。

　　此词有本事，如王明清《挥麈余话》卷二即云：

　　　　周美成晚归钱塘乡里，梦中得《瑞鹤仙》一阕……未几，方腊盗起，自桐庐拥兵入杭。时美成方会客，闻之，仓皇出奔，趋西湖之坟庵。次郊外，适际残腊，落日在山，忽见故人之妾徒步，亦为逃避计。约下马小饮于道旁旗亭,闻莺声于木杪。分背,少焉抵庵中,尚有余醺,困卧小阁之上,恍如词中。逾月贼平,入城,则故居皆遭蹂践,旋营缉而处。继而得请,提举杭州洞霄宫,遂老焉。悉符前作。美成尝自记甚详,今偶失其本,姑追记其略,而书于编。

"悉符前作"云云,乃梦应、词谶之说,或为好事者附会。(按:王明清后来又在其《玉照新志》卷二中,通过补充描写细节的方法——托于所谓"先人所叙"——对此本事进行了大幅度的扩充。这种先简后繁的惯常套路,虽然不能成为作伪的直接判断依据,但其本身就不能不让人对它们的史料价值产生怀疑。)不过,从中也可大致确定:周邦彦在那个时期可能确有类似的行踪,而《瑞鹤仙》一词也应该就是作于其时。

# 西平乐

元丰初,予以布衣西上,过天长道中。后四十余年,辛丑正月,避贼复游故地。感叹岁月,偶成此词。①

稚柳苏晴,故溪歇雨,川迥未觉春赊。②驼褐③寒侵,正怜初日,轻阴抵死④须遮。叹事逐孤鸿尽去,身与塘蒲共晚,争知向此,征途迢递⑤,伫立尘沙。追念朱颜翠发,曾到处、故地使人嗟。

道连三楚⑥,天低四野,乔木依前,临路欹斜。重慕想、东陵晦迹⑦,彭泽归来,左右琴书自乐,松菊相依,何况风流鬓未华。多谢故人,亲驰郑驿,⑧时倒融尊⑨,劝此淹留,共过芳时,翻⑩令倦客思家。

【注释】

①词序中"天长",地名,宋时由杭州北上京师的必经之地,属淮南东路,辖境在今安徽省天长市一带。"贼",指方腊义军。 ②"故溪"二句:郑谷《下第退居》:"年来还未上丹梯,正著渔蓑谢故溪。"迥,远。春赊,春期遥远。萧纲《有所伤三首》其三:"入林看碛礧,春至定无赊。" ③驼褐:骆驼毛织的粗毛衣。欧阳修《下直》:"轻寒漠漠侵驼褐,小雨班班落燕泥。" ④抵死:《汇释》:"犹云分外也,急急或竭力也,亦犹云终究或老是也。" ⑤迢递:遥远貌。嵇康《琴赋》:"指苍梧之迢递,临回江之威夷。" ⑥三楚:孟康注《史记·货殖列传》云:"江陵为南楚,吴为东楚,彭城为西楚。"天长地处江淮,故称。 ⑦东陵晦迹:东陵侯召平隐居匿迹。《史记·萧相国世家》:"召平者,故秦东陵侯。秦破,为布衣,贫,种瓜于长安城东。瓜美,故世俗谓之'东陵瓜',从召平为名也。" ⑧"多谢"二句:《史记·汲郑列传》:"孝景时,为太子舍人。每五日洗沐,常置驿马长安诸郊,存诸故人,请谢宾客,夜以继日,至其明旦,常恐不遍。" ⑨融尊:《三国志·魏书·崔琰传》注引张璠《汉纪》曰:"(孔融)虽居家失势,而宾客日满其门,爱才乐酒,常叹曰:'坐上客常满,樽中酒不空,吾无忧矣。'" ⑩翻:《例释》:"反,却。表转折语气的副词,语气转折较重时相当于反,较轻时相当于却。"

【评析】

这是周邦彦的绝笔。上片就景叙情。起首三句,写雨后景色,让人感到春天来得不算太迟。四六句对起,是从骈文继承下来的写法,"稚柳苏晴"语序颠倒而更显精练。"驼褐"三句,写气候引起生理的不适而影响心理。春寒未尽，透过驼毛衣侵入肌肤；阳光出来正可以暖和一下，可阴云却老是将它遮住。以下由"叹"字领起五句，一气贯注。"事逐孤鸿"二句几乎是作者此时此刻对自己悲哀一生的总结。"争知向此"三句承上，续写目前可悲的处境。怎能料到如此衰年还在漫长的征途上奔波，伫立于尘沙之中。回想起自己还是一个红颜黑发的少年时，曾行经于此，不禁感慨万分，用"追念"一词将时空叠印于同一画面上。下片承上结进一步抒发感慨之情。事隔四十余年，这"故地"仍然是好一派辽阔、雄伟景象，特征明显。"重慕想"五句，由周围景色联想起高人、隐士的风范。"何况"一语，意谓自己已衰年塘蒲之身，却还"征途迢递，伫立尘沙"，该是何等悲哀。"多谢"以下，从想象回到现实，文笔又一转折。多谢旧友亲自来驿站迎接，又设酒洗尘，并劝他留下来共度这美好春光，但这些反倒使他这个倦客强烈地思念起家乡了。煞拍纯用赋笔叙述，但末一句反跌，具见此时此地心境波澜起伏。

全篇内容言志，风格苍凉，不失为暮年老成之作。其间甚为突出者，在敏锐捕捉特定景象，借以映衬与之特征相似的情感，使情景有机地融为一体。如上片由天气的阴晴冷暖变幻不定，逗起人生的今昔盛衰变化无常；下片从故地乔木非复故态，引出自己的老大徒悲之感，兴象自然，措意深微。以结构而言，虽不复呈现往昔一步三折之态，然针线亦极密。上、下片皆以景衬情，但上片言身世之感，下片言伤时之怀，意蕴层层深入，用笔并不重复。

## 浪涛沙

昼阴重，霜凋岸草，雾隐城堞①。南陌脂车②待发。东门帐饮乍阕③。正拂面垂杨堪缆结。掩红泪④、玉手亲折。念汉浦⑤离鸿去何许,经时信音绝。　　情切。望中地远天阔。向露冷风清,无人处、耿耿寒漏咽。⑥嗟万事难忘,唯是轻别。翠尊未竭。凭断云留取,西楼残月。　　罗带光销纹衾叠。连环解、旧香顿歇。怨歌永、琼壶敲尽缺⑦。恨春去、不与人期,弄夜色,空余满地梨花雪⑧。

【注释】

①城堞(dié):泛指城墙。《春秋公羊传·定公十二年》:"雉者何?五板而堵,五堵而雉,百雉而城。"　②脂车:古代车子轮轴涂上油脂,以得远行。《左传·襄公三十一年》:"宾从有代,巾车脂辖。"　③"东门"句:帐饮,古时送人远行,在野外路旁设帷以饯别,谓之帐饮。《海录碎事·酒门》:"野次无宫室,故曰帐饮。"阕,一曲终了谓阕,此指别宴终了。《汉书·疏广传》:"广遂称笃,上疏乞骸骨。上以其年笃老,皆许之。加赐黄金二十斤,皇太子赠以五十斤。公卿大夫故人邑子设祖道,供帐东都门外,送者车数百辆,辞决而去。"　④红泪:《拾遗记》卷七:"魏文帝所爱美人,姓薛名灵芸,常山人也。……咸熙元年,谷习出守常山郡,闻亭长有美女而家甚贫,时文帝选良家子女以入六宫,习以千金宝赂聘之。既得,乃以献文帝。灵芸闻别父母,歔欷累日,泪下沾衣。至升车就路之时,以玉唾壶承泪,壶则红色。既发常山,及至京师,壶中泪凝如血矣。"　⑤汉浦:汉江之滨。白居易《江州赴忠州至江陵已来舟中示舍弟五十韵》:"溯流从汉浦,循路转荆衡。山逐时移色,江随地改名。"　⑥"向露冷"二句:何逊《入西塞示南府同僚》:"露清晓风冷,天曙江晃爽。"毛文锡《恋情深》:"滴滴铜壶寒漏咽,醉红楼月。"　⑦"怨歌永"句:《晋书·王敦传》:"每酒后辄咏魏武帝乐府歌曰:'老骥伏枥,

志在千里。烈士暮年，壮心不已。'以如意打唾壶为节，壶边尽缺。"

⑧梨花雪：毛熙震《菩萨蛮》："梨花满地飘香雪。高楼一夜风筝咽。"

【评析】

　　这是一首怀人之作。第一叠起首至"玉手亲折"，追述往事。"昼阴重"三句，写别时凄冷景象。"南陌"以下四句，述饯行及折柳送别女子的深情。"念汉浦"二句，宕回现实，点出别后即音信皆断。以下两片皆承上，念怅望之深。第二叠写深切的怀念。"情切"四句写因思念伊人，更觉孤枕难眠。"嗟万事"二句，嗟叹轻别之难忘，无奈沉痛语。"翠尊"二句，承述难忘之实，也为下文蓄势。第三叠，写别后怨情。罗带光消，锦衾纹叠，连环开解，旧香顿歇，琼壶敲缺，层层深入，一气而下如疾风骤雨。自"恨春去"以下，总束春去无情。春去即人去，人去则美好时光亦尽去，不再与人以佳期，但铺满一地梨花，使人愁绝。"弄夜色"三字，"于前路奔驰之下，忽作停顿"（唐圭璋《唐宋词简释》），姿态横生。一结融美好情事入凄丽空茫，极尽摇曳之致。需要补充说明的是，钱鸿瑛《柳周词传》提出，如果按照陈洵影响很大的、自起首至"玉手亲折"乃"追叙别时"（《海绡说词》）的说法，"念汉浦"二句自应解为词人对以"离鸿"为喻之女子的怀念。但依据古代风俗，折柳者系送行之人，而非被送者。所以，只有将这两句理解为悲伤得"掩红泪"的女子"折柳赠别时的想象"，才能说得通。可参。

　　万树高度赞赏此词"精绽悠扬，真千秋绝调"（《词律》卷一），是说与柳永的《浪淘沙》相比：

　　　　梦觉、透窗风一线，寒灯吹息。那堪酒醒，又闻空阶，夜雨频滴。嗟因循、久作天涯客。负佳人、几许盟言，便忍把、从前欢会，陡顿翻成忧戚。　　愁极。再三追思，洞房深处，几度饮散歌阑，香暖鸳鸯被，岂暂时疏散，费伊心力。㐮云尤雨，有万般千种，相怜相惜。　　恰到如今，天长漏永，无端自家疏隔。知何时、却拥秦云态，愿低帏昵枕，轻轻细说与，江乡夜夜，数寒更思忆。（按：周邦彦另有一首同调"万叶战"，与此首"昼阴重"同属商调。两相比较，除四声多出入外，此首"玉手亲折"之"折"字叶，另一首"帘幕千家"之"家"字平声不叶；此首"翠尊未竭"句之"竭"字叶，另一首"岁华易老"句之"老"字不叶；此首"罗带光销纹衾叠"句之"叠"字叶，另一首"飞散后风流人阻"句之"阻"字不叶；且此首句法为上四下三，另一首乃为上三下四，于音拍不合。龙榆生《词律质疑》以为，张炎《词源》卷下谓美成"于音谱且间有未谐"，于此等句法，庶几近之。）

这首词的韵位安排较为均匀，歌词用韵将三段乐曲统一起来，"以节制柳永原调放荡不羁的行为"（施议对《词与音乐关系研究》），使得乐曲形式归于"平整"。而这，正是"千秋绝调"之所以产生的原因之一。与此相关，这首词中"雾隐城堞"、"玉手亲折"、"唯是轻别"是四言拗体，而"雾隐城堞"是四声句（四字平仄依次为去上平入）。"经时信音绝"、"耿耿寒漏咽"是五言拗体，"东门帐饮乍阕"、"望中地远天阔"是六言拗体。"汉浦离鸿去何许"、"罗带光销纹衾叠"是七言拗体。拗句工而且多，严于声律，也说明清真词在这一方面正与杜诗相仿佛。邵瑞彭序其高弟杨易霖《周词订律》即云："词律之义有二：一为词之音律，一为词之格律。所谓词之音律，如宫调，如旁谱，宋人词集中往往见之，然节奏已亡，铿锵遂失……若夫词之格律，本为和协音律而起，但音律既难臆测，不能不于字句声响间寻其格律。格律止求谐乎喉舌，音律兼求谐乎管弦，世未有喉舌不谐而能谐乎管弦者。……尝谓词家有美成，犹诗家有少陵，诗律莫细乎杜，词律亦莫细乎周。"

周济借用画论中体现艺术辩证法精神的"钩勒"范畴，从一个侧面揭示出清真词高妙的艺术手法，加深了对其艺术成就的理解："读得清真词多，觉他人所作，都不十分经意，钩勒之妙，无如清真，他人一钩勒便薄，清真愈钩勒愈浑厚。"（《介存斋论词杂著》）在周济看来，词体强调含蓄蕴藉之美，词中主旨以隐含不露为高，一般词人或不懂含蓄，或唯恐别人不理解词中意旨，而用"钩勒"之法彰显之，结果却丧失了蕴藉之美，使词流于浅薄寡味。清真词中也有一些点明主旨的"钩勒"之句，却不仅没有使词的含蓄蕴藉之美受到影响，反而"愈钩勒愈浑厚"，审美价值更高，这是他人难以达到的境界。对于这种"钩勒"，周济也有具体说明，如这首《浪涛沙》，"恨春去"句为其所评"钩勒"之句。从全词来看，该句以上，由往事写到现在，反复渲染现今的思念。"恨春去"句跳出叙事语境，直接抒发情感，好似对以上情事的总结，全篇主旨也于此句显明和凸现。这种以叙事渲染、以抒情"钩勒"的手法，使词旨在显与不显中闪动，意境更加浑厚。（按：当然，周邦彦之前，柳永也擅此法。如《斗百花》："煦色韶光明媚。轻霭低笼芳树。池塘浅蘸烟芜，帘幕闲垂风絮。春困厌厌，抛掷斗草工夫，冷落踏青心绪。终日扃朱户。　远恨绵绵，淑景迟迟难度。年少傅粉，依前醉眠何处。深院无人，黄昏乍拆秋千，空锁满庭花雨。"换头"远恨绵绵"句点明题旨，正是周济所指出的"以一二语勾勒提掇"的笔法，与清真词有异曲同工之妙。）

周济《宋四家词选》论此词第二叠换头数句："空际出力，梦窗最得其诀。"在这方面，吴文英的《齐天乐》是一个典型例证：

烟波桃叶西陵路，十年断魂潮尾。古柳重攀，轻鸥聚别，陈迹危亭独倚。凉飔乍起。渺烟碛飞帆，暮山横翠。但有江花，共临秋镜照憔悴。　华堂烛暗送客，眼波回盼处，芳艳流水。素骨凝冰，柔葱蘸雪，犹忆分瓜深意。清尊未洗。梦不湿行云，漫沾残泪。可惜秋宵，乱蛩疏雨里。

"凉飔"以下五句，写倚亭所见。前三句是远眺所见：凉风天末，急送飞舟，掠过水中沙洲，留下的只是黄昏时的远山翠影，一片迷蒙。后二句写近处，江水江花，江面如镜，映花照人。江水里的花影、人影都是憔悴的，以江水的平静与内心的波澜相形，益见相思憔悴。"渺烟碛"二句，于整篇追念旧欢的主旨而言，确如陈洵所评"空际出力"（《海绡说词》）。周、吴之间的关联，所谓"前有清真，后有梦窗"（尹焕《梦窗词序》），由吴文英《惜黄花慢》（送客吴皋）词序所云，亦可见一斑："次吴江小泊，夜饮僧窗惜别，邦人赵簿携小妓侑尊，连歌数阕，皆清真词。酒尽，已四鼓，赋此词钱尹梅津。"

# 忆旧游

记愁横浅黛，泪洗红铅①，门掩秋宵。坠叶惊离思，听寒螀②夜泣，乱雨潇潇。凤钗③半脱云鬓，窗影烛光摇。渐暗竹敲凉④，疏萤照晚，两地魂销。　　迢迢。问音信，道径底花阴，时认鸣镳⑤。也拟临朱户，叹因郎憔悴，羞见郎招。⑥旧巢更有新燕，杨柳拂河桥。但满目京尘⑦，东风竟日吹露桃⑧。

【注释】

①红铅：胭脂和铅粉。杜牧《宣州留赠》："红铅湿尽半罗裙，洞府人闲手欲分。"　②寒螀（jiāng）：寒蝉。《论衡·变动篇》："夏末蜻蛚鸣，寒螀啼，感阴气也。"　③凤钗：《中华古今注》："钗子，盖古笄之

遗像。始皇以金银作凤头,以玳瑁为脚,号曰凤钗。"　④暗竹敲凉:郑谷《池上》:"露荷香自在,风竹冷相敲。"　⑤鸣镳:《说文》:"镳,马衔也。"段注:"马衔横贯口中,其两端外出者系以銮铃"。　⑥"叹因郎"二句:元稹《会真记》:"不为旁人羞不见,为郎憔悴却羞郎。"　⑦京尘:陆机《为顾彦先赠妇二首》其一:"京洛多风尘,素衣化为缁。"　⑧露桃:桃树,桃花。《乐府诗集》卷二十八《鸡鸣》:"桃生露井上,李树生桃旁。"

【评析】

　　这首词当是作者在汴京求官期间,接到昔日相好的一位女子从外地寄来的信,回想起当初分手时的情景,从而引发思念之情而作。上片回忆分别前的一幕幕痛苦情景。从女子的愁容、愁态和秋夜的凄凉景象写到分手,情景历历,如在目前。下片悬想伊人此时境况,把她探问消息和相思憔悴的种种情态写得活灵活现。最后以景寓情,写出作者此时欲归难得、惆怅迷惘的心情。在韵位安排上,上片第二、三句,下片的第三、四句和结尾两句,都连用平收,是全篇音节低沉的关键所在。"幸而"(龙榆生《词学十讲》)最末用了一个"平平去入平去平"的拗句,把它略为振起,才不致凄婉欲绝。又,下片中的"旧巢"等句,可能寄托有身世之感和政治之怀,但亦似不必深求为与新旧党争相关的人事更迭。全篇时空交错,情景交融,虚实结合,含蓄蕴藉,充分体现了清真词"造境抒情"(刘扬忠《周邦彦词选评》)的高超技巧。

　　此词中的"倒插"与"反接"之法,尤为值得注意。倒插,是指词人行文时原本从追忆起笔,却故意先不说破,而在后文中才轻轻点破。柳永词、秦观词都是行文至"眼前"时,才点破上文均为"回忆"之笔。周邦彦则往往在起笔时,就若即若离地轻轻点透。如这首词中开头的

"记"字，就是一直透入上片结句，当读者几乎忽略了"记"字，以为都是写眼前景、事时，才用"两地魂销"一语点醒，以上写景叙事均为彼时彼地分别时的景象。与此相关，过片"迢迢"是词人眼前所感，但从"问音信"至"杨柳拂河桥"，又是借助书信追忆此时彼地的悬想之辞。全词只有最后两句写眼前景，并在用典及景物的描写中透露倦游怀人之情。反接，是作者有意识地逆转情感流向、制造情感落差而蓄势，使情感处在情感欲爆发但尚未爆发的饱满张力之中，反而因之具有了穿透力极强的感人力量。如此词下片中，先写女子信中说"径底花阴，时认鸣镳"，这是无音讯时的热望；接着，女子设想了如果有音讯时的情况。按照无音讯时女子盼望殷切的常理推论，其感情的直线发展应该是顺势而下，就像李白《长干行》中所写的少妇那样："早晚下三巴，预将家书报。相迎不道远，直至长风沙。"此词却是反接"也拟临朱户，叹因郎憔悴，羞见郎招"，将盼归来之意，恐捐弃之心，曲曲道出，因而读来倍觉意婉而姿态横生。（参孙虹《北宋词风嬗变与文学思潮》）

民国著名词人易孺曾作有一首《忆旧游·沪上徐园，为邹四作》，录以参详其四声一字不苟处：

> 记梳香滑圃，逭暑斜泠，闲度今年。几日新凉嫩，又轻飔尘外，忙趁秋烟。一声最惊幽啸，塘北舞翩跹。正淡妥词怀，清苏兵气，都在芳园。　　良缘。念多误，叹节近重阳，人远长安。渐紧霜腴蕊，怕零金重拾，如鬓初残。曲廊易供沈想，瑶梦话无端。（邹述昔曾梦及如此园亭，今恍践前游云。）问畅好林坰，寻伊酒约风雨寒。（《大厂词稿·简宦词》）

## 蓦山溪

湖平春水，菱荇①萦船尾。空翠入衣襟，拊轻桹、游鱼惊避。②

晚来潮上，迤逦没沙痕，山四倚。云渐起。鸟度屏风里。　　周郎逸兴，黄帽侵云水。③落日媚沧洲④，泛一棹、夷犹⑤未已。玉箫金管，不共美人游，因个甚，烟雾底。独爱莼羹美⑥。

## 【注释】

①荇（xìng）：荇菜，水草名。罗隐《姑苏城南湖陪曹使君游》："倚风荇藻先开路，迎旆凫鹥尽著行。"　②"空翠"二句：空翠，指青色的潮湿雾气。潘岳《西征赋》："纤经莲白，鸣桹（láng）万响。"《文选》注："《说文》：桹，高木也。以长木叩舷为声，言曳纤经于前，鸣长桹于后，所以惊鱼，令入网也。"　③"周郎"二句：逸兴，超逸豪放的意兴。王勃《秋日登洪府滕王阁饯别序》："遥襟甫畅，逸兴遄飞。"《汉书·佞幸传》："邓通，蜀郡南安人也，以濯船为黄头郎。文帝尝梦欲上天，不能，有一黄头郎推上天，顾见其衣尻带后穿。觉而之渐台，以梦中阴目求推者郎，见邓通，其衣后穿，梦中所见也。"颜师古注："濯船，能持濯行船也。土胜水，其色黄，故刺船之郎皆著黄帽，因号为黄头郎也。"杜甫《有怀台州郑十八司户》："黄帽映青袍，非供折腰具。"④沧洲：滨水的地方，此暗指隐士的居处。《南史·袁粲传》："粲负才尚气，爱好虚远，虽位任隆重，不以事务经怀。独步园林，诗酒自适。……尝作五言诗，言：'访迹虽中宇，循寄乃沧洲。'盖其志也。"　⑤夷犹：屈原《九歌·湘君》："君不行兮夷犹，蹇谁留兮中洲。"王逸注："夷犹，犹豫也。"　⑥"独爱"句：《晋书·文苑列传》："张翰字季鹰，吴郡吴人也。……翰因见秋风起，乃思吴中菰菜、莼羹、鲈鱼脍，曰：'人生贵得适志，何能羁宦数千里以要名爵乎！'遂命驾而归。"

## 【评析】

这首词写羁旅仕宦之愁。从词中流露的不再迷恋功名，而要回归自然的情绪,以及"夷犹"一语所表现出的在用舍行藏(《论语·述而》:"用之则行,舍之则藏,唯我与尔有是夫。")之间的犹豫、矛盾心态来看,应是中年以后的作品。罗忼烈《周邦彦清真集笺》以其可能同时之作《次韵周朝宗六月十日泛湖五首》其二中"眷言江海期,百年行欲半"二句,作为此词当作于"崇宁二三年间"的文本依据。可参。

此词与清真词一贯的沉郁顿挫、典丽缜密的作风不同,是以近于东坡一派的清旷疏放为美。词写一次春日游湖所获得的逸兴雅趣。上片的春水平湖,菱荇紫船,空翠入襟,游鱼避桹,晚潮迤逦,山云倚起,鸟度屏风,极写湖上景色之美和荡舟游湖之乐,境界空明而高远。下片写因游湖之乐而引起的关于人生归宿的感悟:世间万美,包括词中提到的吹玉箫弄金管的美人,都不如回到江南老家、自由自在地隐居浪游于山水之间的"莼羹美"。全篇的写景抒情既显豁而又含蓄,作者游湖本为排遣乡愁,却通篇不言愁而只言乐,直至篇末才点出张翰式的思归之愿,所谓"曲终奏雅"。兹录姜夔同调之作:

> 与鸥为客,绿野留吟屐。两行柳垂阴,是当日、仙翁手植。一亭寂寞,烟外带愁横,荷苒苒,展凉云,横卧虹千尺。　　才因老尽,秀句君休觅。万绿正迷人,更愁入、山阳夜笛。百年心事,惟有玉阑知,吟未了,放船回,月下空相忆。

以见《蓦山溪》一调的基本作风。

# 少年游

南都石黛扫晴山[①]。衣薄耐朝寒[②]。一夕东风,海棠花谢,楼上卷帘看。　　而今丽日明[③]如洗,南陌暖雕鞍[④]。旧赏园林,喜无风雨,春鸟报平安⑤。

**【注释】**

①"南都"句：荆州在春秋时即为楚国郢都,梁元帝萧绎建都于此,称南都。石黛,古代妇女用来画眉的一种青黑色颜料。徐陵《玉台新咏序》："南都石黛,最发双蛾。"李商隐《代赠二首》其二："总把春山扫眉黛,不知供得几多愁。"　②"衣薄"句：耐,同"奈",意为可受得住,可受得起。韩偓《浣溪沙》："宿醉离愁慢髻鬟。六铢衣薄惹轻寒。"　③丽日明：张正见《赋得日中市朝满》："云阁绮霞生,旗亭丽日明。"　④"南陌"句：南陌,泛指朝阳的道路。沈约《临高台》："所思竟何在,洛阳南陌头。"王安石《送丁廓秀才归汝阴》："殷勤陌上日,为客暖征鞍。"　⑤"春鸟"句：杜甫《夕烽》："夕烽来不尽,每日报平安。"

**【评析】**

这首词语势轻快,上片写往日情事,通过海棠花谢等细节喻人事沧桑,表达无限眷恋。下片写今番欢聚,描绘心境随着人生际遇而发生的相应变化,表达深挚喟叹。清真词善于在时空的错综变换中创造词的境界(乔大壮手批《片玉集》),这首词和下一首词是很好的例子,可作姊妹篇看。

在唐宋诗词中,单就写海棠或涉及海棠而言,其水准究竟如何,李清照的《如梦令》是一个绕不过去的比照标杆：

　　昨夜雨疏风骤。浓睡不消残酒。试问卷帘人,却道海棠依旧。知否。知否。应是绿肥红瘦。

其实,若论情境,韩偓的《懒起》先已点出："昨夜三更雨,临明一阵寒。海棠花在否,侧卧卷帘看。"若论语言,韩琮的《暮春浐水送别》也已经类似:"绿暗红稀出凤城,暮云楼阁古今情。行人莫听宫前水,流尽年光是此声。"但是,易安词后来居上,通过表现手法的变化,体现了更为强烈的感情,塑造了更为生动的形象。其独创性之一,在于以对话入词,使丫鬟的漫不经心和小姐的敏感思致形成鲜明对比。丫鬟和小姐互动并对比的模式,本来是中国文学中多种文体所常用的,这首词则是:"一问极有情,答以'依旧',答得极淡,跌出'知否'二句来。而'绿肥红瘦',无限凄婉,却又妙在含蓄。短幅中藏无数曲折,自是圣于词者。"(黄苏《蓼园词选》)而在语言上,"绿肥红瘦"一句,以具体喻抽象,在时间的突然凝聚中推出直观的形象,比对强烈而又鲜明。同时,由于身体的肥与瘦往往是人的精神状态的外在表现,因此,用于花与叶,便使之带上强烈的感情色彩,进一步深化了前人所开创的这一意境。相比而言,周邦彦的这首《少年游》,以及宋代无名氏的一首《海棠春》:

  晓莺窗外啼春巧。睡未足、把人惊觉。翠被晓寒轻,宝篆沈烟袅。  宿酲未解,宫娥报道。别院笙歌宴早。试问海棠花,昨夜开多少。(按:《全宋词》列此首入秦观存目词,然首句作"流莺窗外啼声巧"。又,此词后来被洪昇阑入《长生殿》第四出《春睡》——《海棠春》:"流莺窗外啼声巧,睡未足,把人惊觉。〔老〕翠被晓寒轻,〔贴〕宝篆沈烟袅。〔旦〕宿酲未醒宫娥报,〔老、贴〕道别院笙歌会早。〔旦〕试问海棠花,〔合〕昨夜开多少。"其间颇有意味之处,似不仅仅在于从中可见该词在后世较为别致的传播接受形式。)

虽然在海棠意象和人物心理方面,都可与韩偓诗比观,但若讲曲折生动,就都"逊李清照甚多"(张宏生《经典确立与创作建构——明清女词人与李清照》)。

# 少年游

朝云漠漠散轻丝。楼阁淡春姿①。柳泣花啼②,九街③泥重,门外燕飞迟④。　而今丽日明金屋,春色在桃枝。不似当时,小桥冲雨⑤,幽恨两人知。

【注释】

①春姿:杜甫《乾元中寓居同谷县作歌七首》其六:"呜呼六歌兮歌思迟,溪壑为我回春姿。"　②柳泣花啼:李咸用《和殷衙推春霖即事》:"柳眉低带泣,蒲剑锐初抽。"欧阳修《蝶恋花》:"和露采莲愁一饷。看花却是啼妆样。"　③九街:大道。《三辅黄图》:"长安城面三门,四面十二门,皆通达九逵,以相经络。"　④飞迟:萧纲《赋得入阶雨》:"渍花觉枝重,湿鸟羽飞迟。"　⑤冲雨:冒雨,顶着雨。韩偓《伤春》:"中酒向阳成美睡,惜花冲雨觉伤寒。"

【评析】

这首词也是追忆往昔,以与今日情景比较。但跟上一首的淡雅平和稍稍有所不同的是,作者通过"不似当时"句的波澜翻转,将"而今"和"当时"拉拢在了一起,表达出抚今追昔的苦涩幽怨:如今虽已是风和日丽,春光明媚,却也失去了过去风雨中的那种只有"两人知"的执著情怀。这与苏轼《定风波》词末的点睛之笔"也无风雨也无晴(情)",似乎在字面意思上比较接近,但不曾像东坡词那样,一结而出之以经由大自然微妙的一瞬所获得的哲理性顿悟。

周、苏两人词风的某些不同，是否多少也与文学以外的因素有关，是一个有待讨论的课题。元丰八年（1085）苏轼入朝后，其门下的张耒、晁补之、秦观等陆续来京，第一步是先到太学任职。与周邦彦离开太学出任庐州教授，恰好在同一时期之内。从两者进退的不同，不难看出新旧党争所留下的痕迹。周邦彦的叔父周邠，与苏轼为终生莫逆之交。周邦彦作为故人子弟，与苏轼却绝无通问。这不免是个迹象，表明两人之间横亘着某种障碍。周邦彦同"秦七黄九"等苏门诸彦，本来有着在京师太学结交的机缘，可是彼此掉臂而过，不相知闻。这不免又是个迹象，表明他们之间存在着妨碍彼此走向一起的政治分野。（参吴熊和《周邦彦琐考》）

# 秋蕊香

乳鸭池塘水暖①。风紧柳花迎面。午妆粉指印窗眼②。曲里长眉③翠浅。　问知社日停针线④。探新燕。宝钗落枕春梦远。帘影参差满院。

【注释】

①"乳鸭"句：苏轼《惠崇春江晚景》："竹外桃花三两枝，春江水暖鸭先知。"　②"午妆"句：《野客丛书》卷十："或谓眉间为窗眼，谓以粉指印眉心耳。此说非无据，然直作窗牖之眼，亦似意远。盖妇人妆罢，以余粉指点印于窗牖之眼，自有闲雅之态。仆尝至一庵舍，见窗壁间粉指无限，诘其所以，乃其主人尝携诸姬抵此。因思周词，意恐或然。"

③曲里长眉：眉细而益曲。李贺《公子郑姬歌》："自从小靥来东道，曲里长眉少见人。"  ④"问知"句：《墨庄漫录》卷九："今人家闺房，遇春秋社日，不作组䌖，谓之忌作。……予见张籍《吴楚词》云：'庭前春鸟啄林声，红夹罗襦缝未成。今朝社日停针线，起向朱樱树下行。'乃知唐时已有此忌，循习至今也。"

【评析】

　　这首词写闺中相思之情。首二句的鸭塘水暖，风柳迎面，写春色明媚，撩乱情思。接下来的午描眉，停针线，探新燕，借写思妇日常生活细节，透露百无聊赖情状。最后，以春日入梦，帘影参差作结，若有所待。全篇扣紧跟春思有关的景物和细节着笔，念远怀人之情写来细腻生动，含蓄蕴藉。"这种笔法不仅是柳永词中所罕见，即使清真自己词中，也是不多的。"（钱鸿瑛《柳周词传》）

　　清初贺裳在其《皱水轩词筌》中说："从来佳处不传，不但隐鳞之士，名人犹抱此憾。周清真人所共称，然如：'乳鸭池塘水暖……帘影参差满园。'《草堂》所收周词，不及此者多矣。"作为反思著名选本《草堂诗余》的一个方面，这种对选词情况提出的质疑，所谓当收而不收，不当收而收，代表着后来的评论者对清真若干词作——这首《秋蕊香》只是其中相对突出的一个例子——水平高下的某种综合比较判断。贺氏论词，贵含蓄雅洁，谓必语淡而情浓，事浅而言深，乃得词家三昧。此当即其具体取舍评判标准，犹《皱水轩词筌》自序中所谓"赏心"。

## 渔家傲

　　灰暖香融销永昼①。蒲萄架上春藤秀。曲角栏干群雀斗。清明后。风梳万缕亭前柳。　　日照钗梁光欲溜②。循阶竹粉沾衣袖③。拂拂面红如著酒④。沈吟久。昨宵正是来时候。

【注释】

①"灰暖"句：李贺《谢秀才有妾缟练改从于人秀才引留之不得从生感忆座人制诗嘲谢贺复继四首》其三："灰暖残香炷，发冷青虫簪。"柳永《郭郎儿近拍》："薰风帘幕无人，永昼厌厌如度岁。"　②"日照"句：钗梁，钗的主干部分。庾信《奉和赵王美人春日》："步摇钗梁动，红输被角斜。"李煜《浣溪沙》："佳人舞点金钗溜。酒恶时拈花蕊嗅。"

③"循阶"句：徐陵《侍宴》："嫩竹犹含粉，初荷未聚尘。"姚合《游春十二首》其十一："嚼花香满口，书竹粉黏衣。"　④"拂拂"句：拂拂，肌肤红润貌。顾况《公子行》："红肌拂拂酒光凝，当街背拉金吾竹。"著酒，醉酒。庾信《咏画屏风诗二十五首》其二十三："面红新著酒，风晚细吹衣。"

【评析】

这首词写闺中女子春日情思，有两个显著的特点：一是结构精妙。上片是现境，过片以下三句是追思实写，结二句又收回现境，同时绾合着昨日相见的回忆。情节既错综往复，词情便动荡变化。这种大开大阖的结构安排，原是清真长调词的一大本领，能运用于小令，更为可喜。二是意境兼有开朗而又含蓄之妙。词境由灰暖香融的室内，再青藤秀春、群雀斗情的窗外，一步步推向春风杨柳的室外空间。开放的词境，不写之写地体现出了人物开朗的心态，欢愉的心情。欢欣之情既已融化于境象之中，蕴而不露，便有含蓄之妙。有了上片今日回忆时安谧温馨、秀丽明快情境的烘托，则下片所"沈吟"回味的昨日欢会，虽然只是通过钗光欲溜、竹粉沾袖、面如著酒等细节，直观呈现光彩动人形象，但以实带虚，以少总多，其印象之深刻、感受之强烈，以及随之而起的对所爱之人再度出现的热切盼望，就愈加显得突出了。

## 渔家傲

几日轻阴寒测测。东风急处花成积。醉踏阳春①怀故国。归未得。黄鹂久住如相识②。　赖有蛾眉能暖客③。长歌屡劝金杯侧。歌罢月痕来照席④。贪欢适。帘前重露成涓滴⑤。

【注释】

①踏阳春：《海录碎事》卷十七："显德中，齐有人病狂，每歌曰：'踏阳春，人间二月雨和尘。阳春踏尽秋风起，肠断人间白发人。'"②"黄鹂"句：戎昱《移家别湖上亭》："黄莺久住浑相识，欲别频啼四五声。"③"赖有"句：《诗·卫风·硕人》："螓首蛾眉，巧笑倩兮，美目盼兮。"暖客，一作"缓客"。④"歌罢"句：杜甫《送孔巢父谢病归游江东兼呈李白》："罢琴惆怅月照席，几岁寄我空中书。"⑤"帘前"句：涓滴，露珠一点一点地滴落。杜甫《倦夜》："重露成涓滴，稀星乍有无。"

【评析】

这是一首思乡曲。词之下片写尽昨宵蛾眉暖客、长歌屡劝的歌板清欢，可主调却是上片难以释怀的朝来思归念家愁绪，前者既是因后者而起,也是为之而设。跟上一首《渔家傲》相比,这首词在情感内涵、艺术品格方面有明显的开拓和升华。具体表现在,其一,由泛化的闺中佳人而男性的词人自身,抒情主体通过这样的变化,实现了与创作主体的对应同一。其二,此前的艳情词创作,溺于类型化的花间尊前吟唱,缺乏自我的情感新质。此词注入作者的失意和思乡情怀,极大地丰富和深化了艳情题材之作的情感内涵。更重要的是,这种将人生体验与恋情艳事相结合的写法,无一语述及却处处流露淹留之苦,沉郁而顿挫,"指明了艳情词作的发展取向和路途"(陈鑫、刘尊明《试论宋代渔家傲词的创作与嬗变》),影响深远。

当然,类似的写法,苏轼此前在相关题材中已经有过尝试,最著者如《江城子》,其中"纵使相逢应不识,尘满面,鬓如霜"等句,在表现对亡妻痛彻心扉的思念同时,也包含了自己人生的失意。(按:彭国忠《元祐词坛研究》认为:"妻子"形象是苏门词人对词坛的新贡献,她们主要出现在悼亡和寄内、寿内几种题材中,灌注了词人深厚的情感和尊重女性的态度。"妻子"形象"净化"了男女之情,为婉约词开一新境界,其意义不减于豪放词的开疆拓土。)两者之间,或许不只是简单的前传后承关系。

## 南乡子

晨色动妆楼①。短烛荧荧②悄未收。自在开帘风不定,飕飕。池面冰澌③趁水流。　　早起怯梳头。欲绾云鬟又却休。不会沈吟思底事④,凝眸。两点春山⑤满镜愁。

【注释】

①"晨色"句：元稹《连昌宫词》："寝殿相连端正楼，太真梳洗楼上头。晨光未出帘影动，至今反挂珊瑚钩。"　②荧荧：秦嘉《赠妇》："飘飘帷帐，荧荧华烛。"　③冰澌（sī）：澌，同"凘"。解冻时流动的冰。吴均《梅花落》："流连逐霜彩，散漫下冰澌。"　④"不会"句：不会，不领会，不知道。吴尚野《咏邻女楼上弹琴》："此情人不会，东风千里传。"底事，何事。晏几道《鹧鸪天》："年年底事不归去，怨月愁烟长为谁。"　⑤春山：山容为春色点染，其色黛青，故后来成为眉的代称。欧阳修《玉楼春》："春山敛黛低歌扇。暂解吴钩登祖宴。"

【评析】

传统的"春愁"题材，往往和广阔的社会生活联系在一起，成为其中相当重要而且华美的组成部分。这首词通过选取晨起梳妆、对镜凝眸的细节，委婉含蓄地表现女子的哀怨情愁。章法结构是常见的上景下情。上片景中有情，通过写景暗示情感状态。残烛荧荧，是通宵未眠；风帘飘飞，冰澌逐流，则是以"同形同构"之理，象征起伏不定的杂乱心绪。下片的早起怯梳，欲挽又停，沉吟凝眸，欲说还休，是通过描述女子的一连串动作，以曲折离合之笔点染其伤春伤别之情。一结点睛，两弯愁眉，满镜愁容，尤其堪称笔不着纸的圣手写生之法。

# 望江南

游妓散，独自绕回堤。①芳草怀烟迷水曲，密云衔雨暗城西。九陌未沾泥。② 桃李下，春晚未成蹊。③墙外见花寻路转，柳阴行马过莺啼。无处不凄凄④。

【注释】

①"游妓"二句：欧阳修《采桑子》："笙歌散尽游人去，始觉春空。" ②"芳草"三句：怀烟，含烟。《易·小畜》："密云不雨，自我西郊。"韩偓《初赴朝集》："轻寒著背雨凄凄，九陌无尘未有泥。还是平时旧滋味，慢垂鞭袖过街西。" ③"桃李"二句：《史记·李将军列传》："谚曰：'桃李不言，下自成蹊。'"《索隐》："按，姚氏云：'桃李本不能言，但以华实感物，故人不期而往，其下自成蹊径也。'" ④凄凄：悲伤凄凉貌。谢灵运《道路忆山中》："凄凄明月吹，恻恻广陵散。"

【评析】

这首词，和北宋一般小令不同，是以绝大篇幅写晚春种种景色，却又不失诸堆砌琐碎，也未流于乏味平庸，主要在于以景传情，将曾经的欢乐喜悦和曲终人散的冷寂失落，以深入一层的美景衬哀情的手法，刻画得细致入微，又深婉蕴藉，所谓深入言情者善于写景。整篇的关键在一起一结，首句猛下"游妓散"三字，已具穿透力意，自此以下，措辞张弛有度而步步紧逼，直至末句，轻点一"凄凄"却又以"无处不"三字重压之，使得前后映照，全首欲活。乍看来，一首只是一句，一句只是一感觉，所谓"唯简则明，积明斯厚"（俞平伯《清真词释》）。

此词的总体布局值得注意，也就是谭献《复堂词话》评欧阳修《采桑子》所说的"扫处即生"：

群芳过后西湖好，狼籍残红。飞絮蒙蒙。垂柳阑干尽日风。

笙歌散尽游人去，始觉春空。垂下帘栊。双燕归来细雨中。

扫即扫除，生即生发。欧、周词的首句，都是说的前一个阶段的情景的结束，一则春光已尽，一则佳人已散。以已尽、已散而不是未尽、未散开篇，不就等于是把有可写之处的东西扫除了吗？等到读下去，才知道下面又出现了另外一番情景，一是写暮春时节的闲淡愁怀，一是写独步归去的凄凉意绪。而这些，才是词人所要着力表现的，也是词中最为动人的部分，所以叫"扫处即生"。这种写法，本来是因为受到篇幅限制而被"逼"出来的写法，却也正好可以把省略了的部分当作背景，以反衬正文，从而"出人意外"（沈祖棻《宋词赏析》）地加强了正文的感染力量。后来，李清照的《武陵春》（风住尘香花已尽）也是如此布局。

## 浣沙溪

争挽桐花①两鬓垂。小妆弄影照清池②。出帘踏袜③趁蜂儿。跳脱④添金双腕重，琵琶拨尽四弦悲⑤。夜寒谁肯⑥剪春衣。

【注释】

①桐花：古时女子发式。 ②"小妆"句：庾肩吾《咏美人看画》："镜前难并照，相将映渌池。看妆畏水动，敛袖避风吹。" ③踏袜：犹言刬袜，只穿着袜子着地。杜牧《池州送孟迟先辈》："呼儿旋供衫，走门空踏袜。" ④跳脱：腕钏（chuàn）也。《事物异名解·服饰·钏》："《卢氏杂记》：唐文宗问宰臣，古诗云'轻衫衬跳脱'是何物？宰臣未对。上曰：'即今之腕钏也。'"《乐府诗集》卷七十六繁钦《定情诗》："何以致契阔，绕腕双跳脱。"《乐府解题》："（《定情诗》）言妇人不能

以礼从人，而自相悦媚。乃解衣服玩好致之，以结绸缪之志。若臂环致拳拳，指环致殷勤，耳珠致区区，香囊致扣扣，跳脱致契阔，佩玉结恩情。自以为志，而期于山隅山阳山西山北。终而不答，乃自伤悔焉。"

　　⑤"琵琶"句：白居易《琵琶行》："曲终收拨当心画，四弦一声如裂帛。"　⑥谁肯：犹言哪肯。欧阳修《玉楼春》："今宵谁肯远相随，惟有寂寥孤馆月。"

【评析】

　　这首词描写幼小歌女的生活情状。前五句分写五个生活细节：争挽桐花，临池照影，趁蜂踏袜，跳脱嫌重，苦练琵琶。结句寒不裁衣，揭明意旨，为一篇重心所在。全词将多个画面有机地组合到一起，就构成了一幅细腻真实的生活图卷。这是作者观察、表现生活能力强的体现，可能是"在汴京为太学生时所作"（钱鸿瑛《柳周词传》）。

　　此词在写法上有两点值得提出来。一是对比。上片的天真烂漫、活泼笑闹，与下片的备受管束、内心悲凉；下片中的"添金"装扮，与结句生活冷暖实际上丝毫不被关心；上片的争相打扮、弄影照池，与过片的手镯沉重、极不自在，都形成了对比。写来颇有力度，读之耐人寻味。二是笔法逐层加深，以突出主旨。上片，尽情渲染小女孩儿们的娇憨活泼和自由欢乐。过片写出她们的沉重，接着又写出她们的悲哀，最后点出根本无人真心照顾她们的事实。这样写来，前面的种种可爱处，便更能引起读者的怜惜之情。

　　与这两点都相关的，是所谓"广义"的词中议论的问题，兹录俞平伯《清真词释》之论以备参酌：

　　　　诗以不触及议论为常，而有狭义广义之别。狭义之议论，即议论是也；广义，则凡在文字间加以点破者，皆议论之属也。如此词，

"双腕重"之"重"字,"四弦悲"之"悲"字,点睛之笔,亦即其议论也。唯下得极斟酌,叙而不断,断而不议,使人自领其弦外之情,斯则善矣。

## 浣沙溪

雨过残红湿未飞。珠帘①一行透斜晖。游蜂酿蜜窃香归②。金屋无人风竹乱,衣篝③尽日水沈微。一春须有忆人时。

【注释】

①珠帘:《西京杂记》卷二:"汉诸陵寝,皆以竹为帘,帘皆为水纹龙凤之像。昭阳殿织珠为帘,风至则鸣,如珩佩之声。" ②"游蜂"句:庾信《陪驾幸终南山和宇文内史》:"树宿含樱鸟,花留酿蜜蜂。"李之仪《四时词拟徐陵用今体次韵东坡旧韵·夏》:"空被梁间偷眼燕,黄蜂元是窃香人。" ③衣篝:竹制薰衣笼。《事物纪原》:"晋《东宫旧事》曰:太子纳妃,有衣熏笼,当亦秦汉旧制也。"

【评析】

这首词写闺中怀人。上片写室外景象,雨过春残,斜晖透帘,蜂窃香归。过片二句写室内,但见风竹飘摇,熏香渐微,以动静反衬之法,收有无相生之效。前五句皆是景语,而景中寓情,将看似互不相关的画面紧密联系起来,层层渲染,一直贯穿到结尾。一结以猜度语气收束全篇,揭明题旨,重意轻点,收到了重笔直抒所达不到的效果,也与前文含蓄委婉的笔触构成了和谐的统一。

如果说，晏殊、欧阳修的小令是以天工胜，吴文英的小令是以人巧胜，那么，周邦彦的小令可谓适得其中，界于天工、人巧之间。像这首《浣沙溪》结句所表现出来的功力，正是其中人巧的部分。

## 浣沙溪

楼上晴天碧四垂①。楼前芳草接天涯。劝君莫上最高梯。新笋已成堂下竹，落花都上燕巢泥。②忍听林表杜鹃啼③。

【注释】

①"楼上"句：魏夫人《阮郎归》："夕阳楼处落花飞，晴空碧四垂。" ②"新笋"二句：王僧孺《春怨》："厌见花成子，多看笋成竹。"皮光业残句："行人折柳和轻絮，飞燕衔泥带落花。" ③"忍听"句：忍，不忍，哪忍。段成式《酉阳杂俎》卷十六："杜鹃始阳相催而鸣，先鸣者吐血死。"杜鹃又名杜宇、催归、思归，李时珍释名云："诸名皆因其声，各随方音呼之而已。其鸣如曰'不如归去'。"晋《清商曲辞·孟珠八曲》其七："杜鹃绕林啼，思从心下起。"

【评析】

这首词写念远思家之情。上片写远景，将楼前芳草与如洗碧空"连"在一起，最大限度地拓展空间寥廓之感，惹动无穷"天涯"（涯，在词中读 yí）之思，却也暗中缩短了与家乡的距离。下片写近景，将分别代表新生与迟暮的新笋成竹、落泥上巢互见,缘景入情,在对春深且喜且悲的复杂情感中,暗示淹留异乡时间之长。通篇之妙,全在结句,无限愁思从杜宇哀啼中自然而然地透发出来,韵余言外。晏几道《鹧鸪天》所写,或可为其凝重沉郁下一注脚:

  十里楼台倚翠微。百花深处杜鹃啼。殷勤自与行人语,不似流莺取次飞。 惊梦觉,弄晴时。声声只道不如归。天涯岂是无归意,争奈归期未可期。

《浣沙溪》一调又称"三只脚",上、下两片的第三句,担负化整齐为参差之重,既要能撑得起,又要能收得住。这首《浣沙溪》正是此调的多样称意之作。所谓称意,还有一层意思,就是以注重思力安排为创作特色的周邦彦,有时写小令,就像这一首,也仍然可以写得像晏殊、欧阳修那种以感发取胜。大家之"大",正表现在这些方面。

# 迎春乐

  清池小圃开云屋①。结春伴②、往来熟。忆年时、纵酒杯行速③。看月上、归禽宿。 墙里修篁森似束④。记名字、曾刊⑤新绿。见说别来长,沿翠藓、封寒玉⑥。

【注释】

  ①云屋:高楼。徐干《情诗》:"踟蹰云屋下,啸歌倚华楹。" ②春伴:杜甫《闻官军收河南河北》:"白日放歌须纵酒,青春作伴好还乡。"

  ③"忆年时"句:年时,《汇释》:"犹云当年或那时也。"杯行,沿座

行酒。王粲《公宴》："合坐同新乐，但诉杯行迟。"　④"墙里"句：篁（huáng），竹。元稹《连昌宫词》："连昌宫中满宫竹，岁久无人森似束。"　⑤刊：刻。武元衡《送许著作分司东都》："署分刊竹简，书蠹护芸香。"　⑥"沿翠藓"句：《苕溪渔隐丛话》前集卷十八引《隐居诗话》云："湘中斑竹方生时，每点上有苔钱，封之甚固，土人斫竹浸水中，用草壤洗去苔钱，则紫晕烂斑可爱，此真斑竹也。"

【评析】

　　这首词写别后重逢，追忆往日春游情景。又一次结伴出游，到了那个"清池小圃"的去处，回想昔日游历时，曾经纵酒畅饮，也是一直喝到月上禽归。当时和现在一样，"云屋"开处，修篁似束，于是，同游者在新竹上刻下名字，以志留念。只是，游后一别至今，历时也久，再看那竹上所刻之字，已经被苔藓遮住，渐渐模糊了。全篇情真景实，错综今昔，亲切动人。

　　按照罗忼烈《周邦彦清真集笺》的推测，这首词可能作于溧水（据《景定建康志》卷二十七，元祐八年二月到任）。当然，即使并非如此，王强《周邦彦词新释辑评》的理解也颇为可参："写了两个时空的意象。旧时是清晰的，今日是隐着的，但一切旧时之情景，皆由今日所游相类之处而引发也。"

# 迎春乐

桃蹊柳曲闲踪迹。俱曾是、大堤客。解春衣、贳酒城南陌。①频醉卧、胡姬侧。　　鬓点吴霜嗟早白②。更谁念、玉溪消息③。他日水云身④，相望处、无南北。

## 【注释】

①"俱曾是"二句：大堤，乐府曲名。《乐府诗集》中《襄阳乐》解题谓："《古今乐录》曰：'《襄阳乐》者，宋随王诞之所作也。诞始为襄阳郡，元嘉二十六年仍为为雍州刺史，夜闻诸女歌谣，因而作之，所以歌和中有襄阳来夜乐之语也。'旧舞十六人，梁八人。又有《大堤曲》，亦出于此。简文帝《雍州十曲》，有《大堤》、《南湖》、《北渚》等曲。"萧纲《大堤》："宜城断中道，行旅极留连。出妻工织素，妖姬惯数钱。炊雕留上客，贳酒逐神仙。"贳（shì），赊欠。韦骧《减字木兰花》："金貂贳酒。乐事可为须趁手。"　　②"鬓点吴霜"句：晁补之《蓦山溪》："吴霜点鬓，流落共天涯，竹西路。"　　③玉溪消息：李商隐《九日有诗》："十年泉下无消息，九日尊前有所思。"　　④水云身：来去自由、无所羁绊之人。王安石《寄碧岩道光法师》："去马来车扰扰尘，自难长寄水云身。"

## 【评析】

表面上看，这首词像是承接上一首而来，上片忆往，下片感时。其中，"鬓点吴霜嗟早白"句的慨叹，也可与前首"忆年时、纵酒杯行速"句相比照。不过，从这首词也可以看得出来，清真词早期的那种如女性般纤细的情感，情窦初开的敏感和及时行乐的兴奋，已明显让位于男性狂狷的声音，让位于饱经风霜的疲倦和省悟。总之，词里面更多透显的是一种境界的转换和提升，适如乔大壮手批《片玉集》所评"高横"。

其实，类似的看法，罗忼烈《周邦彦清真集笺》也曾提出过："此首以大堤言，旧游之地视前词更明。'玉溪消息'一语用义山事，似有所托。"所寄托者，一般认为，应该牵涉到他与新、旧两党的关系，也就是词中频用杜甫《曲江》、权德舆《五杂组》和李贺《开愁歌》典意，以及"更谁念、玉溪消息"句所委婉达成的意思，所谓如李商隐般的无人顾念、仕宦沦落之悲。只是，这样的解读终觉微有比观前朝"牛李党争"进行索隐之嫌。比如，《王达津文粹·论周邦彦词》在总论包括这首《迎春乐》在内的"清真词中的恋歌"时，就是另外的看法："他是以玉溪生李商隐自比的。自然不可没有像《无题》诗这类作品，不过宋人是用词来写了。"即把这首词理解为相对单纯的艳情词，似乎也无妨。

# 点绛唇

台上披襟，快风一瞬收残雨。①柳丝轻举②。蛛网黏飞絮。极目平芜③，应是春归处。愁凝伫。楚歌声苦④。村落黄昏鼓⑤。

【注释】

①"台上"二句：宋玉《风赋》："楚襄王游于兰台之宫，宋玉、景差侍，有风飒然而至。王乃披襟而当之曰：'快哉此风！寡人所与庶人共者邪？'"　②柳丝轻举：杜甫《白丝行》："落絮游丝亦有情，随风照日宜轻举。"　③平芜：杂草茂生于野。江淹《去故乡赋》："穷阴匝海，平芜带天。"　④楚歌声苦：《史记·高祖本纪》："项羽卒闻汉军楚歌，以为汉尽得楚地，项羽乃败而走，是以兵大败。"《索隐》："应劭云：'今《鸡鸣歌》也。'颜游秦云：'楚歌犹吴讴也。'按：高祖令戚夫人楚舞，

自为楚歌,是楚人之歌声也。"　⑤"村落"句:《北史·李崇传》:"崇乃村置一楼,楼悬一鼓。盗发之处,双挝乱击,四面诸村,闻鼓皆守要路。俄顷之间,声布百里,其中险要,悉有伏人,盗窃始发,便尔禽送。诸州置楼悬鼓,自崇始也。"

【评析】

　　这首词表现了登高望远产生的思乡念家之情,作于暮春时节的荆州。作者是借景言情的高手,寥寥几笔,就能借写高登远望所触发的瞬间感受,勾绘出如画的楚天美景、楚村风情,但其本意不在流连光景,欣赏民俗,而是要以景寓情,缘事遣怀。因此,全首虽然没有一句正面言情,却处处透露出主观情绪,逐渐展开的感情色彩,如同光谱般丰富,所谓"无一字道着正事"(孙联奎《诗品臆说》),又能尽得风流。结末三句,表面上看,自比为"顾曲周郎"的作者是将审美感受的重点集中在听觉上,但又以"我"之眼观物,让一切皆著"我"之色彩。尤其是著一"苦"字,遂收通感之效,溢满怀愁绪出纸面。整篇思绪沉郁,格调高远,表现有力。周邦彦以慢曲艳词闻名,有些不是艳词的小令,其实也写得很出色,这首《点绛唇》即是其中之一。

　　经由清真所擅长的既写实又带象征的手法,此词上片第二、三韵"柳丝轻举"、"蛛网黏飞絮"的情绪在发展、变化。从第二韵当风披襟、一扫郁闷的上扬,到第三韵暗喻滞留外地、身不由己的下降,振幅很大;第三韵,也可说是情绪的转折点。这种感情的起伏,再经过下片的显化和强化,诸如远眺连天芳草,黯然伤神于春去不归;耳畔黄昏歌鼓,益增愁苦于异乡独居,最终形成了词风的顿挫。龙榆生《清真词叙论》有云:"教授庐州,旋复流转荆州,侘傺无聊,稍捐绮思,词境亦渐由软媚而入于凄惋。"是说周邦彦生活境遇的改变促使其词境发生转移,在到荆州之后,词风从绮艳一变而为清丽。这种变化，在这首词中表现得很是突出。

## 一落索

眉共春山争秀。可怜长皱。莫将清泪湿花枝①，恐花也、如人瘦②。　　清润玉箫闲久。知音稀有。欲知日日倚阑愁③，但问取、亭前柳。

【注释】

①"莫将"句：苏轼《生查子》："酒罢月随人，泪湿花如雾。"②"恐花"句：黄庭坚《暮山溪·赠衡阳妓陈湘》："春未透。花枝瘦。正是愁时候。"　③倚阑愁：许浑《秋晚云阳驿西亭莲池》："空怀远道难赠持，醉倚阑干尽日愁。"

【评析】

从词作内容和风情格调来看，这首小令当系代妓言情之作，大约写于初旅汴京期间。上片的眉山争秀、可怜长皱、泪湿花枝、人如花瘦，是通过精心描写妙龄乐妓的美丽形象，展现其独处闺中、愁情郁结的情状。"莫将"二句，是说不要让泪水洒到花枝上去，只怕花枝沾上泪水，感染了美人的愁情，也会像美人一样瘦损。以花写人，与李清照《醉花阴》的"莫道不消魂，帘卷西风，人比黄花瘦"一样传神，唯情味稍逊。下片借玉箫闲置、凭栏久望、亭柳作证，代美人诉其满怀的相思哀愁。"知音稀有"是全篇抒情的核心，对歌妓知音之叹深表同情，同时也似寄寓了作者自己的知音之感。周邦彦此词，《众香词》御集曾误题明人陈滟作，颇有意味。

这首《一落索》，看似信手拈来，明白浅近，但和结构单纯、多一气呵成的北宋前期晏、欧小令大为不同，其结构绵密，前后呼应，曲折深婉，也确实是小令发展到北宋后期清真手中才特具的风格。陈廷焯有云："美成小令，于温、韦、晏、欧外，别开境界，遂为南宋诸名家所祖。"（《词则·大雅集》卷二）洵为不刊之论。又，陈允平和过周邦彦此词：

　　淡淡双蛾疏秀。为谁频皱。落花何处不春愁，料不是、因花瘦。

　　锦字香笺封久。鳞鸿稀有。舞腰销减不禁愁，怕一似、章台柳。

陈词和周词的意象选择和表达顺序大致相同，但陈词辞意庸滥，手法平俗，在情致上与周词的清新自然相去甚远，致有邯郸学步之憾。两相对比，足可见出清真才情之高。

# 一落索

杜宇思归声苦。和春催去。①倚阑一霎酒旗风②，任扑面、桃花雨。　　目断陇云江树③。难逢尺素。落霞隐隐日平西④，料想是、分携⑤处。

【注释】

① "杜宇"二句：《禽经》："蜀右曰杜宇：望帝杜宇者，盖天精也。"李膺《蜀志》曰：望帝称王于蜀。时荆州有一人，化从井中出，名曰鳖灵，于楚身死，尸反溯流上至汶山之阳，忽复生，乃见望帝，立以为相。

其后巫山龙斗，壅江不流，蜀民垫溺。鳖灵乃凿巫山，开三峡，降邱宅。土民得陆居，蜀人住江南，羌住城北。始立木栅，周三十里，令鳖灵为刺史，号曰西州。后数岁，望帝以其功高，禅位于鳖灵，号曰开明氏。望帝修道处西山而隐，化为杜鹃鸟，或云化为杜宇鸟，亦曰子规鸟。至春则啼，闻者凄恻。"　②酒旗风：杜牧《江南春》："千里莺啼绿映红，水村山郭酒旗风。"　③"目断"句：柳恽《捣衣诗五章》其二："皋亭木叶下，陇首秋云飞。"　④"落霞"句：柳永《留客住》："盈盈泪眼，望仙乡，隐隐断霞残照。"白居易《北楼送客归上都》："京路人归天直北，江楼客散日平西。"　⑤分携：《例释》："解携，犹言分手、别离，动词。……此外诗词中尚有'分携'、'暌携'二词，'分'即是'解'，'暌'为'隔离'义，故二者的意义用法都与'解携'同。"

**【评析】**

　　这首词写日暮春深的离别思归情怀。上片的杜宇声苦，花雨扑面，是以杜鹃的催鸣唤起归思，桃花的凋谢渲染惆怅。下片转入抒写对音信久无之人的思念，仍从眼前景物落笔，以景寓情。陇云江树，言所思之远；晚霞落日，念分携之处。领以"目断"、"料想"，情感递折转进，可得黯然离思与落霞、孤鹜齐飞之意境。

## 垂丝钓

　　缕金翠羽①。妆成才见眉妩。倦倚绣帘，看舞风絮。愁几许。寄凤丝②雁柱。　春将暮。向层城苑路③。钿车似水④，时时花径相遇。旧游伴侣。还到曾来处。门掩风和雨。梁间燕语⑤。问那人在否。

【注释】

①缕金翠羽：缕金，饰有金线羽毛之舞衣。《白孔六帖·锦》："翡翠黄金缕，绣成歌舞衣。"《禽经》："背有采羽曰翡翠，状如鸡鹉而色正碧，鲜缛可爱，饮啄于澄澜泂渊之侧，尤惜其羽，日濯于水中。今王公之家以为妇人首饰，其羽直千金。" ②凤丝：琴弦的美称。温庭筠《沈参军招友生观芙蓉池》："桂栋坐清晓，瑶琴商凤丝。" ③层城苑路：以神仙之地代指美女所居处。《集仙录》："（王母）所居宫阙，在龟山春山西那之都，昆仑之圃，阆风之苑，有城千里，玉楼十二。琼华之阙，光碧之堂，九层玄室，紫翠丹房。" ④钿车似水：《后汉书·皇后纪》："前过濯龙门上，见外家问起居者，车如流水，马如游龙，仓头衣绿褠，领袖正白，顾视御者，不及远矣。" ⑤梁间燕语：方千里、陈允平和作此句俱作"梁燕语"三字一句。欧阳炯《菩萨蛮》："双双梁燕语。蝶舞相随去。"

【评析】

这是一首怀人词。在章法上，自起句至"时时花径相遇"，都是追忆前事。如此一来，上片中的倦倚绣帘看絮舞，寄情琴瑟谱闲愁，貌似孤立地描写"那人"的春愁形象，其实也是虚出之景，逆笔倒叙的一部分。以下文笔转折，时空转换，从回忆中的往昔跌到目前，写作者重来访旧，层城苑路，车水马龙，可惜已是门掩风雨，楼空人去。末三句，如果只写到人去门掩，风雨凄凄，也是一种很好的以景结情。但作者还要继续加以渲染：旧时堂前，燕语空梁，似乎在问人面何处。这样就既首尾呼应，也更哀感深沉。全篇婉曲细腻，含蓄朦胧，笔法顿挫，词境幽凄。正如陈廷

焯所评："重寻旧迹，却写得如许凄凉，唐人'桃花依旧笑东风'不及此也。"(《云韶集》)

对于这首《垂丝钓》的分片，郑文焯《大鹤山人词话》曾予以辨正："元本以'柱'字韵为上结，汲古于'钿车'句分段。正与梦窗词合，丁刻同，今从之。"可备一说。又，后来丘崈的《垂丝钓·戊戌迓客，自入淮南，多所感怆作》，与清真词同调异情，录以对读：

夕烽戍鼓。悲凉江岸淮浦。雾隐孤城，水荒沙聚。人共语。尽向来胜处。谩怀古。　问柳津花渡。露桥夜月，吹箫人在何许。缭墙禁籞。粉黛成黄土。惟有江东注。都无房。似旧时得否。

## 满庭芳

风老莺雏，雨肥梅子，午阴嘉树清圆。①地卑山近，衣润费炉烟。②人静乌鸢自乐，小桥外、新绿溅溅③。凭栏久，黄芦苦竹，拟泛九江船。④　年年。如社燕，飘流瀚海，来寄修椽。⑤且莫思身外，长近尊前。⑥憔悴⑦江南倦客，不堪听、急管繁弦⑧。歌筵畔，先安簟枕，容我醉时眠⑨。

【注释】

①"风老"三句：杜牧《赴京初入汴口晓景即事先寄兵部李郎中》："露蔓虫丝多，风蒲燕雏老。"杜甫《陪郑广文游何将军山林十首》其五："绿垂风折笋，红绽雨肥梅。"刘禹锡《昼居池上亭独吟》："日午树阴正，独吟池上亭。"　②"地卑"二句：地势卑湿，衣物易受潮，颇费炉火烘

熏。杜甫《遣兴》："地卑荒野大，天远暮江迟。"白居易《代书诗一百韵寄微之》："润销衣上雾，香散室中芝。"　③溅溅：水声。萧衍《游钟山大爱敬寺》："幽谷响嘤嘤，石濑鸣溅溅。"　④"黄芦"二句：白居易左迁九江司马，作《琵琶行》有云："住近湓江地低湿，黄芦苦竹绕宅生。"　⑤"年年"四句：到处漂泊，寄身之地如社燕所栖之屋椽。欧阳澥《燕》："长向春秋社前后，为谁归去为谁来。"《史记·卫将军骠骑列传》："（霍去病）封狼居胥山，禅于姑衍，登临瀚海。"《索隐》引崔浩说："群鸟之所解羽，故云瀚海。"杜甫《回棹》："几杖将衰齿，茅茨寄短椽。"　⑥"且莫"二句：杜甫《绝句漫兴九首》其四："莫思身外无穷事，且尽尊前有限杯。"杜牧《张好好诗》："身外任尘土，尊前极欢娱。"　⑦憔悴：此特指不得志。杜甫《梦李白》："冠盖满京华，斯人独憔悴。"　⑧急管繁弦：乐音急促繁密。鲍照《代白纻曲二首》其一："古称渌水今白纻，催弦急管为君舞。"蔡邕《琴赋》："韵宫商兮动徵羽，曲引兴兮繁弦抚。"　⑨醉时眠：《南史·陶潜传》："潜若先醉，便语客：'我醉欲眠卿可去。'其真率如此。"

【评析】

这首词借写溧水风光，表明作者特定时期的矛盾苦闷心态与因应之法。上片布景。夏日溧水，一场新雨过后，"嘉树清圆"、"新绿溅溅"，曾经留下过美好的印象。同时，"乌鸢"的自乐与新绿的欢快一样，都是乐者自乐、哀者自哀，与作者似乎不免存在疏离之感，无法产生共鸣。更由于"地卑山近"，气候潮湿，颇难适应，也使作者联想到当年谪居江州时的白居易。在相同的天涯沦落之感中，透露出了怨恨情绪。过片四句承接上文，以"社燕"之"飘流瀚海"，将话头接过来，明白叙说漂流落拓之苦。"且莫"二句，笔意陡转，欲借酒驱愁，忘却身外事。但"长近尊前"仍无济于事,原因是,饮酒听歌反而更增添心中郁闷:"憔悴江南倦客,不堪听、急管繁弦"。既不愿逃避("急管繁弦"可以理解为面对现实社会的象征),万般无奈之下,设想只有进入醉乡,才能暂时忘却无尽的烦扰:"歌筵畔,先安簟枕,容我醉时眠。"难以排遣的忧愁经过几次转折,达到高潮便戛然收束。这种"克制态度"(施议对《宋词一百首》),大概就是"温柔敦厚"的诗教原则的体现。

此词有代表性地展现了清真词出神入化的融裁前人诗句功夫。起首三句,分别化用杜牧、杜甫、刘禹锡诗句。可以看到,刘禹锡原句"日午树阴正"中的"正"字,不及"清圆"一语更能描绘出嘉树亭亭如盖的形象。大小杜原句并不对仗,周邦彦随手剪裁,以"风"对"雨",以"莺雏"对"梅子",工致而又浑成;尤其是以"老"对"肥",二字均做成使动用法,可谓妙到毫巅。仿佛将大小杜并捉一处,还意犹未足,下片又以"且莫思身外"二句,将大小杜诗句打成一片,堪称二难并而众美具。(按:王伟勇《论贺铸、周邦彦借鉴唐诗之异同》经过细致查证,得出贺铸作词最喜欢借鉴的唐代诗人是杜牧,凡五十九次;周邦彦最喜欢借鉴的则是杜甫,凡六十四次。反过来,贺铸借鉴杜甫、周邦彦借鉴杜牧均为三十一次。)从一定意义上看,周邦彦是"以江西派的工夫,写西昆体的风格"。江西诗派强调"夺胎换骨"、"点铁成金",而不是自铸伟辞,也是一种不得已的应对之法,因为连王安石都认为:"世间好语言,已被老杜道尽;世间俗言语,已被乐天道尽。"(胡仔《苕溪渔隐丛话》前集卷十四引《陈辅之诗话》所引)而魏晋以后,诗文中"羌无故实",已然被认为是没有文化品位的表现;在"造极"中华文明的两宋,应该说,以才学、文字为诗是"理性的自觉"。(详参江弱水《古典诗的现代性》)周邦彦示人矩矱的"点"、"夺"作法,与黄庭坚一道,表明自唐代以来,诗、词二体都已相继进入"规范"时代,发生着从"写什么"到"怎写"的深刻转变。

## 隔浦莲

新篁摇动翠葆。曲径通深窈。①夏果收新脆,金丸落、惊飞鸟。②浓霭迷岸草。蛙声闹。骤雨鸣池沼。　水亭小。浮萍破处,帘花檐影颠倒。③纶巾羽扇④,困卧北窗⑤清晓。屏里吴山⑥梦自到。惊觉。依然身在江表⑦。

【注释】

①"新篁"二句:翠葆,草木青翠茂盛。杜牧《华清宫三十韵》:"嫩岚滋翠葆,清渭照红妆。"深窈(yǎo),幽深。陆龟蒙《京口与友生话别》:"竹窗深窈窱,苔洞绿龛龕。"　②"夏果"二句:新脆,新鲜脆嫩。金丸,金弹,喻黄色小果实。《西京杂记》卷四:"韩嫣好弹,常以金为丸,所失者日有十余。长安为之语曰:'苦饥寒,逐金丸。'京师儿童,每闻嫣出弹,辄随之,望丸之所落,辄拾焉。"李白《少年子》:"金丸落飞鸟,夜入琼楼卧。"　③"浮萍"二句:风吹开浮萍,帘花、檐影倒映在水中晃动。　④纶(guān)巾羽扇:纶巾,冠名,一名诸葛巾,以青丝绶为之。羽扇,以鸟羽所作之扇。苏轼《念奴娇》:"羽扇纶巾谈笑间,强虏灰飞烟灭。"　⑤北窗:陶潜《与子俨等书》:"少学琴书,偶爱闲静,开卷有得,便欣然忘食。见树木交荫,时鸟变声,亦复欢然有喜。常言五六月中北窗下卧,遇凉风暂至,自谓是羲皇上人。"　⑥屏里吴山:泛指吴越一带的山。温庭筠《春日》:"屏上吴山远,楼中朔管

悲。" ⑦江表：江之外，指长江以南之地。《三国志·魏书·文帝纪》："五月，以荆、扬、江表八郡为荆州，孙权领牧故也；荆州江北诸郡为郢州。"

**【评析】**

　　这首词写思乡之情。上片抓住夏令特征写景，为中心主景——"水亭"，也就是姑射亭布置大环境：从新篁翠葆，通幽曲径，果脆惊鸟，写到岸草霭浓，鸣蛙骤雨，亦即池塘本身，由远及近，由边缘渐至中心。写来动静相宜，声色兼备，细腻生动。下片状写姑射亭的小环境及亭中人物活动。谓其羽扇纶巾，北窗高卧，观看以上的"大环境"及"小环境"，不知不觉梦到吴山，而又突然惊觉，此时此刻，自己仍在他乡。潇洒闲逸、恬适安宁的外表，隐藏不住绵绵思乡情。（施议对《宋词一百首》："谓其不满足于现状尚可，谓其有着深沉感慨则未必。"）卒章显志，情寓景中，不露不涩。其中，"浮萍破处，帘花檐影颠倒"与"水面清圆，一一风荷举"（《苏幕遮》）同为清真写景名句。（按：句是炼句，与称为结构的篇之间的离与合，是考察词史演进的一条途径。以北宋词为例，张先精于炼句，因而得名甚盛，但就全篇而言，由于是满心而发，仁兴而作，基本上只能说是有句无篇，类似于大部分大历诗人所作。周邦彦看重整篇词作的章法结构，因此需要结合全篇，才能充分领略其秀句的意蕴。一个有趣的例子是，清代词人顾文彬《眉绿楼词》中集周邦彦词句而成的一首《瑶花》，读来却无多清真词味："寒侵枕障，密洒歌楼，拥春醒乍起。千林夜缟，凤帐晓、已是花深无地。回廊未归，印遥碧、微呈纤履。有梅梢、疏影当轩，斜倚曲阑凝睇。　风流犹忆东梁，对客馆深扃，无限愁思。川途换目，吟望久、冷落关河千里。琼英漫好，任扑面、不成春意。洒空阶、挂蜡潜听，花影被风摇碎。"也正是从周邦彦以典范性的创作间接规范词法开始，词人们不再过分拘恋于单句的淬炼，无句有篇的情况俯拾皆是，也代表了词体创作与审美发展的一种理性化趋势。由此，读词也不必再有流为读句之虞，是谓既见树木又见森林，也是经典化进程中普通读者对清真词难于耳熟能详的重要缘由之一。）

此词在章法上用的是逆叙法，正如陈洵《海绡说词》所评："自起句至换头第三句，皆惊觉后所见。'纶巾'、'困卧'，却用逆叙。'身在江表'，梦到吴山，船且到，风辄引去，仙乎仙乎。周词故善取逆势，此则尤幻者。"而对整篇的音韵节奏之美，及其与摇曳词情之间的密切关系，吴世昌《词林新话》的分析允称细密精当：

> 此词最能利用音韵节奏之美，使音节与文义浑然同化，令人即仅聆其音节而不审其文义，亦能与作者情感同起节奏。首二句闲闲叙来，预为读者布幽邃之静境，然逐句有韵，其韵且至峭。加以新篁摇动，读者但觉其境虽静，而人随境转，未尝停留。至夏果收脆而渐有人间之味，金丸惊鸟而难藏飞动之致。以下四句则字少韵密，闹蛙骤雨杂然并作，使自然现象随万籁以俱舞，而三字之韵尤为迫促急切，至"水亭小"而达高峰，亦为上片整段之结束。此三字虽未状声音动作，然承上文而来，曰亭小，则更足以反衬喧境之嘈杂迫切矣。至下片则易奇句为偶句，易逐句韵为隔句韵，大有雨过天晴之致，更自动境回复到静境，至"梦到吴山"而极尽悠闲安谧之致。读者至此，前此万籁齐发之情绪亦不觉为之催眠。乃又有"惊觉"一韵，奇短奇峭，于是为之遽然而作，而昨夜喧境不觉犹萦耳际也。全首每句每列文义皆与韵节相配合，布局结构亦无一不佳。

需要注意的是，上文所认为的"水亭小"应作上片收句，《词林新话》在前面的文字中给出的理由是：如果放入下片，"整首词的语感韵律及上片五、三言，下片四、六言排句都被破坏了"。又，南京博物馆藏

1974年出土的宋代吉州窑白釉彩绘瓷枕，上有墨书周邦彦词二首，这首《隔浦莲》便是其中之一（另一首是《浣沙溪》，详后）。其中，"金丸"句、"帘花檐影"、"依然"分别作"金丸惊落飞鸟"、"檐花帘影"、"依前"，可备校勘之用。

## 法曲献仙音

蝉咽凉柯①，燕飞尘幕，漏阁签声②时度。倦脱纶巾，困便湘竹，桐阴半侵朱户。向抱影凝情③处。时闻打窗雨。　耿④无语。叹文园、近来多病⑤，情绪懒⑥，尊酒易成间阻⑦。缥缈玉京人⑧，想依然、京兆眉妩⑨。翠幕深中，对徽容、空在纨素⑩。待花前月下，见了不教归去。

【注释】

①蝉咽凉柯：凉蝉鸣树有呜咽之声。徐陵《山池应令》："猿啼知谷晚，蝉咽觉山秋。"　②漏阁签声：《陈书·世祖纪》："每鸡人伺漏，传更签于殿中，乃敕送者必投签于阶石之上，令铿然有声，云：'吾虽眠，亦令惊觉也。'"欧阳修《夫人阁》其五："玉殿签声玉漏催，彩花金胜巧先裁。"　③抱影凝情：抱影，守着影子，形容孤独。柳永《戚氏》："对闲窗畔，停灯向晓，抱影无眠。"凝情，情意专注。何逊《咏舞妓》："凝情眄堕珥，微睇托含辞。"　④耿：心中不安，有所悬念。《诗·邶风·柏舟》："耿耿不寐，如有隐忧。"　⑤"叹文园"句：司马相如曾任孝文园令，患消渴疾，称病闲居。后因以文园病渴指文人患病。杜牧《为人

题赠》："文园终病渴，休咏白头吟。" ⑥情绪懒：心情懈怠。冯延巳《应天长》："倚楼情绪懒，惆怅春心无限。" ⑦间阻：阻隔。苏轼《雨中花慢》："好事若无间阻，幽欢却是寻常。" ⑧玉京人：玉京，也称"玉清"，道家称天帝所居之处。《太平广记》卷五十引裴铏《传奇》中樊夫人诗云："一饮琼浆百感生，玄霜捣尽见云英。蓝桥便是神仙窟，何必崎岖上玉清。" ⑨京兆眉妩：京兆，汉代京畿的行政区域，此指京兆地区的行政长官。《汉书·张敞传》："敞为京兆……又为妇画眉，长安中传张京兆眉怃。""怃"通"妩"。 ⑩"对徽容"句：徽容，画像的美称。纨素，用以画像的洁白精致的细绢。元稹《崔徽歌序》："崔徽，河中府娼也。裴敬中以兴元幕使蒲州，与徽相从累月，敬中便还，崔以不得从为恨，因而成疾。有丘夏善写人形，徽托写真寄敬中，曰：'崔徽一旦不及画中人，且为郎死。'发狂卒。"

**【评析】**

　　这是一首怀人之作，由景入情，几经转折，最后戛然而止，言尽而意不尽。上片从眼前寂寥之景生发。时当初秋，枝条上鸣叫的蝉声、尘幕中呢喃的燕语、半遮朱户的梧桐、点滴打窗的秋雨，无不凄清冷淡，触动作者的愁思。"签声时度"、"抱影凝情"写出了夜的寂静和独坐灯前、形影相吊的孤寂之情。背景的凄清，映衬出作者的"倦"、"困"心态。长期风尘仆仆、俯仰由人的生活，不能不使词人感到深深的厌倦。"凝情"二字，为过渡到下片埋下伏线。上片是实写，叙述是单线发展的，结构自然完整。过片"耿无语"三字，不脱不黏，承上启下，是下片情绪的凝练概括。以下笔意大变，叹文园、想眉妩、对徽容、待花月，虚实相生，时空交错，擒纵自如，用笔十分灵活。和上片的单一结构形成鲜明的对照，二者又互为牵引，相得益彰，写出了对昔日在京都时钟爱的女子的怀念之深,相思之苦。在这里,作者用笔开阖动荡、吐纳尽致,意象转换、时空跳跃有很大的随意性,但又以抒情主人公的内在情绪为基础。意象间的空白具有多种选择通道,使得艺术形象的创造,既确定又不确定,大大丰富了作品的表现力,强化了词的抒情氛围。又,隶事巧妙,好在和全篇的感情、意绪融合无间,是作品的有机组成部分,言简意赅,高雅蕴藉,能诱发读者的想象,激活读者的再创造。结语"见了不教(jiāo)归去",似痴似黠,调笑中蕴藏无限辛酸。以情结情,貌似浅露,情更真切,与寓情于景者异曲同工。

此篇词律词韵锤炼考究。这首词用的是"鱼虞模"部的仄声韵,呜呜快耳,絮絮输心。上片以"度"、"户"、"处"、"雨"去上互叶,抗坠自然。下片则先以"语"、"阻"、"妩"几个上声字连叶,然后落到"素"、"去"两个去声字,比之上片的抗坠,便成抑扬,增强了整首词韵顿挫的音律之美。结句从去声字"待"领起花前月下重逢的希望,使全词情调为之一振,由凄凉转向欢愉(当然,因为是虚笔,所以最终并不能摆脱眼前的孤寂境地)。

# 过秦楼

水浴清蟾,叶喧凉吹①,巷陌马声初断。闲依露井,笑扑流萤,惹破画罗轻扇。②人静夜久凭阑,愁不归眠,立残更箭③。叹年华一瞬④,人今千里,梦沈书远。　　空见说、鬓怯琼梳,容销金镜,⑤渐懒趁时匀染。梅风地溽⑥,虹雨苔滋,一架舞红都变。谁信无憀,为伊才减江淹,情伤荀倩⑦。但明河⑧影下,还看稀星数点。

【注释】

①叶喧凉吹：凉吹，凉风。李商隐《雨》："秋池不自冷，风叶共成喧。"鲍照《秋夕》："幽闺溢凉吹，闲庭满清晖。"　②"笑扑"二句：杜牧《秋夕》："银烛秋光冷画屏，轻罗小扇扑流萤。天阶夜色凉如水，坐看牵牛织女星。"　③更箭：浮在刻漏水上指示时间的箭头。杜甫《湖城东送孟云卿》："岂知驱车复同轧，可惜刻漏随更箭。"　④一瞬：佛家以二十念为一瞬，极喻时间短暂。陆机《文赋》："观古今于须臾，抚四海于一瞬。"　⑤"空见说"二句：琼梳，玉梳。苏辙《程之元表弟奉使江西次前年送赴楚州韵戏别》："纷纷出歌舞，绿发照琼梳。"江淹《采石上菖蒲》："瑶琴久芜没，金镜废不看。"　⑥地溽（rù）：地面湿润。刘禹锡《和郴州杨侍郎玩郡斋紫薇花十四韵》："露溽暗传香，风轻徐就影。"　⑦才减江淹，情伤荀倩：《南史·江淹传》："又尝宿于冶亭，梦一丈夫自称郭璞，谓淹曰：'吾有笔在卿处多年，可以见还。'淹乃探怀中得五色笔一以授之。尔后为诗绝无美句，时人谓之才尽。"《世说新语·惑溺》："荀奉倩与妇至笃，冬月妇病热，乃出中庭自取冷，还以身熨之。妇亡，奉倩后少时亦卒。以是获讥于世。奉倩曰：'妇人德不足称，当以色为主。'"刘孝标注引《荀粲别传》曰："粲常以妇人才智不足论，自宜以色为主。骠骑将军曹洪女有色，粲于是聘焉。容服帷帐甚丽，专房燕婉。历年后，妇病亡。未殡，傅嘏往喭粲，粲不哭而神伤。嘏问曰：'妇人才色并茂为难。子之聘也，遗才存色，非难遇也。何哀之甚？'粲曰：'佳人难再得，顾逝者不能有倾城之异，然未可易遇也。'痛悼不能已已，岁余亦亡。亡时年二十九。"　⑧明河：银河。杜甫《夜二首》其二："暗树依岩落，明河远塞微。"

**【评析】**

　　这首词写离愁别情。寻常主题，读来却感词意迷离，主要是因为结构奇幻，将时间与空间、现实与回忆（想象）错综杂糅起来写的缘故。只要分清今昔不同画面，问题就能迎刃而解。起首"水浴清蟾"三句，写那位回忆中人物住处的门外景色，以及那个值得回忆的季节。次三句由写景逐步转入写情，由写门外的自然景色转而写门内的人物神态。以上写自己和情人共同欢乐地度过的美好夜晚，回忆当时的情事。以下，则由过去的回忆转入今日的相思。"人静"三句，写的是今日的时间、地点和情事。"立残更箭"的过程，也就是回忆与相思的过程。以今昔对写，在这首词里表现得特别显露，两两相形，自然不能不让人生出许多感慨来。这就有了写今天感慨的"叹年华"三句。"梦沈"承"年华一瞬"，"书远"承"人今千里"，而总付之一叹，故以"叹"字领起。总的说来，上片是以今昔对比的手法处理的。首六句写昔时之乐，"人静"三句写今日之哀，"叹年华"三句抒今昔异同之感。下片则换了一种手法，从彼此对比来写。

　　换头三句，先将自己的相思暂时搁在一边，而从传闻中所听到的对方消息写起。这是一层曲折顿挫。写所听到的对方消息，又不直写对方的相思之情，只写对方由于相思而引起的日常生活的变化。这又是一层曲折顿挫。以"空见说"三字领起，其辞含蓄，其情凄婉。接着，词笔又从人事宕开，转到景物。"梅风"三句，明写春色阑珊，暗喻欢情消歇，借物言情，是二是一，意味深厚。在这以下，才正面写出自己的离情。在这里用了两个典故，意思是说：谁肯相信我的抑郁无聊是为了她，以至于像江淹那样才思减退、像荀奉倩那样神情伤耗呢？写自己的离别之感，却从恐怕对方不知、不信着想，愈见彼此间阻之苦、愁恨之深。结尾两句，谓抚今追昔，无可奈何之余，只有在天河的光影之下，独自凝望着天畔的几点星星而已。写景即以抒情，语尽而情不尽。（详参沈祖棻《宋词赏析》）黄景仁《绮怀》诗中的两句："如此星辰非昨夜，为谁风露立中霄？"差可比拟通首立意。全篇章法结构和谋篇布局方面的特色，正如陈洵《海绡说词》所分析的："换头三句，承'人今千里'；'梅风'三句，承'年华一瞬'。然后以'无聊为伊'三句结情，以'明河影下'两句结景。篇法之妙，不可思议。"

# 侧　犯

暮霞霁雨，小莲出水红妆靓①。风定。看步袜江妃照明镜②。飞萤度暗草，秉烛游花径③。人静。携艳质④、追凉就槐影。金环皓腕⑤，雪藕清泉莹。谁念省⑥。满身香、犹是旧荀令⑦。见说胡姬，酒垆寂静。⑧烟锁漠漠，藻池苔井。

【注释】

①"小莲"句：水中红莲如新妆之美女。　②"看步袜"句：曹植《洛神赋》："凌波微步，罗袜生尘。"《列仙传》："江妃二女者，不知何所人也。出游于江汉之湄，逢郑交甫，见而悦之，不知其神人也。……遂手解佩与交甫。交甫悦受而怀之中当心，趋去数十步，视佩，空怀无佩。顾二女，忽然不见。"张耒《对莲花戏寄晁应之》："水宫仙女斗新妆，轻步凌波踏明镜。"　③"秉烛"句：《古诗十九首·生年不满百》："昼短苦夜长，何不秉烛游。"　④艳质：扬雄《方言》二："娃、嫷、窕、艳，

美也,吴楚衡淮之间曰娃,南楚之外曰嬺,宋卫晋郑之间曰艳,陈楚周南之间曰窕,自关而西秦晋之间,凡美色或谓之好,或谓之窕。故吴有馆娃之宫,秦有榛娥之台,秦晋之间美貌谓之娥,美状为窕,美色为艳,美心为窈。"白居易《冬至夜怀湘灵》:"艳质无由见,寒衾不可亲。" ⑤金环皓腕:曹植《美女篇》:"攘袖见素手,皓腕约金环。" ⑥念省:犹言省念。省,《汇释》:"犹曾也。" ⑦"满身香"句:典出荀彧事。《太平御览》卷七百三引习凿齿《襄阳记》:"刘和季性爱香炉,上厕置香炉。主簿张坦曰:'人名公作俗人,真不虚也。'和季曰:'荀令君至人家,坐处三日香,君何恶我爱好也。'" ⑧"见说"二句:辛延年《羽林郎》:"昔有霍家奴,姓冯名子都。依倚将军势,调笑酒家胡。胡姬年十五,春日独当垆。"

**【评析】**

  这首词,罗忼烈《周邦彦清真集笺》认为作于知溧水期间。孙虹《清真集校注》则以为约作于元祐三年至七年(1088—1092)庐州任上,可参。上片写夏夜游荷池。首二句直接入题,薄暮雨霁,晚霞满空,出水芙蓉如红妆美女。以下二句,说风定雨晴之后,携着仙女般的"艳质"来到荷池边。"看步袜"句,写来亦花亦人,两相辉映,光彩照人。"飞萤"二句写与"艳质"的游踪。"秉烛"用典,看似轻轻写来,读到下片,就会感到其中实蕴含光阴易逝的感慨。"人静"二句,既点明在从傍晚以来游历的过程中,已是夜深了;也补明此行有"艳质"相伴同游。下片抒忆旧之情。"金环"二句,回忆当年的汴京生活。"谁念省"二句,则是怨没有人怀念自己,纵然自己还跟从前一样,但汴京旧人已把自己忘得一干二净了。最后四句,仍回到自己对京城的怀念和关注上。"见说"二句,从今日浮藻满池,青苔蔽井,一派破落冷清景象,写出"胡姬"

的酒垆昔日的繁华。今昔对比中，含蕴深沉的人生感慨和悲戚之情，含蓄而凝重。

时在绍圣，旧党既去，新党登坛，周邦彦"未见召命"（罗忼烈《周邦彦清真集笺》），所以感叹漂泊，缅怀汴京。同期所作《隔浦莲》、《红林檎近》、《过秦楼》等，都发出了同样的感慨，只是此词更加含蓄隐晦，不易察觉罢了。此《侧犯》"是南曲正曲，南吕宫犯商角，分配于笛色的结果成了统一的小工调"（钱亦平《钱仁康音乐文选》）。其中，"静"字重韵，"锁"字失韵，方千里后来的和作，"改之，是也"（卓人月《古今词统》卷十一）：

四山翠合，一溪碧绕秋容靓。波定。见鹭立鱼跳动平镜。修林散步屦，古木通幽径。风静。烟雾直、池塘倒晴影。　流年旧事，老矣尘心莹。还暗省。点吴霜、憔悴愧潘令。梦忆江南，小园路迥。愁听。叶落辘轳金井。

又，刘炳照《留云借月庵词》卷二《侧犯》序曰："按此调《词律》收千里和清真之作，谓煞尾'愁听。叶落辘轳金井'句，'听'字是韵，而以清真词为传误。盖因前段有'风静'、'波定'，皆二字为叶，后段当从同。今读白石此词，此句无韵。且玩清真词，语意非讹，而千里'愁听'二字，语气未足。窃思词有双拽头之格，前之二字句连下八字，两处吻合，正双拽头也。各词辞意，亦应分作三段。'数词比并，从其多者。'红友之言也。长夜枯坐，借韵赋怀，并识数语。"（按：其中，"前段有'风静'、'波定'"，《留云借月庵词》原作"前段有'风定'、'波静'"，据方词校改。）词云：

梦飞欲去。片魂忽被风留住。疑雨。是铁马丁当和愁句。　天寒酒醒夜，缟袂人何处。私语。但暗祝东皇好相顾。　笙歌旧院，消受闲歌舞。今独自，客天涯，谁与共尊俎。闷坐愁城，愁来无数。

月底人孤,懒修箫谱。

金武祥《粟香五笔》卷四谓:"此词改双调为三调,俞(指俞樾)《序》称其为顾曲周郎云。"可备一说。

此词曾红极一时,在明代二十二种词选中,被选十九次,差不多是明人词选必选的名篇。可到了20世纪,却无人问津,六十种选本无一选入,影响力和知名度降到了最低。与之相类似的,还有欧阳修《蝶恋花》(海燕双来归画栋)、聂冠卿《多丽》(想人生)、王观《雨中花》(百尺清泉声陆续)、谢逸《渔家傲》(秋水无痕清见底)、万俟咏《梅花引》(晓风酸)、程垓《江城梅花引》(娟娟霜月冷侵门)等。〔详参刘尊明、王兆鹏《唐宋词的定量分析》。按:其实,王易成书于20世纪20年代执教于心远大学时的《词曲史》,于第四章"衍流"中曾选录过这首词。又,弗谢沃洛德·梅耶荷德(Vsevolod Emilevich Meyerhold)曾提出:一个作品出来,如果所有人都说好,那么你是彻底失败了;如果所有的人都说坏,那么你当然也是失败,不过这说明你总算还有自己的某些特点。如果反响强烈,形成的局面是一部分人喜欢得要命,而另一部分人恨不得把你撕成两半,那么,你就获得真正的成功了。后人称之为"梅耶荷德定律"。清真词中这种好坏一边倒的接受情形,很容易让人前联想到这位苏联著名导演、戏剧理论家的这个观点。〕个中原因,除上述重韵、失韵及分片处的争议以外,还有值得思考与探讨的地方。

## 塞翁吟

暗叶啼风雨,窗外晓色珑璁①。散水麝,小池东。乱一岸芙蓉。②蕲州簟展双纹浪,轻帐翠缕如空。③梦念远别、泪痕重。淡铅脸斜红④。　　忡忡。嗟憔悴、新宽带结⑤，羞艳冶、都销镜中。有蜀纸、堪凭寄恨，等今夜、洒血书词，剪烛亲封。⑥菖蒲渐老，早晚成花，教见薰风。⑦

**【注释】**

①珑璁：迷蒙貌。吴则虞点校本作"昽暰"。李贺《九月》："鸡人罢唱晓珑璁，鸦啼金井下疏桐。"　②"散水麝"三句：荷香与麝香相似，常用以指代。《本草纲目》卷五四一引苏颂《图经本草》云："又有一种水麝，其香更奇，脐中皆水，沥一滴于斗水中，用洒衣物，其香不歇。唐天宝中，虞人曾一献之，养于圃中。每以针刺其脐，捻以真雄黄则脐复合，其香倍于肉麝。"　③"蕲州"二句：蕲竹色莹者为簟，颇有名。苏轼《南堂五首》其五："扫地焚香闭阁眠，簟纹如水帐如烟。"　④斜红：张泌《妆楼记》："斜红绕脸，盖古妆也。"萧纲《艳歌篇十八韵》："分妆间浅靥，绕脸传斜红。"　⑤新宽带结：柳永《凤栖梧》："衣带渐宽终不悔，为伊消得人憔悴。"　⑥"有蜀纸"三句：蜀纸，自唐以来蜀地所制精致华美的信笺的统称。韩偓《寄恨》："秦钗柱断长条玉，蜀纸虚留小字红。"韩愈《归彭城》："刳肝以为纸，沥血以书辞。"　⑦"菖蒲"三句：菖蒲，多年生水生草本，有香气。薰风，和风，香风。《乌夜啼八曲》其一："菖蒲花可怜，闻名不曾识。"欧阳修《渔家傲》："五月薰风才一信。初荷出水清香嫩。"

**【评析】**

这首传统的闺怨词，立意当是从《古诗十九首》"荡子行不归，空床难独守"化出。全篇采用顺叙结构而又层层铺叙的写法，上片写景由窗外写到室内，抒情由梦别泪重转到下片带宽容销，拟写血书，任笔直写，在用字运意上也下了不少功夫。如"暗叶啼风雨"中的"暗"、"啼","乱一岸芙蓉"的"乱","簟展双纹浪"的"展","淡铅脸斜红"的"斜",以及"啼风雨"、"泪痕重"、"脸斜红"与"乱一岸芙蓉"的巧妙呼应。过片"忡忡"二字,叠韵以和琴声,与挺接(如南去、北来、何事之类)、添字承接(如因甚、回想之类)相比,尤其着力,他人道不得。又,后段"字字更长漏永,声声衣宽带松"(沈际飞《草堂诗余正集》),其中"菖蒲渐老"以下纯用口语,宕开一笔,以景结情,神味无穷。

## 苏幕遮

燎沈香[①],消溽暑[②]。鸟雀呼晴[③],侵晓窥檐语[④]。叶上初阳[⑤]干宿雨、水面清圆,一一风荷举。　　故乡遥,何日去。家住吴门[⑥],久作长安旅。五月渔郎相忆否。小楫轻舟[⑦],梦入芙蓉浦。

【注释】

①燎沈香:《本草纲目》卷三十四:"交趾蜜香树,彼人取之先断其积年老木根,经年其外皮干,俱朽烂,木心与枝节不坏坚黑沉水者即沉香也。"李商隐《隋宫守岁》:"沈香甲煎为庭燎,玉液琼苏作寿杯。"　②消溽暑:沈约《休沐寄怀》:"临池消溽暑,开幌望高秋。"　③鸟雀呼晴:苏轼《江神子》:"昨夜东坡春雨足,乌鹊喜,报新晴。"　④侵晓窥檐语:徐璧《失题》:"双燕今朝至,何时发海滨。窥檐向人语,如道故乡春。"　⑤初阳:旭日。张缵《侍宴饯东阳太守萧子云应令》:"仲月发初阳,轻寒带春序。"　⑥吴门:原指春秋吴都(今苏州)阊门,此泛指

吴越之地。张先《渔家傲》："天外吴门清霅路。君家正在吴门住。"

⑦小楫轻舟：刘缓《江南可采莲》："楫小宜回径，船轻好入丛。"

**【评析】**

　　这是一首夏日思乡词，以写雨后风荷为中心，引出故乡归梦。上片写景多彩丰富，特别是"叶上初阳"二句，写荷花神态，着一"举"字而境界全出，推敲锻炼之极，归于清新自然，是"真能得荷之神理者"（《人间词话》。按：王国维随即指出，与此相比，就感觉姜夔《念奴娇》、《惜红衣》二词所写"有隔雾看花之恨"）。下片先将想象之笔落实在"吴门"和"长安"这两个有相当空间距离的点上，再进一步使之微缩、具体化。最后以"小楫轻舟"二句绾合全篇，从而既使上、下片联成一气，不着痕迹，又融景入情，在尽量稀释悲伤情调的同时，表达迷离淡远的乡愁。以"缥缈而闲雅之趣"唱出对故乡的思念，"宋代知识分子的教养、温柔敦厚似能见其一斑"（青山宏《唐宋词研究》）。薛瑞生《周邦彦两入长安考》文以为此词作于长安，可备一说。

　　这首《苏幕遮》，正像词里所写的荷花一样，"清水出芙蓉，天然去雕饰"（李白《经乱离后天恩流夜郎忆旧游书怀赠江夏韦太守良宰》），在一向以镂金刻玉手段著称的周词中，可算是极少的例外。作为全篇最为突出、动人之处，"叶上"二句"咏荷绝唱"（钱仲联《唐宋词谭》）的意义在于，通过摒弃往往摇笔即来的写荷花的"冷香"、"红衣"一类字眼，去模糊化可能因为这些字眼而受到遮蔽的荷花形象，从而塑造出生动活泼且富有朝气和情趣的荷花形象，又句在篇中，左右逢源，摇曳生姿。从词法上讲，上述审美效果的取得，跟晚清宋诗派巨子郑珍《春尽日》的前四句同工异曲："绿荷扶夏出，嬉立如婴儿。春风欲舍去，尽日抱之吹。"都是绚烂已极的必然结果。（当然，不同的是，如果从全篇来看，郑诗是以这四句起兴。)

# 浣沙溪

日射欹红蜡蒂香①。风干微汗粉襟凉。碧纱对掩簟纹光。自剪柳枝明画阁，戏抛莲菂②种横塘。长亭无事好③思量。

【注释】

①"日射"句：欹红蜡蒂，蜡烛燃至末了，四面泛出蜡油，状如花蒂。柳宗元《戏题阶前芍药》："欹红醉浓露，窈窕留余香。"温庭筠《碌碌古词》："融蜡作杏蒂，男儿不恋家。"  ②莲菂（dì）：莲子。郭橐驼《种树书》："以莲菂投靛瓮中，经年移种，发碧花。"  ③好：宋元口语，意谓很，甚，常。

【评析】

这是一首闺中逭（逃也）暑之作。上、下片分别描绘室内、室外情景，犹如先后呈现出六个各不连续的画面、场景，结句中的"思量"——相思之情，正是将它们勾连在一起的内在情感线索，却又一直深含不露。如此构建，使得全篇虽仅言粉襟簟纹，剪柳抛莲，而女子的绰约风姿和闲雅之致，跃然纸上，明丽如绘，极大限度地收获了无色而艳、无味而香的审美效果。

况周颐有云："作词须知'暗'字诀。凡暗转、暗接、暗提、暗顿，必须有大气真力，斡运其间，非时流小惠之笔能胜任也。"（《蕙风词话》

卷一）所谓"暗"字诀须有大气，也就是指"潜气暗转"之意。潜气暗转因为是突转陡接，所以能使词意在顿挫中显得奇警飞动。这首《浣沙溪》正是如此。结句"长亭无事好思量"和前面五句，在行文上毫无字面联系，只有从意象的联想中才能领悟到结句是作者的想念，前面五句所写女子的种种情态，全是他在长亭中的回忆。这样一来，第六句和前面就形成了一种突转陡接，因为完全没有文字上的承转关联痕迹，也就成了一种"暗转"。况周颐同时指出，骈文中早有此"暗转"之法，由此，文、词两种文学样式，至少在这一点上是相通的，可以相互借鉴；而词史上通常所说的"以文为词"，其内涵也会因之有所扩展。

## 浣沙溪

翠葆参差竹径成。新荷跳雨泪珠倾①。曲阑斜转小池亭。风约帘衣②归燕急，水摇扇影戏鱼惊。柳梢残日弄微晴。

【注释】

① "新荷"句：钱起《苏端林亭对酒喜雨》："濯锦翻红蕊，跳珠乱碧荷。" ②风约帘衣：约，吹动。帘衣，帘幕。《南史·夏侯亶传》："晚年颇好音乐，有妓妾十数人，并无被服姿容，每有客，常隔帘奏之，时谓帘为夏侯妓衣。"

【评析】

这首词通篇写景，别具一格。新竹成林，新荷跳雨，柳梢弄晴，已是新颖别致；曲阑斜转，风约帘衣，水摇扇影，更觉意趣横生。全篇以工巧体物、借景抒情之能事，勾绘出一幅幅动中有静的画面，尽化"无我之境"为"有我之境"，笔淡情浓，深得悠然闲适之趣。周邦彦很喜欢并擅长用《浣沙溪》填词。该调仅四十二字，上片三平韵，下片两平韵，用韵是宛转和谐的。过片两句，一般多用对偶，无论词情或声律都造成对比之美。上、下片的末句，在声律上各重复上句一遍，则形成回环重复的美感。而在作法上，上、下片各三句，均是第一、二句形成一意，第三句自成一意，所以短短六句，要用力才收得住。本来是不太容易填制的一个词调，周邦彦却在这里全方位地焕发出了该调的美感，正所谓"解其声，故能制其调也"（吴梅《词学通论》）。

通俗小说中阑入前代或同时代诗词，是一种常见的写作风习。诗词作品一旦登上这样的"通俗"平台，就有更大的机会在不同层次的受众中广泛流传，进一步扩大影响。周邦彦的这首《浣沙溪》，就曾经出现在明代熊大木的《杨家将演义》第三十回《八王赍诏求六使，焦赞大闹陈家庄》中：

> 是夕，留六使宿于庄上。次日，杨太保撑船渡过六使登岸，与焦赞望三关而行。时四月天气，途中酷热，古人有词为证：翠葆参差……

这也在一定程度上展现了清真词在后代的影响力。更为成功的类似例子是明代杨慎的《临江仙》。作为《廿一史弹词》第三段《说秦汉》的开场词，杨慎的这首颇为通俗、并非特别出色的《临江仙》：

> 滚滚长江东逝水，浪花淘尽英雄。是非成败转头空。青山依旧在，几度夕阳红。　白发渔樵江渚上，惯看秋月春风。一壶浊酒喜相逢。古今多少事，都付笑谈中。

却因为清初毛宗岗父子评改《三国演义》时将之置于卷首，深得后人喜爱，并成为这位状元词人乃至整个明代最为深入人心的一首词。这种方式或者现象,在词的传播接受研究中,是值得重视的。

## 浣沙溪

薄薄纱厨①望似空。簟纹如水浸芙蓉②。起来娇眼未惺忪③。
强整罗衣抬皓腕,更将纨扇掩酥胸。羞郎何事面微红④。

【注释】

①纱厨:纱帐。晁端礼《浣溪沙》:"湘簟纱厨午睡醒。起来庭院雨初晴。" ②芙蓉:《西京杂记》卷二:"文君姣好,眉色如望远山,脸际常若芙蓉,肌肤柔滑如脂,十七而寡,为人放诞风流,故悦长卿之才而越礼焉。" ③"起来"句:惺忪,清醒。苏轼《水龙吟》:"萦损柔肠,困酣娇眼,欲开还闭。" ④"羞郎"句:《乐府诗集》卷四十五《团扇郎》解题引《古今乐录》曰:"《团扇郎歌》者,晋中书令王珉,捉白团扇,与嫂婢谢芳姿有爱,情好甚笃。嫂捶挞婢过苦,王东亭闻而止之。芳姿素善歌,嫂令歌一曲当赦之。应声歌曰:'白团扇,辛苦五流连。是郎眼所见。'珉闻,更问之:'汝歌何遗?'芳姿即改云:'白团扇,憔悴非昔容,羞与郎相见。'后人因而歌之。"

【评析】

这是一首闺情词,写来心神飘荡,情趣流走。上片描写女子姿态,厨薄似空,美人如花,娇眼惺忪。下片通过动作细节刻画心理,整衣抬腕,纨扇掩胸,羞郎面红。一结点题。

《詹安泰词学论稿·论修辞》曾以"簟纹"二句为例论替代修辞，固属细事，亦足见大家手笔之不凡：

以"芙蓉"代"美人"，"簟纹如水"者，言簟之凉耳，苏轼诗"簟纹如水帐如烟"，辛弃疾词"纱厨如雾，簟纹如水，别有生凉处"（《御街行》），用法均同。由"凉"义而涉想及"水"，更由"水"而涉想及"浸"，于是"凉簟卧美人"，乃成"簟纹如水浸芙蓉"矣。主名仍属替代美人之"芙蓉"，故下即紧接人事"起来娇眼未惺忪"，其写法与①②例（指晏几道《浣溪沙》："远山低尽不成歌"，秦观《如梦令》："遥想酒醒来，无奈玉销花瘦"）正同也。凡用替代修辞者，替代之主名如不揭出，语意便不可通。既揭主名而出之以替代，故非"譬喻"，亦殊"映衬"。试以"芙蓉"句与黄庭坚《采桑子》之"雨打芙蓉泪不干"句一加较观，便可了然。黄句之"芙蓉"固可作"美人"解，然上文用"雨打"，即直接与"芙蓉"发生关系，不能以他辞替代矣。假如解作"雨打美人泪不干"，更复成何语意？然周邦彦此句则适与相反，假如"芙蓉"不解作"美人"，则与"簟纹"不能直接发生关系，"簟纹浸芙蓉"又成不可通。"簟纹凉卧美人"耳，几见"簟纹"能"浸芙蓉"耶？一用作替代不可通，一必须用作替代始可通，故前者属"映衬"，而后者属"替代"。

值得注意的还有，南京博物馆藏宋代吉州窑白釉彩绘瓷枕所书此词，调寄《相思引》；所异者，"未"、"更"二字分别作"咪"、"故"，而"娇眼"、"何事"下面均重叠两字（按古人书写习惯，重叠一字用两短横表示）；调式同于《钦定词谱》卷六所录袁去华"晓鉴胭脂拂紫绵"一体。均有价值。

## 浣沙溪

宝扇轻圆浅画缯①。象床平稳细穿藤②。飞蝇不到避壶冰③。翠枕面凉频忆睡,玉箫手汗错成声④。日长无力要人凭。

**【注释】**

①"宝扇"句:王维《洛阳女儿行》:"罗帏送上七香车,宝扇迎归九华帐。"缯(zēng),古之丝织品总称,此指作扇面的细白丝绢。②"象床"句:象床,喻白藤床如象牙床一样洁白清润。③"飞蝇"句:暑日置冰于壶以驱蝇。鲍照《白头吟》:"直如朱丝绳,清如玉壶冰。"④错成声:奏曲有误。

**【评析】**

这首词写夏日闺情,与上一首类似,"赋景物极妍丽之采,状闺情尽娇慵之态"(俞陛云《唐五代两宋词选释》)。上片是环境与景物描写,宝扇浅画,象床平稳,飞蝇避壶,有序展开旖旎画面。下片写女子娇慵情态,枕凉忆睡,汗手错声,日长无凭,皆因情思消磨之故。王强《周邦彦词新释辑评》所云可谓精辟:"此词好在一路写下去,写到不能再写处。"

## 点绛唇

征骑初停,酒行莫放离歌举①。柳汀莲浦②。看尽江南路。

苦恨斜阳，冉冉③催人去。空回顾。淡烟横素。不见扬鞭处。

【注释】

①"酒行"句：《史记·南越传》："酒行，太后谓嘉曰：'南越内属，国之利也，而相君苦不便者，何也？'以激怒使者。"举，起也。柳永《御街行》："端门羽卫簇雕阑，六乐舜韶先举。"　②柳汀莲浦：褚载《残句》："莲浦浪澄堪倚钓，柳堤风暖好垂鞭。"　③冉冉：时光渐渐流逝。屈原《离骚》："老冉冉其将至兮，恐修名之不立。"

【评析】

这是一首离别词。上片写临歧怅望，心绪茫茫，渐生酸苦。首句点明别离情事，以下记叙酒放歌举，阅尽"柳汀莲浦"，都是征人临别情态。下片写别后忍顾，托怨无着，感伤无限。"苦恨斜阳"二句宕开一笔写离别之恨，移情于物，境界开阔。"空回顾"三句再推开一层，堕离情于"淡烟横素"，深永含蓄。全篇章短法严，貌不经意，情景兼胜，笔力高绝，无怪乎柳永著名的"今宵酒醒何处"，也被认为逊其"一着"（陈廷焯《云韶集》）。

# 诉衷情

出林杏子落金盘。齿软怕尝酸①。可惜半残青紫，犹有小唇丹②。　南陌上，落花闲。雨斑斑③。不言不语，一段伤春，都在眉间。④

【注释】

①"齿软"句：韩偓《幽窗》："手香江橘嫩，齿软越梅酸。" ②唇丹：《庄子·盗跖》："唇若激丹，齿如齐贝。" ③斑斑：李商隐《细雨成咏献尚书河东公》："稍稍落蝶粉，班班融燕泥。" ④"一段"二句：苏轼《蝶恋花》："学画鸦儿犹未就。眉间已作伤春皱。"

【评析】

这首词的妙处在于，将少女尝鲜得酸的偶然情事，与其伤春之情相勾连，以前者触发后者，似不经意，实具意匠经营。"花褪残红青杏小"（苏轼《蝶恋花》）乃是暮春的景色，作者不仅写了景色，还就此发展成一段生活情事，闲中着色，便觉活泼可爱。同是眉间酸意，上片的尝酸皱眉，与下片在密雨落花烘托下，少女因春情酸楚而皱眉，情感内涵截然不同。

词中齿软怕尝酸，残杏印朱唇等细节的生动刻画，似乎也可以视为怀春妙龄的心境和情感样态的双重象喻。一方面，心中萌发爱情追求的少女，其微妙的心理状态，就像吃杏子一样，想要尝试，又怕齿酸（约相当于代价）。另一方面，杏子一旦上口，无论结果如何，即便是酸不可耐，那留在残杏上的朱唇印，也好似无悔青春的一个独特印记，留在走向成熟后的回味中。

# 风流子　秋怨

枫林凋晚叶，关河①迥，楚客②惨将归。望一川暝霭，雁声哀怨,半规凉月③,人影参差。酒醒后,泪花销凤蜡④,风幕卷金泥⑤。砧杵韵高⑥,唤回残梦,绮罗香减,牵起余悲。　　亭皋分襟地⑦,难拚处、偏是掩面牵衣。何况怨怀长结⑧,重见无期。想寄恨书中,银钩空满,断肠声里,玉箸还垂。⑨多少暗愁密意,唯有天知。⑩

【注释】

①关河:指函谷等关与黄河。《史记·苏秦列传》:"乃西至秦,秦孝公卒,说惠王曰:'秦四塞之国,被山带渭,东有关河,西有汉中。南有巴蜀,北有代马,此天府也。以秦士民之众,兵法之教,可以吞天下,称帝而治。'"　②楚客:原指屈原,此谓身为楚人而客居他乡。王筠《五月望采拾》:"结庐同楚客,采艾异诗人。"　③半规凉月:凉月,秋月。黄庭坚《次韵奉送公定》:"屯云寒六幕,新月吐半规。"谢朓《移病还园示亲属》:"停琴伫凉月,灭烛听归鸿。"　④"泪花"句:杜牧《赠别》:"蜡烛有心还惜别,替人垂泪到天明。"　⑤金泥:此指帘幕上的烫金。李煜《临江仙》:"画帘珠箔,惆怅卷金泥。"　⑥砧杵韵高:砧杵,捣衣石和棒槌,此指捣衣声。谢惠连《捣衣》:"檐高砧响发,楹长杵声哀。"　⑦"亭皋"句:亭皋,水边平地。司马相如《上林赋》:"亭皋千里,靡不被筑。"《史记集解》引郭璞注曰:"言为亭堠于皋隰,皆筑地令平,贾山所谓'隐以金椎'也。"分襟,犹离别。李商隐《子直晋昌李花》:"樽前见飘荡,愁极客襟分。"　⑧怨怀长结:江淹《灯赋》:"怨此怀抱,伤此秋期。"　⑨"想寄恨"四句:银钩,喻遒劲的书法。《晋书·索靖传》:"盖草书之为状也,婉若银钩,漂若惊鸾。"玉箸(zhù),珍珠长者称玉箸,以喻美人之泪。《白孔六帖》卷七:"王昭君之泪如玉箸。"　⑩"多少"二句:白居易《琵琶行》:"别有幽愁暗恨生,此时无

声胜有声。"卢师道《日出东南隅行》："深情出艳语，密意满横眸。"《后汉书·杨震列传》："当之郡，道经昌邑，故所举荆州茂才王密为昌邑令，谒见，至夜怀金十斤以遗震。震曰：'故人知君，君不知故人，何也？'密曰：'暮夜无知者。'震曰：'天知，神知，我知，子知，何谓无知？'"

【评析】

　　这首词作于将离开荆州时，抒写离愁别恨。开篇三句，从首途前夕饯宴之后写起。紧接着的四句，写其在苍茫暮色中之闻见。"酒醒后"到上片煞拍，与前数句在时间上有一个跳跃而情景暗换，写独处一室清夜梦回所闻见。"酒醒后"三句，先写出刚醒来一刹那的怔忡神态；"砧杵韵高"四句，继写清醒后的感觉与心情。"绮罗香减"继"残梦"二字吐出，不只实写与女方的诀别，亦兼暗示中宵梦想。"牵起余悲"四字，回应篇首"惨将归"，又唤起下片追忆，贯彻篇终。过片四句，即承此倒叙昨晚饯别分襟时彼此种种不堪。"亭皋"二句，言临别难以割舍，对方呜咽掩泣更使人难堪。"何况怨怀"句，说明这是诀别，后会难期。以下"想寄恨书中"四句，写别后相思愁恨之深，分从双方著笔。结二句一发痴迷沉痛。

　　全篇章法结构曲折有致。眼前实景都在上、下片的后几句，而对于别时情景，却从追忆中用虚笔写出，这是用所谓"逆挽"法。写回想，属痛定思痛，回味转浓，自宜逐层剖析，所以，此词的用笔密致是与逆挽的手法分不开的。结句不用含蓄之笔，而用重拙之笔直抒胸臆。这种结尾，因为已经有了前面叙事写景的充分蓄势，遂显得凝重有力。另外，此词写景叙事多用对偶，尤其是上、下片都用了扇对（即隔句相对），且富于变化，既具有平衡联系上、下片的功用，也使得整篇散中见整，参差错落，饶有韵致。

# 华胥引　秋思

川原澄映①，烟月冥蒙②，去舟如叶③。岸足沙平④，蒲根水冷留雁唼⑤。别有孤角吟秋，对晓风鸣轧。⑥红日三竿，醉头扶起还怯。⑦　　离思相萦，渐看看、鬓丝堪镊⑧。舞衫歌扇，何人轻怜细阅。点检⑨从前恩爱，但凤笺盈箧。愁剪灯花，夜来⑩和泪双叠。

【注释】

①川原澄映：韩愈《和李相公摄事南郊览物兴怀呈一二知旧》："川原共澄映，云日还浮飘。"　②冥蒙：幽暗不明貌。左思《吴都赋》："旷瞻迢递，迥眺冥蒙。"苏轼《欧阳少师令赋所蓄石屏》："崖蘰涧绝可望不可到，孤烟落日相冥蒙。"　③去舟如叶：萧绎《燕歌行》："那堪春日上春台，乍见远舟如落叶。"　④岸足沙平：何逊《慈姥矶》："野岸平沙合，连山远雾浮。"　⑤"蒲根"句：蒲根，菖蒲根。唼（shà），水鸟吃食声。杜牧《初春雨中舟次和州横江裴使君见迎李赵二秀才同来因书四韵兼寄江南许浑先辈》："蒲根水暖雁初浴，梅径香寒蜂未知。"李商隐《子初全溪作》："战蒲知雁唼，皱月觉鱼来。"　⑥"别有"二句：杜牧《题齐安城楼》："鸣轧江楼角一声，微阳潋潋落寒汀。"　⑦"红日"二句：杜牧《醉起》："醉头扶不起，三丈日还高。"　⑧"渐看看"句：渐，《汇释》："犹正也。"卢纶《秋中野望寄舍弟绶兼令呈上西川尚书舅》："尘容不在照，雪鬓那堪镊。"　⑨点检：即检点。晏殊《木兰花》："当时共我赏花人，点检如今无一半。"　⑩来：《汇释》："语气中间衬

字，与用于语尾作助辞者异。"

## 【评析】

这首羁旅行役词或为出知顺昌府时所作。上片写景，从川原澄映、烟月冥蒙的大景与远景，写到蒲根水冷、孤角吟秋的小景与近景，渲染出一派萧瑟悲凉的环境气氛。"红日"二句点出以上乃是回忆别时情景。过片二句"离思"总承上片，"鬓丝"开下。下片抒发离愁别恨，一边嗟叹岁月蹉跎，自己鬓发稀白，已经无可挽回地衰老；一边怀念"舞衫歌扇"，翻检旧日情人的书信，惋惜青春不再。以泪水与灯光相映作结，深婉凄切之情在自我形象的描绘中透发出来。人去即影单，今尚双叠旧笺，与"和泪"二字一道，不言情而情自见。

此词，陈洵《海绡说词》有简短评论："日高醉起，始念夜来离思，即景叙情。顺逆伸缩，自然深妙。"刘永济《唐五代两宋词简析》说它与柳永《雨霖铃》词情事相同，写法各别，录以参看：

寒蝉凄切。对长亭晚，骤雨初歇。都门帐饮无绪，留恋处，兰舟催发。执手相看泪眼，竟无语凝噎。念去去、千里烟波，暮霭沉沉楚天阔。　　多情自古伤离别。更那堪、冷落清秋节。今宵酒醒何处，杨柳岸、晓风残月。此去经年，应是良辰、好景虚设，便纵有、千种风情，更与何人说。〔按：有佛僧曾将此中词句作为自己临终前的悟法偈颂，不能不说是全新的体会和解读。如丁传靖《宋人轶事汇编》卷十引《类苑》云："（邢州开元寺僧）法明曰：'平生醉里颠蹶，醉里却有分明。今宵酒醒何处，杨柳岸晓风残月。'言讫，跏趺而逝。"又，日本著名词人森槐南曾写过一首《醉江月·书柳七晓风残月词后》："耆卿绝调，奉天家圣旨，蓬莱宫阙。报道宫姑争按拍，满殿歌云凝咽。红杏尚书，微云学士，让尔传新调。重来谁识，晓风吹尽残月。犹似眄望华清,露寒仙掌,万古风流歇。词客遭逢如此耳,夜雨淋零凄切。不是梧桐,依然杨柳,白尽梨园发。更怜身后,酒醒寒食时节。"由柳永的命运,想到自己的遭际,更可见出域外文人对柳词接受状况之一斑。〕

世传宋人避家讳甚严,如刘温叟因父名乐,遂终身不听丝竹,不游嵩岱;徐积因父名石,平生不用石器,遇石不践;吕希纯因父名公著,辞著作郎。(周密《齐东野语》卷四)周邦彦之父名原,其作品中"原"字却屡见不鲜:如《汴都赋》有"原此汴都"、"中原之菽",《田子茂墓志铭》有"太原",《瑞鹤仙》、《木兰花令》以及此词中分别有"悄郊原带郭"、"郊原雨过金英秀"、"川原澄映"。可见,宋时严避家讳之风,也是因人、因时、因场合而异。而临文不讳,类似的著名例子还有:欧阳修之父名观,其《泷冈阡表》中却赫然具上自己"观文殿学士"的头衔(《欧阳文忠公全集》卷二十五);朱熹之父名松,但他在注《诗·小雅·斯干》"如松之茂"时,也直书"其上之密如松之茂"(《诗集传》卷十一)。

## 宴清都

地僻无钟鼓。残灯灭,夜长人倦难度①。寒吹断梗,风翻暗雪,洒窗填户。宾鸿谩说传书,算过尽、千俦万侣。②始信得、庾信愁多③,江淹恨极须④赋。　　凄凉病损文园,徽弦乍拂,音韵先苦。⑤淮山⑥夜月,金城⑦暮草,梦魂飞去。秋霜半入清镜⑧,叹带眼、都移旧处⑨。更久长、不见文君,归时认否。⑩

【注释】

①"夜长"句：《古诗十九首·孟冬寒气至》："愁多知夜长，仰观众星列。"欧阳修《锦香囊》："一寸相思无著处，甚夜长难度。"　②"宾鸿"二句：《汉书·苏武传》："教使者谓单于，言天子射上林中，得雁，足有系帛书，言武等在某泽中。"谩，《汇释》："本为漫不经心之漫，为聊且义或胡乱义，转变而为徒义或空义。字亦作谩，又作慢。"刘义恭《艳歌行》："悲鸿失良匹，俯仰恋俦侣。"　③"始信"句：得，《汇释》："语助辞，用于动词之后。"庾信《愁赋》："攻许愁城终不破，荡许愁门终不开。何物煮愁能得熟，何物烧愁能得然。闭门欲驱愁，愁终不肯去。深藏欲避愁，愁已知人处。"　④须：《汇释》："犹应也，必也。"　⑤"凄凉"三句：徽弦，代琴弦。《唐国史补》："蜀中雷氏斫琴，常自品第，第一者以玉徽，次者以瑟瑟徽，又次者以金徽，又次者螺蚌之徽。"乍，《汇释》："犹初也，才也。"李益《奉和武相公春晓闻莺》："分明似写文君恨，万恨千愁弦上鸣。"　⑥淮山：又名第一山、慈氏山，在今江苏盱眙。一说泛指庐州一带山岭。　⑦金城：今属江苏南京。《建康实录》卷九："（桓温）累迁至琅琊内史。咸康七年，出镇江乘之金城。（按：《图经》：金城，吴筑，在今县城东北五十里。中宗初于此立琅琊郡也。）"　⑧"秋霜"句：李白《秋日炼药院镊白发赠元六兄林宗》："秋颜入晓镜，壮发凋危冠。"　⑨"叹带眼"句：沈约《与徐勉书》："百日数旬，革带常应移孔，以手握臂，率计月小半分。"王安石《寄余温卿》："平日离愁宽带眼，讫春归思满琴心。"　⑩"更久长"二句：《史记·司马相如列传》："是时卓王孙有女文君新寡，好音。故相如缪与令相重，而以琴心挑之。相如之临邛，从车骑，雍容闲雅甚都。及饮卓氏，弄琴，文君窃从户窥之，心悦而好之，恐不得当也。既罢，相如乃使

人重赐文君侍者通殷勤。文君夜亡奔相如，相如乃与驰归。"

**【评析】**

　　这首羁旅行役词很可能作于荆襄或荆楚（路成文《周邦彦出任庐州教授考》）。写僻地荒冷之夜，孤馆灯残，词人身心俱疲，卧听风雪，相思无眠，"通首情与景融成一片，合为凄异之音"（俞陛云《唐五代两宋词选释》）。寒吹断梗、宾鸿过尽等特定景象，尤能表征凄苦流落情状。"文君"乃清真妻室。此词不太出名的原因之一，在于语典、人名堆砌。乔大壮手批《片玉集》就批评道："此首庾信、江淹、文园、文君，人名太多，乃矜才使气之过，不可为训。"

# 四园竹

　　浮云护月①，未放满朱扉。鼠摇暗壁，萤度破窗，偷入书帏②。秋意浓，闲伫立、庭柯影里。好风襟袖先知③。　　夜何其④。江南路绕重山，心知谩与前期⑤。奈向灯前堕泪，肠断萧娘，旧日书辞。犹在纸。⑥雁信绝，清宵梦又稀。

**【注释】**

　　①"浮云"句：杜甫《季秋苏五弟缨江楼夜宴崔十三评事韦少府侄三首》其二："明月生长好，浮云薄渐遮。"　②"萤度"二句：齐己《萤》："后代书生懒收拾，夜深飞过读书帏。"　③"好风"句：杜牧《秋思》："微雨池塘见，好风襟袖知。"　④夜何其：《诗·小雅·庭燎》：

"夜如何其？夜未央。庭燎之光。"　⑤谩与前期：《汇释》："言即景即事漫然对付也。"前期，对未来的预期。柳永《燕归梁》："幽欢已散前期远，无憀赖、是而今。"　⑥"肠断"三句：《世说新语·黜免》："桓公入蜀，至三峡中，部伍中有得猿子者。其母缘岸哀号，行百余里不去，遂跳上船，至便即绝。破视其腹中，肠皆寸寸断。公闻之，怒，命黜其人。"张祜《孟才人叹（并序）》："武宗皇帝疾笃，迁便殿。孟才人以歌笙获宠者，密侍其右。上目之，曰：'吾当不讳，尔何为哉？'指笙囊泣曰：'请以此就缢。'上悯然。复曰：'妾尝艺歌，请对上歌一曲，以泄其愤。'上以恳，许之。乃歌一声《河满子》，气亟立殒。上令医候之，曰：'脉尚温，而肠已绝。'"《南史·临川靖惠王传》："宏不敢便违群议，停军不前。魏人知其不武，遗以巾帼。北军歌曰：'不畏萧娘与吕姥，但畏合肥有韦武。'"杨巨源《崔娘》："风流才子多春思，肠断萧娘一纸书。"

## 【评析】

这首秋夜怀人词很可能是在汴京"将返江南"（罗忼烈《周邦彦清真集笺》）时所作。词调又作《西园竹》，为清真所创。上片先渲染孤馆秋夜景象：浮云遮月，鼠扰萤飞，清冷萧索而又骚动不安，为下文作情景铺垫。接着推出抒情主人公：庭中任凭风拂衣襟，孤寂中若有所思。"好风"一语体现出的不谐和，"只能从诗人本来就对自然富有亲切感，在潜意识里总感到自然的美好、能够在'哀景'中寻找'乐景'解释之"（钱鸿瑛《周邦彦研究》）。下片慨叹夜深无眠，因山重水复而相会无期；然后回到眼前，灯下翻阅旧信，空自落泪而无可奈何。结尾再进一层，如今音信稀少，梦中也难相会。全词情景相生，节奏由缓而急，层层递进，哀婉深沉。

《四园竹》系四声慢词，以平韵为主，兼协上、去。上片景中寓情，和缓纡徐，无激切语；下片时间、空间错综，合成怀人忆旧境界，平、上、去互协，文极跌宕，情亦激切。与清真《风流子》（枫林凋晚叶）、《蕙兰芳引》（寒莹晚空）等可以同读。

## 齐天乐　秋思

绿芜凋尽台城①路，殊乡又逢秋晚。暮雨生寒，鸣蛩劝织②，深阁时闻裁剪。云窗③静掩。叹重拂罗茵，顿疏花簟。④尚有练囊，露萤清夜照书卷。⑤　荆江留滞最久⑥，故人相望处，离思何限。渭水西风，长安乱叶，⑦空忆诗情宛转。凭高眺远。正玉液新篘，蟹螯初荐。⑧醉倒山翁，但愁斜照敛。⑨

【注释】

①台城：《景定建康志》卷二十："台城，一曰苑城，本吴后苑城。晋成帝咸和中，新宫成，名建康宫，即今所谓台城也。在上元县东北五里，周八里，濠阔五丈，深七尺。今胭脂井南至高阳楼基二里，即古台城之地，尽为军营及居民蔬圃。（旧志）"刘禹锡《金陵五题·台城》："台城六代竞豪华，结绮临春事最奢。万户千门成野草，只缘一曲《后庭花》。"　②鸣蛩劝织：《诗·唐风·蟋蟀》："蟋蟀在堂，岁聿其暮。"陆机疏云："蟋蟀似蝗而小，正黑有光泽如漆，有角翅，一名蜇，一名蜻蛚，楚人谓之王孙，幽州人谓之趣织。里语云'趣织鸣，懒妇惊'是也。"③云窗：高窗，后指饰有云纹的窗户，闺房的美称。韩愈《华山女》："云窗雾阁事恍惚，重得翠幕深金屏。"　④"叹重拂"二句：罗茵，丝

织的褥子。鲍令晖《代葛沙门妻郭小玉作诗二首》其一："明月何皎皎,垂幌照罗茵。"花箪,竹织凉席。徐陵《走笔戏书应令》："片月窥花箪,轻寒入锦巾。"　⑤"尚有"二句:练(shū),稀夏布,一本作"练"。《晋书·车胤传》："恭勤不倦,博学多通。家贫不常得油,夏月则练囊盛数十萤火以照书,以夜继日焉。"　⑥"荆江"句:贺铸《点绛唇》："此情何寄。赖尔荆江水。"　⑦"渭水"二句:贾岛《忆江上吴处士》："秋风生渭水,落叶满长安。"　⑧"正玉液"二句:篘(chōu),漉酒竹器,此作过滤解。杜荀鹤残句:"旧衣灰絮絮,新酒竹篘篘。"《晋书·毕卓传》："卓尝谓人曰:'得酒满数百斛船,四时甘味置两头,右手持酒杯,左手持蟹螯,拍浮酒船中,便足了一生矣。'"　⑨"醉倒"二句:《晋书·山简传》："简优游卒岁,唯酒是耽。诸习氏,荆土豪族,有佳园池,简每出游嬉,多之池上,置酒辄醉,名之曰'高阳池'。时有童儿歌曰:'山公出何许,往至高阳池。日夕倒载归,酩酊无所知。时时能骑马,倒著白接䍦。举鞭向葛疆,何如并州儿。'"杜牧《九日齐安登高》："但将酩酊酬佳节,不用登临恨落晖。"

【评析】

　　这首"悲秋绝调"(俞平伯《清真词释》)的写作时地,一直以来众说纷纭。近来,刘扬忠《周邦彦词选评》一书以为中年在溧水时所作,薛瑞生《周邦彦两入长安考》一文则以为作于长安。均可备一说。

　　全篇抒写暮秋时节在金陵览景、宴饮所产生的身世之感。在写法上,是以赋笔入词,通过铺陈景物人事,来寄寓主观感情。词中多用只有在赋中才大量使用的对句,并大量用典,使词篇带上极为浓重的书卷气,来凸显一个失意文人的身世之悲。多用对句和典故,容易使词作显得过于质实密丽。此词采用"平直顺畅"(钱鸿瑛《柳周词传》)的结构,不作曲笔，来弥补可能产生的缺点，从而获得了工力与自然的平衡。在词风上，此篇沉郁苍凉，和清真一般词作风格不同，典型地代表了作者羁旅行役词的作风。俞陛云《唐五代两宋词选释》评论其章法结构和抒情格调即云："起二句笼罩一切。其下以淡雅出之，清愁一片，摇漾于毫端。'乱叶'三句极苍凉之思。'敛'字韵夕阳光景，动人留恋，又最易感人，词客每以之作结句。闰庵云：'此系黄钟宫正调，宜于深稳之词，他人或作激楚语者，非合作也。'"另外，此词也显示了作者一贯的善于融化唐诗、点化他人境界为我之境界的作风，王国维《人间词话·删稿》因此称赞说："'西风吹渭水，落叶满长安'，美成以之入词，白仁甫以之入曲，此借古人之境界为我之境界也。然非自有境界，古人亦不为我用。"（按："白仁甫以之入曲"，是指白朴以贾岛诗入曲，如《双调·德胜乐·秋》："玉露冷，蛩吟砌。听落叶西风渭水。寒雁儿长空嘹唳。陶元亮醉在东篱。"又《梧桐雨》第二折《普天乐》："恨无穷，愁无限。争奈仓卒之际，避不得蓦岭登山。銮驾迁，成都盼。更那堪泸水西飞雁，一声声送上雕鞍。伤心故园，西风渭水，落日长安。"）

在音律上，周邦彦于四声之中特别注意上、去两仄声的更番使用。万树《词律·发凡》说过："上声舒徐和软，其腔低；去声激励劲远，其腔高；相配用之，方能抑扬有致。大抵两上两去，在所当避。"此词正可谓尽得上去叠用之妙，如龙榆生《论平仄四声在词曲结构上的安排和作用》所分析的：

> 这里面的拗句，如殊乡又逢秋晚的平平仄平平仄，第三字必得用去声，露萤清夜照书卷宜用去平平去去平去，荆江留滞最久宜用平平去去上。离思何限宜用平去平去。还有领头字的叹、正两字也一定要用去声。此外，连用两仄，如静掩、尚有、眺远、醉倒、照敛，都是去上迭用。（《词曲概论》）

## 木兰花　暮秋饯别

郊原雨过金英秀。①风扫霜威寒入袖。感君一曲断肠歌，劝我十分和泪酒。②　古道尘清榆柳瘦。系马邮亭③人散后。今宵灯尽酒醒时，可惜朱颜成皓首④。

【注释】

①"郊原"句：郊原，原野。萧子范《东亭极望》："郊原共超远，林野杂依菲。"王筠《摘园菊赠谢仆射举》："菊花偏可憙，碧叶媚金英。"

②"感君"二句：白居易《春深》："十分杯里物，五色眼前花。"又，《晓别》："请君断肠歌，送我和泪酒。"　③系马邮亭：《汉书·薛宣传》："过其县，桥梁邮亭不修。"颜师古注曰："邮，行书之舍，亦如今之驿及行道馆舍也。"韦庄《江皋赠别》："江亭系马绿杨短，野岸维舟春草齐。"

④"可惜"句：孟郊《暮秋感思》："上有噪日蝉，催人成皓首。亦恐旅步难，何独朱颜丑（一作朽）。"

【评析】

这首词以粗笔浓墨抒写挚友惜别的深情，与清真词中许多红粉惜别的篇章风格迥异。秋雨过后，菊花秀妍，而天已见寒，风霜凄紧，榆柳清瘦，行人稀少。值此清秋冷落之际，十分泪酒，一曲断肠，依依惜别于郊原之邮亭，天人共感悲凉。结二句将凄凉之感渲染到极致。"朱颜"与"皓首"之间，时间跨度本来相当大，但在作者笔下，却似是宵灯明灭、酒醉酒醒之间的事情。意味着岁月催人老去，而渴望用世的自己，自别后却一事无成，致生一生有如一刻之短暂的浩叹。全篇写景清秀硬朗，抒情深沉浑厚。在声韵方面，上声和去声字交叉相押，使音节显得厚重而有力，表现出周词"老辣"（蒋哲伦等《周邦彦词选》）的特点。

## 霜叶飞

露迷衰草。疏星挂，凉蟾①低下林表。素娥青女斗婵娟②，正倍添凄悄。渐飒飒、丹枫撼晓。横天云浪鱼鳞小。③似故人相看，又透入、清辉半饷，特地留照。④　迢递望极关山，波穿千里，度日如岁难到。⑤凤楼今夜听秋风，奈五更愁抱。⑥想玉匣、哀弦闭了⑦。无心重理相思调。见皓月、牵离恨，屏掩孤鸶⑧，泪流多少。

【注释】

①凉蟾：《后汉书·天文志》刘昭注引张衡《灵宪》："月者，阴精之宗，积而成兽，象兔。阴之类，其数耦。其后有凭焉者。羿请无死之药于西王母，姮娥窃之以奔月。将往，枚筮之于有黄，有黄筮之曰：'吉。翩翩归妹，独将西行，逢天晦芒，毋惊毋恐，后且大昌。'姮娥遂托身于月，是为蟾蜍。"李商隐《燕台四首·秋》："月浪冲天天宇湿，凉蟾落尽疏星入。"　②"素娥"句：李商隐《霜月》："青女素娥俱耐冷，月中霜里斗婵娟。"　③"渐飒飒"二句：柳永《临江仙》："鸣珂碎撼都门晓，旌幢拥下天人。"《吕氏春秋·有始览》："山云草莽，水云鱼鳞，旱云烟火，雨云水波，无不皆类其所生以示人。"　④"又透入"二句：半饷，犹半

昫。特地,《汇释》:"犹云特别也,又犹云特为或特意也。"《类说》卷二十八《感异记》:"姮娥妒人,不肯留照。织女无赖,已复斜河。"
⑤"迢递"三句:迢递,高峻貌。谢朓《郡内高斋闲坐答吕法曹》:"结构何迢递,旷望极高深。"《诗·王风·采葛》:"彼采艾兮,一日不见,如三岁兮。" ⑥"凤楼"二句:江淹《征怨》:"荡子从征久,凤楼箫管闲。"张谓《同王征君洞庭有怀》:"还家万里梦,为客五更愁。"
⑦"想玉匣"句:崔珏《孤寝怨》:"自君辽海去,玉匣闭春弦。" ⑧孤颦:孤独含愁的面容身影。李商隐《燕台》:"云屏不动掩孤颦,西楼一夜风筝急。"

【评析】

　　这是一首羁旅途中、天将晓时望天上月色的触景伤情之作,所谓"美人迈兮音尘绝,隔千里兮共明月"。上片以清利之笔写凄清萧瑟之景,通过露草、疏星、丹枫、云浪衬托黎明月色的"凄悄"。在语言运用上,以"似故人相看"前后两分,一雅致精练,一活泼自然;一密一疏,和谐相间。"迷"、"撼"等字,亦颇见锤炼之功。下片转向深沉的思念,由过片"迢递"三句绾结上片,同时作为过渡引起下文。"凤楼今夜"以下写对月遐思,望月怀人,想象对方夜闻秋声,五更抱愁以及无心弹琴、独自流泪的情景,更觉凄凉。全篇章法独到。虽然采用一般的上景下情格式,也没有清真此类题材常见的带有故事情节的叙事性,但情、景并非上下判然。"清辉"与"皓月"前后映带,景及两地,情系彼此,"双烟一气"(陈洵《海绡说词》)。

## 蕙兰芳引

　　寒莹晚空,点清镜、断霞孤鹜。①对客馆深扃②,霜草未衰更绿。倦游厌旅，但梦绕、阿娇金屋。想故人别后，尽日空疑风竹。③

塞北氍毹，江南图障，是处温燠。④更花管云笺⑤，犹写寄情旧曲。音尘迢递，但劳远目。今夜长，争奈⑥枕单人独。

【注释】

①"寒莹"二句：湛方生《天晴》："青天莹如镜，凝津平如研。"柳永《留客住》："盈盈泪眼，望仙乡，隐隐断霞残照。" ②扃（jiōng）：关闭。晁端礼《舜韶新》："地偏心远，终日何妨扃户。" ③"想故人"二句：李益《竹窗闻风寄苗发司空曙》："开门复（一作开帘风）动竹，疑是故人来。" ④"塞北"三句：氍毹（qú shū），应劭注《玉台新咏·陇西行》引《风俗通》曰："织毛褥谓之氍毹。"图障，绘有图画的屏风或软障。是处，《汇释》："犹云到处或处处也。"温燠（yù），温暖。《梁书·任昉传》："叙温燠则寒谷成暄，论严苦则春丛零叶。飞沉出其顾指，荣辱定其一言。" ⑤花管云笺：江总《杂曲》："风前花管飏难留，舞处花钿低不落。" ⑥争奈：怎奈。柳永《玉楼春》："别来也拟不思量，争奈余香犹未歇。"

【评析】

这是一首羁旅怀人之作。起首四句写秋景。秋日黄昏，明洁寒冷，残霞孤鹜，闭门客馆，未衰霜草，一派凄清。面对此景，自然生出"倦游厌旅"的念头，为一篇主旨。以下写因"厌"、"倦"而产生思念"故人"之情。"想故人"二句，由己及人，由自己深深的伤感和思念，推想对方的同样情态。下片续写温暖的想象和温柔的思念。"塞北"五句，写相思之苦，更是想念与佳人一起时的温馨和美好，也提供了可能的词作时地信息。结末四句，跌回现实，两情辽隔，长夜漫漫，唯有孤独地期盼，寂寞地等待。

## 塞垣春

暮色分平野。傍苇岸、征帆卸。烟村极浦,树藏孤馆,①秋景如画。渐别离气味②难禁也。更物象、供潇洒③。念多材浑④衰减,一怀幽恨难写。　　追念绮窗人,天然自、风韵娴雅⑤。竟夕起相思,谩嗟怨遥夜。⑥又还将、两袖珠泪,沈吟向寂寥寒灯下。⑦玉骨为多感,瘦来无一把。⑧

【注释】

①"烟村"二句:戎昱《采莲曲二首》其二:"烟生极浦色,日落半江阴。"秦观《踏莎行》:"可堪孤馆闭春寒,杜鹃声里斜阳暮。"　②气味:比喻情绪。李廓《落第》:"气味如中酒,情怀似别人。"　③潇洒:亦作萧洒,意为凄清。杜甫《玉华宫》:"万籁真笙竽,秋色正萧洒。"　④浑:完全,简直。《汇释》:"犹全也,直也。"杜甫《春望》:"白头搔更短,浑欲不胜簪。"　⑤风韵娴雅:《清波杂志》卷六:"盖时以妇人有标致者为'韵'。"《后汉书·马援传》注:"娴雅犹沉静也。"　⑥"竟夕"二句:张九龄《望月怀远》:"情人怨遥夜,竟夕起相思。"　⑦"又还将"二句:沈吟,《汇释》:"思量或斟酌的意思,动词,与通常用形容词表达迟疑不决者不同。"秦观《满园花》:"一向沉吟久,泪珠盈襟袖。"卢纶《长安疾后首秋即事》:"楚客病来相思苦,寂寥灯下不胜愁。"

⑧"玉骨"二句:李商隐《偶成转韵七十二句赠四同舍》:"天官相吏

府中趋，玉骨瘦来无一把。"

【评析】

　　清真词常在抒情中夹带叙事的成分，通过回忆和想象，把不同时地、不同人物的生活情景和思想感情糅合在一起，突破了时空界限，扩大了词的规模，增强了抒情效果。（蒋哲伦等《周邦彦词选》）这首词即其一例。上片从暮色秋景落笔，着重于写实，引出幽怀离恨。下片纯属想象和假设之辞，以"追念"总领，明明是自己刻骨地思念着对方，却偏说是对方在思念自己，"似乎近于一种'以乐景写哀'而反衬哀伤的笔法"（钱鸿瑛《柳周词传》）；并虚拟出丰富的细节，如竟夕相思、夜中嗟叹、珠泪盈袖、灯下沉吟、玉骨消瘦等等，层层推进，作了较为生动细腻的刻画，更觉逼真动人。

　　这首《塞垣春》分明有"一怀幽恨难写"的抒情主题，开篇展现的却是一种言情不妨状景的意境结构方式。这种方式，体现了不以主观干扰客观的艺术精神。即在由清真词之以"景胜"来作艺术整合的传统中，词的缘情属性被审美物化了。在这里，除抒情的基本宗旨外，同时具有一种对客观景象之独立价值的认可。唯其有此精神，才有周济所谓"北宋词多就景叙情，故珠圆玉润，四照玲珑"（《介存斋论词杂著》）的特色。北宋词的如此特色，正以"深"、"曲"而见长。所谓"深"、"曲"，是指情思内容的含蓄之深和表抒方式的隐曲委婉。其所以如此者，正缘"就景叙情"故"景胜"故也。亦唯其如此，北宋词之最典型的意境特征，又是主题的隐喻化，这在作为其范式确认的清真词中体现得异常生动。主题的隐喻化必造成读者解读之际的多种可能和临界现象，而如此一来，其凸现出来的便恰恰是能感发情思而又不受主观侵扰的客观景象的审美自足。在这个意义上，可以简单地说，由清真范式所整合的北宋词境创造之典型特色，乃在词境如画而意象生动。〔参韩经太《诗学美论与诗词美境》。按："范式"这一概念，最初是由美国学者托马斯·塞缪尔·库恩（Thomas Samuel Kuhn）在《科学革命的结构》中提出的。库恩认为：科学革命是新旧范式之间的斗争，新范式完全取代旧范式后，科学革命即告结束，从此又进入常态科学时期。革命的功能就在于它是一种突破一个范式进入另一个范式的手段。范式的更换，不仅会产生新的科学发现，也改变了人们对世界的认识，开拓了人们的视野。王兆鹏《宋南渡词人群体研究》从另外两位美国学者雷纳·韦勒克（Rene Wellek）、奥斯汀·沃伦（Austin Warren）所著《文学理论》中以规范体系的变化说明文学演变的观点获得启发，运用"范式"概念考察唐宋词的演变，建构唐宋词风格体式理论，得出唐宋词史主要是"花间范式"、"东坡范式"、"清真范式"这三大范式的相互更迭演变史的结论。值得注意的是，韩书另外提出了"白石范式"，认为："如果说北宋词由清真范式而体现出来的情思之审美物化的意境创造方式，可称之为'无我之境'，那么，由白石范式所体现出来者，便不仅是'有我之境'，而且这个凸出的'我'身上乃有着士大夫文化与南宋时事的双重折光。"〕兹录与清真此词相类似的贺铸《伴云来》对读以至相互发明：

> 烟络横林，山沈远照，迤逦黄昏钟鼓。烛映帘栊，蛩催机杼，共苦清秋风露。不眠思妇，齐应和、几声砧杵。惊动天涯倦宦，骎骎岁华行暮。　　当年酒狂自负。谓东君、以春相付。流浪征骖北道，客樯南浦。幽恨无人晤语。赖明月曾知旧游处。好伴云来，还将梦去。

# 丁香结

苍藓沿阶，冷萤黏屋，庭树望秋先陨①。渐雨凄风迅。淡暮色，倍觉园林清润。汉姬纨扇在，重吟玩、弃掷未忍。②登山临水，此恨自古，销磨不尽。　　牵引。记试酒归时，映月同看雁阵。宝幄香缨，熏炉象尺，夜寒灯晕。③谁念留滞故国，旧事劳方寸④。唯丹青相伴，那更尘昏蠹损。⑤

【注释】

①望秋先陨：《世说新语·言语》："顾悦与简文同年，而发早白，简文曰：'卿何以先白？'对曰：'蒲柳之姿，望秋而落，松柏之质，经霜弥茂。'"　②"汉姬"二句：班婕妤《怨歌行》："新裂齐纨素，皎洁如霜雪。裁为合欢扇，团团似明月。出入君怀袖，动摇微风发。常恐秋节至，凉风夺炎热。弃捐箧笥中，恩情中道绝。"　③"宝幄"三句：宝幄，精美的帐子。李白《捣衣篇》："琼筵宝幄连枝锦，灯烛荧荧照孤寝。"香缨，香囊。《类说》卷三十五引《事始》："古者妇始见舅姑，持香缨以拜，五色彩为之。"熏炉象尺，象牙所制熏笼。《西京杂记》卷一："以象牙为火笼，笼上皆散华文。"温庭筠《织锦词》："象尺熏炉未觉秋，碧池已有新莲子。"　④方寸：《列子·仲尼》："文挚乃命龙叔背明而立，文挚自后向明而望之，既而曰：'嘻！吾见子之心矣，方寸之地虚矣。'"《三国志·蜀志》卷五："庶辞先主而指其心曰：'本欲与将军共图王霸之业者，以此方寸之地也。今已失老母，方寸乱矣，无益于事，请从此别。'"　⑤"唯丹青"二句：郑谷《代秋扇词》："一片山溪从蠹损，数行文字任尘侵。"

【评析】

这是一首秋日怀人之作。上片主要写秋景，过渡至怀人。起三句写庭院中的景色。接着以去声字"渐"引出一番风雨，在秋日的黄昏中，园林格外清润。"汉姬"二句,写纨扇未忍捐,从上文的秋景过渡到下文的离恨,所以歇拍化用宋玉《九辩》作结。换头句"牵引",写明触景生情,意脉明确承上启下。以下转入回忆往昔情事:"记试酒"二句,追写旧时在外游乐之景;"宝幄香缨"三句,以密集意象进一层写闺房内的缱绻温馨,情态依依,历历如绘。接着,文笔一转,跌落到目前现实。"谁念"二句,说谁想得到而今停留于故乡,为过去的事操心。言外之意,和当年在汴都的情侣劳燕分飞了,也是对引起此意的上片"汉姬"二句的回应。结二句,再进一层写悲哀凄凉。本来只有伊人画像相伴,更可悲的是现在也已经被灰尘落得模模糊糊,而且还被虫子蛀坏了。非特含蓄,亦且"凄韵绕梁"(俞陛云《唐五代两宋词选释》)。

## 氐州第一

波落寒汀,村渡向晚①,遥看数点帆小。乱叶翻鸦,惊风破雁,②天角孤云缥缈。官柳萧疏,甚③尚挂、微微残照。景物关情,川途换目,顿来催老。　　渐解狂朋欢意少。奈犹被、思牵情绕。座上琴心,机中锦字④,觉最萦怀抱。也知人、悬望久,蔷薇谢、归来一笑⑤。欲梦高唐⑥,未成眠、霜空又晓。

【注释】

①向晚:《汇释》:"犹云临晚或傍晚也。"杜安世《凤栖梧》:"向晚澄江静如练。风送归帆飞似箭。"　②"乱叶"二句:苏轼《书王定国所藏烟江叠嶂图》:"丹枫翻鸦伴水宿,长松落雪惊醉眠。"黄庭坚《和答元

明黔南赠别》:"急雪脊令相并影,惊风鸿雁不成行。" ③甚:《汇释》:"犹是也,正也,真也。词中用以领句,与甚么之甚作怎字、何字义者异。" ④机中锦字:《晋书·烈女列传》:"窦滔妻苏氏,始平人也。名蕙,字若兰。善属文。滔,苻坚时为秦州刺史,被徙流沙。苏氏思之,织锦为回文旋图诗以赠滔。宛转循环以读之,词甚凄惋。" ⑤"蔷薇谢"句:杜牧《留赠》:"不用镜前空有泪,蔷薇花谢即归来。" ⑥高唐:宋玉《高唐赋》:"昔者楚襄王与宋玉游于云梦之台,望高唐之观,其上独有云气,崪兮直上,忽兮改容,须臾之间,变化无穷。王问玉曰:'此何气也?'玉对曰:'所谓朝云者也。'王曰:'何谓朝云?'玉曰:'昔者先王尝游高唐,怠而昼寝,梦见一妇人,曰:妾巫山之女也,为高唐之客。闻君游高唐,愿荐枕席。王因幸之。去而辞曰:妾在巫山之阳,高丘之阻。旦为朝云,暮为行雨。朝朝暮暮,阳台之下。'旦朝视之如言。故为立庙,号曰朝云。王曰:'朝云始出,状若何也?'玉对曰:'其始出也,𬬭兮若松榯。其少进也,晰兮若姣姬。扬袂障日,而望所思。忽兮改容,偈兮若驾驷马,建羽旗。湫兮如风,凄兮如雨。风止雨霁,云无处所。'"宋玉《神女赋》:"楚襄王与宋玉游于云梦之浦,使玉赋高唐之事。其夜,王寝,果梦与神女遇,其状甚丽。"

## 【评析】

这首词写旅途怀人。上片写秋景,逐层逼紧,至"顿来催老"点睛,"如闻商音羽奏"(陈廷焯《云韶集》卷四)。起首二句,点出了秋与晚;"遥看"句,不是单纯写景,实是赋而兴也。孤舟一叶,从远处来,还要向远处去,这里不过是暂泊而已。"乱叶"三句,已把悲秋之意,逐渐逼紧:昏鸦投宿,风翻不定;旅雁群飞,为风惊散,漂泊如孤云的词人,不能不对此兴感。当此凛秋当此晚,疏柳无情还挂着淡淡斜晖,为客子添愁增恨。写到这里,羁愁秋恨实在难于抑制。歇拍"景物"三句,以勾勒之笔,水到渠成地结上生下。在上片景物描写的"竭力追逼"(周济《宋四家词选》)之下,下片表现对久别之人的深切思念之情,"一波三折"(《云韶集》),意态飞动,极顿挫之妙。第一个波折用"奈"字明转,意谓自己虽已懂得羁栖幽独,无多欢意,怎奈往事萦心,无法排遣。下面两个波折是不用虚字作转的暗转。先是写两地相思,言归无日,但仍存春尽归来、握手言欢的想望。接着,结末二句又否定说,不但归期无期,连梦中相见也不成。希望虚无缥缈,刻骨相思的痛苦却是现实的。

戊戌政变,张荫桓被革职逮捕,后充军新疆。遣戍之际,仅有一京师义伶名"五九"者相送。(李岳瑞《春冰室野乘》卷三)王鹏运、朱祖谋各作《氐州第一》一首咏此。兹录朱氏"用清真韵"之作以参读:

> 轻薄筝尘,零乱钿粉,当筵恨压眉小。密绪连环,清吭掩扇,凄隔秦天缥缈。蕃马屏风,有暗月、窥人偷照。玉杵深盟,金钱浅掷,顿催欢老。　　八九惊乌依树少。定输与、羁雌鸣绕。毳幕恩新,珠田梦远,蓦并归愁抱。惹花前、闲泪落,停杯处、相看一笑。谁打鸳鸯,锦塘空、孤眠到晓。

## 解蹀躞

候馆①丹枫吹尽,面旋②随风舞。夜寒霜月,飞来伴孤旅。还是独拥秋衾,梦余酒困③都醒,满怀离苦。　　甚情绪。深念凌波微步④。幽房暗相遇。泪珠都作,秋宵枕前雨。⑤此恨音驿⑥难通,待凭征雁⑦归时,带将愁去。

【注释】

①候馆：供瞭望用的小楼，后泛指驿馆。郑玄注《周礼·地官》："候馆，楼可以观望者也。"欧阳修《踏莎行》："候馆梅残，溪桥柳细。" ②面旋：此谓落花徘徊飞旋状。欧阳修《蝶恋花》："面旋落花风荡漾。柳重烟深，雪絮飞来往。" ③酒困：《论语·子罕》："不为酒困，何有于我哉。"《集解》引马融曰："困，乱也。" ④凌波微步：《文选》吕向注曰："微步，轻步也。步于水波之上，如尘生也。"黄庭坚《南楼画阁观方公悦二小诗戏次韵》："重山复水绕深幽，不见高贤独倚楼。手拂壁间留恨句，凌波微步有人愁。" ⑤"泪珠"二句：袁不约《病宫人》："惆怅近来销瘦尽，泪珠时傍枕函流。" ⑥音驿：书信传递。《后汉书·马援列传》："援又为书与嚣将杨广，使晓劝于嚣，曰：'春卿无恙，前别冀南，寂无音驿。'" ⑦征雁：刘孝仪《从军行》："木落雕弓燥，气秋征雁肥。"

【评析】

这首词写羁旅怀人之情。秋风飒飒，月色凄凉，孤馆独卧，酒梦都醒，不禁想起久别的情人，回忆起当年幽会密约以及临别洒泪的情景，深恨如今相隔遥远，音书难通，因而有"待凭征雁归时，带将愁去"的痴想。上片侧重写景。"候馆"是特定的环境；"丹枫吹尽"是"秋士易感"的典型季节；依依有情"飞来伴孤旅"的"霜月"，往往与思乡念亲紧紧联结在一起。上片这些关于环境、季节、夜景的叙写，作为"离苦"的触媒出现，共同唤起并深化词人心头的离愁悲感。"还是"二字充满无奈与沉重，"不必说借酒消愁，偏说酒已都醒"（陈廷焯《云韶集》），笔力劲直，"放笔为直干而亦有趣致"（俞陛云《唐五代两宋词选释》）。词以

"甚情绪"的发问转入下片。"深念"二字写出这一段情事在他心中的分量之重。"幽房"、"相遇"分别与上片的"候馆"、"孤旅"形成强烈的今昔对比,尤其让人无法面对现实。"泪珠"二句,让人读来略感今昔伊我,旧日之别状与今日之恩情莫之能辨,其实是一个交叉,也是一种由昔归今的暗换。结三句,以不了了之之笔,抒痛苦不堪、无可奈何之情,"待凭"实乃"无凭",益见天涯孤旅之可哀。如夏孙桐所论:"音驿难通,而征雁翻能带去,似不可解。而中有至情,词中措语之妙也。"(《唐五代两宋词选释》引)羁旅苦况,是一种客观的存在,更是一种主观的感受。

## 少年游

并刀①如水,吴盐②胜雪,纤手破新橙。锦幄③初温,兽烟④不断,相对坐调笙。　　低声问向谁行⑤宿,城上已三更。马滑霜浓,不如休去,直⑥是少人行。

【注释】

①并刀:古时并州所产的剪刀。杜甫《戏题王宰画山水图歌》:"焉得并州快剪刀,剪取吴淞半江水。"　②吴盐:吴地所产的盐。李白《梁园吟》:"玉盘杨梅为君设,吴盐如花皎白雪。"　③锦幄:黄庭坚《次韵张仲谋过酺池寺斋》:"十年醉锦幄,酴醾照金沙。"　④兽烟:兽形炉中所烧香炭散发出的香烟。黄庭坚(一作苏轼)《阮郎归》:"歌停檀板舞停鸾。高阳饮兴阑。兽烟喷尽玉壶干。香分小凤团。"　⑤谁行(háng):谁那里。　⑥直:《汇释》:"与就使、即使之就字、即字相当,假定之

辞。凡文笔作开合之势者，往往用直字以垫起，与饶字相似，特饶字缓而直字劲耳。"

【评析】

　　这是一首感旧之作。因为是"感旧"，所以开篇即紧扣题面，描绘留下深刻印象的场景和细节：破新橙，焚兽香，坐调笙，借以烘托当初见面时的室内氛围。橙香笙语，一派温馨优雅。接下来，行云流水般地过渡到对室外情景的想象：时已三更，马滑霜浓，行人稀少，细致刻画人物的心理动态，浓挚已极，情调婉转缠绵。

　　此词跟很多类似题材作品的写法不一样，不是通过环境描写进行铺垫，而是通过实物，实际上是以与实物相关的抒情主人公的动作，以及蕴含其间的款款深情渲染气氛。紧接着是以高超的语言技巧，在关合擒纵之间，在描摹室外寒冷景象的同时，含蓄蕴藉而又生动形象地抒发蜜意柔情，为读者打开了相当大的想象空间。全篇借景抒情，虚实兼到，丽极而清，清极而婉。特别是结末"马滑霜浓"三句，游走于叙事和抒情之间，本色当行，乐而不淫，没有出现一个情字，但语语关情，浓情四溢，透出纸背。所以，清真词中才会有另外三首同调作品的别后回思，情难自已。个中哀怨凄楚处，正与此阕刻本中标示的宫调——"商调"的声情特征相谐。声文合一，也是类似的词作之所以格外动人的地方。

　　这首词有所谓"本事"，影响很大，谓为宋徽宗赵佶、李师师韵事：

　　　　道君幸李师师家，偶周邦彦先在焉，知道君至，遂匿于床下。道君自携新橙一颗，云江南初进来，遂与师师谑语。邦彦悉闻之，隐括成《少年游》云："并刀……"李师师因歌此词，道君问谁作，师师云周邦彦词。道君大怒。坐朝，谕蔡京云："闻开封府有监税周邦彦者，闻课额不登，如何京尹不案发来？"蔡京罔知所以，奏云："容臣退朝，呼京尹叩问,续得覆奏。"京尹至,蔡以御前圣旨谕之,京尹云:"惟周邦彦课税增羡。"蔡云:"上意如此,只得迁就将上。"得旨:"周邦彦职事废弛,可日下押出国门。"隔一二日,道君复幸李师师家,不见李师师,问其家,知送周监税。道君方以邦彦出国门为喜,既至,不遇,坐久至初更,李始归,愁眉泪睫,憔悴可掬。道君大怒云:"尔往那里去?"李奏:"臣妾万死。知周邦彦得罪,押出国门,略致一杯相别。不知官家来。"道君问:"曾有词否?"李奏云:"有《兰陵王》词。"今"柳阴直"者是也。道君云:"唱一遍看。"李奏云:"容臣妾奉一杯,歌此词为官家寿。"曲终,道君大喜,复召为大晟府乐正。后官至大晟乐府待制。(张端义《贵耳集》卷下)

罗忼烈《两小山斋论文集·谈李师师》已辨其伪:周邦彦初旅汴京时,生于元丰五年(1082)的宋徽宗最多还只是个婴孩。虽然此属伪言,但仍可从另一角度大略推知,周邦彦的某些词作,包括这首《少年游》以及《兰陵王》等,或许正是因了名妓李师师的演唱而广为流传,甚至闻于宫掖之中。(谭莹《乐志堂诗集》卷六《论词绝句一百首》其四十七《论清真词其二》即云:"新词学士贵人宜,独步尤难市侩知。唱竟兰陵王一阕,君王任访李师师。")王兆鹏、刘尊明两位学者的定量分析结果,也直观地证实了这一点。在排名前300位的宋词经典名篇中,居于周邦彦上榜词作第6位的这首《少年游》,高居整个排名榜第63位。

另将周邦彦其他38首词的上榜情况(各词所居周邦彦上榜词作位次及其在宋词经典名篇前300位排名榜中位次)一并附录于此:《兰陵王》(柳阴直)1-19、《六丑》(正单衣试酒)2-28、《瑞龙吟》(章台路)3-34、《满庭芳》(风老莺雏)4-35、《花犯》(粉墙低)5-51、《西河》(佳丽地)7-69、《风流子》(新绿小池塘)8-72、《齐天乐》(绿芜凋尽台城路)9-75、《锁窗寒》(暗柳啼鸦)10-76、《过秦楼》(水浴清蟾)

11-86、《蝶恋花》（月皎惊乌栖不定）12-88、《解语花》（风销焰蜡）13-92、《解连环》（怨怀无托）14-96、《玉楼春》（桃溪不作从容住）15-105、《渡江云》（晴岚低楚甸）16-113、《应天长》（条风布暖）17-114、《夜飞鹊》（河桥送人处）18-117、《风流子》（枫林凋晚叶）19-119、《意难忘》（衣染莺黄）20-120、《瑞鹤仙》（悄郊原带郭）21-125、《水龙吟》（素肌应怯余寒）22-139、《苏幕遮》（燎沈香）23-141、《尉迟杯》（隋堤路）24-144、《浪涛沙》（昼阴重）25-154、《拜星月》（夜色催更）26-162、《浣沙溪》（楼上晴天碧四垂）27-167、《宴清都》（地僻无钟鼓）28-187、《霜叶飞》（露迷衰草）29-194、《忆旧游》（记愁横浅黛）30-214、《氐州第一》（波落寒汀）31-221、《早梅芳》（花竹深）32-246、《扫地花》（晓阴翳日）33-252、《隔浦莲》（新篁摇动翠葆）34-269、《浣沙溪》（雨过残红湿未飞）35-270、《丹凤吟》（迤逦春光无赖）36-271、《庆春宫》（云接平冈）37-284、《法曲献仙音》（蝉咽凉柯）38-287、《侧犯》（暮霞霁雨）39-290。又，顺序参录宋词"十大金曲"：苏轼《念奴娇》（大江东去）、岳飞《满江红》（怒发冲冠）、李清照《声声慢》（寻寻觅觅）、苏轼《水调歌头》（明月几时有）、柳永《雨霖铃》（寒蝉凄切）、辛弃疾《永遇乐》（千古江山）、姜夔《扬州慢》（淮左名都）、陆游《钗头凤》（红酥手）、辛弃疾《摸鱼儿》（更能消、几番风雨）、姜夔《暗香》（旧时月色）。不过，仅据现有文献等稍作定性分析之后初步判断，此"金曲榜"恐不免与宋时歌唱真相大相径庭。

# 庆春宫

云接平冈，山围寒野，路回渐转孤城。衰柳啼鸦[①]，惊风驱雁②，动人一片秋声。倦途休驾③，淡烟里、微茫④见星。尘埃憔悴，生怕⑤黄昏，离思牵萦。　　华堂旧日逢迎。花艳参差，香雾飘零。弦管当头，偏怜娇凤，⑥夜深簧暖笙清⑦。眼波传意，恨密约⑧、匆匆未成。许多烦恼，只为当时，一饷留情。

【注释】

①衰柳啼鸦：杜甫《遣怀》："愁眼看霜露，寒城菊自花。天风随断柳，客泪堕清笳。水净楼阴直，山昏塞日斜。夜来归鸟尽，啼杀后栖鸦。"　②惊风驱雁：鲍照《代白纻歌二首》其一："北风驱雁天雨霜，夜长酒多乐未央。"　③休驾：使车马停歇。杜甫《发同谷县》："始来兹山中，休驾喜地僻。"　④微茫：隐约模糊。韦庄《江城子》："角声呜咽，星斗渐微茫。"　⑤生怕：《汇释》："犹云只怕或最怕。"黄庭坚《桃源忆故人》："和泪暗弹红粉。生怕人来问。"　⑥"弦管"二句：薛能《牡丹四首》其二："四面宜绨锦，当头称管弦。"韩维《寄秦川马从事》："宴洽翠娥连象榻，夜寒娇凤泥银簧。"　⑦簧暖笙清：《齐东野语》卷十七："只笙一部，已是二十余人。自十月旦至二月终，日给焙笙炭五十斤，用绵熏笼藉笙于上，复以四和香熏之。盖笙簧必用高丽铜为之，艳以绿蜡，簧暖则字正而声清越，故必用焙而后可。陆天随诗云：'妾思冷如簧，时时望君暖。'乐府亦有'簧暖笙清'之语。举此一事，余可想见也。"　⑧密约：韩偓《幽窗》："密约临行怯，私书报欲难。"

【评析】

这首词写旅途怀人，作法简要。上片借今时途中秋景，渲染羁旅萧索，引出离情。景、色、声、光的安排，有"夕阳西下，断肠人在天涯"的凄凉况味，更具细致的绘画效果，可谓满纸秋声。下片回忆与意中人相逢经过。华堂夜宴，群芳毕集，于中仅对娇凤一人情有独钟。昔日留情，可谓一片春光。可惜眼波传情，密约未成，惊鸿一瞥翻成遗恨无穷。一段华美热闹的回忆，愈益加重了旅途处境的冷落孤寂。全词大开大阖，上下两片对照强烈，语言去典丽而取平易，于清真词中别具一格。

具体说此篇的结构。上片写今日漂泊时所见之景，歇拍处逗入"离思牵萦"，下片写昔日密约时所遇之情，最后明确点出今日之许多烦恼，只为当时一晌留情。由于有"旧日"、"当时"等时间词语提示，所以，全篇虽然采用倒叙的形式，但结构仍然十分清晰。与柳永《夜半乐》第一、第二叠大量写当前之景，第三叠用"到此因念"转入回忆与抒情的结构，非常相似：

> 冻云黯淡天气，扁舟一叶，乘兴离江渚。渡万壑千岩，越溪深处。怒涛渐息，樵风乍起，更闻商旅相呼。片帆高举。泛画鹢、翩翩过南浦。　望中酒旆闪闪，一簇烟村，数行霜树。残日下，渔人鸣榔归去。败荷零落，衰杨掩映，岸边两两三三、浣纱游女。避行客、含羞笑相语。　到此因念，绣阁轻抛，浪萍难驻。叹后约丁宁竟何据。惨离怀，空恨岁晚归期阻。凝泪眼、杳杳神京路。断鸿声远长天暮。

无怪乎杨金本《草堂诗余》前集卷下误题柳永作。又，这首《庆春宫》的下片，与李煜《菩萨蛮》也好有一比：

> 铜簧韵脆锵寒竹。新声慢奏移纤玉。眼色暗相钩。秋波横欲流。
> 雨云深绣户。未便谐衷素。宴罢又成空、魂迟春梦中。

只是后主词多用白描，似不经意而成；清真词则更注重经营。

"许多烦恼"三句，曾被张炎视为淳厚变"浇风"（《词源》卷下）的典型反面例证，予以批评。同样的例子，后来王国维看问题的着眼点不同，评价就几乎完全相反：

词家多以景寓情。其专作情语而绝妙者,如牛峤之"甘作一生拚,尽君今日欢",顾敻之"换我心为你心,始知相忆深",欧阳修之"衣带渐宽终不悔,为伊消得人憔悴",美成之"许多烦恼,只为当时,一晌留情"。此等词,求之古今人词中,曾不多见。(《人间词话·删稿》。按:"衣带渐宽"二句,王国维在《人间词话》"古今之成大事业"条中也括注云出自"欧阳永叔",均误。此二句实出自柳永《凤栖梧》,详后。)

王氏论词似更加强调主观抒情,提出一切景语皆情语,谓凡景语,都为抒写主观情性而设;至其单纯之情语,即无所依傍之情语,则要求作得决绝而佳妙。单纯情语,能绝决而佳妙的倒并不多见。"这与写景一样,同样要求不隔,并且必须将一己之真切感受、真情实感,透彻说出,这就必须强调一个'真'字。"(施议对《人间词话译注》)他是这样认为的,自己写词也是如此:"余《乙稿》中颇于此方面有开拓之功。"(《人间词话·删稿》)当然,如果将这三句放回全篇中,还可以看到,它好就好在是以今日之愁,由昔日之乐来作结,所以极显"深厚"(刘永济《微睇室说词》)。其实,自嘲自笑、似悟未悟的句群中所言"一晌留情",并非极度欢娱,因为前面刚刚说了"密约、匆匆未成"。不过,即便是这样一种"一晌"之情,也已经足以使人生出许多"烦恼",留下多少低回余地。此所以深厚也。

顾毓琇(一樵)作为当代词坛名家,写过相当多的追和清真之作(也和过其他一些词史名家),其中如《庆宫春·金陵月次清真韵》:

虎踞狮峰,龙蟠牛岭,大江一片涛声。故井胭脂,胜朝金粉,凄凉风雨鸡鸣。十年长别,青青柳、丝丝系情。尘埃寄旅,寂寞黄昏,落日台城。　堂前燕子将迎。怨彻啼鹃,笑到流莺。淡淡微云,幽幽空谷,银河黯黯双星。人间天上,曾相忆、灵桥鹊成。当头朋月,

残梦依稀，一夜风清。(《蕉舍吟草》卷三《词续》)

所有这些创作，即便还有不足，却具有不断延续文学历史的意义。自从宋代以来，周邦彦的文学形象就处在一个被不断建构的过程中。清代以后的很多词人，如顾毓琇（按：许之衡是在顾氏之前，这方面的另一个颇为值得注意的词人，其民国十九年十二月刊于北平的《守白词乙稿》一卷，专收和周邦彦词作，凡六十四阕。自序云："四声一字不易，惟上去两通之，字则据诗韵及《中原音韵》兼用之。"故一名《步周词》，曾得一代词宗朱祖谋高评："思窈而沈，笔重而健，是深得清真法乳者。徒赏其步韵之稳，守律之严，犹皮相也。"当然，吴世昌先生在未完稿《清人词目录》中的批评也是客观事实："此集虽和周，但不如方、杨、陈三家之悉依周集词调次序，其排列殊为杂乱，小令全不和，慢词亦不全。"），极少有系统乃至具体的文学批评著作，但他们以自己的创作加入了对若干前代词人，如周邦彦文学形象的建构，而在这一过程中，他们也建构了自己的词史形象。（这是基于，在更后来的后来者看来，当下的当代文学也就是他们眼中的古代文学；就像宋代文学，曾经是宋代人的当代文学一样。）

# 醉桃源

冬衣初染远山青。双丝云雁绫。①夜寒袖湿欲成冰。都缘珠泪零。② 情黯黯，闷腾腾③。身如秋后蝇。若教随马逐郎行。不辞多少程。④

【注释】

① "冬衣"二句：远山青，像远山一样的黛青色。白居易《绕绫》：

"织为云外秋雁行,染作江南春水色。" ②"夜寒"二句:《开元天宝遗事》:"杨贵妃初承恩诏,与父母相别,泣涕登车。时天寒,泪结为红冰。" ③闷腾腾:腾腾,《例释》:"等于说悠悠,或描写动作之悠闲,或描写动作之迟缓。它本身是形容词而不是词尾。"王建《谢田赞善见寄》:"年少力生犹不敌,况加憔悴闷腾腾。" ④"身如"三句:秋后蝇,喻因情思而身沉懒动。刘峻《广绝交论》:"附驵骥之旄端。"注:"《张敞集》曰:苍蝇之飞,不过十步,托骥之旄,乃腾千里之路。"

【评析】

这首词写思妇之情。上片以人物动作描摹哀伤之状,下片以心理活动刻画相思之情。起首二句,说冬衣刚刚染上犹如远山般的青色,是用织有云雁图案的绫精制而成。"远山"暗示人在远方,别离也久,"云雁"勾起情思。〔按:"暗示"、"勾起"云云,从理论上讲,正如德国哲学家马丁·海德格尔(Martin Heidegger)所说的,当我们读解图像的意义的时候,我们总是提前预期这些图像是一个或者一群主体作者所赋予的意义,而这些意义一般又总是和语词叙事相关。也就是说,有一种游离于图像或者文本之外的话语系统,在影响着图像阅读。这就是所谓的"图像的形而上学在场"。〕以下二句,继续描绘边流泪边缝制冬衣的情景。因相思而珠泪零落,而沾湿衣袖,在冬日的寒夜里几"欲成冰",化用白居易"笼香销尽火,巾泪滴成冰"(《寒闺夜》),以表达念念深情。过片连用叠字,表现黯淡心绪。"秋后蝇"之喻,写出思妇无聊无奈的慵懒情态,也暗含害怕遭人厌弃之意,更为接下来的情感爆发作铺垫。最后两句,用《史记·伯夷列传》之典写炽热之情,堪称"豹尾"之结,足以振起全篇。痴情女子以蝇自比,承续上文而有所变化,是只取其"致千里"一点而不及其余,写得质朴而更见执著。俞平伯《清真词释》尝谓:"《花间》所写为古典之美人，清真所写为较近代之美人，《花间》美人如仕女图，而清真词中之美人却仿佛活的。"此言得之。

## 醉桃源

菖蒲叶老水平沙①。临流苏小②家。画阑曲径宛秋蛇③。金英垂露华。　烧蜜炬，引莲娃④。酒香薰脸霞。再来重约日西斜。⑤倚门听暮鸦。

【注释】

①"菖蒲"句：李白《送祝八之江东赋得浣纱石》："桃李新开映古查，菖蒲犹短出平沙。"　②苏小：苏小小，南朝钱塘名妓。温庭筠《杨柳枝八首》之三："苏小门前柳万条，毵毵金线拂平桥。"　③宛秋蛇：《晋书·王羲之传》："子云近世擅名江表，然仅得成书，无丈夫之气，行行若萦春蚓，字字如绾秋蛇。"　④莲娃：采莲美人。柳永《望海潮》："羌管弄晴，菱歌泛夜，嬉嬉钓叟莲娃。"　⑤"酒香"二句：晏殊《浣溪沙》："酒红初上脸边霞。一场春梦日西斜。"

【评析】

这首词写一种怅惘凄怀，正如俞平伯《清真词释》所云："特写一清秋残日之崔护重来耳。"《清真词释》认为，从起首至"脸霞"，没有说明是写当前的事，还是写过去的事，亦真亦幻。但跟以下"再来"二句联系起来看，"再来"是写当前的事，再来时已经人去门空。那么，前面写的就都是回忆,都是过去的事,都是"虚宕之笔"。"日西斜。倚门听暮鸦"是实景,一今一昔,一实一虚,这样映衬出作者的思念之情。再看"再来重约日西斜",再来时日已西斜,是指男方的再来,"重约"是女方在临别时约会的,男方看重这次约会,所以再来,但已经像"人面桃花"那样见不到女方了。这也是今昔、虚实对比所构成的映衬,也有"人面桃花"般的感触。只不过,"人面不知何处去"是点明的,此词只写"倚门听暮鸦",没有点破,也许更为含蓄。

当然,如果完全按照崔护《题都城南庄》的写法:"去年今日此门中,人面桃花相映红。人面不知何处去,桃花依旧笑春风。"也可以把这首词的整个上片,理解为写当前重来所见"去年今日"景象,所用的也正是柳永慢词铺叙中经常采用的"现在-过去-现在"的章法结构。这一点,也可以从"菖蒲叶老"之"老",所依稀包蕴的时过境迁之意看出来,所谓不论桃花是否已非"依旧",基本上属于加重当前情感分量的笔法。上片所写环境的优美静谧,除了能够让人联想到居处主人的美丽宁静之外,又不禁使人担心这会不会已经是一座空宅。过片三句自然过渡,是对往昔在这里与女主人的那次欢会的回忆。回忆愈美好,记忆愈深刻,回到眼前"倚门"所见所闻的斜日、暮鸦,就会越发觉得无比憾恨。当然,篇末之景,也可以是为此时之情所生、所造的一种"心景"。全篇旧曲新唱,将清秋之景、梦中之人与怀人之情交融为一体,自成一种凄婉艳丽的艺术境界。

# 点绛唇

孤馆迢迢①,暮天草露沾衣润。夜来秋近。月晕通风信②。

今日原头③，黄叶飞成阵。知人闷。故来相趁④。共结临岐⑤恨。

【注释】

①迢迢：高貌。陆机《拟西北有高楼》："高楼一何峻，迢迢峻而安。"　②"月晕"句：《释名》："晕，卷也，气在外卷结之也，日月俱然。"《类说》卷六十引《拾遗类总》："南海秋夏云物有晕如虹者，谓之飓母，必有飓风。"　③原头：原野。岑参《原头送范侍御》："百尺原头酒色殷，路傍骢马汗斑斑。"　④相趁：此为相凑、相随的意思。张先《好事近》："相趁笑声归去，有随人月色。"　⑤临岐：一作"临歧"，面临歧路。杜甫《送梓州李使君之任》："不作临歧恨，惟听举最先。"

【评析】

这首词写别恨，因黄叶纷飞于离分之时，信手拈来。上片写一种自怜孤苦的感觉。秋暮孤馆，草露沾衣，月晕风信，以写景渲染满腹孤寂之情。下片借"原头"景物，表达临歧之恨，也与上文的"孤馆"生活一道，刻画出仕宦奔波的人物境况。昨宵风信，今见叶飞，与上片的衔接尤为明显。漂泊无住的人生，犹如孤独飘零的黄叶，所以，翻飞成阵的黄叶，于离思纷乱者，更像是雪上加霜地前来添恨。但是这里说，黄叶如同有知，"故来"相伴，同病相怜，互慰离情，将常景常情自然交融，笔意动宕，生动形象，也稍稍消解了全篇黯然神伤的气氛。

## 夜游宫

叶下斜阳照水①。卷轻浪、沈沈②千里。桥上酸风射眸子③。立多时,看黄昏,灯火市。　　古屋寒窗底。听几片、井桐飞坠。不恋单衾④再三起。有谁知,为萧娘,书一纸。

**【注释】**

①"叶下"句:欧阳修《渔家傲》:"荷叶田田青照水。孤舟挽在花阴底。"　②沈沈:烟波浩渺貌。谢朓《出藩曲》:"眇眇苍山色,沈沈寒水波。"　③"桥上"句:酸风,刺人的寒风。李贺《金铜仙人辞汉歌》:"魏官牵车指千里,东关酸风射眸子。"　④单衾:孤枕独眠。韦应物《冬夜》:"单衾自不暖,霜霰已皑皑。"

**【评析】**

这首词在结构上有个特点,末二句"为萧娘,书一纸",本来是起因,却故意不说破,而是先写人物的种种情状,惹人猜度,一直到最后才揭明底蕴:不管是读了萧娘的一封书信,还是为了给萧娘写封信,都是因为一份思念之情。正是刘斯奋《周邦彦词选》所总结的"悬念法"。清真词常被评为"沉郁顿挫",这种写法便是章法结构上"顿挫"之美的表现之一。其中,上片写得宏阔,堪称小令中见大手笔,也称得上是特色中的特色。

词的句读,其实非常重要,因为在很长一个时期之内,词跟音乐紧密关联,是拿来歌唱,而不是拿来案头阅读的。后来,词乐失传了,"文自为文,歌自为歌"(卓回《古今词汇》初编本卷首所载毛先舒《鸾情词话》),为了方便词人模拟创作,后人往往会对前人的作品进行总结,将音乐性打并入一定的文字格式,以制定词调谱式。在这个过程中,有时也需要对一些比较混乱的状况进行清理、评判。对于这首《夜游宫》,万树《词律》卷八曾断曰:

后起五字异前，照字、射字、再字，俱用去声，妙甚。如千里、放翁、东堂、梦窗、芦川，皆词家矩矱，于此数字莫不用去声，可见读词与填词须要熟玩深味，方得其肯綮，不可谓遇仄填仄，便以为无憾也。看字、为字亦得去为佳，射眸子、再三起，放翁作去去上，亦不拘。然作去平上者多。旧谱于照、射等字注可平，无足怪已，乃于有字注可平，不知何解。而立多时作三字句，有谁知，为萧娘合作六字句，本是前后一样，而注乃两样。盖其所选刻者，放翁之词，前云忆承恩，叹余生，今至此，故于恩字读断，作上三下六；后云恨君心，似危栏，难久倚，故错认心、似二字相连，作上六下三耳。此调作者颇多，何竟未一览，遂以作谱乎。即放翁尚有一首云：想关河雁门西，岂可读河、雁二字相连耶？《梦窗稿》末句对秋灯人几老，刻作几人老，不可误从。若用几人，调拗矣。盖此句说离愁渐增，作客者几番添老，故佳。若云几人，无味。且上云说与萧娘何堪，所寄情之萧娘，与几人来往乎？可为一笑。

可以算得上是章学诚所说的专家独断之学。在新的历史时期，强调词的规范断句和新式标点的严谨标识，是基于客观存在的词体内在的音乐性，需要继续借以彰显和保持。句（，）读（、）韵（。）等符号，原本就是与乐曲停顿时间长短相对应的标识符号，而不是单纯的文本识读断句符号。（按：龙榆生《词律质疑》曾指出，《词律》卷十六关于苏轼《念奴娇·赤壁怀古》的断句"破坏乐句"，并认为"东坡之被讥为'多不协律'"盖以此，而非从四声平仄上立论："大江东去，浪淘尽、千古风流人物。故垒西边人道是，三国周郎赤壁。乱石穿空，惊涛拍岸，卷起千堆雪。江山如画，一时多少豪杰。　遥想公瑾当年，小乔初嫁了，雄姿英发。羽扇纶巾谈笑处，樯橹灰飞烟灭。故国神游，多情应笑，我早生华发。人生如梦，一樽还酹江月。"而《全宋词》此首断句俱依《词律》。兹再录苏轼《念奴娇·中秋》一首，以比观万树的断句是否确有割裂句意之嫌，或者只是平仄基本相同的两首词之间严格区分"又一体"有没有必要的问题："凭高眺远，见长空万里，云无留迹。桂魄飞来光射处，冷浸一天秋碧。玉宇琼楼。乘鸾来去，人在清凉国。江山如画，望中烟树历历。

我醉拍手狂歌，举杯邀月，对影成三客。起舞徘徊风露下，今夕不知何夕。便欲乘风，翻然归去，何用骑鹏翼。水晶宫里，一声吹断横笛。"又按：熊大木《杨家将演义》第二十三回《樵夫诡计捉孟良，六使单骑收焦赞》曾收入苏轼此词："时值八月中秋佳节，六使在寨中与众将赏月饮酒。怎见得中秋好景？有前人《念奴娇》词为证：凭高眺远……"其中，"翻然"作"翩然"。）

## 夜游宫

客去车尘未敛。古帘暗、雨苔千点①。月皎风清在处见②。奈今宵，照初弦，吹一箭。③　　池曲河声转。念归计，眼迷魂乱。明日前村更荒远。且开尊，任红鳞，生酒面。④

【注释】

① "古帘"句：李贺《崇义里滞雨》："南宫古帘暗，湿景传签筹。"王周《道院》："雨苔生古壁，雪雀聚寒林。"　②"月皎"句：在处，处处。韩偓《江南送别》："关山月皎清风起，送别人归野渡空。"　③"奈今宵"三句：奈，此处谓不可忍耐。徐昌图《木兰花》："沈檀烟起盘红雾。一箭霜风吹绣户。"　④"任红鳞"二句：红鳞，此指脸部酒红潮，

且发酒寒，而呈鳞甲状。酒面，酒后颜面。黄庭坚《南乡子》："风力衮荑枝。酒面红鳞惬细吹。"石懋《雪》："鹦鹉杯中未觉贫，寒凝酒面不成鳞。"

【评析】

　　这首词写旅情。起首二句的车尘滚滚，雨苔暗帘，写漫漫征途景象。"月皎"四句，进一步渲染气氛，是说清风皎月处处都有，时时能见，偏偏今夜弦月孤照，人在旅途，疾如箭风。下片抒情。在这凄风瘦月的夜里，仿佛听到天河之声在回转。星移时转，自有其律，而去"客"却归家无计，甚至"明日前村更荒远"，一念及此，不觉魂乱眼迷，更加重了思乡之情。结三句写姑且抛开一切烦忧，拚却一醉，是迷茫无奈语。

# 诉衷情

　　堤前亭午①未融霜。风紧雁无行②。重寻旧日岐路，茸帽北游③装。　　期信杳，别离长。远情伤。④风翻酒幔，寒凝茶烟，⑤又是何乡。

【注释】

　　①亭午：正午。孙绰《游天台赋》："尔乃羲和亭午，游气高褰。"
②"风紧"句：杜甫《冬晚送长孙渐舍人归州》："云晴鸥更舞，风逆雁无行。"　　③北游：陆机《苦寒行》："北游幽朔城，凉野多险难。"
④"期信"三句：宋《读曲歌八十九首》其三十三："春风难期信，托情

明月光。"远情，犹深情。何瑾《悲秋歌》："伊秋夜之可悲，增沉怀于远情。" ⑤"风翻"二句：许浑《送人归吴兴》："春桥悬酒幔，夜栅集茶樯。"贯休《寄王涤》："吟高好鸟觑，风静茶烟直。"

**【评析】**

这首词大约是作者"北游"真定期间所作，构思与贾岛《渡桑干》有点类似："客舍并州已十霜，归心日夜忆咸阳。无端更渡桑干水，却望并州是故乡。"篇中选取有区域特征的景物，如亭午霜重，风紧雁散，寒凝茶烟，渲染出一种悲冷凄凉的气氛，寄寓厌倦羁旅、怀念故旧和家乡的情怀。其中，过片"期信杳"三句，感慨真率。结句写尽前路渺茫，归期无计的哀伤。

# 伤情怨

枝头风势①渐小。看暮鸦飞了。又是黄昏，闭门收返照②。江南人去路缈③。信未通、愁已先到。怕见孤灯，霜寒催睡早。

**【注释】**

①风势：一本作"风信"。 ②"闭门"句：杜甫《返照》："返照入江翻石壁，归云拥树失山村。衰年肺病唯高枕，绝塞愁时早闭门。" ③"江南"句：韩熙载《感怀》："仆本江北人，今作江南客。"此反用之。

【评析】

　　这是一首伤别之作。上片写景，寥寥几笔，便渲染出一幅无比凄清的画面，透露着无言的孤寂。"夕阳无限好，只是近黄昏"，但欲"闭门收返照"，可谓痴绝。下片写相思愁苦。江南路远，消息难通，而愁已先至，可谓恨远愁深。"惜花春起早，爱月夜眠迟"，但面对眼前恼人的孤灯和逼人的霜寒，唯有早睡，以寻求梦中旧日良俦的安慰，可谓情深意密。觉霜寒，则倒勾并念及江南春暖也。全篇写离情而能于浅淡描绘中，勾勒出深密纤细的情愫。

　　在另外的层面上，此词的整个上片似乎也可以看作一个颇有意义的隐喻：审美枝头的风信，将暮鸦引入夕阳残照的黄昏，艺术与禅机从此融为一体，定格在中国审美文化流变的长河中。

## 红林檎近

　　高柳春才软①，冻梅寒更香。暮雪助清峭，玉尘散林塘。②那堪飘风递冷，故遣度幕穿窗。似欲料理新妆。呵手弄丝簧。　　冷落词赋客，萧索水云乡。援毫授简，风流犹忆东梁③。望虚檐徐转，回廊未扫④，夜长莫惜空酒觞。

【注释】

①"高柳"句：萧纲《和湘东王阳云楼檐柳》："柳枝无极软，春风随意来。"　②"暮雪"二句：清峭，处境清丽挺拔。江淹《莲华赋》：

"或凭天渊之清峭,或植疏圃之蒙密。"玉尘,雪粒的美称。何逊《和司马博士咏雪》:"若逐微风起,谁言非玉尘。" ③"风流"句:谢惠连《雪赋》:"梁王不悦,游于兔园,乃置旨酒,命宾友。召邹生,延枚叟。相如末至,居客之右。俄而微霰零,密雪下。王乃歌《北风》于《卫诗》,咏《南山》于《周雅》。授简于司马大夫,曰:'抽子秘思,骋子妍辞,侔色揣称,为寡人赋之。'……其为状也,散漫交错,氛氲萧索。"兔园为汉梁孝王置,在今河南商丘市睢阳区东,而古梁地在西面,故称"东梁"。 ④回廊未扫:《后汉书·袁安传》:"袁安,字邵公,汝南汝阳人也。……后举孝廉。"注引《汝南先贤传》曰:"时大雪积地丈余,洛阳令自出案行,见人家皆除雪出,有乞食者。至袁安门,无有行路。谓安已死,令人除雪入户,见安僵卧。问何以不出,安曰:'大雪人皆饿,不宜干人。'令以为贤,举为孝廉也。"

## 【评析】

　　这是一首初春咏雪词,作于溧水。起首四句,勾绘出一幅梅柳林塘春雪图,清峭而疏淡。以下"那堪"四句,写出内庭寒冷之状。飞舞的雪花,穿窗度幕,随风飘进室内,犹如料理新妆,手弄丝簧。拟人新颖,联想生动。下片对景抒怀。面对雪景,不禁思念故园,援笔授简,却又想起梁园旧事。昔日的司马相如对雪作赋,人虽已没而余韵流风宛在;词人自己虽也曾汴京献赋,而今却是如此的凄清落寞,失意沉沦。借典运事,曲书胸臆,显得蕴藉深厚。结三句由虚而实,从沉思中回归雪景,顾影自怜,谓聊且长夜痛饮,自我慰藉,不致辜负了这场风雪。"虚檐"的空虚与"回廊"的曲折,恰似词人此时此刻的思想感情。全篇索物寄意,融心境与外物为一体,深得离合之妙。

# 红林檎近

风雪惊初霁,水乡增暮寒。树杪堕飞羽,檐牙挂琅玕。①才喜门堆巷积,可惜迤逦销残。渐②看低竹翩翻。清池涨微澜。　　步屐晴正好,宴席晚方欢。梅花耐冷,亭亭来入冰盘③。对前山横素④,愁云变色,放杯同觅高处看。

【注释】

①"树杪(miǎo)"二句:杪,末梢。琅玕,此以美玉喻冰凌。《淮南子·地形训》:"西北方之美者,有昆仑之球琳、琅玕焉。"高诱注:"球琳、琅玕皆美玉也。"　②渐:《汇释》:"犹旋也,还又也。"③"亭亭"句:亭亭,高洁貌。冰盘,喻冷月。陶潜《戊申六月中过火》:"迢迢新秋夕,亭亭月将圆。"　④横素:薄雾缭绕。沈约《宿东园》:"夕阳带层草,长烟引轻素。"

【评析】

这首词和上一首有似姐妹篇:"一咏春雪,一咏雪霁,且紧相衔接,如画家通景一般。殆取李义山《对雪》(当作《忆雪》)、《残雪》两首相连的成格。"(俞平伯《清真词释》)可联系起来读。上一首借物寓情,重在通过渲染环境气氛,以寓失意感伤之怀,风格沉郁悲凉。本篇基本上属于赏心之作,体物工巧,境界疏朗。雪霁天晴,作者的心情也随之开朗,于是观赏设宴。景物描写由近及远,从庭院、街巷到远山,层层推开,疏密有致,点染有法。上片中的"渐看"二句,写竹上积雪渐渐滑落入池、池水泛起漪涟的景象,细腻传神。下片中的"梅花耐冷"二句,写席上冰盘放置梅花,拟人生动。结三句写雪霁之后再一次下起了雪,将"同觅高处"之雪景留给读者自己去想象,也预示着又将有一次可喜的雪霁观景的机会,真是余味不尽。

《龙榆生词学论文集》附录有他的一首次韵清真之作:

> 孤月迎清夜,古杨生悄寒。树底噪栖乌,窗前照明玕。刚引愁深恨积,苦忆琐尾凋残。乍掀词笔腾翻。荒江漾微澜。　蠹墨磨渐懒,怨曲理逾欢。秦淮涨粉,溶溶谁浴冰盘。羡双鸳乘兴,湖波凝碧,放怀还索图画看。

序云:"大厂旅游白门,和清真此阕见寄,依韵奉答,但守四声,不判阴阳,仍无当于大厂所定规律也。""大厂所定"云云,可见直到20世纪,仍然有像易孺这样的词人:"填词务为生涩,爱取周、吴诸僻调,一一依其四声虚实而强填之。"(龙榆生《近三百年名家词选》)清季四大家中,郑文焯、朱祖谋、况周颐都严于守律,但与有宋名家原调之四声亦未必一一全合,且词句精练而语意畅达,不至涩而不通。民国大家如夏承焘、朱庸斋、詹安泰、龙榆生等,也主张填词只遵平仄及个别拗句。(如《詹安泰词学论稿·论声韵》即云:"窃意既名填词,则受声律之限制,自不可免,必欲摧陷而廓清之,则亦不成其为词矣。惟四声无或出入,似亦过于死执;况古人名作正多,必以家数为准,门户似亦太狭;既不能施诸歌唱,协诸管弦,则除拗调拗句加以严守外,即仅依平仄填倚,亦不失其美也。")而易孺等人严辨清浊四声,求与原作四声悉合无别,开径独行,冥心孤往,虽其"未必能自必"(陈运彰《大厂词稿序言》),亦堪与方千里等人先后辉映。〔按:当然,正如《詹安泰词学论稿·论声韵》所指出的,方千里和清真《渡江云》中,与原作"四声不同者凡十六字"(下画短线者）："长亭今古道，水流暗响，渺渺杂风沙。倦游惊岁晚，自叹相思，万里梦还家。愁凝望结，但掩泪、慵整铅华。更漏长，酒醒人语，睥睨有啼鸦。　伤嗟。回肠千缕，泪眼双垂，遏离情不下。还暗思、香翻香烬，深闭窗纱。依稀看遍江南画，记隐隐、烟霭蒹葭。空健羡，鸳鸯共宿丛花。"〕

# 满路花

金花①落烬灯，银砾②鸣窗雪。夜深微漏断，行人绝。风扉不定，竹圃琅玕折。③玉人新间阔④。著甚情悰⑤，更当恁地⑥时节。

无言欹枕，帐底流清血⑦。愁如春后絮⑧，来相接。知他那里，争信人心切。除共天公说。不成也还，似伊无个⑨分别。

【注释】

①金花：喻灯烛的火焰。萧子显《燕歌行》："明月金花徒照妾，浮云玉叶君不知。"　②银砾（lì）：喻雪粒。萧纲《同刘咨议咏春雪》："晚霞飞银砾，浮云暗未开。"　③"风扉"二句：杜甫《雨》："风扉掩不定，水鸟过仍回。"琅玕，比喻绿竹色如翠玉。苏辙《开窗》："绿竹琅玕色，红葵蒁节花。"　④"玉人"句：《晋书·卫玠传》："总角乘羊车入市，见者皆以为玉人，观之者倾都。"后多用以称美丽的女子。间阔，久别，远离。《汉书·诸葛丰传》："刺举无所避，京师为之语曰：'间何阔，逢诸葛。'"　⑤情悰（cóng）：情怀，情绪。李珣《临江仙》："引愁春梦，谁解此情悰。"　⑥恁地：如此，这样。柳永《昼夜乐》："早知恁地

难挤,悔不当初留住。" ⑦清血:哀痛之极的眼泪。《韩非子·和氏》:"楚人和氏得玉璞楚山中,奉而献之厉王。厉王使玉人相之,玉人曰:'石也。'王以和为诳,而刖其左足。及厉王薨,武王即位,和又奉其璞而献之武王。武王使玉人相之,又曰:'石也。'王又以和为诳,而刖其右足。武王薨,文王即位。和乃抱其璞而哭于楚山之下,三日三夜,泪尽而继之以血。王闻之,使人问其故,曰:'天下之刖者多矣,子奚哭之悲也!'和曰:'吾非悲刖也,悲夫宝玉而题之以石,贞士而名之以诳。此吾所以悲也。'王乃使玉人理其璞,而得宝焉,遂命曰和氏之璧。"杜牧《杜秋娘》:"清血洒不尽,仰天知问谁。" ⑧愁如:杜牧《题安州浮云寺楼寄湖州张郎中》:"楚岸柳何穷,别愁纷若絮。" ⑨无个:犹没有。个,语助词。柳永《定风波》:"恨薄情一去,音书无个。"

【评析】

这是一首俗词,写寒冷雪夜,女子久等爱人不来,只得无言欹枕,独自垂泪,纷乱愁思像柳絮一样缠绵。起首两句写室内、窗外景象。灯花落下来的时候,火红得像金色一般,窗外雪珠飞来打窗,像银色的沙子,造语奇妙。"夜深"二句,词意推开到室外。再写到竹圃。风刮得门扉晃动,园中翠竹被吹折了,仍是写景,但已有所寓。果然,笔锋转入写人,一连三句,是说人儿似玉一般,却遭新别,这时这地,有甚心情,真是此景此人,将何以堪。下片由上结"著甚情悰"句直贯下来,分片不分意,"前用虚提,后用实证"(陈洵《海绡说词》)。开头仍是继续写人,并且铺展开来。"无言"二句极写寂寞悲伤,泪尽泣血。"愁如"二句,拟写离愁之态,与秦观《八六子》之"恨如春草。刬尽还生",都可谓"极善形容"(先著、程洪《词洁》卷三)。最后五句,极写百无聊赖的心理状态,分三层意思:我在这里相思不断,可是我的心事还不知道"他"能不能了解。看来,只有向老天爷诉说了。但是,老天爷也和他一样冷酷无情,诉说又有什么用呢?"用意极浅,然愈翻愈妙"(贺裳《皱水轩词筌》)。全篇咏物和相思相交织,写法虚实并用,章法山断云连。

# 解语花　元宵

风销焰蜡①,露浥烘炉②,花市③光相射。桂华④流瓦。纤云散,耿耿素娥欲下。衣裳淡雅。看楚女、纤腰一把⑤。箫鼓喧,人影参差,满路飘香麝。⑥　因念都城放夜⑦,望千门如昼,嬉笑游冶。钿车罗帕⑧相逢处,自有暗尘随马⑨。年光是也。唯只见、旧情衰谢。清漏移,飞盖归来,从舞休歌罢。⑩

【注释】

①焰蜡:一本作"绛蜡",红烛。　②露浥(yì)烘炉:一本作"露浥红莲",夜露沾湿的莲花灯。　③花市:一本作"灯市"。《东京梦华录·十六日》:"于是华灯宝炬,月色花光,霏雾融融,动烛远近。"

④桂华:因月中有桂而以之代月。韩愈《明水赋》:"桂华吐耀,兔影腾精。"　⑤"看楚女"句:江总《新入姬人应令》:"本持纤腰惑楚宫,暂回舞袖惊吴市。"　⑥"箫鼓喧"三句:《东京梦华录·元宵》:"正月十五日元宵,大内前自岁前冬至后,开封府绞缚山棚,立木正对宣德楼,游人已集御街,两廊下奇术异能,歌舞百戏,鳞鳞相切,乐声嘈杂十余里。"刘遵《繁华应令》:"腕动飘香麝,衣轻好任风。"　⑦放夜:《山堂肆考》卷八引唐人韦述语:"西都京城街衢,有执金吾晓暝传呼,以禁夜

行，惟正月十五夜，敕许弛禁，前后各一日，谓之放夜。" ⑧ "望千门"三句：千门，此处形容京城宫殿门户众多深广。钿车，以钿为饰的华丽车子。元稹《痁卧闻幕中诸公征乐会饮因有戏呈三十韵》："钿车迎妓乐，银翰屈朋侪。"《绀珠集》卷十一："贾知微、曾城夫人杜兰香既别，赠贾秋云罗帕，裹丹五十粒，云此罗是玉女缲玉蚕茧以织成。" ⑨ 暗尘随马：苏味道《正月十五夜》："暗尘随马去，明月逐人来。" ⑩ "清漏"三句：清漏，清晰的滴漏声。鲍照《望孤石》："啸歌清漏毕，徘徊朝景终。"飞盖，代指飞驰的车子。曹植《公宴》："清夜游西园，飞盖相追随。"从，《汇释》："犹任也，听也。"吴少微《古意》："歌终舞罢欢无极，乐往悲来长叹息。"

【评析】

　　这首词的写作时地，有荆南、明州二说。综合钱鸿瑛的理解，真正的题旨大致上是通过对比描绘今昔节序、风物，抒发"旧情衰谢"（钱鸿瑛《柳周词传》）之叹。其中，将元宵游赏情景越是描摹得花光满路，箫鼓喧天，如火如荼，越发会引起年光飞逝、人情衰减的慨叹伤感，越发能反衬出今日心情的寂寥萧瑟。全篇在浓墨重彩地描写佳节盛况之后，轻点题旨，笔势流转。

　　词中极力描摹的"花市光相射"的元宵盛况，客观地反映了北宋都市的繁华风貌，与柳永词的"承平气象，形容曲尽"（陈振孙《直斋书录解题》卷二十一）相类似。同为大晟词人的万俟咏，所作带有谀颂性质的一首《雪明鸦鹊夜慢》，也有客观再现历史画卷方面的认知价值，录以参读：

　　望五云多处春深，开阆苑、别就蓬岛。正梅雪韵清，桂月光皎。凤帐龙帘萦嫩风，御座深、翠金间绕。半天中、香泛千花，灯挂百宝。　圣时观风重腊，有箫鼓沸空，锦绣匝道。竞呼卢、气贯调欢笑。暗里金钱掷下，来侍燕、歌太平睿藻。愿年年此际，迎春不老。

又，同样是对比今昔，此首表现"旧情衰谢"；李清照的《永遇乐》则以小见大，写出了兴亡之感。也许没有绝对的可比性，仍录以对读：

落日镕金，暮云合璧，人在何处。染柳烟浓，吹梅笛怨，春意知几许。元宵佳节，融和天气，次第岂无风雨。来相召、香车宝马，谢他酒朋诗侣。　中州盛事，闺门多暇，记得偏重三五。铺翠冠儿，捻金雪柳，簇带争济楚。如今憔悴，风鬟雾鬓，怕见夜间出去。不如向、帘儿底下，听人笑语。

另外，树周邦彦为楷模的沈义父，在其《乐府指迷》中曾说：

炼句下语，最是紧要。如说桃，不可直说破桃，须用红雨、刘郎等字。如咏柳，不可直说破柳，须用章台、灞岸等字。又咏书，如曰银钩空满，便是书字了，不必更说书字。玉箸双垂，便是泪了，不必更说泪。如绿云缭绕，隐然髻发，困便湘竹，分明是簟。正不必分晓，如教初学小儿，说破这是甚物事，方见妙处。

有过甚其辞处，因此引起后人的非议。如王国维就非常不满词用代字说："词忌用替代字。美成《解语花》之'桂华流瓦'，境界极妙，惜以'桂华'二字代月耳。梦窗以下，则用代字更多。其所以然者，非意不足则语不妙也。盖意足则不暇代，语妙则不必代。"（《人间词话》）当然，如果将沈说理解为传授初学，使其尽快入门，则也不必责之过苛。

# 六么令　重九

快风收雨，亭馆清残燠①。池光静横秋影，岸柳如新沐②。闻道宜城酒美，昨日新醅熟。③轻镳相逐。冲泥策马，来折东篱半开菊。④　　华堂花艳对列，一一惊郎目。⑤歌韵巧共泉声，间杂琮琤⑥玉。惆怅周郎已老，莫唱当时曲。幽欢难卜。明年谁健，更把茱萸再三嘱。⑦

【注释】

①残燠：余热。权德舆《侍从游后湖宴坐》："宿雨荡残燠，惠风与之俱。"　②新沐：此处喻垂柳为发丝，故云。　③"闻道"二句：宜城，古襄州宜城，今湖北宜城市。新醅（pēi），新酿的酒。萧纲《乌栖曲四首》其一："宜城酿酒今行熟，停鞍系马暂栖宿。"　④"冲泥"二句：元稹《拟醉》："怜君城外遥相忆，冒雨冲泥黑地来。"陶潜《饮酒》："采菊东篱下，悠然见南山。"　⑤"华堂"二句：《本事诗·高逸》："杜为御史，分务洛阳。时李司徒罢镇闲居，声伎豪华，为当时第一，洛中名士咸谒见之。李乃大开筵席，当时朝客高流，无不臻赴，以杜持宪，不敢邀置。杜遣座客达意，愿与斯会。李不得已，驰书。方对花独酌，亦已酣畅，闻命遽来。时会中已饮酒，女奴百余人，皆绝艺殊色。杜独坐南行，瞪目注视，引满三卮，问李云：'闻有紫云者，孰是？'李指示之。杜凝睇良久，曰：'名不虚得，宜以见惠。'李俯而笑，诸妓亦皆回首破颜。杜又自饮三爵，朗吟而起，曰：'华堂今日绮筵开，谁唤分司御史来？忽发狂言惊满座，两行红粉一时回。'意气闲逸，傍若无人。"　⑥琮琤（cóng chēng）：比喻歌声如玉相击般清脆。潘存实《赋得玉声如乐》："后夔如为听，从此振琮琤。"　⑦"明年"二句：《续齐谐记》："汝南桓景随费长房游学累年。长房谓曰：'九月九日，汝家中当有灾，宜急去，令家人各作绛囊，盛茱萸以系臂，登高饮菊花酒，此祸可除。'景如言，齐家登山，夕还，见鸡犬牛羊一时暴死。长房闻之，曰：'此可代也。'

今世人九日登高饮酒，妇人带茱萸囊，盖始于此。"杜甫《九日蓝田崔氏庄》："明年此会知谁健，醉把茱萸仔细看。"

【评析】

　　这是作者晚年重过荆南，时值重阳，于歌筵所作。起句交代天气，刚下过雨，有风，驱走秋天残存的暑热。次句表明作者是个羁留亭馆的旅人。以下二句，写雨后清新秋景，映衬人物美好心情。"静横秋影"，与临老心境相应。闻有新酿美酒，兴致极高地和友人一块儿骑马去喝。"冲泥"呼应雨后。歇拍点题，用典暗示悠闲心境。东篱把酒就菊花，是一种清饮。上片的叙事节奏甚是分明。过片转述喝酒作乐情形。不但饮酒赏花，还有美女相伴，歌声、乐声和流泉声，充满热闹欢乐。一个"惊"字，便令人知年。歌女竟然唱起自己的旧作，让人顿感岁华荏苒，青春已逝，兴起一丝惆怅。当时之曲勾起的往昔记忆，无论悲欢，回想起来总是不免悲哀，所以说"莫唱"。更可悲的是"幽欢难卜"。不须订后约，欢会是难以预期的。只能对着茱萸再三吩咐，明年若还健在，定要重聚，近似心境趋于平静的喃喃自语。全篇在略显感伤的情绪中结束。

## 倒　　犯　新月

　　雾景、对霜蟾乍升，素烟如扫。千林夜缟。①徘徊处、渐移深窈。何人正弄、孤影蹁跹西窗悄。②冒霜冷貂裘，玉斝邀云表。共寒光、饮清醥。③　　淮左旧游，记送行人，归来山路弯。④驻马望素魄，印遥碧、金枢小。⑤爱秀色、初娟好。念漂浮、绵绵思远道。⑥

料异日宵征⑦，必定还相照。奈何人自衰老。

【注释】

①"霁景"三句：霜蟾，月亮。贯休《诗》："吟向霜蟾下，终须神鬼哀。"素烟，白色的烟雾山峦。沈约《郊居赋》："素烟晚带，白雾晨萦。"缟（gǎo），《日讲书经解义》卷三："赤黑之币曰元，黑经白纬之缯曰纤，纯白之缯曰缟。" ②"徘徊处"二句：曹植《怨歌行》："明月照高楼，流光正徘徊。"李白《月下独酌》："我歌月徘徊，我舞影零乱。"

③"冒霜冷"三句：玉斝（jiǎ），玉杯，此代指承露盘。张衡《西京赋》："立修茎之仙掌，承云表之清露。"寒光，清冷的月光。清醥（piǎo），清酒。左思《蜀都赋》："觞以清醥，鲜以紫鳞。"李白《月下独酌》："举杯邀明月，对影成三人。" ④"淮左"三句：淮左，宋时设淮南东路和淮南西路，前者称淮左，治所扬州。窎（diào），深远，遥远。

⑤"驻马"二句：素魄，月的别称，也指月光。《周易·参同契》："阴阳为度，魂魄所居。阳神日魂，阴神月魄。魂之与魄，互为室宅。"金枢，传说中月亮没入之处。《文选》木华《海赋》："若乃大明，摛辔于金枢之穴，翔阳逸骇于扶桑之津。"李善注曰："金，西方也。《河图帝览嬉》曰：月者金之精，月有窟，故言穴。"吕延济曰："金枢，西方月之没处。扶桑之津，日出之处。" ⑥"爱秀色"二句：秀色、娟好，指秀美的月色。鲍照《玩月城西门廨中》："末映东北墀，娟娟似蛾眉。"漂浮，漂泊。柳宗元《法华寺门精舍三十韵》："羁木畏漂浮，离旌倦摇荡。" ⑦宵征：早晚都在行役。《诗·召南·小星》："肃肃宵征，夙夜在公。"

【评析】

这是一首借月抒怀之作，和《花犯》的构思相似，通过大幅度转换时空，借咏月而打入孤寂漂泊的身世之感。全篇由今夜的月下之游联想到此前在庐州的一次月下之游，并预想将来还会有的月下之行，透发出逝者如斯、老之将至的哀伤。通篇紧扣月意象来寄寓情感。上片先写今夜月光之皎洁，寂寞之中学李白对酒邀月，以渲染情感气氛。下片由今夜月色联想到旧时月色，然后大跨度地由昔及今，旋即推想将来，从而逼近词的主题。结尾忽作反跌，有力地表现出满怀的羁旅迟暮之悲。

此词非清真名篇，更难以与苏轼著名的同题材之作《水调歌头·丙辰中秋，欢饮达旦，大醉，作此篇兼怀子由》：

  明月几时有，把酒问青天。不知天上宫阙，今夕是何年。我欲乘风归去，又恐琼楼玉宇，高处不胜寒。起舞弄清影，何似在人间。

  转朱阁，低绮户，照无眠。不应有恨，何事长向别时圆。人有悲欢离合，月有阴晴圆缺，此事古难全。但愿人长久，千里共婵娟。〔按：此词曾录入《水浒传》第三十回《施恩三入死囚牢，武松大闹飞云浦》，其中，"又"、"转朱阁"、"千里"分别作"只"、"高卷珠帘"、"万里"，未详何据。又，贯华堂本《水浒传》于"我欲"句下有金圣叹评点："樽前月下，忽闻此言，令人陡然念阳谷县紫石街，不知在何处。""此事"句下则云："绝妙好辞，令人想到亡兄，想到宋江，想到张青夫妻，想到管营父子，洒泪不止。"所评可谓为我所用，别出心裁。可见东坡词在元末以迄清初传播接受状况之一斑。又按：美国学者哈罗德·布鲁姆（Harold Bloom）曾在《影响的焦虑——一种诗歌理论》一书中结合保罗·德·曼（Paul De Man）的文本误读说等，通过对传统影响的焦虑感的阐发，提出过独树一帜的"诗的误读"理论，名曰"逆反批评"，学界称为布氏"焦虑法则"。金圣叹"别出心裁"的误读式评点，也可以看作对中国古代诗学阐释传统在别一种意义上的强化，即如晚清学者谭献《复堂词话》中所指出的：

"作者之用心未必然,读者之用心何必不然?"其背后,恐怕也是因为不免存在某种焦虑感。这跟布鲁姆所言固然不完全是一回事,却也还是可能反过来对理解类似的阐释的理论思路有所裨益。]

以及辛弃疾同样著名的《木兰花慢》(可怜今夕月)相媲美,但含蓄婉转,迂回反复,也有一定的代表性。

既然提到了辛弃疾,顺便附录叶嘉莹《唐宋词十七讲》中关于清真词与稼轩词之间关系的一段话,尤其是近乎以稼轩为"词中老杜"的说法,以为参考:

> 从周邦彦开始,有了一点转变,他不是以感发取胜了,变成了以思力取胜了。这种以思力取胜的作风,在南宋成了一种风气。当然也有例外的作者,辛弃疾就是一个最大的例外。辛弃疾是词人里边最了不起的一个作者。因为其他的词人,苏东坡甚至秦少游都可以包括在内,他们都是以余力来为词的。他们写的散文、诗歌,都有很多而且很好的成就。而辛弃疾是专力为词的,他的词写的最多,而且写的最好。辛弃疾的词才真正是相当于杜甫的诗,相当于屈原的《离骚》,是他平生,他的生活,他的理想,他的志意抱负的实践。

## 大 酺 春雨

对宿烟收,春禽静,飞雨时鸣高屋①。墙头青玉旆,洗铅霜都尽,嫩梢相触。②润逼琴丝,寒侵枕障,虫网吹黏帘竹③。邮亭无人处,听檐声不断,困眠初熟。奈愁极顿惊,梦轻难记,自怜幽独④。

行人归意速。最先念、流潦⑤妨车毂。怎奈向、兰成憔悴,卫玠清羸，等闲时、易伤心目。⑥未怪平阳客，双泪落、笛中哀曲。⑦况萧索、青芜国⑧。红糁铺地，门外荆桃如菽。⑨夜游共谁秉烛⑩。

【注释】

①"飞雨"句：杜甫《立秋雨院中有作》："萧萧梁栋秋，飞雨动华屋。"　②"墙头"三句：青玉旆，指竹叶如青玉做成的垂旒。铅霜，竹叶上的箨粉。　③"润逼"三句：琴丝，琴弦。枕障，犹枕屏，床头的围屏。张曙《浣溪沙》："枕障熏炉隔绣帷，二年终日苦相思。"郎士元《送张南史》："虫丝黏户网，鼠迹印床尘。"　④自怜幽独：屈原《九章·涉江》："哀吾身之无乐兮，幽独处乎山中。"　⑤流潦：路上的积水。曹植《赠白马王彪》："霖雨泥我途，流潦浩纵横。"　⑥"怎奈向"三句：《汇释》："向，语助词。专用于'怎奈''如何'一类之语，加强其语气而为其词尾。"陈思《小字录》："（庾信）幼而俊迈，聪敏绝伦，有天竺僧呼信为兰成，因以为小字。"卫玠，一作乐广。《世说新语·容止》："卫玠从豫章至下都，人久闻其名，观者如堵墙。玠先有羸疾，体不堪劳，遂成病而死，时人谓'看杀卫玠'。"清羸，此指因忧郁而清瘦羸弱。客户里女子《赠段何》："乐广清羸经几年，蛇娘相托不论钱。"等闲，《汇释》："犹云平常也，随便也，无端也。"萧纲《示晋陵弟》："时事虽为舛，离忧等闲别。"　⑦"未怪"二句：马融《长笛赋序》："融既博览典雅，精核数术，又性好音律，鼓琴吹笛。而为督邮，无留事，独卧郿平阳邬中。有雒客舍逆旅，吹笛为《气出》、《精列》相和。融去京师，逾年，暂闻，甚悲而乐之。"　⑧青芜国：杂草丛生的草地。温庭筠《春江花月夜词》："玉树歌阑海云黑，花庭忽作青芜国。"　⑨"红糁(sǎn)"二句：糁，碎米粒。荆桃，樱桃。菽，豆子，此处喻初结的小樱桃。韩愈《送无本师归范阳》："始见洛阳春，桃枝缀红糁。"　⑩"夜

游"句;曹植《又与吴质书》:"少壮真当努力,年一过往,何可攀援?古人思秉烛夜游,良有以也。"

【评析】

　　这首词通过咏春雨写旅愁。通篇围绕着春雨做文章,借雨达情,回环往复,音韵优美,情味浓郁。上片构置春雨连绵、竹影摇曳、琴湿枕寒、虫网黏帘的环境气氛,显示客中遇雨而坐卧不安、愁闷无聊的情绪。首三句点题:清晨起来,"宿烟"散去,"春禽"寂静,唯有春雨飞溅声不时刺耳。"墙头"三句,随视野所及之雨中青竹,补足"春雨"情态:竹枝经雨,箨粉涤尽,青翠娇嫩,枝梢在微风中相互触摸。"润逼"三句转写室内,细微到个人的点滴感受。已经被"春雨"牵引出来的愁苦意态,此时渐渐泛滥。"邮亭"以下六句是惊觉后的情事追溯,点明"幽独"愁绪之所自来。下片以"归意速"点明题旨,激化行与留的矛盾,进一步铺写归意难成的无奈与伤感,最后以惜花伤春增强羁旅愁情,慨叹孤苦无依。换言之,上片隐藏在"春雨"背后的羁旅情绪,成为下片的描写重点,而"春雨"则退居为一种背景衬托。羁旅念归,却偏偏"春雨"连绵,"流潦妨车毂",不但不能给人带来一丝安慰,反而处处给人带来归去不得的窘困和忧烦。绿草萋萋,落英缤纷,樱桃如菽,是时光伤人"心目"地无情流逝,词人因之倍感"萧索"。不知今日又能与谁"秉烛"共游、"却话夜雨",词在不尽的凄苦思绪中收束,余音袅袅。路成文《宋代咏物词史论》以为此篇咏雨有依稀白战之风,或可备一说。

　　词中"流潦妨车毂"句,值得着重关注。谭献自序《复堂词》,曾把该句跟周邦彦《满庭芳》(风老莺雏)中的"衣润费炉烟",辛弃疾《鹧鸪天》(枕簟溪堂冷欲秋)中的"不知筋力衰多少,只觉新来懒上楼",一起作为典型例证提出来,认为可以帮助填词者从中悟出一些"消息"。

不难看到，这几个词句的表现方式，共同点在于全都采用了透过一层的想法。其实，"流潦"没有"妨"了"车毂"，"衣润"没有"费"了"炉烟"，"楼"也没有"上"过，只是因为下着春雨，土地卑湿，"筋力"已"衰"，便想到罢了。谭氏之所以重视这种表现方式，主要是因为他所秉持的清代常州一派的论词宗旨，即自序所谓"上之言志永言，次之志洁行芳，而后洋洋乎会于《风》、《雅》"。该派最大的理论贡献，建立在推尊词体的基础上，提出应当而且可以把本于儒家伦理思想的"温柔敦厚"、"忠爱缠绵"，作为最高标准来要求或衡量词的创作，而这个标准显然又是和所谓"忠恕之道"是一致的。忠是尽己，恕是推己及人，也就是同情的伸展。在心理发展和文字表现上，推此及彼，设身处地地去透过一层想，本是迈进一步的看法，也是同情的具体显示。这种方式，可以代替别人想，也可以单就自己想；可以由自己想到别人，由现在想到过去或未来，由这里想到那里，或者完全反过来。它不仅本身是一种增加情感深度和广度的技巧，同时也是"温柔敦厚"、"忠爱缠绵"的直接证明。（详参程千帆《〈复堂词序〉试释》）

## 玉烛新　梅花

溪源新腊后。见数朵江梅①，剪裁初就。晕酥砌玉芳英嫩，故把春心轻漏。②前村昨夜③，想弄月、黄昏时候。孤岸峭，疏影横斜，浓香暗沾襟袖。④　　尊前赋与多材，问岭外风光，故人知否。⑤寿阳谩斗。终不似，照水一枝清瘦。⑥风娇雨秀⑦。好乱插、繁花盈首⑧。须信道⑨，羌管无情，看看又奏。

【注释】

①江梅：一种野生梅花，花小香清而疏瘦有韵。杜甫《徐九少尹见过》："何当看花蕊，欲发照江梅。" ②"晕酥"二句：晕酥，意谓红梅如敷上均匀的红色。砌玉，意谓白梅如玉琢成。芳英，香花。许询诗："青松凝素髓，秋菊落芳英。"萧衍《子夜四时歌·春歌四首》其一："春心一如此，情来不可限。"《诗话总龟》前集卷十三引《诗史》载臧谋《梅花》诗："绿杨解语应相笑，漏泄春光却是谁？" ③前村昨夜：齐己《早梅》："前村深雪里，昨夜一枝开。" ④"疏影"二句：林逋《山园小梅》："疏影横斜水清浅，暗香浮动月黄昏。"《古诗十九首·庭中有奇树》："馨香盈怀袖，路远莫致之。" ⑤"问岭外"二句：王维《杂诗三首》其二："君自故乡来，应知故乡事。来日绮窗前，寒梅著花未？" ⑥"寿阳"三句：《太平御览》卷三十引《杂五行书》："宋武帝女寿阳公主，人日卧于含章殿檐下。梅花落公主额上，成五出花，拂之不去。皇后留之，看得几时。经三日，洗之乃落。宫女奇其异，竞效之，今梅花妆是也。"谩斗，徒然竞相效仿。释道潜《梅花寄汝阴苏太守》："一树轻明侵晓岸，数枝清瘦炯疏篱。" ⑦风娇雨秀：此言梅花在风雨中越发显得娇艳。李贺《三月过行宫》："渠水红蘩拥御墙，风娇小叶学娥妆。" ⑧"好乱插"句：好，很，甚。杜甫《苏端薛复筵简薛华醉歌》："安得健步移远梅，乱插繁花向晴昊？" ⑨须信道：《汇释》："犹云须知道。"喻陟《蜡梅香》："电转光阴，须信道、飘零容易。"

【评析】

这首咏早梅词作于溧水。起首"溪源"三句，交代梅之花开。"剪裁"一语，若见有神仙手安排出梅花世界，而梅花亦正是大自然造化而成的艺术品。"晕酥砌玉"二句写出了梅花的红嫩鲜润、晶莹剔透，以早梅比拟初妆亮丽、有意泄露"春心"的美人，形象生动。"前村昨夜"句以下，写月下梅花的疏影暗香，更添风情韵味。整个上片多侧面描写水边早梅的优美风姿，如"新腊后"、"剪裁初就"、"春心轻漏"、"前村昨夜"云云，都重在凸显其"早"的特征。过片"尊前"三句宕开一笔，转入人事，写对故人的怀念。"寿阳谩斗"句以下，进一步拿寿阳公主的梅花妆与真正的梅花作比较，既以典事为梅花增添一段浪漫，又写梅花不因风雨无情，而能更显娇秀，突出了早梅的天然之美，也是咏赞其高贵不凡。结三句转入抒写赏梅的兴致和情思，勾连过片所写而绾合梅花与离别，尤能表现出作者怜花惜春的爱美之心。整个下片未著一"梅"字，但梅仍是整个场景的核心，写出"一团梅花精灵"（沈际飞《草堂诗余正集》），落墨于梅而主旨又不只在于咏梅，蕴藉深厚。

全篇含蓄蕴藉，主要在三点：写花寓人；化用诗句，寓诗境于词中，以开阔词境；善用典故说话，增其含蓄，阔其容量，避其直述。不过，如果就咏物贵在"神情离即之间"而言，仍似比不上作者下面的一首咏梅词《花犯》。又，此首方千里、杨泽民均有依韵赓和之作，但同属南宋的黄大舆所编《梅苑》卷三却误题李清照作。赵万里《校辑宋金元人词》以为，今本《梅苑》误题当系"后人窜改"；又于《引用书目》"草堂诗余"条下注云："分类本以时令、天文、地理、人物等标目，与周邦彦《片玉词》、赵长卿《惜香乐府》略同，盖所以取便歌者。"由此可见，当口传成为别集、选集收词来源之一种，也是有可能带来以上失误的，未必一定是出于后人窜改。

## 花　犯　梅花

粉墙低，梅花照眼，依然旧风味。[①]露痕轻缀。疑净洗铅华[②]，无限佳丽。去年胜赏曾孤倚。冰盘同宴喜。③更可惜，雪中高树，香篝熏素被。　　今年对花最匆匆，相逢似有恨，依依愁悴④。吟望久，青苔上、旋看飞坠⑤。相将见、脆丸⑥荐酒，人正在、空江烟浪里。但梦想、一枝潇洒，黄昏斜照水。

【注释】

①"梅花"二句：萧衍《子夜四时歌·春歌四首》其一："阶上香入怀，庭中花照眼。"林逋《梅花三首》其一："堪笑胡雏也风味，解将声调角中吹。"　②净洗铅华：杜甫《虢国夫人》："虢国夫人承主恩，平明上马入宫门。却嫌脂粉污颜色，淡扫蛾眉朝至尊。"王安石《与微之同赋梅花得香字三首》其二："不御铅华知国色，只裁云缕想仙装。"③"去年"二句：胜赏，此指优美的山水园林。《陈书·孙玚传》："及出镇郢州，乃合十余船为大舫，于中立亭池，植荷芰，每良辰美景，宾僚并集，泛长江而置酒，亦一时之胜赏焉。"宴喜，宴饮喜乐。《诗·小雅·六月》："吉甫宴喜，既多受祉。"　④愁悴：忧伤憔悴。王逸《天问章句》："屈原放逐，忧心愁悴。"　⑤"青苔"句：旋，《汇释》："犹云已而也，还又也。"李白《久别离》："待来竟不来，落花寂寂委青苔。"⑥脆丸：代指青梅。萧纲《奉答南平康王赉朱樱》："宁累梅似丸，不羡萍如日。"鲍照《代挽歌》："忆昔好饮酒，素盘进青梅。"

【评析】

这首词作于知溧水期间的绍圣二年（1095）冬或三年春初梅开时。上片由盛开在眼前、风情如旧的梅花，回溯去年独赏雪中素梅的情景。起调"粉墙低"二句，总领全篇，将三年情事一齐摄起。"照眼"二字，略过花色，只写与粉墙相映照的花光，以光之夺目来显示色之明丽。下面

"露痕轻缀"三句,"复为'照眼'作周旋"(陈洵《海绡说词》),进一步写出梅花所独具的高出于凡花俗艳的格调。它之照眼,不靠傅粉施朱,以嫣红姹紫来炫人眼目,而是丽质天成,自然光艳,别有风神韵味。这三句,本是起二句的延伸和补充,但在其间穿插"依然旧风味"一句,就使前、后五句所写的,既是现时景物,又带有旧时色彩,在抚今中渗入了思昔的成分,从而以此为伏笔,在上片的后四句中,把词思推离现在,引入过去。后四句以"去年"二字领起,在时间上与前六句明白划界。"胜赏"二句是对去年之"我"的追述,自思去年孤倚寒梅、与花共醉的情事;"更可惜"二句是对去年之花的追念,更爱去年梅花在雪中开放的景象。

下片仍从今年写起,人将远行,梅花亦似惜别而坠落。待到梅子熟时,自己身在江上,只能遥想潇洒扶疏的梅影。词境由过去回到现在,再跳到未来。换头领以"今年"二字,与上片后四句开头的"去年"二字相对应。"今年对花"以下五句,写梅花凋落的情态和愁恨。"对花最匆匆"句,既是自叹去留匆匆,即将远行;又是叹梅花开落匆匆,芳景难驻。"相逢似有恨,依依愁悴"二句,以我观物,移情于景,化作者的愁恨为梅花的愁恨,把本是无知无情的寒梅写得似若有知、有情。一个"悴"字已预示花之将落,紧接着承以"吟望久"二句,进一步写花的深愁苦恨及其飘零身世。而从吟望之久,也可见作者对花时的流连怅恨之情。以下由现时的感受、昔年的回忆,跳到来日的想象。"相将见"二句,纯从空际落想。上句写梅,但所写的是眼前还不存在的事物,是由眼前飞坠的花瓣驰思于青绿脆圆的梅子;下句写人,但所写的是将出现于另一时空之内的人,是预计梅子荐新之时,人已远离去年孤倚、今年相逢之地,而正在江上的扁舟之中。结拍"但梦想"二句,在花开之时、对花之地,把词思在时间上跳到梅子已熟时,在空间上跳到空江烟浪里,再从彼时、彼地又跳回花开时、花开地。从林逋《山园小梅》名句化出，而词思的跳跃，与"何当共剪西窗烛，却话巴山夜雨时"有异曲同工之妙。全篇句句写梅，句句背后都有作者的身影在，借圆美流转、浑化无迹的咏梅之笔，抒发"宦迹无常，情怀落寞"（黄苏《蓼园词选》）之感，曾得"梅词第一"之誉。（何士信增修《草堂诗余》后集卷下。按：吴熊和《宋人选宋词十种跋》认为，这是全书中唯一表现何氏选家眼光的一则词评。）

# 丑奴儿　梅花

肌肤绰约真仙子①，来伴冰霜。洗尽铅黄②。素面初无一点妆。寻花不用持银烛③，暗里闻香④。零落池塘。分付余妍与寿阳⑤。

【注释】

①"肌肤"句：《庄子·逍遥游》："藐姑射之山，有神人居焉。肌肤若冰雪，绰约若处子。"　②铅黄：铅粉和雌黄。古代妇女的化妆用品。刘几《梅花曲》："不须更御铅黄。知国色，禀自天真殊常。"　③"寻花"句：反用苏轼《海棠》："只恐夜深花睡去，故烧高烛照红妆。"

④"暗里"句：苏子卿《梅花落》："只言花是雪，不悟有香来。"

⑤"分付"句：分付，《汇释》："有交付义，有委托义，有发落义，有表示义。"余妍，残花，此指落梅。苏轼《雪后便欲与同僚寻春一病弥月杂花都尽独牡丹在耳刘景文左藏和顺阇黎诗见赠次韵答之》："残花怨久

病,剩雨泣余妍。"

**【评析】**

　　这首咏梅词上片着力于色,用《庄子》、《杨太真外传》中的典故写梅花的洁白与素妆,也写出了尽洗铅黄、冲寒独开中包蕴的自信和品格。过片用力于写梅之香。"寻花不用持银烛",表面上似写人事,实则为下句梅花之"暗里闻香"作衬托。结句用宋武帝之女寿阳公主梅花妆的典故,写出梅花虽然零落,仍有香如故,使全词留有余味,也与上片所写相呼应,共同彰显梅花美好的内在特质和精神。

## 水龙吟　梨花

　　素肌应怯余寒,艳阳占立青芜地。①樊川照日,灵关遮路,②残红敛避。传火③楼台,妒花风雨④,长门深闭⑤。亚帘栊半湿,一枝在手,偏勾引、黄昏泪。⑥　　别有风前月底。布繁英、满园歌吹⑦。朱铅退尽,潘妃却酒,昭君乍起。⑧雪浪翻空,粉裳缟夜,⑨不成春意。恨玉容不见,琼英谩好,与何人比。

**【注释】**

　　①"素肌"二句:素肌,洁白的梨花。林逋《山园小梅二首》其二:"日薄从甘春至晚,霜深应怯夜来寒。"鲍照《学刘公干体诗五首》其三:"艳阳桃李节,皎洁不成妍。"司空曙《杂言》:"燕拂青芜地,蝉鸣红叶枝。"　②"樊川"二句:《艺文类聚》卷八十六引《三秦记》曰:"汉

武帝园,一名樊川,一名御宿,有大梨如五升瓶,落地则破。其主取者,以布囊承之,名含消梨。"灵关,山名,在今四川宝兴县南。谢朓《谢隋王赐紫梨启》:"味出灵关之阴,旨珍玉津之濑。" ③传火:《梦粱录》卷二:"寒食第三日,即清明节,每岁禁中命小内侍于阁门前用榆木钻火,先进者赐金碗,绢三匹,宣赐臣僚巨烛,正所谓钻燧改火者。" ④妒花风雨:江总《雉子班》:"依花似协妒,拂草乍惊媒。"杜甫《风雨看舟前落花戏为新句》:"影遭碧水潜勾引,风妒红花却倒吹。" ⑤长门深闭:司马相如《长门赋序》:"孝武皇帝陈皇后,时得幸,颇妒,别在长门宫,愁闷悲思。闻蜀郡成都司马相如,天下工为文,奉黄金百斤,为相如文君取酒,因于解悲愁之辞,而相如为文以悟主上,陈皇后复得亲幸。"
⑥ "亚帘栊"三句:亚,《汇释》:"犹低也,俯也。"偏,《例释》:"相当于文言的'甚'、'颇',白话的'最'、'很',表程度的副词。"薛昭蕴《离别难》:"红蜡烛,青丝曲,偏能钩引泪阑干。"白居易《长恨歌》:"玉容寂寞泪阑干,梨花一枝春带雨。" ⑦ "布繁英"句:萧子范《落花》:"绿叶生半长,繁英早自香。"《旧唐书·音乐志》:"玄宗又于听政之暇,教太常乐工子弟三百人为丝竹之戏,音响齐发,有一声误,玄宗必觉而正之,号为皇帝弟子,又云梨园弟子,以置院近于禁苑之梨园。"
⑧ "潘妃"二句:《南史·王茂传》:"时东昏妃潘玉儿有国色,武帝将留之,以问茂,茂曰:'亡齐者此物,留之恐贻外议。'帝乃出之。军主田安启求为妇,玉儿泣曰:'昔者见遇时主,今岂下匹非类。死而后已,义不受辱。'及见缢,絜美如生。"《文选》江淹《恨赋》:"若夫明妃去时,仰天太息。"注:"会单于遣使,请一女子,帝谓后宫:'欲至单于者起。'昭君喟然而叹,越席而起。乃赐单于。" ⑨ "雪浪"二句:韩愈《李花赠张十一署》:"风揉雨练雪羞比,波涛翻空杳无涘。"王安石《寄蔡氏女子二首》其一:"积李兮缟夜,崇桃兮炫昼。"

【评析】

　　这首词咏梨花。上片点明梨花开放的时间、环境,极力铺写其盛开时洁白纷繁、独占春光的景象;再以长门深闭中的风雨梨花,引出伤春怀人之泪,流露出情有独钟、别有所忧的情怀。下片先以满园歌吹赏花为背景,再以映衬、比拟之法描绘其凋败时花片翻飞、夺走三春美色的气势,着力渲染梨花永恒的洁白与纯净,突出其标格之高雅;更以梨花之不可比反衬唯古代杰出美人与之可比,而集众美于一身;最后又以玉容不见、无人可比作结,深表痛惜之情。全篇运用典故而能推陈出新,调动多种艺术手段,铺叙展衍,摹形写态,状貌取神,意态飞动,境界宏阔。

　　此词有三个问题值得讨论。其一,是否有寄托。钱鸿瑛《柳周词传》认为,说有《离骚》初服之意,似乎太重;说纯是体物之作,似乎又不尽然。试看本篇安排于上、下结的立意。上片在写梨花的盛开、将谢之后,一结却隐然是一位为惜花而伤春、寂寞的玉人形象,是人似花,好像是梨花的化身。下片在写足梨花的冷艳后,一结流露出一种无与为匹,极其孤独,甚至是孤芳自赏的意绪。这些都似乎是希望在咏梨花中,透露自己的品格和襟怀。而且,这种寄托在于有无之间,似花还似非花,最能体现作者的真性情。可参。大体看来,这个问题在无可无不可之间。其二,运用典事。按照沈义父《乐府指迷》的标举和赏识,此首通篇不"说出题字",但通过使用"樊川"、"灵关"、"门深闭"、"一枝在手"、"玉容"等事物"提调",紧扣题旨,处处突出梨花的特点,堪称楷模。其实,除了典雅之外,这样写还能一定程度地增加词的生动性。当然,运用典事是一柄双刃剑,只要不过度,就不会显得板滞,反而会形成刻意求工而造成的"隔"的痕迹。而这,从词史发展意义上讲,正可谓开南宋咏物词风气之先。

更有意思的是对偶句法。蔡桢《柯亭词论》论《水龙吟》一调作法有云："本非难调，亦无难句，惟前后遍中四字组成之六排（按：应为五排）句，太整太板，不易讨好。词中遇此等句法，须于整中寓散，板中求活。换言之，即各句下字时，须将实字虚字动字静字，分别错综组织以尽其变。"试与吴文英《水龙吟·惠山酌泉》相较：

艳阳不到青山，古阴冷翠成秋苑。吴娃点黛，江妃拥髻，空蒙遮断。树密藏溪，草深迷市，峭云一片。二十年旧梦，轻鸥素约，霜丝乱、朱颜变。　龙吻春霏玉溅。煮银瓶、羊肠车转。临泉照影，清寒沁骨，客尘都浣。鸿渐重来，夜深华表，露零鹤怨。把闲愁换与，楼前晚色，棹沧波远。

以密丽著称的梦窗词五处用了四对偶；清真词则用足五对偶，而且并无虚字交错其中以求变。据此，能否得出"清真与梦窗显得是骈文和律诗影响下的词人"（江弱水《古典诗的现代性》）的结论姑且不论，清真词的这种创作特点，应该确实是影响到了吴文英。乔大壮手批《片玉集》即云："四字句法，足资师守，转接处、动荡处，尤开无数法门。"其堪师法处，夏敬观说得更清楚："清真非不用虚字勾勒，但可不用者即不用。其不用虚字，而用实字或静辞，以为转接提顿者，即文章之潜气内转法。"（《蕙风词话诠评》）

# 六　丑　落花

正单衣试酒①，恨客里、光阴虚掷。愿春暂留，春归如过翼②。一去无迹。为问花何在，夜来风雨，葬楚宫倾国③。钗钿堕处遗香泽④。乱点桃蹊，轻翻柳陌。⑤多情为谁追惜。但蜂媒蝶使，时叩窗隔⑥。　东园岑寂。渐蒙笼暗碧。静绕珍丛⑦底，成叹息。长条故惹行客。似牵衣待⑧话，别情无极。残英小、强簪巾帻。终不似一朵，钗头颤袅，向人欹侧。⑨漂流处、莫趁潮汐。恐断红⑩、尚有相思字，何由见得。

【注释】

①试酒：品尝新酿成的酒。据《武林旧事》，宋代有在农历三月底四月初尝新酒的习俗。　②"春归"句：以经过的飞鸟喻春逝之迅速。杜甫《夜二首》其二："城郭悲笳暮，村墟过翼稀。"　③楚宫倾国：原指美人，此喻落花。《汉书·李夫人传》："孝武李夫人，本以倡进。初，夫人兄延年性知音，善歌舞，武帝爱之。每为新声变曲，闻者莫不感动。延年侍上起舞，歌曰：'北方有佳人，绝世而独立。一顾倾人城，再顾倾人国。宁不知倾城与倾国，佳人难再得。'上叹息曰：'善！世岂有此人乎？'平阳主因言延年有女弟，上乃召见之，实妙丽善舞。"　④"钗钿"句：《新唐书·杨贵妃传》："国忠既遥领剑南，每十月，帝幸华清宫，五宅车骑皆从，家别为队，队一色，俄五家队合，烂若万花，川谷成锦绣，国忠导以剑南旗节。遗钿堕舄，瑟瑟玑琲，狼藉于道，香闻数十里。"　⑤"乱点"二句：秦观《望海潮》："柳下桃蹊，乱分春色到人家。"　⑥窗隔：即窗格，上面糊纸或纱以挡风。　⑦珍丛：指风雨之后残花尚存的蔷薇枝丛。韩偓《大庆堂赐宴元珰而有诗呈吴越王》："笙歌风紧人酣醉，却绕珍丛烂漫看。"　⑧待：《汇释》："拟词，犹将也，打算也。"　⑨"残英"四句：巾帻（zé），头巾，以幅巾制成的帽子。柳永《木兰花》："美人纤手摘芳枝，插在钗头和凤颤。"　⑩断红：飘零的花瓣。

【评析】

这首咏物词借惜花伤春，抒发身世飘零等多种复杂情感。起首写客里虚度光阴，孤寂无聊，到了暮春"单衣试酒"时节，因而感到惆怅。于是就与"春"商量，希望暂缓归去的脚步。但"春"并不理睬，反而归去匆匆，连一点痕迹也没有留下。鲜明对比人之多情与春之无情，也是前云"恨"的一种内涵。"愿春暂留"三句，写惜春留春，确如周济《宋四家词选》所云"千回百折"。"为问"句转折。春既已匆匆归去，蔷薇自然难以幸免。以下先以"夜来风雨"五句，形象勾画春去花落的衰飒景象，接着从"多情"句的追问中，表明再无人顾惜它的存在，只有多情蜂蝶穿梭其中，寻香追惜。下片写花谢后情事。词人因惜春而惜花，而步入"岑寂"东园，但见落花无言，静绕珍丛，四周朦胧暗碧，不禁声声叹息。"长条"三句，用拟人手法写蔷薇枝条对人的依恋，反衬人对花的爱怜。"残英"四句，惜残英无神。偶然瞥见枝头残花，顺手摘取插戴，终究感觉比不上它盛开时戴在美人头上颤颤袅袅的情景那般美妙。结末三句，不忍正面写落花被流水卷去，难得一见，只是殷勤叮咛落花莫要随波逐流；化用红叶题诗典故，其中或者也有怀恋旧情之意，余韵悠长。全篇章法严密，措辞精粹，比兴深婉，作风含蓄。

悼惜落花且有弦外之音，早在唐代韩偓就有一首《哭花》："曾愁香结破颜迟，今见妖红委地时。若是有情争不哭，夜来风雨葬西施。"《六丑》是周邦彦创制的新调，声情悲郁，音节拗怒，连押十七个入声韵，所用虚字，无一不与文情相合，读来语意缠绵，如泣如诉，可以视为类似题材在整个文学创作领域的一个有代表意义的新进展。所以，蒋敦复才会有"精深华妙，后来作者，罕能继踪"（《芬陀利室词话》卷一）的高度评价。兹录吴文英"壬寅岁吴门元夕风雨"词，被蒋敦复许为独得"片玉家风"、"字字从华严法界中来"的周济赋杨花词以及梁启超被钱仲联《近百年词坛点将录》誉为"得片玉神味"的"伤春"之作以对读：

渐新鹅映柳，茂苑锁、东风初掣。馆娃旧游，罗襦香未灭。玉夜花节。记向留连处，看街临晚，放小帘低揭。星河潋艳春云热。笑靥欹梅，仙衣舞缬。澄澄素娥宫阙。醉西楼十二，铜漏催彻。　　红消翠歇。叹霜簪练发。过眠年光，旧情尽别。泥深厌听啼鴂。恨愁霏润沁，陌头尘袜。青鸾杳、钿车音绝。却因甚、不把欢期，付与少年华月。残梅瘦、飞趁风雪。向夜永，更说长安梦，灯花正结。

向浓阴翠幄，漾袅袅、春魂如雪。画阑独凭，飞英鸳甃湿，正恁愁绝。又对斜阳院，晴丝空裛，任飘零离别。南国误了双蝴蝶。草际轻粘，帘前漫瞥。纤纤映、蛾眉月。却难寻瘦影，幽恨重叠。　　东风摇曳。算尘根小劫。灞岸鸣嘶骑，情暗切。柔条几度攀折。纵天涯觅遍，买春榆荚。只惆怅、众芳都歇。争得似、委艳香泥长倚，杏梁春帖。还消受、半枕寒怯。更唾绒、点缀茸窗底，娇红一捻。

听彻宵残雨，正帘外、晚寒衣薄。莫道春归，便浓春池阁，已自萧索。问岁华深浅，惝惝桃叶，在旧时栏角。繁红斗尽无人觉。待解寻芳，东风已恶。欢期未分零落。尚曲墙扶绕，频动春酌。　　情怀如昨。只休休莫莫。似水流年，底成漂泊。故枝犹缀残萼。又蜂衔燕蹴，乍欺怯弱。愁对汝、自扃深阁。却不奈、一阵轻飙无赖，送敲垂幕。感啼鸟、未抛前约。向花间、道不如归去，怕人瘦削。

## 虞美人

金闺平帖春云暖[①]。昼漏[②]花前短。玉颜酒解艳红消。一面捧心啼困、不成娇[③]。　　别来新翠迷行径。窗锁玲珑影。研绫[④]小字夜来封。斜倚曲阑凝睇[⑤]、数归鸿。

【注释】

①"金闺"句：平帖，平稳妥帖。高蟾《偶作》："丁当玉佩三更雨，金闺平帖一觉云。" ②昼漏：白天的时间。立春之后，昼漏日长，至春分昼夜平分。此句春昼高睡，故有苦短之感。 ③"一面"句：《庄子·大宗师》："故西施病心而颦其里，其里之丑人见而美之，归亦捧心而颦其里。其里之富人见之，坚闭门而不出。贫人见之，挈妻子而去之走。彼知美颦，而不知颦之所以美。" ④砑（yà）绫：碾光的信笺。王安石《金陵西斋》："黄奴三倒频橘树，小砑红绫斗诗句。" ⑤凝睇（dì）：注视，注目斜视。《博异记》："仲躬异之，闲乃窥于井上。忽见水影中一女子面，年状少丽，依时样妆饰，以目仲躬。仲躬凝睇之，则红袂半掩其面微笑。"

【评析】

这首词写女子离别愁恨，以相思相贯串，室内外交替着笔。一起写闺中之景。"金闺"句，以床帷景象之一斑见出闺中豪华之全豹。"昼漏"句，言美景不常，花不常好，含不尽伤春意绪，又是从室内景推到室外。景中人现，"玉颜"句，指美人浇愁之酒方解，脸上红晕消失，情怀暗淡。"一面"句用典写因离别而伤悲。词自此多层次散发开来，一泻下来，具体的形象又含杳渺情思，将多少伤心事倾倒无余，足见抒写离情深透之至。如果说，整个上片只写室中景象、人物身心，虽含有离情，却未明写，下片则是情急辞急。过片即点出别后，"别来"句从新翠草木之生，长到掩覆道路，迷了行径来写相别时间之久，也包含了人不出游，才有如此迷失之感的意思。这是写室外。而室内是"窗锁玲珑影"，一个"锁"字写出孤单忧郁，苦坐愁城情态。于是，在挨过了漫长的白天后，

"砑绫小字夜来封"，密字写绫，也是将多少情意，连夜封起。接下来写佳人"斜倚曲阑"，细数归鸿，期待携回远人音信，不仅动人想象，也是将地点从室内移步室外。全篇辞丽情浓，顿挫作态，可见清真词之艳而雅。

# 虞美人

帘纤小雨池塘遍。细点看萍面。①一双燕子守朱门。比似寻常时候、易黄昏。　　宜城酒泛浮香絮。细作更阑语。②相将羁思乱如云③。又是一窗灯影、两愁人。

【注释】

①"帘纤"二句：帘纤，细雨貌。韩愈《晚雨》："帘纤晚雨不能晴，池岸草间蚯蚓鸣。""细点"句，谓雨点细小，水面浮萍没有散开。李商隐《细雨》："气凉先动竹，点细未开萍。"　②"宜城"二句：《周礼·天官》："凡为公酒者亦如之，辨五齐之名，一曰泛齐……"郑玄注曰："泛者，成而滓浮，泛泛然如今宜成醪矣。"香絮，喻浮在酒上的米酿。更阑，夜深将晓时分。苏轼《菩萨蛮》："风回仙驭云开扇。更阑月堕星河转。"　③"相将"句：相将，相随。欧阳修《采桑子》："游人日暮相将去，醒醉喧哗。"欧阳修《春日西湖寄谢法曹歌》："参军春思乱如云，白发题诗愁送春。"

【评析】

这首词写羁愁离苦。上片写景，因人及景。绵绵细雨，细点池萍，朱门院落,双燕无语,以凄清之景,或象征或反衬,透露离人愁情。同是黄昏时分,在欲别者,更觉光阴迅逝。下片从室外到室内,写情侣对酒话别,细诉衷肠,直至更深夜尽。结二句将纷乱如云的黯然别愁,映照凝固在一对窗灯剪影上,意象清晰浓重,耐人寻味。全篇将常景常情,依别时情景顺序铺排点染,细腻写出,朴实自然,愈叙愈深。

## 兰陵王　柳

柳阴直①。烟里丝丝弄碧。隋堤上、曾见几番,拂水飘绵送行色。②登临望故国。谁识。京华倦客③。长亭路,年去岁来,应折柔条过千尺。④　闲寻旧踪迹。又酒趁哀弦,灯照离席。⑤梨花榆火催寒食⑥。愁一箭风快,半篙波暖,⑦回头迢递便数驿。望人在天北。　凄恻。恨堆积。渐别浦萦回,津堠岑寂。⑧斜阳冉冉春无极。念月榭携手,露桥闻笛⑨。沈思前事,似梦里,泪暗滴。⑩

【注释】

①直:宋元语,视线所及处,非弯直之直。　②"隋堤"二句:隋堤,隋炀帝开通济渠,沿河筑堤植柳,谓之隋堤。行色,行旅出发前后的情状。《庄子·盗跖》:"今者阙然数日不见,车马有行色,得微往见跖耶?"　③京华倦客:《史记·司马相如列传》:"昆弟诸公更谓王孙曰:'有一男两女,所不足者非财也。今文君已失身于司马长卿,长卿故倦游,虽贫,其人材足依也,且又令客,独奈何相辱如此!'"《集解》引郭璞曰:"厌游宦也。"杜甫《梦李白》:"冠盖满京华,斯人独憔悴。"

④"长亭路"三句：《白孔六帖》："十里一长亭，五里一短亭。"《三辅黄图》卷六："霸桥在长安东，跨水作桥。汉人送客至此桥，折柳赠别。" ⑤"又酒趁"二句：《广韵》："趁，逐。"反用韩愈《月蚀诗效玉川子作》："油灯不照席，是夕吐焰如长虹。" ⑥"梨花"句：《苕溪渔隐丛话》前集卷二十三引《迂叟诗话》曰："而唐时唯清明取榆柳之火，以赐近臣戚里。本朝因之，唯赐辅臣、戚里、帅臣、节察、三司使、知开封府、枢密直学士、中使，皆得厚赠，非常赐例也。"《荆楚岁时记》："《琴操》曰：'晋文公与介子绥俱亡，子绥割股以啖文公。文公复国，子绥独无所得。子绥作龙蛇之歌而隐，文公求之不肯出，乃燔左右木，子绥抱木而死。文公哀之，令人五月五日不得举火。'又周举《移书》及魏武《明罚令》、陆翙《邺中记》，并云寒食断火，起于子推。《琴操》所云子绥，即介推也。又云五月五日，与今有异，皆因流俗所传。" ⑦"愁一箭"二句：箭风，顺风，或风速迅疾如飞箭。波暖，即暖波，春水。牛峤《杨柳枝》："袅翠笼烟拂暖波，舞裙新染曲尘罗。" ⑧"渐别浦"二句：别浦，大水有小口别通曰浦。王融《奉辞镇西应教》："风旗萦别浦，霜管迥遥洲。"津堠，渡口上供瞭望用的土堡。 ⑨闻笛：谓听笛曲《折杨柳》。向秀《思旧赋序》："嵇博综技艺，于丝竹特妙。临当就命，顾视日影，索琴而弹之。余逝将西迈，经其旧庐。于时日薄虞渊，寒冰凄然。邻人有吹笛者，发声寥亮，追思曩昔游宴之好，感音而叹。"李白《春夜洛城闻笛》："此夜曲中闻折柳，何人不起故园情？" ⑩"沈思"三句：耿湋《宋中》："空思前事往，向晓泪沾巾。"

【评析】

这首"绍兴初，都下盛传"（冯金伯《词苑萃编》卷二十四引《樵隐笔录》）的送别词，借咏柳而抒发仕途寥落之叹。主要的妙处，在于抒情的回环往复，沉郁顿挫。对此，陈廷焯《白雨斋词话》卷一有过细密的剖析：

> 美成词，极其感慨，无处不郁，令人不能遽窥其旨。如《兰陵王·柳》云："登临望故国。谁识京华倦客。"二语是一篇之主。上有"隋堤上、曾见几番，拂水飘绵送行色"之句，暗伏"倦客"之根，是其法密处。故下接云："长亭路，年去岁来，应折柔条过千尺。"久客淹留之感，和盘托出。他手至此，以下便直抒愤懑矣。美成则不然。"闲寻旧踪迹"二叠，无一语不吞吐。只就眼前景物，约略点缀，更不写淹留之故，却无处非淹留之苦。直至收笔云："沈思前事，似梦里，泪暗滴。"遥遥挽合，妙在才欲说破，便自咽住，其味正自无穷。

从感情形态上说，"用意忠厚"或"怨而不怒"都是达到沉郁境界的必要条件，而作为以此为前提的表现手法，也还有其他要求，就是一个"咽"字。所谓欲言还止，欲吐又吞，缠绵往复，纡徐低回，略可形容其情致。陈廷焯以上所论，体察周氏词心，允称知音，而"无处不郁"这一结论，也正是通过分析作品句法、章法的吞吐、伸缩而得出的，可以看作其"沉郁"说的一个具体应用或证明。（按：梁启超《中国韵文里头所表现的情感》以清真词表情法为"吞咽式"，而推为"促节"圣手。又，《启功韵语》卷三《论词绝句二十首》其九云："叔世人文品亦殊，行踪尘杂语含糊。美成一字三吞吐，不是填词是反刍。"绝句所云，《启功全集》所收2001年10月9日复薛瑞生第二函中有过说明："《清真事迹新证》搜剔清真事迹，使古贤无复'冤案'。乃知北宋太学于学行并重，小子论词绝句谓其'行踪尘杂'，未免不公。垂询出处，深见爱护才贤之至意！拙句盖阅读宋人笔记所得，其出处在丁闇公先生传靖所辑《宋人轶事汇编》中，出于何书惜已忘记。但忆其原句乃云'士行尘杂'，窃以

'行'字此处应读仄，故改云'行踪'，未知竟厚诬古人矣。惟清真之词多难读，在民间艺人论曲词有皮薄皮厚之说，其于难懂之词，称为皮厚。小子以'反刍'取笑，只图谐谑，越发不敬也。八十年代功曾书拙句为若干条幅，在香港展览，饶宗颐教授见之曰：'拿古人开玩笑'，深以为不宜，饶公虽非长者，但此语不失为忠厚耳。附此奉尘一噱！"《启功口述历史》则说："我之所以不喜欢周邦彦的词，是因为他在表情时总是吞吞吐吐，把没味道的东西嚼来嚼去。"）

刘熙载说过："伏应转接，夹叙夹议，开合尽变，古诗之法。近体亦俱有之，惟古诗波澜较为壮阔耳。"（《艺概》卷二）从技术层面的角度来看，如果说，晚唐五代小令的含蓄风味，很大程度上是借鉴于近体（特别是七绝）诗的写作经验的话，那么，清真长调的波澜老成，则又是得力于古体诗的写作经验，不过是把"夹叙夹议"改为情语与景语交织写来。周邦彦不仅擅长写词，而且擅长写赋和古体诗。他的《薛侯马》、《天赐白》写得大气磅礴，极尽顿挫跌宕之妙。所以，他在写词的时候，很自然地会运用这种写古诗的方法，于"浑灏流转中下字用意，皆有法度"（陈廷焯《词坛丛话》），和柳永那种明白家常、平叙自然的词风大有不同。王国维在后期，曾把周邦彦比为词中老杜，"其着眼点主要恐即在于此种地方"（杨海明《唐宋词风格论·张炎词研究》）。（按：兹录周邦彦《天赐白》以附读。序云："永乐城陷，独王湛、曲真夜缒以出。真持木为兵，且走且战，前陷大泽中，顾其旁有马而白，暂腾上驰去。五鼓，达米脂城，因以得脱。真名其马为'天赐白'。蔡天启得其事于西人，邀余同赋。"诗云："君不见，书生镵羌勒兵入，羌来薄城束练急。蜡丸飞出辞大家，帐下健儿纷雨泣。凿沙到石终无水，扰扰万人如渴蚁。挽绠窃出两将军，房箭随来风掠耳。道旁神马白雪毛，喋口不嘶深夜逃。忽闻汉语米脂下，黑雾压城风怒号。脱身归来对刀笔，短衣射虎朝朝出。自椎杂宝涂箭创，心折骨惊如昨日。谷城鲁公天下雄，阴陵一跌兵力穷。舣舟不渡待亭长，有何面目归江东。将军偶生名已弱，铁花暗涩龙文锷。缟帐肥刍酬马恩，闲望旌头向西落。"）

词中"斜阳冉冉"句，后世评论家几乎众口一词地给予高度赞赏。谭献在周济《词辨》卷一的评语中这样说："微吟千百遍，当入三昧，出三昧。"梁令娴《艺蘅馆词选》乙卷引梁启超评曰："绮丽中带悲壮，全首精神振起。"俞平伯《唐宋词选释》卷中则云："一句中含两意，一日光景已近黄昏，春光却无限，也是无穷的。"这些评语的丰富含意，程千帆《说"斜阳冉冉春无极"的旧评》曾作过典范性的透辟阐发：

> 我认为，俞先生所指出的"斜阳"一句所含两意，除了它本身就是一对矛盾之外，同时还是全词中许多对矛盾的象征。隋堤之柳，一方面，已被"折柔条过千尺"，而另一方面，却依然"烟里丝丝弄碧"。（顺便指出，这一抒写，极其明显地是受到了李商隐的启发。那位晚唐诗人在《离亭赋得折杨柳》二首之一中写道："含烟惹雾每依依，万绪千条拂落晖。为报行人休尽折，半留相送半迎归。"）作者，一方面已是"京华倦客"，而另一方面，又是有家归未得，只好"登临望故国"。至于这次送行，则一方面，是"月榭携手，露桥闻笛"等许多"旧踪迹"老是萦绕心头，无法排遣，而另一方面，又是当前的"酒趁哀弦，灯照离席"，以及无可避免的、正在出现"别浦萦回，津堠岑寂"的难堪的前景。凡此种种，物与人，情与景，本已错综交织，将若干对矛盾统一起来，形成一个较为丰富的境界；但只有将这许多细致的描绘与抒写，再统一在一个能够表现空间不断开拓与时间不断流逝的过程的浑然景象中，才能显示出其完整而深刻的意义。这正是"斜阳"一句在全篇显得突出的秘密，也是词人所赋予它的特殊艺术使命。

这七字，除了在本词《兰陵王》中所展现的意义之外，我们也无妨进一步发掘一下其形象所蕴含的更深邃的人生启示。"斜阳冉冉"，是形容时间即将消逝。"春无极"，则是形容空间杳无边际。我们知道，时间与空间总是互相关联的。时间无始无终，空间无边无际，但就某些具体的物和人所能据有的时间空间而言，它们又总是在不断地流动着、变化着的。没有比时间与空间所具有的两种形态更能包罗人生的了。所以"斜阳冉冉"与"春无极"也就正好象征地体现了在时间和空间中的一切物和人的存在与活动，囊括了人类生活舞台上出现的千变万化的离与合、悲与欢，生命的消逝与永恒、有限与无际。这些，也许无须将其排斥在谭献所能直觉到的范围之外。

这句词所具有的人生哲理，可以用另外一篇著名的诗来对比，因而使它更加清楚。李商隐《乐游原》云："向晚意不适，驱车登古原。夕阳无限好，只是近黄昏。"管世铭《读雪山房唐诗钞》卷三十七"五绝凡例"评曰："消息甚大，为绝句中所未有。"李诗"夕阳"十字与周词"斜阳"七字，李诗管评与周词谭、梁评正好互相发明。它们的价值与意义就在于一语道破了大自然与人类生活中消逝与永恒、有限与无际的对立统一，而且又不约而同地使用了与生命的发生发展密切相关的太阳作为象征。所不同的是：李诗先出"夕阳无限好"，后出"只是近黄昏"，意在反映心情之由敞而敛，由乐而哀。周词却反之，先出"斜阳冉冉"，后出"春无极"，象征着由离而合的希求。管评说李诗"消息甚大"，如果说这位评论家是感到这篇小诗不仅向读者展示了诗人对生活由追求到幻灭的过程，而且三句大开，四句大合，也体现了非常强劲的笔力，无论在思想的深度、艺术的难度上都难以企及，才写下这个结论，与管氏原意相差可能不会太远。至于梁评说周词风格"绮丽中带悲壮"，又说因有此句，才使得

"全首精神振起",则正是先出"斜阳冉冉",后出"春无极"的效果,不言自明。(《俭腹抄》)

王国维《清真先生遗事》有云:"先生之词,文字之外,须兼味其音律。……今其声虽亡,读其词者,犹觉拗怒之中,自饶和婉,曼声促节,繁会相宣,清浊抑扬,辘轳交往。两宋之间,一人而已。"龙榆生《词学十讲》以此首《兰陵王》为例,单就周词的句度安排和声韵组织,探究过它"至末段声尤激越"的原因:

在句式上,末段用了一个二言、三个三言短句,又以一个去声渐字领两个四言偶句,一个去声念字也领两个四言偶句;而在一句之中的平仄安排,又故意违反调声常例,有如津堠岑寂的平去平入,月榭携手的入去平上,似梦里的上去上,泪暗滴的去去入;又在每句的落脚字,除渐别浦萦回独用平声,较为和婉外,其余并用仄收:这就构成它的拗怒音节,显示激越声情,适宜表达苍凉激越的情调。再看它的整体结构。第一段用了一个二言、三个三言短句和三个四言、一个六言偶句,虽然中间参错着一个五言、两个七言奇句,好像符合"奇偶相生"的调整规律,但在句中的平仄安排,却又违反调声常例,有如拂水飘绵送行色的入上平平去平入,登临望故国的平平去去入,应折柔条过千尺的平入平平去平入,又都构成拗怒的音节。第二段用了一个以去声又字领两个四言偶句和一个以平声愁字领两个四言偶句,虽然参错着两个五言、两个七言奇句,似乎有了"奇偶相生"的谐婉音节,但句中的平仄安排却又违反调声常例,有如闲寻旧踪迹的平平去平入,回头迢递便数驿的平平平去去去入,望人在天北的去平去平入,加上偶句灯照离席的平去平入,一箭风快的入去平去,都是一些不能自由变更的拗句。把这三段的声韵组织联系起来,仔细体味,确是越来越紧,充分显示激越声情,和一种软媚的靡靡之音是截然殊致的。

## 蝶恋花　柳

爱日①轻明新雪后。柳眼星星，渐欲穿窗牖。不待长亭倾别酒②。一枝已入骚人手。　　浅浅挼蓝轻蜡透③。过尽冰霜，便与春争秀。强对青铜簪白首④。老来风味难依旧。

【注释】

①爱日：冬日。《左传·文公七年》："赵衰，冬日之日也；赵盾，夏日之日也。"杜预注曰："冬日可爱，夏日可畏。"　②"不待"句：许浑《送从兄别驾归蜀》："远道书难达，长亭酒莫持。"　③"浅浅"句：挼（ruó），揉弄。晏几道《玉楼春》："手挼梅蕊寻香径。正是佳期期未定。"轻蜡，柳叶嫩黄如敷蜡，故云。元稹《生春二十首》其九："绿误眉心重，黄惊蜡泪融。"　④"强对"句：释宝月《行路难》："寄我匣中青铜镜，倩人为君除白发。"杜甫《春望》："白头搔更短，浑欲不胜簪。"

【评析】

这首词写新柳。"爱日轻明"，雪霁微阳，柳眼生春，调皮可爱，但"骚人"敏感于依依惜别的深情，不待送别，早已攀折。"一枝"句是第一步，却放在第二步说，以心理上的颠倒来颠覆时序，写出不欲别离之苦情。接下来，因柳感怀，沉郁中显出深厚。新柳尚能历尽冰霜，与春争秀，而人则唯有对镜簪白发，空叹"风味难依旧"。全篇擅胜处，尤在描摹物态,穷极工巧。

## 蝶恋花

桃萼新香梅落后①。暗叶藏鸦②,苒苒垂亭牖。舞困低迷如著酒。乱丝偏近游人手。　　雨过朦胧斜日透。客舍青青,特地添明秀。莫话扬鞭回别首。渭城荒远无交旧。③

【注释】

①"桃萼"句:元稹《琵琶歌》:"胭脂耀眼桃正红,雪片满溪梅已落。"　②暗叶藏鸦:枝叶荫蔽。萧纲《金乐歌》:"槐花欲覆井,杨柳正藏鸦。"　③"雨过"五句:王维《送元二使安西》:"渭城朝雨浥轻尘,客舍青青柳色新。劝君更进一杯酒,西出阳关无故人。"明秀,明净秀美。《晋书·王衍传》:"衍字夷甫,神情明秀,风姿详雅。"此喻风景。

【评析】

这首词写茂盛之柳。梅落桃开时,"暗叶藏鸦"之柳风中摇曳,与离人物我缠绵,打成一片。"舞困"二句,在曲尽柳姿之妙的同时,为"低迷"酣浓的离别氛围增添了些许活泼的亮色。但雨过日透,客舍青青,虽添明秀,却又徒增"游人"漂泊怅惘之感。全词化用王维《送元二使安西》诗意,下字运意,皆有法度。

## 蝶恋花

蠢蠢黄金初脱后①。暖日飞绵，取次②黏窗牖。不见长条低拂酒③。赠行应已输先手④。　　莺掷金梭⑤飞不透。小榭危楼，处处添奇秀。何日隋堤萦马首⑥。路长人倦空思旧。

【注释】

①"蠢蠢"句：蠢蠢，众多而杂乱貌。黄金初脱，谓柳渐渐由黄而绿。　②取次：《汇释》："犹云随便或草草也。"　③"不见"句：王维《戏题磐石》："可怜磐石临泉水，复有垂杨拂酒杯。"　④"赠行"句：吴圆《答李曜》："韶光今已输先手，领得玭珠掌上看。（韶光，营籍妓名。）"　⑤莺掷金梭：《石林诗话》评杜诗体物精微，又能气格超胜："唐末诸子为之，便当入'鱼跃练江抛玉尺，莺穿丝柳织金梭'体矣。"　⑥萦马首：庾信《杨柳歌》："独忆飞絮鹅毛下，非复青丝马尾垂。"

【评析】

这首词写飞绵之柳。脱尽柔黄，絮飘暖日，一派慵懒姿态。但离别况味，并不因折尽柳条赠行客而遮断。莺飞柳浪，秀添危楼，也没有改变漂泊的命运。一结是问，我自己的"马首"何时才能缠上柳枝？羁旅怀旧之情，萦绕在心头。

前人咏物，多取静态观照，即使所表现的对象本身是活动的，也往往只是截取若干片断，通过不同画面的剪切转换，来体现出动感。如柳永

《望远行》之咏雪，即是如此：

> 长空降瑞，寒风剪、淅淅瑶花初下。乱飘僧舍，密洒歌楼，迤逦渐迷鸳瓦。好是渔人，披得一蓑归去，江上晚来堪画。满长安、高却旗亭酒价。　　幽雅，乘兴最宜访戴，泛小棹、越溪潇洒。皓鹤夺鲜，白鹇失素，千里广铺寒野。须信幽兰歌断，彤云收尽，别有瑶台琼榭。放一轮明月，交光清夜。

清真咏物，自然也不乏此例。不过，他更注重对所咏之物作动态的呈现，包括表现物本身的动态，借他物之动以显示所咏之物的动态。更有将物之动态与人心之动态结合者，以达到曲尽其妙的效果，也使得创作主体自身始终出现在词境之中，为后来咏物词作开出法门。（参路成文《宋代咏物词史论》）可能正是由于这样的缘故，这首《蝶恋花》与苏轼著名的《水龙吟》（似花还似非花），一同被汪灏等所撰《广群芳谱》卷七十八收入。（按：周瑛《词学筌蹄》卷一曾将苏轼此首《水龙吟》误题周邦彦作。）

## 蝶恋花

小阁阴阴人寂后。翠幕褰风①，烛影摇疏槛。夜半霜寒初索酒②。金刀正在柔荑手③。　　彩薄粉轻光欲透。小叶尖新，未放双眉秀。记得长条垂鹔首④。别离情味还依旧。

【注释】

①翠幕褰（qiān）风：褰风，被风撩起。温庭筠《菩萨蛮》："玉钩

裹翠幕，妆浅旧眉薄。" ②索酒：杜甫《少年行》："不通姓字粗豪甚，指点银瓶索酒尝。" ③"金刀"句：金刀，喻剪刀。李远《剪彩》："叶逐金刀出，花随玉指新。"柔荑，茅始生，柔而白，以喻女子之手。《诗·卫风·硕人》："手如柔荑，肤如凝脂。" ④鹢（yì）首：船头。《方言》："首谓之合闾，或谓之艦艏。"郭璞注曰："鹢，鸟名也。今江东贵人船前作青雀是其像也。"《绀珠集》卷八："今江东呼船头为飞闾，或曰鹢首，今舟前所作青雀是也。"

【评析】

这首词写秋柳。和前三首的因柳及人不太一样，这一首是因人及柳，重点放在秋凉裁衣上，从词人眼中所见来写。阁阴人寂，风吹帘幕，烛影摇红，疏牖光动，外面夜半霜寒，屋里金刀裁衣。因女子眉若新柳而思及长条垂舟，回味往日离别情景，是今又将别离矣。

陈景沂《全芳备祖》曾将此首作者误题作方千里。（据杨宝霖《也谈〈全芳备祖〉与〈全宋词〉》）其实，方千里是和过周邦彦的这首《蝶恋花》的，但咏物而难得真情，与原作的差距甚为明显：

翠浪蓝光新雨后。整整斜斜，高下笼窗牖。万斛深倾重碧酒。量愁知落何人手。　　栊雾梳烟晴色透。照影回风，一段嫣然秀。白下门东空引首。藏鸦枝叶长怀旧。

# 西　河　金陵

佳丽地。南朝盛事谁记。山围故国绕清江，髻鬟对起。怒涛寂寞打孤城，①风樯遥度天际。　　断崖树，犹倒倚。莫愁②艇子曾系。空余旧迹郁苍苍,雾沈半垒③。夜深月过女墙来,赏心东望淮水。④　酒旗戏鼓甚处市。想依稀、王谢邻里。燕子不知何世。入寻常、巷陌人家,相对如说兴亡,斜阳里。⑤

【注释】

①"山围故国"三句:《山海经·中山经》:"又东南一百二十里,曰洞庭之山……帝之二女居之,是常游于江渊。"任渊注曰:"按:君山状如一二螺髻。"刘禹锡《石头城》:"山围故国周遭在,潮打空城寂寞回。"　②莫愁:古乐府中传说的女子,一为洛阳人,一为石城人。　③垒:营垒。金陵有白石垒和药垒。　④"夜深"二句:刘禹锡《石头城》:"淮水东边旧时月,夜深还过女墙来。"　⑤"想依稀"五句:刘禹锡《乌衣巷》:"朱雀桥边野草花,乌衣巷口夕阳斜。旧时王谢堂前燕,飞入寻常百姓家。"

【评析】

这是一首整个金陵怀古系列中的名篇。第一叠写金陵地势险固。起首二句为总括。先扬,称赞金陵为佳丽地;再抑,说"南朝盛事"已随流水逝去,早已被人们遗忘。一扬一抑中,寄寓无限兴亡之感。"山围"二句,写金陵山川形胜依然如故。以美人"髻鬟"形容环绕长江两岸的山峦,形象生动、美丽。"怒涛"二句,极力渲染环境的冷落寂寞。第二叠写金陵古迹。"断崖树,犹倒倚"句,以"犹"字强调景色依旧。下面追加一句"莫愁艇子曾系",进一步渲染历史色彩。"空余"二句,写江边云雾沉沉,笼罩着残城旧垒,"空"字表现出深沉的历史感慨。结末二句,化用刘禹锡诗意,抒发景物依然而人事已非的喟叹。第三叠由眼前景物想到这可能是当年的乌衣巷,借燕子飞入寻常百姓家,表现人世沧桑巨变。结尾几句，化用刘禹锡诗句，感慨深遥，余味无穷。

　　此词檃栝前人诗篇，浑然天成，如同己出；结构严整，句法参差，音调抑扬顿挫。在宋代即负盛名，如刘过《清平乐·赠妓》云："我自金陵怀古，唱时休唱《西河》。"刘辰翁《大圣乐·伤春》云："伤心处，斜阳巷陌，人唱《西河》。"更颇得后人高评。陈廷焯《云韶集》甚至认为："此词纯用唐人成句融化入律，气韵沉雄，苍凉悲壮，压遍古今。"不过，如果按照王兆鹏、刘尊明两位学者的方法进行定量分析的结果，曾被认为使王安石《桂枝香》"独步不得"（沈际飞《草堂诗余正集》）的这首《西河》，最终却只能排在宋词排行榜的第六十九位（《桂枝香》排在第三十三位）。这或者也可以算是词人词作的历史"选择"中沧桑之感的一种体现。〔按：宋代檃栝词是一个比较有意思的讨论课题。其中，如苏轼《定风波·重阳》"与客携壶上翠微。江涵秋影雁初飞。尘世难逢开口笑。年少。菊花须插满头归。　　酩酊但酬佳节了。云峤。登临不用怨斜晖。古往今来谁不老。多少。牛山何必更沾衣"对杜牧《九日齐山登高》诗"江涵秋影雁初飞，与客携壶上翠微。尘世难逢开口笑，菊花须插满头归。但将酩酊酬佳节，不用登临恨落晖。古往今来只如此，牛山何必独沾衣"的檃栝，以及苏轼《定风波·咏红梅》"好睡慵开莫厌迟。自怜冰脸不时宜。偶作小红桃杏色，闲雅，尚余孤瘦雪霜姿。　　休把闲心随物态，何事，酒生微晕沁瑶肌。诗老不知梅格在，吟咏，更看绿叶与青枝"对其《红梅》诗其一"怕愁贪睡独开迟，自恐冰容不入时。故作小红桃杏色，尚余孤瘦雪霜姿。寒心未肯随春态，酒晕无端上玉肌。诗老不知梅格在，更看绿叶与青枝"的自我檃栝，文本差异极小，"正好"（吴承学《中国古代文体形态研究》）可以从一个角度反映出宋人对于诗词之别的看法。〕

　　清代中期阳羡派词人史承谦学清真此篇的一首《水龙吟·忆钱塘旧

游》，有助于"理解"（宇文所安《地：金陵怀古》）金陵这座城市的诸可宝的一首《莺啼序·丁卯舟次纪感，时官军初下金陵》，以及叶恭绰《西河·白门新感用清真韵》均可录以参读：

> 茫茫越国山川，岂徒湖上矜佳丽。兴亡南渡，曾经付与，武林遗事。玉马朝周，金仙辞汉，黯然挥涕。看龙飞凤舞，千年魂魄，应都在、斜阳里。　一棹中流曾倚。指东西、锦衣残垒。海声隐隐，潮头矗矗，青来天地。严子滩高，禹王陵远，游心何已。奈今春、雨渺云绵，目断浙江烟水。

> 西风远吹病燕，过秦淮古渡。只如此苍莽江山，战尘多少鼙鼓。对荒岸、平芜十里，斜阳尽送繁华去。好相参得失前朝，阵云飞聚。太息雄城，郁郁王气，枉龙蟠虎踞。十年里残劫红羊，旧时豪杰何处。早枯桑埋沙万骨，更颅血萦刀千缕。付今宵，刁斗楼兰，健儿酸语。　桃花画扇，燕子春灯，有几多错铸。刚看到、大旗红日，万骑千乘，缓带将军，列侯开府。铙歌鼓吹，旌幢牙纛，山河重揽东南胜，怕回头、细读兰成赋。新愁旧感休题，铁马金戈，孝陵黯淡烟雾。　天涯倦客，少小曾游，认昔年故步。奈两度刘郎来到，望眼凄清，巷陌堆蓬，板桥髡树。疮痍满地，乾坤无恙，伤心私顾憔悴影，念家山偷弄琵琶柱。听它终古啼鸦，也说兴亡，不堪激楚。　歌舞地。龙蟠胜势谁记。倾城半面晚妆残，梦云倦起。八公草木未成兵，真人遥在天际。　凝情处，瑟罢倚。曲终柱凤愁系。一时王谢总寻常，燕迷故垒。小楼昨夜几多愁，临江休问春水。　涨空蜃气幻海市。甚窥墙、惆怅臣里。不分阅人成世。啼鹃泪断，千红都尽，狼籍春光台城里。

# 归去难　期约

佳约人未知,背地伊先变。恶会称停①事,看深浅。如今信我,委的论长远。②好来③无可怨。洎④合教伊,因些事后分散。　密意都休,待说先肠断。此恨除非是,天相念。坚心更守,未死终相见。⑤多少闲磨难。到得其时,知他做甚头眼⑥。

**【注释】**

①称停:忖度。　②"如今"二句:信,凭、让。委的,委实,实在。论长远,说长道短。　③好来:无论如何。　④洎(jì):及,到。骆宾王《代李敬业讨武氏檄》:"洎乎晚节,秽乱春宫。"　⑤"密意"六句:《杨妃外传》:"方士杨通幽自云有李少君之术,上皇命致贵妃神。出天界,没地府,求之不见。东绝大海,跨蓬壶,有洞户署其门曰'玉妃太真院'。碧衣侍女诘其所从来,方士称天子使者。延入,妃出,冠金莲,被紫绡,曳凤舃,问帝安否。取金钗钿合,折其半曰:'寻旧好也。'方士请当时一事不闻于他人者为验,不然恐负新垣平之诈。妃曰:'骊山宫七夕,上感牛女事,密相誓心,愿世世为夫妇。此特君王所知耳。'因自悲曰:'由此一念,又不得居此,堕下界,且结后缘。或为天,或为人,决再相见。上皇亦不久居人间,幸惟自爱,无自苦耳。'"白居易《长恨歌》:"惟将旧物表深情,钿合金钗寄将去。钗留一股合一扇,钗擘黄金合分钿。但令心似金钿坚,天上人间会相见。临别殷勤重寄词,词中有誓两心知。七月七日长生殿,夜半无人私语时。"　⑥头眼:面目,样子。

**【评析】**

　　这首代言体俗词,是清真词中的别调。全篇用一个失恋女子的口吻说话,代她倾诉对一个负心男子的复杂感情。爱人负约,引起这位女子的满腔愁怨,万千思量,柔肠寸断。但还是抱着一线希望,再等待下去吧,只要不死,总有一天能见面的。可是,到了那个时候,不知道他又会找出什么理由来蒙骗自己呢。用通俗的语言,惟妙惟肖地写出曲折的思想矛盾和一片痴情,读来也是很感人的。没有对她的深切了解和同情,不可能写得如此活灵活现。

　　词中有用俗语一体,正如万云骏《诗词曲欣赏论稿》所指出的,也有两点需要说明:第一,并不是说,只要通俗,用白话写成的,就是好词。事实上,雅和俗各有其美,而词大部分是雅的。第二,以俗语入词,也要一分为二地看。有用得好的,也容易懂的;也有用得不好的,不容易懂。不能认为只要是俗语就比文言易懂。同是以俗语入词,柳永就表现出不少市井俗气,秦观也不能全免,而周邦彦就没有这种毛病。试选读秦观的一首《满园花》:

　　　　一向沉吟久。泪珠盈襟袖。我当初不合、苦搔就。惯纵得软顽,见底心先有。行待痴心守。甚捻著脉子,倒把人来僝僽。　近日来、非常罗皂丑。佛也须眉皱。怎掩得众人口。待收了孛罗。罢了从来斗。从今后。休道共我,梦见也、不能得句。

　　与此相关,以俗语入词,后来到了明代相当数量的词人手中,被认为已有堕入曲中之险、之恶。对此,严迪昌《元明清词》所论可称通达平实,录以备参:

　　　　词曲混淆,固是明词一弊,然而以散曲某种自然清新、真率大胆的情韵入词,实在是别具生趣,不得视以为病的。文体相淆,无疑会消解特定文体，容或不伦不类；从情韵上以新济旧，应是可喜的出新手段之一种。利弊每共生，会转化，全看高手的能耐，平庸者不能掌握火候，就难望其项背。读明人词，似须认识这一特点，始能发见其佳处。

## 三部乐　梅雪

浮玉飞琼，向邃馆静轩，①倍增清绝。夜窗垂练，何用交光明月。②近闻道、官阁多梅，趁暗香未远，冻蕊初发。③倩谁摘取，寄赠情人桃叶。④　回文近传锦字，道为君瘦损，是人⑤都说。袄知染红著手，胶梳黏发，⑥转思量、镇长堕睫⑦。都只为、情深意切。欲报消息，无一句、堪愈愁结⑧。

【注释】

①"浮玉"二句：浮玉飞琼，传说中仙人居住的地方和仙女名，此均指飘飞的雪花。邃馆，也是传说中仙人居住的地方。任昉《同谢朏咏雪》："散葩似浮玉，飞英若总素。"无名氏《白雪歌》："皇穹何处飞琼屑，散下人间作春雪。"《宋史》卷一百四十："蓬莱邃馆，金碧照三山，真境胜人间。"　②"夜窗"二句：杜甫《冬末以事之东都湖城东遇孟云卿复归刘颢宅宿宴饮散因为醉歌》："照室红炉促曙光，萦窗素月垂秋练。"反用姚合《咏雪》："与月交光呈瑞色，共花争艳傍寒梅。"冬雪无月的夜晚，雪色映进窗户，无须与月色激射，也如一束白练垂照。　③"近闻道"三句：杜甫《和裴迪登蜀州东亭送客逢早梅相忆见寄》：

"东阁官梅动诗兴,还如何逊在扬州。"《全芳备祖》前集卷一:"梁何逊在扬州,法曹廨舍有梅花一枝,逊吟咏其下。后居洛思梅花,再请其任,从之。抵扬州,花方盛,逊对花彷徨。"陆希声《梅花坞》:"冻蕊凝香色艳新,小山深坞伴幽人。" ④"倩谁"二句:倩,请。《乐府诗集》卷四十五引《古今乐录》曰:"《桃叶歌》者,晋王子敬之所作也。桃叶,子敬妾名,缘于笃爱,所以歌之。" ⑤是人:《汇释》:"犹云人人或凡人也。"苏轼《南歌子》:"半年眉绿未曾开。明月好风闲处、是人猜。"

⑥"袄知"二句:袄知,犹情知。染红著手,用凤仙花染红指甲。胶梳黏发,卫子夫以美发被宠,因有青春美貌的象征意义。而发落黏梳,则暗示红颜老去。李贺《浩歌》:"漏催水咽玉蟾蜍,卫娘发薄不胜梳。"

⑦镇长堕睫:镇长,重言为意。《汇释》:"镇,犹常也,长也,尽也。"《文选》陆机《吊魏武帝文》:"气冲襟以鸣咽,涕垂睫而汍澜。"注引《桓子新论》曰:"雍门周以琴见孟尝君,孟尝君泪承睫,涕出。" ⑧愁结:皮日休《三羞诗三首》其一:"而于方寸内,未有是愁结。"冯延巳《鹊踏枝》:"绕砌蛩声芳草歇。愁肠学尽丁香结。"

**【评析】**

这首词上片主要写雪景凄清,写梅之情态神韵,其中有人,即歇拍二句所言欲折梅枝以寄人的远行人,以引起下文,全篇也由景物描写转入情事叙述。下片放开景物,写因收到书信而引发对闺中人的思念之情。"袄知"四句,在对闺中人此时情景的想象中,写出自己也是一样的相思憔悴,情深意切。因有结三句所"报消息"中,写寄者满是同样的愁思凝结的慨叹。全篇情深而文明,且愈写愈开,似不应视为单纯的寄内之作。

清真词中屡屡把梅花之高品作为自我比附的客观参照物,如这首词的上片,写雪中之梅,其中冰雪情操的抒情主人公呼之欲出。有意思的是,正像有些学者所指出的,中晚年的周邦彦虽然已经身在浊流中,但在词里看到的,仍然是一个"其志洁,其情芳"的抒情主人公形象。如此看来,这首词也仿佛确实有所寄寓,而从中似乎还真的能够看出,如孙虹《北宋词风嬗变与文学思潮》所云北宋后期某些士人的"人格分裂"状态:

  周邦彦远没有这样高尚,他的人生目标,不过是他所批评的"乘肥衣轻,握符节以役臣仆"式的显达。我们说过,由于宋代科举制度改革,成功地解决了宋人的仕途问题,所以宋人文章极少"怀才不遇"之作;并且由于宋代理性意识的觉醒,传统诗文中"荃不察余之中情"的怨恚,在宋代文学中转变成为"日暮碧云合,佳人殊未来"的等待;而文人内心的忧道情愫希望得到君王的理解也得到了某种哲理的提升。但周词对传统"荃不察余之中情"、"怀才不遇"主题有所回归,他在这一传统主题之下表现了北宋后期一批士子利禄驱使下的汲汲之情,这种情绪在中晚期的词作中表现得更为明显,是最为明显的人格分裂。

另谨录苏轼同调之作以参读:

  美人如月,乍见掩暮云,更增妍绝。算应无恨,安用阴晴圆缺。娇羞甚、空只成愁,待下床又懒,未语先咽。数日不来,落尽一庭红叶。  今朝置酒强起,问为谁减动,一分香雪。何事散花却病,维摩无疾。却低眉、惨然不答,唱金缕、一声怨切。堪折便折,且惜取、少年花发。


## 菩萨蛮  梅雪

银河宛转三千曲。浴凫飞鹭澄波绿。[①]何处是归舟。[②]夕阳江上楼。　　天憎梅浪发。故下封枝雪。③深院卷帘看。应怜江上寒。

【注释】

　　①"银河"二句：形容长江的河形和水色。杜甫《涪城县香积寺官阁》："小院回廊春寂寂，浴凫飞鹭晚悠悠。"李白《登金陵凤凰台》："三山半落青天外，二水中分白鹭洲。"王安石《桂枝香·金陵怀古》："彩舟云淡，星河鹭起，画图难足。"　②"何处"句：谢朓《之宣城出新林浦向板桥》："天际识归舟，云中辨江树。"　③"天憎"二句：浪发，浪开。故，特意。鲍照《发长松遇雪》："振风摇地局，封雪满空枝。"

【评析】

　　这首词写思妇想象恋人旅途苦况。江楼日暮，斜晖脉脉，女子怅望天际归舟。然而，一场密雪几乎打破了她的希望。于是，转而安慰自己：虽然情郎回不来了，可是他会想着我的，就像我也在日日思念他一样。这种"退一步的写法"（刘斯奋《周邦彦词选》），实际上把感情表现推向更为深挚的程度，所谓淡淡哀怨，自怜幽独，全因思慕之极。

　　周济评过片"天憎"二句"造语奇险"（《宋四家词选》），陡转起首"银河"二句的盎然春意而至于春归未归之际，似乎在时序上颠倒不伦，其实是就上、下片分别写到的两个春天而言。"深院"二句，在不动声色中，暗示倘若时间与上年相仿，征人恐已归矣，所以才会有梅发雪封、天不遂愿之怨。陈廷焯《白雨斋词话》卷一评清真《满庭芳》（风老莺雏）结构精巧之语曰："前后若不相蒙，正是顿挫之妙。"可移论此词，也与周济评语部分相通。造语奇险与构思奇绝相辅相成，相得益彰，乃收含蓄蕴藉之美。

# 品　令　梅花

夜阑人静。月痕寄、梅梢疏影①。帘外曲角栏干近。旧携手处，花发雾寒成阵②。　应是不禁愁与恨③。纵相逢难问。黛眉曾把春衫印。后期无定。④断肠香销尽。

【注释】

①月痕：月影。张祜《赠内人》："禁门宫树月痕过，媚眼唯看宿燕窠。"　②"花发"句：一本作"花雾寒成阵"。沈约《会圃临春风》："游丝暖如网，落花纷似雾。"　③"应是"句：杜甫《暮秋将归秦留别湖南幕府亲友》："途穷那免哭，身老不禁愁。"　④"黛眉"二句："黛眉"句，意即以春衫拭泪。后期，后会之期。齐己《东林寄别修睦上人》："此别不能问后约，年年相似逼衰容。"

【评析】

这是一首咏物词。历来咏物词高境，取形不如取神，用事不如用意，也就是不可不追求形似，但又比较忌讳刻意求形似，要能做到不留滞于物。这首《品令》正是如此，通过吟咏月影、寒雾中疏影横斜的梅花，抒发相思离恨，形神兼备，兼以"此中有人，呼之欲出"（俞陛云《唐五代两宋词选释》引夏孙桐语），更觉风致嫣然。夜阑人静，花发雾，寒成阵，美景如斯，只于帘内依稀见之，已为梅花平添一缕幽美朦胧的风姿。曲角栏干，近而不敢凭，只因其为"旧携手处"，又不禁让人新添一缕幽恨。以换头句结上片,再以"纵相逢难问"加一倍写愁怨,逗出下文。后会遥遥无期,有情人天各一方,唯有春衫拭泪,肠断香销。一结收足起句。

罗忼烈《周邦彦清真集笺》认为:"此词似与《花犯》为同时同地之作:近帘外曲角阑干之梅,《花犯》粉墙之梅,皆县圃中梅也;'黛眉曾把春衫印',即'去年胜赏曾孤倚'也;'后期无定'者,盖'人正在空江烟浪里'矣。"可备一说。

## 玉楼春　惆怅

玉琴①虚下伤心泪。只有文君知曲意。帘烘②楼迥月宜人,酒暖香融春有味③。　　萋萋芳草迷千里。惆怅王孙行未已。④天涯回首一销魂,二十四桥⑤歌舞地。

【注释】

①玉琴:江淹《清思诗五首》其四:"白露滋金瑟,清风荡玉琴。"

②帘烘:即"烘帘",帘内灯烛照耀。李商隐《无题四首》其三:"楼响将登怯,帘烘欲过难。"　③"酒暖"句:李贺《秦宫》:"人间酒暖春茫茫,花枝入帘白日长。"张泌《河传》:"一庭浓艳倚东风。香融。透帘栊。"柳永《木兰花》:"黄金万缕风牵细。寒食初头春有味。"　④"萋萋"二句:萋萋,草木茂盛貌。反用刘安《招隐士》:"王孙游兮不归,春草生兮萋萋。"　⑤二十四桥:李斗《扬州画舫录》卷十五:"二十四桥即吴家砖桥,一名红药桥。"杜牧《寄扬州韩绰判官》:"二十四桥明月

夜，玉人何处教吹箫。"

**【评析】**

  这是一首艳情词。北宋后期，党争剧烈，周邦彦不能自外，政治上的苦闷、压抑、伤心、感慨，因之一发而为知音难觅之叹，就像这首《玉楼春》，正所谓"伤知己之无人，姑向青楼混迹"（杨铁夫《清真词选笺释》）之作。所以，表面看来是艳情词，其实总是跟一己身世之感交织熔铸在一起，其中所塑造的人物形象，也就需要透过形貌去理解其意态，如"只有文君知，则其余之不知可以言喻"（《清真词选笺释》），以杜绝皮相之论。

  另外，相比于柳永的部分类似作品，因为两者存在品格修养、生活经历等多方面的差异，周邦彦之作便与之很容易见出厚与薄、雅与郑之别，适如陈锐《裦碧斋词话》所言："屯田词在小说中如《金瓶梅》，清真词如《红楼梦》。"（按：陈锐又云："屯田词在院本中如《琵琶记》，清真词如《会真记》。"如果结合《词话》中对柳永"纯乎其为词"的评论，陈氏实际上是在比较中推崇，而非贬斥屯田词。又，众所周知，没有《金瓶梅》就没有《红楼梦》，因此，这则评语也揭示出了柳、周词之间的亲密传承关系。）都属于比附论词。文论中的各种比附比比皆是，是值得一体探讨的现象：

  慢词：北宋为初唐，秦、柳、苏、黄如沈、宋，体格虽具，风骨未遒；片玉则如拾遗，骎骎有盛唐之风矣。南渡为盛唐，白石如少陵，奄有诸家；高、史则中允、东川；吴、蒋则嘉州、常侍。宋末为中唐，玉田、碧山风调有余，浑厚不足，其钱、刘乎？草窗、西麓、商隐、友竹诸公，盖又大历派矣。稼轩为盛唐之太白，后村、龙洲亦在微之、乐天之间。金、元为晚唐，山村、蜕岩可方温、李；彦高、裕之近于江东、樊川也。小令：唐如汉；五代如魏晋；北宋欧、苏以上如齐、梁；周、柳以下如陈、隋；南渡如唐，虽才力有余，而古气无矣。(张其锦《梅边吹笛谱跋》)

今人之论词，大概如昔人之论诗。主格者其历下之摹古乎？主趣者其公安之写意乎？迩者竞起而宗晚宋四家，何异牧斋之主香山、眉山、渭南、遗山。要其得失，久而自定。余则以南唐二主当苏、李，以晏氏父子当三曹，而虚少陵一席，窃比于钟记室、独孤常州之云。(况周颐《蕙风词话》续编卷一引顾贞观序侯刻《十名家词》)

大概明之制科，犹唐之诗。洪永则贞观、麟德也，成弘则开元、大历也，嘉靖则元和、长庆也。万历以下，参中晚而杂正变，又齐梁之开沈宋、元白之导温李也，制科之变极矣。(《谈迁诗文集》卷二《制科典型序》)

## 黄鹂绕碧树　春情

双阙笼嘉气①，寒威日晚，岁华将暮。小院闲庭，对寒梅照雪，淡烟凝素。忍当迅景②，动无限、伤春情绪。犹赖是、上苑风光渐好，芳容将煦。③　草荚兰芽④渐吐。且寻芳、更休思虑。这浮世、甚驱驰利禄，奔竞尘土。⑤纵有魏珠照乘⑥，未买得流年住。争如盛饮流霞⑦，醉偎琼树。

【注释】

①"双阙"句：古代京城大道上常有双观堂，中央阙而为道。曹植

《登台赋》:"建高门之嵯峨兮,浮双阙乎太清。"左思《吴都赋》:"朱阙双立,驰道如砥。"嘉气,此指帝王之气。 ②迅景:光阴。谢惠连《豫章行》:"促生靡缓期,迅景无迟踪。" ③"犹赖是"二句:上苑,皇家园林。《三辅黄图》卷四:"汉上林苑,即秦之旧苑也,《汉书》云武帝建元三年开。"渐好,正好。《文选》陆机《演连珠五十首》其二十:"臣闻春风朝煦,萧艾蒙其温,秋霜宵坠,芝蕙被其凉。"注引《韩诗章句》:"煦,暖也。" ④草荚兰芽:一般花草。《帝王世纪》:"尧时有草荚生庭,每月朔日生一荚,至月半则生十五荚。至十六日后,日落一荚,至月晦而尽。若月小,余一荚。王者以是占历,唯盛德之君,应和气而生,以为尧瑞,名曰蓂荚,一名历荚,一名瑞草。"刘孝绰《答何记室》:"兰芽隐陈叶,荻苗抽故丛。" ⑤"这浮世"二句:《晋书》卷五:"悠悠风尘,皆奔竞之士,列官千百,无让贤之举。" ⑥魏珠照乘:《史记·田敬仲完世家》:"二十四年,与魏王会田于郊。魏王问曰:'王亦有宝乎?'威王曰:'无有。'梁王曰:'若寡人国小也,尚有径寸之珠,照车前后各十二乘者十枚,奈何以万乘之国而无宝乎?'" ⑦流霞:《论衡·道虚》:"有仙人数人,将我上天。……口饥欲食,仙人辄饮我以流霞一杯,每饮一杯,数月不饥。"《抱朴子·祛惑》:"仙人但以流霞一杯,与我饮之,辄不饥渴。"后人因以流霞名美酒。

## 【评析】

　　这首词,罗忼烈《周邦彦清真集笺》认为应该是晚年提举大晟府时所作,刺徽宗及蔡京党人。当崇宁、大观金人日逼,民不聊生,外困内忧之际,徽宗耽于逸乐,蔡京久擅权柄,树党营私,败人败国。周邦彦长期亲历宦海浮沉,悲情郁积,加以目睹种种"浮世"景象,自然不能无所宣泄,却也无意于狂放直率,无所顾忌,于是写成了这样一首政治色彩较浓,但又煞费苦心的词作。从艺术性上讲,这首《黄鹂绕碧树》虽有凸显其良苦用心的写法,在清真词中却不能算是佳作。整首作品,在写景和抒情上呈现出相当的非协调性。如上片写皇宫嘉气,上苑风光等礼赞歌颂之辞,如果不是为了缓和所刺对象的感受和情绪,或者干脆就是为了下片发泄不满情绪而使用的一种"反衬笔法"(钱鸿瑛《柳周词传》)。用意颇为明显,却仍然蕴蓄于"春情"一类传统题材的清淡雅丽中,这是需要引起注意的地方。

## 满路花　思情

帘烘泪雨干①,酒压愁城破。冰壶防饮渴,培残火②。朱消粉退,绝胜新梳裹。③不是寒宵短,日上三竿,媂人④犹要同卧。如今多病,寂寞章台左⑤。黄昏风弄雪,门深锁。兰房⑥密爱,万种思量过。也须知有我。著甚⑦情悰,你但忘了人呵。

【注释】

①"帘烘"句:意谓帘内灯火通明,照耀如昼,蜡泪由此而干。②培残火:拨残火使保温。　③"朱消"二句:朱消粉退,犹言脂粉和铅粉消退。梳裹,梳妆打扮。柳永《定风波》:"暖酥销,腻云嚲。终日厌厌倦梳裹。"　④媂(tì)人:《汇释》:"媂字为纠缠不清之义,与泥人之泥字义同。"　⑤章台左:左,下。李白《少年子》:"青云少年子,挟弹章台左。"　⑥兰房:香闺。傅玄《历九秋篇十二首》其六:"穆若鸳凤双鸾,还幸兰房自安。"　⑦著甚:具有怎样的。王仲甫《蓦山溪》:

"欲烦妙手，写入散人图，蜗角名，蝇头利，著甚来由顾。"

**【评析】**

这首词以今昔对照、以乐衬哀之法，说明柳巷之中有快乐也有苦闷。上片写旧时欢娱，描摹得深情细腻。下片见今之凄凉，刻画得入木传神。沈家庄《宋词的文化定位》认为是写一病卧而再无人亲顾的妓女，将作者对病弱妓女的人性的同情，由妓女向狎客唱出。可参。

清真此首与其《凤来朝》有异曲同工、互通有无之妙，俞平伯《清真词释》由此而辨令慢体性之别，颇为精辟：

"令"以韵味胜，一涉议论，不知减却多少韵味，故议论纵佳，犹或不偿所失。慢词则院宇深弘，波澜壮阔，若毫无议论便难得完篇；完篇矣，亦似不曾过得瘾。考之"诗"义，慢词左说右说，似乎是比兴而每近于赋，许多笔只是一笔，意尽辞中而辞胜于意。令词一笔直下，什么也不说，似乎是赋，而最近比兴，一点淡墨，四围皆到，意在辞外，胜于辞也。

又，胡士莹叙录《宝文堂书目》所著录的明人话本《朱希真春闺有感》云：

朱希真为建康府朱将仕之女，小字秋娘，年十六，嫁同邑商人徐必用。必用颇解文义，久商不归，希真作闺怨词以寄。《古今情海》卷十九《朱希真之闺怨词》载之。……二词又见《古今闺媛逸事》卷五。朱希真的遭遇几和朱淑真完全一样，而她的事迹，尤隐晦难考。可能就是朱淑真的化身。此话本疑即《西湖二集》卷十六《月下老错配本属前缘》。（《话本小说概论》）

其中所录二词作者均误题：《鹧鸪天》（梅妒晨妆雪妒晴）本为苏庠词，另外一首则是本属周邦彦的这首《满路花》。古代小说中多有此类情形，既需关注,又须考辨。

## 绮寮怨　思情

上马人扶残醉,晓风吹未醒。映水曲、翠瓦朱檐,垂杨里、乍见津亭。①当时曾题败壁,蛛丝罩、淡墨苔晕青②。念去来、岁月如流③,徘徊久、叹息愁思盈④。　去去倦寻路程⑤。江陵旧事,何曾再问杨琼⑥。旧曲凄清。敛愁黛⑦、与谁听。尊前故人如在,想念我、最关情⑧。何须渭城。歌声未尽处,先泪零。

【注释】

①"映水曲"二句:柳永《过涧歇近》:"夜永清寒,翠瓦霜凝,疎帘风动。"钱起《江行无题一百首》其五十六:"晚泊武昌岸,津亭疏柳风。"　②苔晕青:欧阳炯《贯休应梦罗汉画歌》:"芭蕉花里刷轻红,苔藓文中晕深翠。"　③岁月如流:《子夜变歌三首》其二:"岁月如流迈,春尽秋已至。"谢灵运《拟魏太子邺中集诗八首》序文:"天下良辰美景,赏心乐事,四者难并。今昆弟友朋,二三诸彦,共尽之矣。……岁月如流,零落将尽,撰文怀人,感往增怆。"　④"徘徊久"句:江淹《别赋》:"明月白露,光阴往来。与子之别,思心徘徊。是以别方不定,别理千名。有别必怨,有怨必盈。"　⑤"去去"句:柳永《雨霖铃》:"念去去、千里烟波,暮霭沈沈楚天阔。"　⑥"江陵"二句:杨琼,唐代江陵歌妓,此代指与词人熟悉的荆州歌女。元稹《和乐天示杨琼》:"我在江陵少年日,知有杨琼初唤出。腰身瘦小歌圆紧,依约年应十六七。去年

十月过苏州,琼来拜问郎不识。青衫玉貌何处去,安得红旗遮头白。我语杨琼琼莫语,汝虽笑我我笑汝。汝今无复小腰身,不似江陵时好女。杨琼为我歌送酒,尔忆江陵县中否。江陵王令骨为灰,车来嫁作尚书妇。卢戡及第严涧在,其余死者十八九。我今贺尔亦自多,尔得老成余白首。"白居易《问杨琼》:"古人唱歌兼唱情,今人唱歌唯唱声。欲说向君君不会,试将此语问杨琼。" ⑦敛愁黛:何逊《日夕望江山赠鱼司马》:"歌黛惨如愁,舞腰凝欲绝。"萧绎《代旧姬有怨》:"怨黛舒还敛,啼红拭复垂。"

⑧关情:萧纲《美女篇》:"佳丽尽关情,风流最有名。"

## 【评析】

　　这首词应是作者第二次到荆州时的怀旧之作。拂晓带醉上马,途经旧日曾停歇过的津亭,只见当年题诗的墙壁已经残损,蛛丝粘罩,字迹漫漶不清,不免触景伤怀,感慨不已。再一想起自己所熟悉的江陵歌女,更觉凄凉难耐。全篇用叙事、写景与抒情三者融为一体的手法写成,上片叙事,记征途怀旧,曲折详尽;下片抒情,低回婉转,情辞幽咽,诚如俞陛云《唐五代两宋词选释》所评:"清夜啼猿。"又,此词中的"晓风吹未醒"、"淡墨苔晕青"、"叹息愁思盈"、"去去倦寻路程"、"何须渭城"、"歌声未尽处,先泪零",句末三字均为平去平。对这种句式,夏承焘《唐宋词字声之演变》分析说:"去声最为拗怒,取介乎两平之间,有击撞戛捺之妙;今虽词乐失传,但依字声读之,犹含异响。"其声律不苟处,颇堪注意。


# 拜星月　秋思

　　夜色催更,清尘收露,小曲幽坊①月暗。竹槛灯窗,识秋娘庭院。笑相遇，似觉琼枝玉树②，暖日明霞光烂③。水盼兰情④，总平生稀见。　　画图中、旧识春风面。谁知道、自到瑶台畔⑤卷恋雨润云温，苦惊风吹散。念荒寒、寄宿无人馆。重门闭、败壁秋虫叹⑥。怎奈向、一缕相思，隔溪山不断。

**【注释】**

①小曲幽坊：柳永《郭郎儿近拍》："帝里。闲居小曲深坊，庭院沉沉朱户闭。"　②琼枝玉树：喻美人才子。江淹《古离别》："愿一见颜色，不异琼树枝。"《世说新语·容止》："魏明帝使后弟毛曾与夏侯玄共坐，时人谓蒹葭倚玉树。"《晋书·谢玄传》："安尝戒约子侄，因曰：'子弟亦何豫人事，而正欲使其佳。'诸人莫有言者。玄答曰：'譬如芝兰玉树，欲使其生于庭阶耳。'"　③"暖日"句：光烂，光辉绚丽，喻女子光彩夺目的美丽。曹植《洛神赋》："远而望之，皎若太阳升朝霞；迫而察之，灼若芙蓉出渌波。"　④水盼兰情：韩琮《春怨》："吴鱼岭雁无消息，水盼兰情别来久。"　⑤"画图"二句：杜甫《咏怀古迹》其三："画图省识春风面，环佩空归月下魂。"《拾遗记》卷十："第九层，山形渐小狭。下有芝田蕙圃，皆数百顷，群仙种耨焉。傍有瑶台十二，各广千步，皆五色玉为台基。"　⑥秋虫叹：欧阳修《秋声赋》："但闻四壁虫声唧唧，如助予之叹息。"

**【评析】**

这首词所咏情事略同于《瑞龙吟》，但并非旧地重游，而是追思旧游，通过加倍写足昔日之乐与今日之哀，表达无限伤感。起首五句，从路途、居处写到会晤，层次分明，步步逼近，并以坊曲清幽夜色陪衬人物之淡雅。"笑相遇"三字将闻名乍见、倾慕欢乐之情一概省略，为后数句全力正面描摹人物之美留出了空间,"总平生"句总承上文。换头"画图中"句,从抒情来说,是上片的延伸;从叙事来说,却是更进一步追溯到"笑相遇"以前的旧事。以下追叙,以"谁知道"领起,至"苦惊风吹散",正面写离情。自"念荒寒"以下,又折回现在,极力描摹此时此地之哀,与上片所写彼时彼地之乐形成强烈的对比。最后,以纵使水远山遥,却仍然隔不断"一缕相思"情作结。本来是今昔对比以后的题中应有之义,冠以"怎奈向"三字,就暗示了疑怪、埋怨的意思,使这种相思之情,含意更为丰富。全篇在布局方面的特点,正如周济《宋四家词选》所评:"全是追思,却纯用实写。但读前阕,几疑是赋也。换头再为加倍跌宕之。他人万万无此力量。"

《西厢记》第四本第四折,张君瑞在草桥店孤宿时唱的《落梅花》,以及这一套曲结末的《鸳鸯煞》分别云:

　　旅馆欹单枕,秋蛩鸣四野,助人愁的是纸窗儿风裂。乍孤眠被儿薄又怯,冷清清几时温热。

　　柳丝长咫尺情牵惹,水声幽仿佛人呜咽。斜月残灯,半明不灭。唱道是旧恨连绵,新愁郁结。恨塞离愁,满肺腑难淘泻。除纸笔代喉舌,千种思量对谁说。

无论境界、格调,还是用语的色彩风格,都与周邦彦此词下片很相似。王实甫的这些渲染与铺叙,"显然"(刘扬忠《周邦彦传论》)受了清真词的影响。若此,则从文学描写手法的渊源关系上,也可以看出清真词与北曲之间的某种师承关系,成为"开北曲之先声"(王国维《人间词话》)的一个组成部分。


## 尉迟杯　离恨

**隋堤路。渐日晚、密霭生深树。阴阴淡月笼沙,还宿河桥深**

处。<sup>①</sup>无情画舸,都不管、烟波隔南浦。等行人、醉拥重衾,载将离恨归去。<sup>②</sup>　　因念旧客京华,长偎傍、疏林小槛<sup>③</sup>欢聚。冶叶倡条俱相识,仍惯见、珠歌翠舞。<sup>④</sup>如今向、渔村水驿,夜如岁、焚香独自语。有何人、念我无憀,梦魂凝想鸳侣<sup>⑤</sup>。

【注释】

① "阴阴"二句:杜牧《泊秦淮》:"烟笼寒水月笼沙,夜泊秦淮近酒家。"　② "无情"四句:南浦,送别之地。重衾,夹被。柳永《倾杯》:"离宴殷勤,兰舟凝滞,看看送行南浦。"　③ 疏林小槛:李中《书夏秀才幽居壁》:"最怜小槛疏篁晚,幽鸟双双何处来。"　④ "冶叶"二句:冶叶倡条,形容杨柳枝叶婀娜多姿,亦借指歌妓。《杨妃外传》:"上令宫妓佩七宝璎珞,舞《霓裳羽衣曲》。曲终,珠翠可扫。"　⑤ "梦魂"句:《长门赋》:"忽寝寐而梦想兮,魄若君之在旁。"鸳侣,泛指情侣。《玉台新咏》:"鸳鸯七十二,罗列自成行。"注引《谢氏诗源》:"霍光园中凿大池,植五色睡莲,养鸳鸯三十六对,望之烂若披锦。"

【评析】

　　这首词是离开汴京时夜宿舟中所作。古人行旅,水行多在傍晚上船,上船后一般并不立即开往目的地,而是驶至宿舟之所停泊,至半夜或天将晓时再开船。上片的日晚烟浓,隋堤深树;月笼沙洲,船泊河桥;拥衾昏睡中,载将行人去,分三个层次,在流动中表现离京渐行渐远的过程。景物描写已经透露出前路迷茫的预感。下片的疏林小槛,珠歌翠舞;渔村水驿,长夜独语,是先追念"旧客京华"情事,再折转到眼前现实,以昔日的"欢聚"来反衬并强化今日之凄苦寥落。末二句宕开一境,"言此际无人念我,我则念人不置"(唐圭璋《唐宋词简释》)。在与"冶叶倡条"相呼应的同时，表现愁极无聊时的执著痴迷，用意朴拙浑厚，正况周颐所谓"语愈朴愈厚，愈厚愈雅，至真之情，由性灵肺腑中流出，不妨说尽而愈无尽"（《蕙风词话》卷二）。全篇用先景后情的常格写成，因今及昔，因景及情，深婉多变，平实中见真情，创造出抒愁胜境。

古人写愁恨，往往将其物质化，也就是化虚为实。如李煜《虞美人》中的"问君能有几多愁。恰似一江春水向东流"，秦观《江城子》中的"便做春江都是泪，流不尽，许多愁"，以及秦观的《浣溪沙》"漠漠轻寒上小楼。晓阴无赖似穷秋。淡烟流水画屏幽。　自在飞花轻似梦，无边丝雨细如愁。宝帘闲挂小银钩"。沈祖棻《宋词赏析》对最末一首中"自在飞花"二句的评赏，于鉴赏此类作品具有一定程度上的普适性：

> 它的奇，可以分两层说。第一，"飞花"和"梦"，"丝雨"和"愁"，本来不相类似，无从类比。但词人却发现了它们之间有"轻"和"细"这两个共同点，就将四样原来毫不相干的东西联成两组，构成了既恰当又新奇的比喻。第二，一般的比喻，都是以具体的事物去形容抽象的事物，或者说，以容易捉摸的事物去比譬难以捉摸的事物。但词人在这里却反其道而行之。他不说梦似飞花，愁如丝雨，而说飞花似梦，丝雨如愁，也同样很新奇。

这种化虚为实的写法，其中也包括写愁的重量，在后来作家手中，各有千秋，名篇迭出。周邦彦的这首《尉迟杯》中的"无情画舸"四句，是说愁恨能载得走。李清照《武陵春》中的"只恐双溪舴艋舟。载不动、许多愁"，则又说愁恨载不动。诗词中的写作思路，还影响到了曲。比如董解元《西厢记诸宫调·仙侣·点绛唇缠令·尾》写道："休问离愁轻重，向个马儿上驮也驮不动。"王实甫《西厢记·正宫·端正好·收尾》也说："遍人间烦恼填胸臆，量这些大小车儿如何载得起。"诸多创变，既是后来者可资借鉴的宝贵资源，也可以成为进一步创造的挑战和动力。

比如，清代女词人张蘩的一首《清平乐·忆妹》就是如此：

重门深处。听尽黄梅雨。千遍怀人慵不语。魂断临歧别路。

一天离恨分开。同携一半归来。日暮孤舟江上，夜深灯火楼台。

跳出前人藩篱，认为愁恨一半被离人载走，一半却被居者留下，从而旧曲翻新，别有韵味。在这整个的相关创作序列中，清真词自然也是继承（所承继者，郑文宝《柳枝词》："亭亭画舸系寒潭，直到行人酒半酣。不管烟波与风雨，载将离恨过江南。"）与创新的产物，值得珍视。

## 绕佛阁　旅情

暗尘四敛。楼观迥出，高映孤馆。清漏将短。厌闻夜久，签声动书幔①。　桂华又满。闲步露草，偏爱幽远。花气清婉。②望中迤逦，城阴度河岸③。　倦客最萧索，醉倚斜桥穿柳线④。还似汴堤，虹梁⑤横水面。看浪飐⑥春灯，舟下如箭。此行重见。叹故友难逢，羁思⑦空乱。两眉愁、向谁舒展。

【注释】

①"签声"句：签，更漏壶中的木签，上刻时辰，又称漏箭。萧绎《秋兴赋》："听夜签之响殿，闻悬鱼之扣扉。"书幔，书帷，借指书斋。

②"闲步"三句：《诗·小雅·湛露》："湛湛露斯，在彼丰草。"萧绎《赴荆州泊三江口》："柳条恒拂岸，花气尽熏舟。"杨广《春江花月夜二首》其二："夜露含花气，春潭漾月晖。"　③"城阴"句：何逊佚诗残句："城阴度堑黑，昏鸦接翅归。"　④柳线：柳条初发，纤纤如线。萧

衍《送别》:"东风柳线长,送郎上河梁。" ⑤虹梁:即虹桥。《东京梦华录》:"从东水门外七里曰虹桥,其桥无柱,皆以巨木虚架,饰以丹艧,宛如飞虹,其上下土桥亦如之。" ⑥颭(zhǎn):风吹物使颤动摇曳。柳宗元《登柳州城楼寄漳汀封连四州刺史》:"惊风乱颭芙蓉水,密雨斜侵薜荔墙。" ⑦羁思:谢惠连《燕歌行》:"飞霜被野雁南征,念君客游羁思盈。"

【评析】

　　这首词写羁旅情思,第三叠"倦客最萧索"为一篇主旨。物是人非、世事沧桑的感慨,全从"就景叙情"(钱鸿瑛《柳周词传》)中来。第一、二叠以凄清之夜,孤馆无绪,乘月闲步,望中城阴河岸,表现萧索心境。第三叠由醉倚斜桥,忆及汴堤送别,引出灯舟如旧,而故友难逢的烦乱心绪。两种近似的情景沟通遥远的时空,叠加双重羁旅之思,自然是愁眉难展了。全篇在对景物的次第呈现中,十分自然地逐渐触发并表现出情感思绪及其过程,杨铁夫"拙朴"之评即此之谓。

　　清真词精于审音。据夏承焘《唐宋词字声之演变》考订,除少数几首小令外,其工拗句、严上去者十居七八。即如这首《绕佛阁》的双拽头,可谓精审入微:

　　　　此十句五十字中,"敛"上去通读,"迤"、"动"、"迥"阳上作去,"出"清入作上,四声盖无一字不合。此开后来方千里、吴梦窗全依四声之例,《乐章集》中未尝有也。

# 一寸金　江路

州夹苍崖,下枕江山是城郭。①望海霞接日,红翻水面,②晴风吹草，青摇山脚。波暖凫鹥作。沙痕退、夜潮正落。③疏林外、一点炊烟，渡口参差正寥廓。④　　自叹劳生，经年何事，⑤京华信飘泊。念渚蒲汀柳⑥，空归闲梦，风轮雨楫⑦，终孤前约。情景牵心眼，流连处、利名易薄。回头谢、冶叶倡条，便入渔钓乐⑧。

【注释】

①"州夹"二句：《水经注·渐水》："浙江又北径新城县，桐溪水注之。水出吴兴郡於潜县北天目山，山极高峻，崖岭竦叠，西临峻涧，山上有霜木，皆是数百年树，谓之翔凤林。"　②"望海霞"二句：《水经注·渐水》："中道夹水有紫色磐石，石长百余丈，望之如朝霞，又名此水为赤濑，盖以倒影在水故也。"　③"波暖"二句：《诗·大雅·凫鹥》："凫鹥在泾，公尸来燕来宁。"孔颖达疏："鹥，鸥也，一名水鸮。"许浑《重游郁林寺道玄上人院》："雨晴巢燕急，波暖浴鸥闲。"《水经注·渐水》："十余里中，积石磊砢，相挟而上，涧下白沙细石，状若霜雪。"　④"疏林外"二句：黄庭坚《玉芝园》："借问昔居人，岑绝无炊烟。"《楚辞·远游》："下峥嵘而无地兮，上寥廓而无天。"　⑤"自叹"二句：《庄子·大宗师》："夫大块载我以形，劳我以生，佚我以老，息我以死。"经年，年复一年。白居易《慈乌夜啼》："昼夜不飞去，经年守故林。"　⑥渚蒲汀柳：《古今注》："蒲柳水边生，叶似青杨，亦名蒲杨。"

⑦风轮雨楫：风轮，本为佛教用语，此指车轮在风中行驶。雨楫，冒雨行旅。　⑧渔钓乐：《文选》张衡《归田赋》："谅天道之微昧，追渔父以同嬉。"注引王逸《楚辞序》曰："渔父避世隐身，钓鱼江湖，欣然而乐。"《后汉书·严光传》："严光，字子陵……乃耕于富春山，后人名其钓处为严陵濑焉。"注引顾野王《舆地志》曰："七里滩在东阳江下，与严陵濑相接，有严山。桐庐县南有严子陵渔钓处，今山边有石，上平，可

坐十人，临水，名为严陵钓坛也。"

## 【评析】

据罗忼烈《周邦彦清真集笺》考证，这首词作于建中靖国元年（1101）客新定（今浙江建德东北）时。上片以写实手法有选择地再现新定客观景象，主要是海日东升及其映照下的江水、江上动植物和人的活动，不仅渗透着作者的审美情趣，又以自然界的蓬勃生机和宏远阔大，衬映自己的迟暮渺小，也是为结尾处的"渔钓乐"作铺垫。下片写因眼前好景而触发的感慨。反省过去的人生路，"觉今是而昨非"，决心抛弃俗世的一切，包括流连"利名"和"冶叶倡条"，归返自然。全篇章法精密工整，词风萧瑟清旷而又疏放，代表了周邦彦后期作品的风格。

这首词叶入声韵，音律最细。词中"下"、"是"、"望"、"面"、"退"、"正"、"外"、"渡"、"正"、"事"、"信"、"念"、"梦"、"利"、"易"、"谢"、"便"、"钓"等字都是去声，万树曾叹为"妙绝"，并说："此皆跌宕处，要紧，必如此然后起调。周郎之树帜词坛，有以哉！"（《词律》卷十九）意思是，要重视这些细微之处，认真做到，才能显出《一寸金》调每一句的音律特点，使得全首词音律和谐。否则，数字填词，或四声不分，将会失其宫商，不能"起调"。读清真词，尤其要注意这些地方，才能欣赏到它的音律之美。后来，吴文英写的两首《一寸金》，也都是在去声字上一丝不苟：

> 秋压更长，看见姮娥瘦如束。正古花摇落，寒蛩满地，参梅吹老，玉龙横竹。霜被芙蓉宿。红绵透、尚欺暗烛。年年记、一种凄凉，绣幌金圆挂香玉。　　顽老情怀，都无欢事，良宵爱幽独。叹画图难仿，橘村砧思，笠蓑有约，莼洲渔屋。心景凭谁语，商弦重、袖寒转轴。疏篱下、试觅重阳，醉擘青露菊。

秋入中山,臂隼牵卢纵长猎。见骇毛飞雪,章台献颖,朣腰束缟,汤沐疏邑。筬管刊琼牒。苍梧恨、帝娥暗泣。陶郎老、憔悴玄香,禁苑犹催夜俱入。　自叹江湖,雕龙心尽,相携蠹鱼箧。念醉魂悠扬,折钗锦字,黔髯掀舞,流觞春帖。还倚荆溪楫,金刀氏、尚传旧业。劳君为、脱帽篷窗,寓情题水叶。

## 蝶恋花　秋思

月皎惊乌栖不定。更漏将残,辘轳牵金井。①唤起两眸清炯炯。泪花落枕红棉冷。②　执手霜风吹鬓影。去意徊徨③,别语愁难听。楼上阑干横斗柄。露寒人远鸡相应。④

【注释】

①"月皎"三句:辘(lù)轳,井上汲水的起重装置。吴均《行路难五首》其四:"唯闻哑哑城上乌,城上金井牵辘轳。"王昌龄《途中作》:"坠叶吹未晓,疏林月微微。惊禽栖不定,寒兽相因依。" ②"唤起"二句:潘岳《寡妇赋》:"愿假寐以通灵兮,目炯炯而不寐。"崔国辅《白纻辞二首》其一:"坐恐玉楼春欲尽,红绵粉絮裹妆啼。" ③徊徨:《昭君怨》:"虽得喂食,心有徊徨。" ④"楼上"二句:《史记·天官书》:"北斗七星,所谓旋、玑、玉衡,以齐七政。杓携龙角,衡殷南斗,魁枕参首。"《索隐》引《春秋运斗枢》云:"斗,第一天枢,第二旋,第三玑,第四权,第五衡,第六开阳,第七摇光。第一至第四为魁,第五至第七为杓,合而为斗。"刘禹锡《和河南裴尹侍郎宿斋太平寺诣九龙祠祈雨

二十韵》：" 咿喔晨鸡鸣，阑干斗柄垂。"

## 【评析】

  这首词写别情，景真情真，"为自来录别者稀有之作"（俞陛云《唐五代两宋词选释》）。或题为"早行"。上片写行前。乌栖不定，暗示辗转反侧。漏声将残，辘轳响水，是离人闻天将破晓之声，从睡梦中警醒。天将晓即须赶路，又所以不得不"唤起"所别之人。"唤起"二句写睡起之情，最为传神。其"动人"（王世贞《艺苑卮言》）处在于："此时所别之人睡梦初醒，尚不及知即将离别。'两眸清炯炯'五字，刻画此种神情，非常逼真。'泪花'句，则已觉知别在即刻之情况也。"（刘永济《唐五代两宋词简析》）过片写门外送别时情景。霜风吹鬓，执手缠绵，愁听别语，去意徊徨。结二句写人去之后景象，更觉凄婉。斗斜露寒，鸡声四起，是人已去远矣。全篇通过不断变幻环境、场景，细致刻画表情、行动，微妙地外化了复杂的内心世界。依依惜别的深情，爱恋难舍的形象，呼之欲出。又通过视、听、触等多个"觉"度和层次的摹写，景语和情语错杂，行者与居者兼顾，给人一种情节性的直观感受和有时空感的立体呈现。所以，历来选家有选必录，不是偶然的。

  这首《蝶恋花》与温庭筠《菩萨蛮》中的一首情节很相似：

    玉楼明月长相忆。柳丝袅娜春无力。门外草萋萋。送君闻马嘶。

    画罗金翡翠。香烛消成泪。花落子规啼。绿窗残梦迷。

比较而言，最明显的不同是，浓艳的温词多以密集意象，跳跃性地传递情绪；清疏的周词则除此之外，更用叙事之笔紧密连接意象与情事，主要通过情节的完整发展来结构词章，脉络神理因之更为清晰紧凑。

## 如梦令　思情

尘满一绋文绣①。泪湿领巾红皱②。初暖绮罗轻,腰胜武昌官柳③。长昼。长昼。困卧午窗中酒④。

【注释】

①"尘满"句:韩愈《马厌谷》:"马厌谷兮,士不厌糠籺。土被文绣兮,士无短褐。"　②"泪湿"句:《杨妃外传》:"乾元元年,贺怀智上言:'昔日上夏中与亲王棋,令怀智独弹琵琶,贵妃立于局前观之。上数棋子输,贵妃放康国猧子上,局乱,上大悦。时风吹贵妃领巾覆于怀智巾上,良久,回身方落。怀智归,觉满身香,乃卸襆头贮于锦囊中,令辄进所贮襆头。'上皇发囊,且曰:'此龙脑瑞香也。吾尝施于暖池玉莲朵,再幸尚香气宛然,况乎丝缕润腻之物哉!'遂不胜凄怆。"　③"腰胜"句:刘禹锡《有所嗟二首》其一:"庾令楼中初见时,武昌春柳似腰肢。"　④中(zhòng)酒:醉酒。张先《青门引》:"残花中酒,又是去年病。"

【评析】

这是一首寻常妓情词。无心女红,泪湿领巾,瘦损腰肢,借酒浇愁,困卧长昼,不断转换时空,写来自然流畅,愁苦情态与软媚风格相映成趣。孙虹《清真集校注》以"腰胜武昌官柳"典涉武昌,便遽定此词作于武昌,"殊属武断"(路成文《周邦彦几首寻常妓情词的编年问题》)。

又,绷(bēng),蒋礼鸿《大鹤山人校本〈清真词〉笺记》引周采泉之说,以为即今之绷,女红刺绣以张展缯帛令紧挺能受针之具。

## 如梦令

门外迢迢行路。谁送郎边尺素。①巷陌雨余风,当面湿花飞去。②无绪。无绪。闲处偷垂玉箸。

【注释】

①"谁送"句:郎边,犹言"郎行",郎那边。《饮马长城窟》:"客从远方来,遗我双鲤鱼。呼儿烹鲤鱼,中有尺素书。"晏殊《蝶恋花》:"欲寄彩笺兼尺素。山长水阔知何处。" ②"巷陌"二句:项斯《送刘道士之成都严真观》:"池台镜定月,松桧雨余风。"庾信《同颜大夫初晴》:"湿花飞未远,阴云敛向低。"

【评析】

这是一首闺情词。首句从辽阔之景写起,由行路迢迢的一望无涯,联想到人在何处。人既在远处,揣想郎当念"我",然而"谁送郎边尺素"。这希望稍慰相思而不得的嗔怪,是百无聊赖的心声,不暇思索,脱口而出。"巷陌"二句,从远景拉回到近景,写雨后巷中湿花迎风飞去,羡煞亦恨煞人不如花。末三句,加重加深描绘女子紊乱心绪,情难自持,偏偏又故意克制。一"闲"一"偷",何等静悄,多少担忧,刻画心理微妙细腻。泪珠不断下垂,宛如玉箸在面,这样生动具体的写法,极显伤心之至。全篇意境完整，章短意深，婉转多姿，绮丽动人。

清真词像此首起句中"迢迢"一类的叠字，可以说比比皆是。民歌中多用叠字，可以见其通俗。杜诗素称精练，也多有叠字的运用，如"繁枝容易纷纷落，嫩叶商量细细开"（《江畔独步寻花七绝》其七），"江草日日唤愁生，巫峡泠泠非世情"（《愁》），"暮春三月巫峡长，晶晶行云浮日光"（《即事》），等等。作为词素重叠之法，叠字不但使语言生动活泼，而且有一种动作连续性的意味。这首词能写出情怀无托的悲伤，也与叠字的恰当使用存在一定的关系，具体而言，就是压缩《饮马长城窟行》中的"行客行路遥，故乡日迢迢"，而情味更厚。

## 月中行　怨恨

蜀丝趁日染干红①。微暖面脂融。博山细篆霭房栊。静看打窗虫。②　愁多胆怯疑虚幕，声不断、暮景疏钟。③团团四壁小屏风④。啼尽梦魂中。

【注释】

①干红：《汇释》："深红色。……《六十种曲·琵琶记》剧三十：'假如染成干红色，也被傍人讲是非。'元本《琵琶记》剧二十九则作：'假饶染就绀红色，也被傍人说是非。'可见'干红'，实即'绀红'。按刘熙《释名·释采帛》：'绀，含也，青而含赤色也。'"　②"博山"二句：博山，博山形状的香炉。《西京杂记》卷一："长安巧工丁缓者……作九层博山香炉，镂为奇禽怪兽，穷诸灵异，皆自然运动。"《考古

图》:"博山香炉者,炉象海中博山,下盘贮汤,润气蒸香,象海之四环,故名之。"戴叔伦《宫词》:"尘暗玉阶綦迹断,香飘金屋篆烟清。"李商隐《水斋》:"卷帘飞燕还拂水,开户暗虫犹打窗。" ③ "愁多"二句:苏舜钦《爱爱歌》残句:"帐虚胆怯梦易破。"周繇《登甘露寺》:"日暮疏钟起,声声彻广陵。" ④ "团团"句:《拾遗记》卷八:"孙亮作绿琉璃屏风,甚薄而莹澈,每于月下清夜舒之。常宠四姬,皆振古绝色,一名朝妹,二名丽居,三名洛珍,四名洁华,使四人坐屏风内,而外望之了如无隔,惟香气不通于外。"

【评析】

　　卓人月《古今词统》卷六有云:"闺词千万,何以梦啼一事,直待美成始出。可见眼前情景,从来遗忘者甚多。"这首词写的正是这种可能连女子自己都会习惯性"遗忘"的自伤怀抱情愫。全篇通过精心选择极易触动视、听敏觉的细节,表现独守空闺者的典型精神状态。一是艳服浓妆,在篆香弥漫的房中,呆望着窗棂上扑打的虫子,出神发愣。这既是写实,也有象征意味,看虫伤己,盖二者命运类似,犹欧阳修《画眉鸟》之所云:"始知锁向金笼听,不及林间自在啼。"一是随着时间的推移,如坐愁城的伊人欲罢不能,"愁多胆怯",愁极生畏,害怕听到风吹帘幕的声音,以及从远处传来的稀疏而又余音袅袅的钟声。一结是说梦魂无凭。不愿意入梦,是因为在那梦境里,想必也会是一样的苦楚。梦魂中犹啼尽,则清醒时更何以堪!真是写得悱恻凄切。

## 浣沙溪

日薄尘飞官路平。眼前喜见汴河①倾。地遥人倦莫兼程。

下马先寻题壁字，出门闲记榜村名②。早收灯火梦倾城③。

**【注释】**

①汴河：北宋时汴河穿京城而过。《东京梦华录》卷一："穿城河道有四，中曰汴河，自西京洛口分水入京城，东去至泗州入淮，运东南之粮，凡东南方物，自此入京城，公私仰给焉。" ②榜村名：旧时村门上常砌匾额，题村名其上。 ③倾城：柳永《引驾行》："相萦。空万般思忆，争如归去睹倾城。"

**【评析】**

据罗忼烈《周邦彦清真集笺》考证，这首词是绍圣三年（1096）赴汴京途中所作。作品表达了十载飘零后重返京城时的喜悦心情，其内容的真实性和艺术表现上的优点，恰如俞陛云《唐五代两宋词选释》所评："长途倦客，薄晚停车，土壁认欹斜之字，茅檐访村落之名，皆陆行旅客确有之情景。写景以真切为贵，此等词是也。结句匆匆旅宿犹忆倾城，周郎其在邯郸道中向卢生借枕耶？"

或者有言，这还是那个在姑射亭下、萧闲堂中，似乎已经泯灭荣辱得丧的周邦彦吗？当然是。胡仔曾说秦观"情钟世味，意恋生理"（《苕溪渔隐丛话》后集卷三），可谓知人之言。其实，高明如黄庭坚，从贬所回来，也有"未到江南先一笑"（《雨中登岳阳楼望君山》）的诗句。没有人能够真的做到像苏轼说的那样，"心似已灰之木，身如不系之舟"（《自题金山画像》），包括苏轼本人。在那个未必是"漫卷诗书喜欲狂"（杜甫《闻官军收河南河北》）的晚上，周邦彦是否真有"倾城"之梦，不得而知。但是，重归帝都的周邦彦，从此真正步入艺术上的高峰状态，"写出了被后人叹为极致的'倾城'之作"（沈松勤、黄之栋《词家之冠

——周邦彦传》),则是公认的词史事实。

## 浣沙溪

贪向津亭拥去车①。不辞泥雨溅罗襦②。泪多脂粉了无余。酒酽③未须令客醉,路长终是少人扶。早教幽梦到华胥④。

【注释】

①"贪向"句:贪向,耽于。拥,壅塞,引申为拦住。 ②"不辞"句:裴虔余《咏篙水溅妓衣》:"从教水溅罗襦湿,知道巫山夜雨归。" ③酒酽(yàn):曹唐《小游仙诗九十八首》其十四:"酒酽春浓琼草齐,真公饮散醉如泥。" ④"早教"句:《列子·黄帝》:"昼寝而梦,游于华胥氏之国。"

【评析】

这首词写送人。上片写女子因为难舍难离,拦阻去车,泥雨溅裙、泪飞倾盆也不管不顾,情绪几近失控的情景。下片设想登程以后,在心里互道珍重,语语叮咛。其幽怨缠绵处,更增此际悲离之苦。罗忼烈《周邦彦清真集笺》据下片流露的无人扶持之意,认为可能是周邦彦晚年之作。可备一说。

《周邦彦清真集笺》又云:"按宋时官妓送迎官长故事,多见于北宋人词,惟此类应歌代言之作,每不标题,后人不知,见其哀艳缠绵,遂以为真个作者自道也。东坡于此等词常加标题,千载以后,庶堪解惑。"这

里面似乎还牵涉到了一个如何看待真实作者与"隐含作者"有差别的问题。何光远《鉴戒录》卷八曾记载:

  (罗)隐常献卷于郑相公畋。郑女妙于篇什,每读隐诗,至"张华谩出如丹语,不及刘侯一纸书",未尝不于父前三复,似慕其才。相国或一日因隐到宅,遂留从容,命女下帘窥之。女见隐为人迂差,永不复吟隐诗矣。

郑畋之女态度的前后反差巨大,固然是以貌取人,也可见读者心目中主要建立在作品阅读和想象基础上的隐含作者与真人之间的距离,有时候真的可能会非常之大。还是钱锺书在《围城》引起轰动后杜门谢客时说过的话深入浅出,令人解颐:作者如鸡,作品似蛋,你觉得蛋好吃,何必一定要去见那下蛋的鸡?

## 浣沙溪

不为萧娘旧约寒。何因容易别长安。预愁①衣上粉痕干。
幽阁深沈灯焰喜②,小炉邻近酒杯宽③。为君门外脱归鞍。

【注释】

  ①预愁:谓在忧愁之中。李中《送朐山孙明府赴寿阳幕府辟命》:"预愁别后相思处,月入闲窗远梦回。" ②灯焰喜:俗以灯花为吉兆,谓灯花爆则有喜。萧纲《和湘东王古意咏烛》:"忆啼流膝上,烛焰落花中。" ③"小炉"句:《世说新语·任诞》:"阮公邻家妇,有美色,当垆酤酒。"杜甫《遣闷戏呈路十九曹长》:"晚节渐于诗律细,谁家数去酒

杯宽。"

【评析】

罗忼烈《周邦彦清真集笺》认为，这首词可能是绍圣四年（1097）重返汴京所作。上片回忆当年离别，"寒"了旧日的誓约，隐含有不得已的苦衷。"容易"句是"反语"（周策纵《弃园文粹》），更加强了当时内心离京之难。"预愁"句以下，皆设想重逢喜悦之辞，蕴含着极度的思念。分"三层"（孙虹等《周邦彦词选》）来完成：一是伊人不会再像此前因别离而粉泪湿襟，二是幽闺深灯昨夜应该已经灯花报喜了吧，三是两人会面之后可以经常相看对酌。结句尤深婉。词写到最后才点明，行人尚在"门外脱归鞍"。预想的重逢情景就已经使人喜不自禁，既见之喜自然可想而知。俞陛云《唐五代两宋词选释》有云："词人多作伤离之语，此乃言相见之欢。上阕三句作三折，不使一平衍之笔。观结句甫在门外下马，则'幽阁'二句，因见报喜之灯花，预暖洗尘之酒盏，皆代绿窗中人着笔也。语云：'欢娱之言难工，愁苦之音易好。'此词却工。"一结确与杜甫《喜观即到》"泊船悲喜后，款款话归秦"同其深挚。

## 点绛唇　伤感

辽鹤归来，故乡多少伤心地。①寸书不寄。鱼浪空千里。②凭仗桃根，说与凄凉意。③愁无际。旧时衣袂。犹有东门泪。④

【注释】

①"辽鹤"二句：《搜神后记》卷一："丁令威，本辽东人，学道于

灵虚山。后化鹤归辽，集城门华表柱。时有少年举弓欲射之，鹤乃飞，徘徊空中而言曰：'有鸟有鸟丁令威，去家千年今始归。城郭如故人民非，何不学仙冢累累。'遂高上冲天。"　②"寸书"二句：寸书，极言书信之短。杜甫《城西陂泛舟》："鱼吹细浪摇歌扇，燕蹴飞花落舞筵。"③"凭仗"二句：《诗话总龟》卷七引《乐府集》："桃叶，王献之爱妾名也，其妹曰桃根。词云'桃叶复桃叶，桃叶连桃根'，今秦淮口有桃叶渡，即其事也。"　④"旧时"二句：江淹《谢法曹惠连赠别》："芳尘未歌席，零泪犹在袂。"冯延巳《忆江南》："别离若向百花时，东风弹泪有谁知。"

【评析】

这首怀旧词似有本事，如王灼《碧鸡漫志》卷二即云："周美成初在姑苏，与营妓岳七楚云者游甚久，后归自京师，首访之，则已从人矣。明日，饮于太守蔡峦子高坐中，见其妹，作《点绛唇》曲寄之。"洪迈《夷坚三志》壬集卷七并云："楚云览之，为之累日感泣。"罗忼烈《周邦彦清真集笺》据明王鏊《姑苏志》考定，大观二年（1108）至三年间苏州太守确有蔡窣字子高者，峦为窣之误，并推测词亦作于此时。

此词起笔包举感旧怀乡之意。次写锦书既然难托，姑且将"无际"、"凄凉意"诉向桃根。最后以回顾襟边，泪痕犹在作结，感伤无限，情深无悔，的确"秀雅而含风韵"（俞陛云《唐五代两宋词选释》）。全篇温柔敦厚，深情浅怨，深怨浅出，且丝毫不直接涉及往日情事，所以颇获好评："淡淡写来，深情无限，宜楚云为之感泣也。"（许昂霄《词综偶评》。按：华长卿《梅庄诗钞》卷五《论词绝句》三十六首其十九云："镕铸诗歌妙入神，词家牙旷是清真。伤心衣袂东风泪，洒湿苏州岳楚云。"）而短短九句，分成四层，时、地、人不断腾挪变换，更充分体现出清真词在

周邦彦词 | 211

结构上力求打破平铺直叙的直线结构，而向曲线，甚至是"暗线"（赵仁珪《论宋六家词》）的结构方式发展。可以附带提及的是，卧龙生的武侠小说《血煞女》中曾引用过这首词。

## 少年游　楼月

　　檐牙缥缈小倡楼。凉月挂银钩。①聒席笙歌②，透帘灯火，风景似扬州③。　　当时面色欺春雪④，曾伴美人游。今日重来，更无人问，独自倚阑愁。

【注释】

　　①"檐牙"二句：杜甫《白帝城最高楼》："城尖径仄旌旆愁，独立缥缈之飞楼。"许敬宗《奉和圣制登三台言志应制》："旦云生玉扆，初月上银钩。"　②"聒席"句：聒席，通宵夜饮，管弦齐作，亦称"聒帐"。宋敏求《春明退朝录》卷下："终日沈饮，听郑卫之声，与胡乐合奏，自昏彻旦，谓之聒帐。"　③"风景"句：陈羽《广陵秋夜对月即事》："霜落寒空月上楼，月中歌吹满扬州。"施肩吾《送裴秀才归淮南》："又向江南别才子，却将风景过扬州。"　④"当时"句：崔氏《靧面辞》："取白雪，取红花，与儿洗面作妍华。"

【评析】

　　这是一首旧地重游、抚今追昔之作。上片细腻写景。小倡楼檐牙缥缈，与天空中的一钩凉月相映衬，恍如仙境。楼内酒绿灯红，笙歌不断，

"风景"繁华,恰似扬州。下片深切抒情。写再经故地时,已是物是人非。"更无人问"的词人独自凭栏,回忆当时曾流连其间,伴"面色欺春雪"之美人游乐的情景,两相对比,不禁产生昨梦前尘之感,绵绵不绝之愁。

值得注意的是,对"当时"二句中"美人"一语的理解,部分地牵涉到了清真词境中"浑"的造成。清真词境中"浑"的含义有两层:一是了然于时空断裂之后,对感情属性定位的模糊,引起的情感的丰富和厚重;二是不同时空中活动主体的分隔,造成情感指向对象的不定,带来的抒情主体情感的茫漠。在造成这种"浑"境的原因中,前一种情况是,主要通过"愁"、"泪"等的属概念而不是种概念的使用,大大丰富属概念包含的种概念类型,不使用种概念避免情感——得到具体性的含义,在使情感"歧义"、丰富、不定的同时,情感的内在张力得到扩张。后一种情况是,通过不定代词"谁"的使用、"故人"和"美人"等的使用,造成感情指向对象模糊:前者是先前时空的活动主体在当下时空的缺席,而现在或良辰美景、或凄风苦雨的境况下引及对"谁"的询问;后者是当下时空的情景触目伤怀,引起物是人非的感慨,由此而及对"故人"、"美人"的思念。(参苏晓威《论周邦彦词作时空结构的表现及意义》)

## 望江南  咏妓

歌席上,无赖是横波①。宝髻玲珑欹玉燕②,绣巾柔腻掩香罗。人好自宜多③。　　无个事,因甚敛双蛾。④浅淡梳妆疑见画,惺忪言语胜闻歌。⑤何况会婆娑⑥。

【注释】

①"无赖"句：无赖，《汇释》："等于说可喜、可爱，与通常放刁撒泼或指品行不端者不同，往往含有亲昵意味。"《文选》傅毅《舞赋》："眉连娟以增绕兮，目流睇而横波。"注云："横波，言目邪视，如水之横流也。"《诗话总龟》卷十八引杨广诗："个人无赖是横波，黛染龙颅䰀小蛾。幸有留侬伴成梦，不留侬住意如何。" ②"宝髻"句：宝髻，古代妇女发髻的一种。萧纲《三月三日率尔成诗》："金鞍汗血马，宝髻珊瑚翘。"白居易《简简吟》："玲珑云髻生花样，飘飖风袖蔷薇香。"玉燕，即玉燕钗。郭宪《洞冥记》："元鼎元年，起招仙阁于甘泉宫西……以迎神女。神女留玉钗以赠帝，帝以赐赵婕妤。至昭帝元凤中，宫人犹见此钗。黄琳欲之，明日示之，既发匣，有白燕飞升天。后宫人学作此钗，因名玉燕钗，言吉祥也。"韩偓《春闷偶成十二韵》："醉后金蝉重，欢余玉燕欹。" ③"人好"句：人长得美丽，多所相宜也。《方言》卷二："自关而西秦晋之间，凡美色或谓之好，或谓之窕。" ④"无个事"二句：个，《汇释》："估量某种光景之辞，等于价或家。凡少则曰些儿个。"沈约《昭君辞》："于兹怀九逝，自此敛双蛾。" ⑤"浅淡"二句：萧纲《咏美人看画》："可怜俱是画，谁能辨伪真。"惺忪，同"惺忪"，形容声音清新轻快。晏几道《丑奴儿》："莺语惺忪。似笑金屏昨夜空。" ⑥婆娑：舞姿。《诗·陈风·东门之枌》序云："男女弃其旧业，亟会于道路，歌舞于市井尔。"首章："东门之枌，宛丘之栩。子仲之子，婆娑其下。"

【评析】

这首词亦似有本事，如周密《浩然斋雅谈》卷下所云：

宣和中，李师师以能歌舞称。时周邦彦为太学生，每游其家。一夕，值祐陵临幸，仓卒隐去。既而赋小词，所谓"并刀如水，吴盐胜雪"者，盖纪此夕事也。未几，李被宣唤，遂歌于上前。问谁所为，则以邦彦对，于是遂与解褐，自此通显。既而朝廷赐酺，师师又歌《大酺》、《六丑》二解，上顾教坊使袁绚问，绚曰："此起居舍人、新知潞州周邦彦作也。"问《六丑》之义，莫能对。急召邦彦问之。对曰："此犯六调，皆声之美者，然绝难歌。昔高阳氏有子六人，才而丑，故以比之。"上喜，意将留行，且以近者祥瑞杳至，将使播之乐府，命蔡元长微叩之。邦彦云："某老矣，颇悔少作。"会起居郎张果与之不咸，廉知邦彦尝于亲王席上作小词赠舞鬟云："歌席上……"为蔡道其事。上知之，由是得罪。师师后入中，封瀛国夫人。

朱希真有诗云："解唱阳关别调声，前朝惟有李夫人。"即其人也。

其实师师未尝入宫，王国维《清真先生遗事》据徐梦莘《三朝北盟会编》已证其所记失实。罗忼烈《周邦彦清真集笺》则谓失实之记仍不无可取之处，至少可据以认定，"此等艳词出于少作以付声妓则是也"。词与《望江南》（游妓散）系先后相继而作，极写欢会之乐，层出不穷，无有已时。其中，"惺松言语胜闻歌"句描绘歌女情态，尤称"熨帖入微之笔"（况周颐《蕙风词话》卷二）。

## 意难忘　美咏

衣染莺黄①。爱停歌驻拍，劝酒持觞。低鬟蝉影动，私语口脂香。②檐露滴，竹风凉。拚剧饮淋浪③。夜渐深，笼灯就月，子细端相。④　　知音见说无双。解移宫换羽，未怕周郎。⑤长颦⑥知有恨，贪耍不成妆。些个事，恼人肠。试说与何妨。又恐伊、寻消问息，瘦减容光⑦。

**【注释】**

①衣染莺黄：温庭筠《舞衣曲》："蝉衫麟带压愁香，偷得黄莺锁金缕。" ②"低鬟"二句：低鬟，犹低首。蝉影，古代妇女两鬓薄如蝉翼的一种发式。《古今注》："琼树乃制蝉鬓，缥眇如蝉，故曰蝉鬓。"元稹《会真诗三十韵》："低鬟蝉影动，回步玉尘蒙。"《酉阳杂俎》："腊日赐北门学士口脂蜡脂，盛以碧镂牙筒。"白居易《江南喜逢萧九彻因话长安旧游戏赠五十韵》："暗娇妆靥笑，私语口脂香。" ③剧饮淋浪：剧饮，豪饮。《南史·临川静惠王传》："帝始知非仗，大悦，谓曰：'阿六，汝生活大可。'方更剧饮，至夜举烛而还。"淋浪，沾湿貌。 ④"笼灯"二句：笼灯，提着有笼罩的灯。司空图《障车文》："儿郎伟且子细思量，内外端相，事事相称，头头相当。" ⑤"知音"三句：《列子·汤问》："伯牙善鼓琴，钟子期善听。伯牙鼓琴，志在登高山，钟子期曰：'善哉，峨峨兮若泰山。'志在流水，钟子期曰：'善哉，洋洋兮若江河。'伯牙所念，钟子期必得之。"《汇释》："见，犹闻也。最著者则为见说。"宫商角徵羽是古代乐曲五音中音调名，移宫换羽谓乐曲换调。《三国志·吴书·周瑜传》："瑜少精意于音乐，虽三爵之后，其有阙误，瑜必知之，知之必顾，故时人谣曰：'曲有误，周郎顾。'"庾信《看妓》："悬知曲不误，无事畏周郎。" ⑥长颦：长时间皱眉。萧纲《妾薄命十韵》："玉貌歇红脸，长颦串翠眉。" ⑦瘦减容光：消瘦没有神采。《会真记》："自从别后减容光，万转千回懒下床。"

**【评析】**

这首词写一名歌妓，用笔香艳而又工细微妙，既以见其貌美聪慧，也可知作者爱惜之深。总的来看,寻常首句出题、因事寓情之格,写来"袭故弥新,沿浊更清"(俞平伯《清真词释》),堪称独诣。其中,较为可说者还在于词的结构。上片的香奁泛语,初始读来,会以为作者倚红偎翠,风光旖旎无限。待到终篇一经点破,才发现是由于临歧在即,隐痛难言,一往情深。于是,上文的艳冶都化为深悲,而积怨深悲却仍然出之以委婉,曲体人情,尽显大家风范神韵。这种姿态,基本上就是刘斯奋《周邦彦词选》中所说的"瞒字法"。

宋代词人,自柳永以来,多有同情这些"烟花伴侣"(柳永《迷仙引》)的作品。其中,尤其以晏几道的一首《浣溪沙》为"托意分明"(刘永济《微睇室说词》):

  日日双眉斗画长。行云飞絮共轻狂。不将心嫁冶游郎。　溅酒滴残歌扇字,弄花熏得舞衣香。一春弹泪说凄凉。

究其原因,大概就是白居易在《琵琶行》中所说的"同是天涯沦落人"。联系小晏词具体而言,则在于写伊人遭遇和内心矛盾,也就等于是写一己之遭遇和内心矛盾,所以才能亲切、深沉如此。周氏此词亦可作如是观。

这首《意难忘》,据张炎作于北游访元大都时的《国香》词序所云,至元代仍然在传唱:"沈梅娇,杭妓也。忽于京都见之,把酒相劳苦,犹能歌清真《意难忘》、《台城路》二曲。因嘱余记其事,词成,以罗帕书之。"不过,如果以周词与程垓同调之作相较:

  花拥鸳房。记驼肩髻小,约鬓眉长。轻身翻燕舞,低语啭莺簧。相见处,便难忘。肯亲度瑶觞。向夜阑,歌翻郢曲,带换韩香。

  别来音信难将。似云收楚峡,雨散巫阳。相逢情有在,不语意难量。些个事,断人肠。怎禁得恓惶。待与伊、移根换叶,试又何妨。(按:钱允治《续选草堂诗余》卷下此首撰人误题作苏轼。)

会发现两者句法相类,词意亦多"雷同"(吴世昌《词林新话》),正饶宗颐《词集考》卷五所谓"袭用清真步伐"之属。从中可窥得清真词在影响后来作者等方面的一些消息。

## 迎春乐  携妓

人人花艳明春柳。忆筵上、偷携手。趁歌停舞罢①来相就。醒醒个、无些酒。　比目②香囊新刺绣。连隔座、一时薰透。为甚月中归，长是他、随车后。③

【注释】

①歌停舞罢：张祜《观杭州柘枝》："舞停歌罢鼓连催，软骨仙蛾暂起来。"　②比目：比目鱼。常以喻情爱深挚的夫妻、情人。《太平广记》卷四百六十四引《岭表录异》曰："比目鱼，南人谓之鞋底鱼，江淮谓之拖沙鱼。《尔雅》云：'东方有比目鱼焉，不比不行，其名谓之鲽。'状如牛脾，细鳞，紫色，一面一目，两片相合乃行。"　③"为甚"二句：李白《醉题王汉阳厅》："时寻汉阳令，取醉月中归。"韩愈《嘲少年》："只知闲信马，不觉误随车。"

【评析】

这首词，上片极写多情，有行有语。一起铺写众多佳人的如花美艳，再从描绘众多到特写单独，偷来"相就"。下片写多情又写无情，无情胜似多情。过片句与上片似无关联又有关联。香囊绣比目，是希望形影不离。隔坐香薰透，"人更知深"（金启华《周邦彦恋情词赏析》）。结三句忽发怪问，或为撇清，或为有意向车中同伴解释，"他"的守候已久，紧紧相随，却也正是她所希望的，多情反若似无情。在装腔作势中隐藏自己内心的喜悦，既将词意翻腾开来，也使词的结构复杂多变。全篇明白如话，形象生动，写来有时显露，有时含蓄。显露时，乐而不淫；含蓄时，情意绵绵。明快显豁的词风，为《清真集》中所稀有，也是清真词风格多样化的表征，当系年少冶游之作。

## 定风波　美情

莫倚能歌敛黛眉。此歌能有几人知。[①]他日相逢花月底。重理。好声[②]须记得来时。　　苦恨城头更漏永，无情岂解惜分飞。休诉金尊推玉臂。从醉。明朝有酒遣谁持。[③]

【注释】

①"莫倚"二句：白居易《恨词》："翠黛眉低敛，红珠泪暗销。"杜甫《赠花卿》："此曲只应天上有，人间能得几回闻。"　②好声：此指新声，新制的乐曲。王融《咏琵琶》："掩抑有奇态，凄铿多好声。"③"休诉"三句：诉，推辞，辞酒。从醉，任凭醉去。韦庄《对梨花赠皇甫秀才》："且恋残阳留绮席，莫推红袖诉金卮。腾腾战鼓正多事，须信明朝难重持。"

【评析】

这是一首别妓之作，写离别的苦恨。起首"莫倚能歌"二句，词人在对这样一个并非凡庸的歌妓貌似责备的劝慰中，显出了专爱和留恋之情。"他日"三句，是说因为留恋，所以特别期待他日相逢时，旧曲"重理"，旧情重温。下片写悲戚别情。多情劳燕，分飞在即，别恨难奈，加以"明朝"再无这等美景良夜，唯有拚却一醉，以消解双方别离之苦。自言自艾之中，叹赏伊人之际，清魂欲绝。

此词下片中"漏永"，诸本皆误，至郑文焯校本始据元本改正作"漏水"，代指时光。如李白《乌栖曲》云："金壶丁丁漏水多，起看秋月坠江波。"又云："银箭金壶漏水多。"并云许谦《蝶恋花》："银烛未残尊未倒，鸡声漏水频催晓。"朱彝尊《词综》误作"漏永"。梁萧子显《乌栖曲》："金壶夜水讵能多，莫持奢用比悬河。"欧阳询《艺文类聚》误作"夜永"："盖习见'夜永'、'漏永'，反以'水'字为不可解，故妄改也。"（吴熊和主编《唐宋词汇评》引施蛰存《北山丛谈》）

朱祖谋《宋词三百首》前后共经三次修订，现通行之本为带有唐圭璋笺注的重编本，三编本似未出版。相比于甲子年（1924）初刊本的八十八家三百首，重编本删除了范仲淹《渔家傲》（塞下秋来风景异）、苏轼《念奴娇》（大江东去）、秦观《踏莎行》（雾失楼台）、李清照《如梦令》（昨夜雨疏风骤）以及周邦彦的这首《定风波》等二十家的二十八首词，又增补了张孝祥《念奴娇》（洞庭青草）等八家的十一首词，实收八十二家二百八十三首词。（参张晖《从〈宋词三百首〉论朱祖谋的词学思想》）在重编本中，周邦彦以二十二首居于次席（居于首席的吴文英二十五首），反映出清代宋词经典化的"终极"样态，及其鲜明的时代特色。

## 红罗袄　秋悲

画烛寻欢去，羸马载愁归。[①]念取酒东垆，尊罍虽近，采花南浦,蜂蝶须知。② 自分袂、天阔鸿稀。空怀梦约心期③。楚客忆江蓠④。算宋玉、未必为秋悲。

【注释】

①"画烛"二句:画烛,有画饰的蜡烛。李峤《烛》:"兔月清光隐,龙盘画烛新。"《乐府诗集·西门行》:"游行去去如云除,弊车羸马为自储。" ②"念取"四句:陶潜《饮酒》:"采菊东篱下,悠然见南山。"罍(léi),酒樽。宋陈元龙注:"冉宗敏《未开牡丹》:'密藏嫩蕊蜂难见,微敛香浓蝶已知。'"未详出处。 ③"空怀"句:何逊《刘博士江丞朱从事同顾不值作诗云尔》:"心期不会面,怀之成首疾。" ④"楚客"句:李商隐《九日》:"不学汉臣栽苜蓿,空教楚客咏江蓠。"

【评析】

这首词,罗忼烈《周邦彦清真集笺》认为:"词情凄怨与客江陵诸篇同调,似是知溧水前、甫离荆时作,故与溧水及以后之作,格调殊异。"可参。词为别后有忆而作。东垆取酒,南浦采花,是画烛寻欢的美好。天阔鸿稀,空怀梦约,是羸马载愁、空忆江蓠的思量。全篇通过描写欢处的快乐,"分袂"后的痛苦,抚今追昔,嗟叹无缘与佳人相期。在强烈的对比中,反衬出了"楚客"此际的情感悲凉。

## 玉楼春

当时携手城东道。月堕檐牙①人睡了。酒边难使客愁惊,帐底不教春梦到。<sup>②</sup>　　别来人事如秋草。应有吴霜侵翠葆。<sup>③</sup>夕阳深锁绿苔门，一任卢郎愁里老。<sup>④</sup>

【注释】

①檐牙：檐隙的瓦向上翘起，像牙齿一样。杜牧《阿房宫赋》："廊腰缦回，檐牙高啄。"　②"酒边"二句：刘孺《至大雷联句》："若非今日宴，讵使客愁轻。"韩翃《赠王随》："帐里炉香春梦晓，堂前烛影早更朝。"　③"别来"二句：张载诗："昔为春华月，今为秋日草。"苏轼《留题仙都观》："舟中行客去纷纷，古今换易如秋草。"李贺《还自会稽歌》："吴霜点归鬓，身与塘蒲晚。"　④"夕阳"二句：冯延巳《采桑子》："忍更思量，绿树青苔半夕阳。"沈约《应王中丞思远咏月》："网轩映珠缀，应门照绿苔。"《南部新书》："卢家有子弟，年已暮而犹为校书郎。晚娶崔氏子，崔有词翰，结缡之后，微有愧色。卢因请诗以述怀为戏：'不怨卢郎年纪大，不怨卢郎官职卑。自恨妾身生较晚，不见卢郎年少时。'"杜荀鹤《秋宿临江驿》："举世尽从愁里老，谁人肯向死前闲？"

【评析】

　　这是一首感伤离别之作。上片是回忆，直书当时与佳人欢会的情景。一"难"一"不"，暗示日后纵有红袖添杯，蛾眉暖客，亦不复能使客愁稍减，春梦复来也。下片是想象，写别后重来，已是鬓点吴霜、愁老卢郎的无限感慨。一"如"一"侵"，似轻而实重，以物象熔铸愁情无极。结二句凄美凝重，意味深长，在怀人之情久久难泯之外，也流露出宦途失意、沉沦下僚的怨愤与凄凉。整首词时空交替，情景交融，真切深挚。

　　钱锺书《管锥编·全后周文》卷十四有云：

　　　　庾信有《愁赋》一首，惟见之叶廷珪《海录碎事》卷九《圣贤人事部》下，有"谁知一寸心，乃有万斛愁"云云十数句，似非全文。……文同《山城秋日野望感事书怀呈吴龙图》所谓"此愁万斛谁量得，直为重拈庾信文"，正指斯篇。……不知何时佚失，遂尔淹没无闻。博雅如文廷式，其《纯常子枝语》卷四十论周邦彦《玉楼春》，只云"庾郎愁"字乃是宋人常语。

按钱书所引，则这首《玉楼春》中的"卢郎"似应作"庾郎"，然迄今所见各本皆作"卢郎"。

## 玉楼春

大堤花艳惊郎目。秀色秾华看不足。①休将宝瑟写幽怀②，座上有人能顾曲。　平波落照涵赪玉。画舸亭亭浮淡渌。③临分何以祝深情，只有别离三万斛。④

【注释】

①"大堤"二句：《一统志》："大堤在襄阳府城外。"《清商曲·襄阳乐》："大堤诸女儿，花艳惊郎目。"陆机《日出东南隅行》："鲜肤一何润，秀色若可餐。"秾华，女子青春美貌。《诗·召南·何彼秾矣》："何彼秾矣，唐棣之华。"郑玄疏曰："何乎彼戎戎者，乃唐棣之华。以兴王姬之颜色，亦如此华然。"　②"休将"句：鲍照《拟古诗八首》其七："明镜尘匣中，宝瑟生网罗。"　③"平波"二句：刘孝绰《太子洑落日望水》："川平落日迥，落照满川涨。"赪玉，亦作"赤玉"，此言赪玉盘，以喻太阳。李贺《春归昌谷》："谁揭赪玉盘，东方发红照。"郑文宝《柳

枝词》:"亭亭画舸系寒潭,直到行人酒半酣。不管烟波与风雨,载将离恨过江南。"张衡《东京赋》:"于东则洪池清蘌,渌水淡淡。" ④"临分"二句:李白《送别》:"惜别倾壶醑,临分赠马鞭。"斛,古代十斗为一斛,南宋末年改为五斗。庾信《愁赋》:"谁知一寸心,乃有万斛愁。"

【评析】

罗忼烈《周邦彦清真集笺》云:"此别荆州时作,大堤祖帐,平波落日,绿水维舟,词意分明。"周邦彦曾两次入楚,一次是少年流落,一次是中年漂泊。从本词明快活泼的情感基调来看,应属少年之作。词的上片写堤上游乐时士女相慕相欢的情景,虽未作细致刻画,但女子姿容、体态之艳丽,欢宴场面之热烈,已然再现眼前。下片写分手时难舍难分的炽热深情。过片"平波"二句景语精致。结二句言别愁,坦率热烈,夸张而不沉重。

钱鸿瑛《柳周词传》认为,本词"内容虽是一般的爱情与离别,写法上很不一般"。这个"不一般",其中之一就是从倾心到分别,故意留下中间的大段空白,让读者发挥想象,自行补充,也为词作更添一番风味。其间的韵味在于,从不忍离分的深情中,即可想见两人相处的甜蜜。略去可能是最为动人的部分不写,是因为它太美好,却又太短暂,以至于写不出,也有不忍写者。

# 玉楼春

玉奁收起新妆了。鬓畔斜枝红袅袅。浅颦轻笑百般宜①,试著春衫②犹更好。　裁金簇翠天机巧。不称野人簪破帽。③满头聊插片时狂④，顿减十年尘土貌。

【注释】

①"浅颦"句：韩偓《无题》："妆好方长叹，欢余却浅颦。"冯延巳《贺圣朝》："轻颦轻笑，汗珠微透，柳沾花润。"　②试著春衫：庾信《咏画屏风诗二十五首》其十八："落花承舞席，春衫拭酒杯。"李商隐《饮席代官妓赠两从事》："新人桥上著春衫，旧主江边侧帽檐。"　③"裁金"二句：曹植《洛神赋》："戴金翠之首饰，缀明珠以耀躯。"《荆楚岁时记》："正月七日为人日，以七种菜为羹，剪彩为人，或镂金薄为人，以帖屏风，亦戴之头鬓。又造华胜相遗，登高赋诗。"《晋书·王蒙传》："居贫，帽败，自入市买之，妪悦其貌，遗以新帽，时人以为达。"杜甫《赠李白》："二年客东都，所历厌机巧。野人对膻腥，蔬食常不饱。"　④"满头"句：崔道融《春题二首》其一："路逢白面郎，醉插花满头。"

【评析】

这首词是作者重返汴京，歌席赋赠之作。上片写歌妓的装扮，玉食新妆，鬓畔斜红，浅颦轻笑，春衫试著，饰俏人美，既是情境氛围的衬托，也是为下文表现词人漂泊归来，苦涩弥漫的心绪作铺垫。所谓欲抑先扬，欲显而隐。下片试图用一种自嘲却也自如的方式，消减乃至抚平郁积胸中的无言痛楚。天机裁簇，片刻疏狂，不堪之味与酸楚的记忆仍将长存，毕竟野人破帽，十载飘零，无情的岁月已经消磨了蕴含其间的太多美好。淡淡的喜悦，淡淡的哀愁，全篇就是这样，以重新面对和适应的心态，相对轻松而非沉重的笔调，抒写内心的真实感受。

# 玉楼春

桃溪不作从容住。秋藕绝来无续处①。当时相候赤栏桥,今日独寻黄叶路。② 烟中列岫青无数。雁背夕阳红欲暮。③人如风后入江云,情似雨余黏地絮④。

【注释】

①"秋藕"句:谢朓《在郡卧病呈沈尚书》:"夏李沉朱实,秋藕折轻丝。" ②"当时"二句:温庭筠《杨柳枝》:"正是玉人肠断处,一渠春水赤阑桥。"《诗话总龟》卷十二引僧惟凤《秋日送人》云:"去路正黄叶,别君堪白头。" ③"烟中"二句:谢朓《郡内高斋闲望答吕法曹》:"窗中列远岫,庭际俯乔林。"温庭筠《春日野行》:"蝶翎朝粉尽,鸦背夕阳多。" ④"情似"句:参寥《子瞻席上令歌舞者求诗戏以此赠》:"禅心已作沾泥絮,肯逐春风上下狂。"

【评析】

这是一首回忆往事、怅触前情的词,与苏轼咏天台《点绛唇》有相类似的借题寄托:

> 醉漾轻舟,信流直到花深处。尘缘相误,无计花间住。 烟水茫茫,回首斜阳暮。山无数。乱红如雨。不记来时路。

大体而言,首先值得关注的是词中始终贯穿的多种精妙比对之法。"桃溪"二句为大悔恨之言,用刘阮故事写自己与情人轻易地离别,犹如藕断而丝不能再连。"当时"二句,在时间、空间和心情的三重对比中,让孤独心苦者更形其孤独心苦。上片每两句的今昔比较,只言时间链条上两个具有强烈对比意义的点,而不言两点之间的"活动"过程,使得词句里包蕴更多。色彩本身具有象征因素,美籍华裔学者刘若愚(James Liu)《北宋主要词人》谈到这首词时,曾把颜色的比较,推而为自然界的静与动的比较,进而为人的客观环境之动荡与内在感情之执著的比较。如上片的"赤栏桥"与"黄叶路",已暗示出不同色彩所表现的不同心情,分别象征春天之烂漫与两情相爱之炽烈,秋天之肃杀与心情之冷寂。下片的色彩更为细腻。将要淹没到山后的夕阳,送来一行缓缓的大雁,那雁也染成了淡淡的红色,象征着时光的无情流逝。白色的云朵飘入无尽的江水,就像意中人淹没在时间的长河;晶莹的柳絮贴在雨后的地上,就像游子之心凝滞在感情的沃野。下片一系列的比较安排得密不透风,全为表现人物心理的变化、感情的波动。之所以写得如此生动出色,主要得力于词人情感体味之深,极善于遣词命句。在这个方面,王强《周邦彦词新释辑评》的读解颇为精细。

《玉楼春》八句七言,上下片各分四句,适宜于铺叙和排偶。其他词人或周邦彦自己另外填制这个调子时,常常采取的办法是,平均使用散句和对句,以形成整齐与变化之间的和谐。但清真此词格外不同,"富有魄力"(钱鸿瑛《柳周词传》)地故意全部使用对句,从而创造出了一种"与内容相适应的凝重风格"(沈祖棻《宋词赏析》)。这还不够,此词在整齐划一中又暗藏变化,或形式对偶,意思递进;或一景一情,以景带情,景因情厚,情以景深,显出动荡笔墨,使词作在凝重之外兼备流丽的风姿,所谓"尽工巧于矩度,敛飞动于排偶"(俞平伯《清真词释》)。特别是"烟中列岫"二句,写出一种绚丽流动的美,也是全词中最为飞动的。有了这一句,全篇就虽排偶而不显板滞了。

朝鲜词中巨擘李齐贤有一首《水调歌头·过大散关》：

  行尽碧溪曲，渐到乱山中。山中白日无色，虎啸谷生风。万仞崩崖叠嶂，千岁枯藤怪树，岚翠自蒙蒙。我马汗如雨，修径转层空。

  登绝顶，览元化，意难穷。群峰半落天外，灭没度秋鸿。男子平生大志，造物当年真巧，相对孰为雄。老去卧丘壑，说此诧儿童。

其中，"群峰"二句，高远辽阔，"灭没度秋鸿"，让人联想到这首《玉楼春》中"雁背夕阳红欲暮"的意境。（按：吴熊和《论词绝句一百首》中论周邦彦词其三有云："官本清真数刻传，陈注曹笺出南边。"意谓《清真集》北地罕传，故金元词人少有论及。李齐贤词曾被唐圭璋先生编入《全金元词》，以上情形或可从创作一端聊补此种缺憾。）

## 夜飞鹊　别情

  河桥送人处，凉夜何其。斜月远堕余辉。铜盘烛泪已流尽，霏霏凉露沾衣。①相将散离会，探风前津鼓，树杪参旗。②华骢会意，纵扬鞭、亦自行迟。③　　迢递路回清野，人语渐无闻，空带愁归。何意重红满地，遗钿不见，斜径都迷。兔葵燕麦④，向残阳、欲与人齐。但徘徊班草⑤，欹歔酹酒，极望天西。

【注释】

  ①"铜盘"二句：李贺《秦宫诗》："飞窗复道传筹饮，十夜铜盘腻烛黄。"李商隐《无题》："春蚕到死丝方尽，蜡炬成灰泪始干。"李商隐《明日》："天上参旗过，人间烛焰销。"《诗·小雅·采薇》："昔我往矣，

杨柳依依。今我来思,雨雪霏霏。" ②"相将"三句:相将,《汇释》:"犹云行将,侵寻也。"津鼓,渡口催唤渡客并报时的更鼓。李端《古别离》:"天晴见海樯,月落闻津鼓。"参旗,《晋书·天文志》:"参旗九星在参西,一曰天旗,一曰天弓。" ③"华骢"二句:华骢,骏马名。杜甫《骢马行》:"邓公马癖人共知,初得花骢大宛种。"于鹄《途中寄杨涉》:"前村见来久,羸马自行迟。" ④兔葵燕麦:兔葵,植物名。刘禹锡《再游玄都观序》:"旋又出牧,今十有四年,复为主客郎中,重游玄都,荡然无复一树,唯兔葵燕麦动摇于春风耳。" ⑤"但徘徊"句:徘徊,流连意。班草,布草而坐,《后汉书·陈留老父传》:"张升去官归乡里,道逢友人,共班草而言。"谢惠连《相逢行》:"行行即长道,道长息班草。"

【评析】

这是一首送别词。词人抓住行客甫去、重返前地,发现景色迥异、痕迹全无后的特定心理状态,深入刻画了送别者的无限惆怅之情。古老的主题,在这里翻出了新意。从结构上讲,自首句"河桥送人处"以下至"何意重红满地",是追溯过去,陈洵《海绡说词》所谓"逆入",即虚景实写,逆向用笔。换头"迢递路回"三句的勾勒,将上片尽化为烟云,然后转出下片,从而起到使得整篇进一步"句句往下坠,无一笔往上提"(陈匪石《宋词举》),层次井然的作用。"何意"句以下,则是闪回现在,陈洵所谓"平出",事过情留,低回不已,景中写情,愈见深厚。其中,"华骢会意"二句,真情所潜,非如"今人伪为欲别不别之状"(卓人月《古今词统》卷十五徐士俊评)。"兔葵燕麦"二句,与柳永"晓风残月"可称送别词中"双绝"(梁令娴《艺蘅馆词选》乙卷梁启超评)。

古往今来的中国学者普遍重点关注这首《夜飞鹊》"哀怨而浑雅"

(陈廷焯《白雨斋词话》卷一）的美学价值，西方学者如傅汉思《梅花与宫闱佳丽》的视角则有所不同，却也值得注意。傅书通过分析，提出了一个怎么去写一首不使用杨柳意象的送别词的有趣话题。《夜飞鹊》有送别词中惯常出现的标准意象，如河桥、月、烛、烛泪、凉露、风、能会人意的马、迢递的路和残阳等，也运用了表示衰败、没落、孤独、凄凉的词语，还能借上、下两片所描述的行为发生在不同时刻的便利，别致地将下落的月亮、西下的斜阳囊括于作品中。但是，作者并没有让送别的典型场景出现在词里面，而是用一位孤独的饮酒者取代其位置。通过用单个人物取代通常的社交聚会的方式，将其他所有人物都排除在外，场景中十足的孤独感，因之得到最为有效的呈现，从而强调或强化主人公的孤寂，收到同样的审美艺术效果。

从这个特定的角度着眼，陈允平的同调和作，与周邦彦原作确实有不少不同之处：

> 秋江际天阔，风雨凄其。云阴未放晴晖。归鸦乱叶更萧索，砧声几处寒衣。沙头酒初熟，尽篱边朱槿，竹外青旗。潮期尚晚，怕轻离、故故迟迟。　何似醉中先别，容易为分襟，独抱琴归。回首征帆缥缈，津亭寂寞，衰草烟迷。虹收霁色，渐落霞孤鹜飞齐。更何时，重与论文渭北，剪烛窗西。

也难怪，后来多人和作清真词，主要的着眼点和贡献是在四声不苟，以标举格律正宗上。如万树曾称赞方千里《丹凤吟》："如千里之和清真，平上去入无一字相异者，此其所以为佳，所以为难。"（《词律》卷十九）

# 早梅芳　别恨

花竹深，房栊好。夜阑无人到。①隔窗寒雨，向壁孤灯弄余照②。泪多罗袖重，意密莺声③小。正魂惊梦怯，门外已知晓。

去难留，话未了。早促登长道④。风披宿雾⑤，露洗初阳射林表。乱愁迷远览，苦语萦怀抱。谩回头，更堪⑥归路杳。

【注释】

①"房栊"二句：房栊，窗棂。《汉书·外戚传》班婕妤《伤悼赋》："广室阴兮帷幄暗，房栊虚兮风泠泠。"颜师古注："栊，疏槛。"夜阒（qù），夜静。《周易·丰》："窥其户，阒其无人。"注曰："阒，寂也。" ②"向壁"句：江总《和张记室源伤往》："空帐临窗掩，孤灯向壁然。"谢朓《奉和随王殿下》十六首其十五："春物广余照，兰萱佩未穷。" ③莺声：喻女子声音娇柔。 ④长道：大道，远路。《古诗十九首》："回车驾言道，悠悠涉长道。" ⑤风披宿雾：披，吹开。陶潜《咏贫士》："朝霞开宿雾，众鸟相与飞。"杜甫《九月杨奉先会白水崔明府》："天宇清霜净，公堂宿雾披。" ⑥更堪：更哪堪。

【评析】

这首词写恋人分别前后难舍难离的情怀。其章法，黄苏《蓼园词选》曾有明确揭示："前阕由'晓'字写入，渐引到'别'字，是未别以前也。次阕从别时写起，说到别以后，是去路也。词意绵密细腻，无一剩字。"俞平伯《清真词释》认为，这首《早梅芳》"上片与《忆旧游》写景略同，彼追忆秋宵别绪，此为春景，疑当时即兴，故情衷较热也"。其实，《忆旧游》（记愁横浅黛）上片对离别的环境气氛作了出色的渲染，写得蕴藉而细腻，其主题和本篇"很不同"（钱鸿瑛《柳周词传》），语言方面也略胜一筹。由此，本词被认为在《清真集》中非属上佳之作。

综合分析周邦彦词入选清代著名词选，如张惠言《词选》、黄苏《蓼园词选》和周济《宋四家词选》的情况，再配合众多相关的微观信息，可以有助于宏观把握清代词学史，尤其是常州词派的粗略演进历程。可以看到，《词选》中入选作品最多的作家是温庭筠，达十八首，而在《蓼园词选》里，温词一首也没有选；相反，《蓼园词选》中选词最多的作家是周邦彦，达二十三首，而《词选》中才选了四首。这就是说，总的来看，《词选》推崇唐五代，而《蓼园词选》更推崇北宋。这些尽管都是常州词派的路数，但出发点有所不同。推崇唐五代，是从源头上立论，以推尊词体；推崇北宋，则是考虑了词史发展的实际状况，衡量了全面的成就。另外，将常州派理论加以发扬光大的批评家周济，在其代表作《宋四家词选》中，曾阐述了"问涂碧山，历梦窗、稼轩，以返清真之浑化"的理论，给予周邦彦以极高的地位，并选其词二十六首作为最高的典范。《宋四家词选》与《蓼园词选》的相同处或许不是一种巧合。如果这个说法能够成立，则周济应该受到了黄苏的影响，《蓼园词选》是《词选》和《宋四家词选》之间的一座桥梁。而从这里，也可以更为清楚地看到周邦彦词史崇高地位的确立过程中的一段运行轨迹。

## 早梅芳　牵情

缭墙①深，丛竹绕。宴席临清沼。微呈纤履，故②隐烘帘自嬉笑。粉香妆晕③薄，带紧腰围小。看鸿惊凤鬻④，满座叹轻妙。

酒醒时，会散了。回首城南道⑤。河阴高转，露脚斜飞夜将晓。⑥异乡淹岁月，醉眼迷登眺。⑦路迢迢，恨满千里草。⑧

**【注释】**

①缭墙：围墙。杜牧《华清宫三十韵》："绣岭明珠殿，层峦下缭墙。"　②故：《汇释》："犹云故意或特意也。"　③妆晕：古时妆唇、画眉、梳掠皆有晕妆。《清异录·胭脂晕品》："僖、昭时，都下倡家竞事妆唇，妇女以此分妍否。其点注之工，名字差繁，其略有胭脂晕品、石榴娇、大红春、小红春、嫩吴香、半边娇、万金红、圣檀心、露珠儿、内家圆、天宫巧、洛儿殷、淡红心、腥腥晕、小朱龙、晕双唐媚、花奴样子。"韩偓《闺怨》："时光潜去暗凄凉，懒对菱花晕晓妆。"　④鸿惊凤翥：比喻体态轻盈，舞姿优美。陆机《浮云赋》："鸾翔凤翥，鸿惊鹤奋。"　⑤"回首"句：李商隐《河内诗二首》其二："低楼小径城南道，犹自金鞍对芳草。"　⑥"河阴"二句：河阴，原指黄河南岸之地，后亦借指天河南侧。谢庄《七夕夜咏牛女应制》："璇居照汉右，芝驾肃河阴。"露脚，露滴。李贺《李凭箜篌引》："吴质不眠倚桂树，露脚斜飞湿寒兔。"　⑦"异乡"二句：淹，羁留，逗留。鲍照《代东门行》："一息不相知，何况异乡别。"贯休《送崔使君》："子年恋阙归阙，王粲下楼相别。食实得地，颇淹岁月。"蔡琰《悲愤诗》："登高远眺望，魂神忽飞逝。"　⑧"恨满"句：江淹《青苔赋》："青郊未谢兮白日照，路贯千里兮绿草深。"

**【评析】**

　　这首词写羁旅之思。上片写整晚欢筵。开篇"缭墙深"三句点明环境的幽雅。以下微呈纤履，隐帘嬉笑，粉妆晕薄，带紧腰小，凤翥鸿惊，惟妙惟肖地勾绘尊前女子若隐若显、若即若离的媚人情态，美妆纤腰，舞姿翩跹，令在座人等叹赏神往。下片紧承上文的背景和铺垫，描绘人散酒醒，羁旅之愁油然而生。"河阴"二句写孤寂冷清的夜景，自然引出"异乡"以下数句的无奈与恨憾。勾留异乡，听凭岁月流逝，唯有借酒消愁，登高远眺，聊解乡愁。然前路迢迢，此恨何极。全篇以乐景写哀，一倍增其哀苦。

俞平伯《清真词释》解读上一首《早梅芳》时，云此首与之作法全同，末句"路迢迢，恨满千里草"亦须慢读。其环绕《早梅芳》一调末句何以必须"慢读"所进行的分析，鞭辟入里，可谓度人以从字句推知音律之金针：

> 下片虽一气流走，至五字偶句亦渐缓，更有须特别慢读者，末句是也。夫字句末也，词之节拍既不可知，原不足以测音律之微，但即局于形迹，亦有略可意会者。兹假定其上下各四拍，疾徐不异，而上结以十字五五为句，下则八字三五句法，虽同隶一拍，字数减五之一，即音奏慢了五之一也。若尾文特宜曼歌，犹不与焉。结句既以减字故成为曼声，于是其前半纵与上片之前半节奏同检，而居疾徐相形之下不得不为促拍；申言之，拍数虽均，但上片是停匀的，下片由张而弛，故是欹侧的；精密言之，拍无平侧，音声实有顿挫，岂非减字故耶。是字句固不足以尽音律，而亦可以推知一二也。

# 凤来朝　佳人

逗晓①看娇面。小窗深、弄明未遍②。爱残朱宿粉云鬟乱。最好是、帐中见。　　说梦双蛾微敛。锦衾温、酒香未断。待起难舍拚。任日炙③、画栏暖。

【注释】

①逗晓：逗，透漏，显露。萧衍《籍田》："严驾仁霞昕，浥露逗光晓。"　②"小窗"句：方棫《失题》（一作陈叔宝诗）："夕阳如有意，长傍小窗明。"　③日炙：阳光照热。李贺《公莫舞歌》："横眉粗锦生红纬，日炙锦嫣王未醉。"

【评析】

这首词，应该也是周邦彦汴京时期的冶游之作，与柳永《慢卷䌷》的"似恁般偎香倚暖，抱着日高犹睡"立意相同。晨光经由深深的小窗照进室内，再透过重重帷帐，闺中女子娇美的面容渐渐清晰起来。想说清楚昨夜那个缥缈的梦，不觉微微皱起眉头，努力回忆。锦衾温暖，饮过的美酒的香气仍在室内浮动。当此之际，任它天明日高，只想把春梦继续做下去。词中内蕴的香艳情趣，意在言外的微妙情绪，托于可言不可言之间，归于可解不可解之处，风流蕴藉，委婉动人。

此词笔致挪动，语气吞吐，真正达到恣意横溢，顾盼飞扬，把一位晓窗睡美人写得活灵活现。按照俞平伯《清真词释》的说法，主要是因为清真词采用了所谓的"磨咕"法，并认为，这也是后来者可以用于反过来迂回探索古人心事、遗迹的方法之一。以词中被认为最无顾忌的"爱残朱宿粉云鬟乱"句为例，《清真词释》解释说："残朱宿粉好在帐中，似已明而顾不欲其明也。""欲端相之见欤，抑欲迷离之见欤？不知也。虽不知也，亦未尝不可知，磨咕而已矣。"意思是，因为在厚重的帐中看不分明，只有迷离之见，对残朱宿粉只看到点粉白朱红，所以好在帐中，似已明而顾不欲其明也，这就是磨咕。（参周振甫《诗词例话》）由此，如果仅从这首词以姿态胜的审美效果来反观，宋人多数艳词，当属兼空中语与夫子自道而有之，但绝不等同于今人的"身体写作"。

## 芳草渡　别恨

昨夜里，又再宿桃源，醉邀仙侣。听碧窗风快，珠帘半卷疏雨。①多少离恨苦。方留连啼诉②。凤帐③晓，又是匆匆，独自归去。

愁睇。满怀泪粉，瘦马冲泥寻去路。谩回首、烟迷望眼，依稀见朱户。似痴似醉④，暗恼损、凭阑情绪。淡暮色，看尽栖鸦乱舞。

【注释】

①"听碧窗"二句：韦应物《鼋头山神女歌》："蕙兰琼芳积烟露，碧窗松月无冬春。"王勃《滕王阁》："画栋朝飞南浦云，珠帘暮卷西山雨。"　②啼诉：吴融《送杜鹃花》："应是蜀冤啼不尽，更凭颜色诉西风。"　③凤帐：有凤凰花饰的帐子。杜牧《八六子》："凤帐萧疏，椒殿闲扃。"　④似痴似醉：韦庄《倚柴关》："杖策无言独倚关。如痴如醉又如闲。"

【评析】

按罗忼烈《周邦彦清真词笺》的看法，这首《芳草渡》櫽栝唐庄宗《忆仙姿》：

曾宴桃源深洞。一曲清歌舞凤。长记别伊时，和泪出门相送。如梦。如梦。残月落花烟重。

只不过铺展开细说而已。此词铺写离愁别恨，在章法上的确做到了曲折回环,开阖动荡。词以倒叙起笔,以时间顺序结构全篇。起首三句写短暂欢聚,后写匆匆别离,以乐衬哀,倍增其哀。中间以"听碧窗"二句过渡,景中含情。下片写别情,凄苦缠绵。先写室内伤别场面,户外恨离情状,再写行人远去,步步回首,留恋不已。最后,从独自凭栏,怅望伤怀写足无法排遣的离愁。景语作结,最为"生色"(俞陛云《唐五代两宋词选释》引夏孙桐语)。如此运笔运意,颇能显出清真词变化而有法度的章法,顿挫浑厚的风格。

周邦彦的这首仄韵《芳草渡》,在宋代,仅有陈允平填过第二首(陈词减换头短韵二字句,与清真词微异)。不过,这首词的传播似乎并没有因此而受到太大的影响,反而以其史无前例的体式特征,相继被清代最为典范和流行的两部词谱著作《词律》、《钦定词谱》,分别于卷八、卷十一收录。(按:后来,叶恭绰写过一首《芳草渡·病院冬深,忽闻燕语,怅然有赋。依清真体韵及四声》:"息瘁羽,甚暝色平林,听呼新侣。镇一枝栖处,宵长惯感零雨。霜枕寒思苦。禁堂前愁诉。㜩梦醒,又带疏钟,月下归去。　　回顾。转蓬万里,岁晚天南同雁路。漫提起、雕梁旧影,仙妆见窥户。海山在望,费几许、营巢情绪。似倦客,浩荡轻鸥自舞。"其中,"似倦客"、"浩荡",《叶恭绰致吴湖帆尺牍》分别作"冻岸曲"、"怅引"。)

进入清代以来,收录周邦彦词的各种词谱类图书不断面世,意味着清真词律谱的整理工作被推向了高峰。其中,按照刊行的先后顺序,(吴绮、程洪)《记红集》、《词律》、《钦定词谱》、(叶申芗)《天籁轩词谱》、(赖以邠)《填词图谱》等五种,以分别选录二十一、四十三、八十四、七十五、五十首周词,排在前五位。这种情形,不仅对广泛传播清真词,也对主要建立在文本传播基础上的清真词的接受,产生了相当大的影响。原因在于,词谱,虽然不像词选本那样,主要目的是为了表达某种词学观点,是词学批评的一种特殊载体形式,但在一定意义和程度上,词谱其实只是与词选本针对的读者对象不完全相同而已,它们也执行了选本的部分功能,因而也可以并且有必要纳入词学批评范畴。如清代中期的夏秉衡自序《清绮轩词选》,就是这样认为的:"窃怪自来选本,《词律》严矣,而失之凿;《汲古》备矣,而失之烦。他若《啸余》、《草堂》诸选,更拉杂不足为法。"在周邦彦词史大家地位的确立过程中,词谱发挥的作用也是不可忽视的。

## 感皇恩　标韵

露柳好风标,娇莺能语。①独占春光最多处。浅嚬轻笑,未肯等闲分付。为谁心子里,长长苦。②　洞房见说,云深无路。③凭仗青鸾道情素④。酒空歌断,又被涛江催去。⑤怎奈向、言不尽,愁无数。⑥

【注释】

①"露柳"二句:风标,形容优美的风度气质。萧子范《七诱》:"井上李兮随风标,垂翠帷兮夜难晓。"柳永《临江仙》:"觉新来,憔悴旧日风标。"王褒《燕歌行》:"初春丽景莺欲娇,桃花流水没河桥。"僧铉《月真歌》:"风前弱柳一枝春,花底娇莺百般语。"　②"为谁"二句:晋《子夜四时歌·春歌二十首》其二十:"黄蘗向春生,苦心随日长。"　③"洞房"二句:洞房,一般指幽深的内室。宋玉《招魂》:"姱容修态,絙洞房些。"王逸注:"房,室也。言复有美好之女,其貌姱好,

多意长智,群聚罗列,竟于洞达满房室也。"韦庄《悼亡姬五首》其一:"凤去鸾归不可寻,十洲仙路彩云深。"柳永《离别难》:"望断处,杳杳巫峰十二,千古莫云深。" ④"凭仗"句:青鸾,凤凰一类的鸟。《抱朴子》《决录》注:"凡象凤者有五,多赤色者凤,多黄色者鹓雏,多青色者鸾,多紫色者鹫鷟,多白色者鹄。"唐彦谦《无题十首》其五:"谁知别易会应难,目断青鸾信渺漫。"刘向《九叹·离世》:"不枉绳以追曲兮,屈情素以从事。" ⑤"酒空"二句:涛江,江涛。杜甫《酬孟云卿》:"但恐天河落,宁辞酒盏空。"江淹《学魏文帝》:"少年歌且止,歌声断客子。"韩愈《此日足可惜一首赠张籍》:"东野窥禹穴,李翱观涛江。" ⑥"怎奈向"二句:《周易·系辞》:"书不尽言,言不尽意。"谢瞻《王抚军庾西阳集别时为豫章太守庾被征还东》:"谁谓情可书,尽言非尺牍。"

【评析】

　　这首词写女子春日怀人。上片先以反衬之法写别后情状。风标露柳,能语娇莺,光彩独占,春光与女子合写,均见其娇媚。然一颦一笑,不肯轻付,是因为思念那人而心里"长长"苦。下片转写别离。一别之后,"云深无路"难探寻,便纵有青鸟代传音讯,这其中的情愫又岂能说得明,道得尽?"酒空歌断"以下,插入当初别时,也是与又一次别离同样的情形。歌断酒空,兰舟催发,当此之际,千言万语,跟别后一样,都断非一个"愁"字所能了得。全篇情深语淡,言尽意长。


# 虞美人

灯前欲去仍留恋。肠断朱扉远。未须红雨洗香腮。待得蔷薇花谢、便归来①。　　舞腰歌版②闲时按。一任傍人看。金炉应见旧残煤。莫使恩情容易、似寒灰。③

【注释】

①"待得"句：杜牧《留赠》："舞靴应任闲人看，笑脸还须待我开。不用镜前空有泪，蔷薇花谢即归来。"　②歌版：拍板，歌唱时用以打拍子的乐器。李贺《酬答二首》其二："试问酒旗歌板地，今朝谁是拗花人。"　③"金炉"二句：柳永《过涧歇近》："梦才觉，小阁香炭成煤，洞户银蟾移影。"苏轼《翻香令》："金炉犹暖麝煤残。惜香更把宝钗翻。"鲍照《赠故人马子乔六首》其二："寒灰灭更燃，夕华晨更鲜。"吴均《行路难五首》其五："玉阶行路生细草，金炉香炭变成灰。"

【评析】

在宋代，能够真正把笔触深入到歌儿舞女的命运、心灵深处去的妓情词，并不多见。周邦彦的这首檃栝杜牧《留赠》诗意，并结合自己的生活体验写成的话别词，就反映了这方面的内容。上片先从自己说起，灯前话别，无奈难舍，痴情展望，倍感痛楚。"未须"一句是转折过渡，以归期有期劝女子勿以红泪洗面。强忍一己伤感，反去告慰对方，这种手法真叫传神，在古典诗词中十分罕见。下片紧承上片，理解而又信任地嘱咐恋人，不妨歌舞依然，以消离愁闲寂。末言但毋忘我，而又别出心裁地以炉灰取譬，是用色调模糊的形象表示一种确定的情思，"意新而情挚"（俞陛云《唐五代两宋词选释》）。全篇虽没有细腻的描摹和深入的刻画，但婉转写来，以一人口吻道出两人心声，语极诚恳，情极深挚。

# 虞美人

疏篱曲径田家小①。云树开清晓。天寒山色有无中②。野外一声钟起、送孤蓬③。　　添衣策马寻亭堠④。愁抱惟宜酒⑤。菰蒲睡鸭占陂塘。纵被行人惊散、又成双。⑥

【注释】

①"疏篱"句：范云《赠张徐州谡》："田家采樵去，薄暮方归来。"杜甫《佐还山后寄三首》其一："野客茅茨小，田家树木低。"　②"天寒"句：王维《汉江远眺》："江流天地外，山色有无中。"　③"野外"句：韦庄《春云》："王粲不知多少恨，夕阳吟断一声钟。"李白《送友人》："此地一为别，孤蓬万里征。"　④亭堠：古代侦察、瞭望以防敌盗入侵的亭子。《后汉书》卷一《光武帝纪》："遣骠骑大将军杜茂将众部施刑屯北边，筑亭候，修烽燧。"注："亭候，伺候望敌之所。《前书》曰，秦法十里一亭，亭有长，汉因之不改。"　⑤"愁抱"句：愁抱，怀抱。庾承宣《赋得冬日可爱》："愁抱望自宽，羁情就如失。"杜甫《可惜》："宽心应是酒，遣兴莫过诗。"　⑥"菰蒲"二句：菰蒲，泛指水生植物。鲍照《野鹅赋》："立菰蒲之寒渚，托只影而为双。"黄庭坚《睡鸭》："天下真成长会合，两凫相倚睡秋江。"

【评析】

这首词写羁旅清愁。上片以疏朗之笔描绘郊原凄清晨景，疏篱曲径，云树孤蓬,由近而远,颇饶画意。歇拍以"一声钟"点明人在旅途形迹。下片以策马寻亭,抱愁独酌等典型情节抒写羁旅况味。末二句的陂塘睡鸭惊散又成双,是在物我反衬中自伤孤旅,与"微雨燕双飞"同感,情怀自在言外,堪称"以实为虚,化景物为情思"(范晞文《对床夜语》卷三引《四虚序》)的妙结。全篇以客子之心感受身外之景,且多取象目前,写来似不经意,但设色淡雅,含情悠远。语言则清新隽永,化用前人诗句,如同己出。

王国维论清真词有云:"悲欢离合,羁旅行役之感,常人皆能感之,而惟诗人能写之,故其入于人者至深,而行于世也尤广。"(《清真先生遗事》)意思是说,周邦彦多用"常人皆能感之"的题材入词,并能以其"诗人"的敏感和技巧,艺术地创造出"常人之境界",使一般的读者觉得"诗人之言,字字为我心中所欲言,而又非我之所能自言"(王国维《人间词话》),从而获得美的享受和启示。这首《虞美人》,正可以看出"惟诗人能写"的常人之感是怎样写出来的。

## 虞美人

玉筯才掩朱弦悄①。弹指壶天晓②。回头犹认倚墙花。只向小桥南畔、便天涯。　　银蟾依旧当窗满③。顾影魂先断④。凄风休飐半残灯⑤。拟倩今宵归梦、到云屏。

【注释】

① "玉筯"句:《礼记·乐记》:"清庙之瑟,朱弦而疏越,一倡而三

叹,有遗音者矣。" ②"弹指"句:弹指,捻弹手指作声,佛家以十二念为一瞬,二十瞬为一弹指。喻时间短暂。壶天,谓仙境、胜境。《后汉书·方术列传》:"费长房者,汝南人也。曾为市掾。市中有老翁卖药,悬一壶于肆头,及市罢,辄跳入壶中。市人莫之见,唯长房于楼上睹之,异焉,因往再拜奉酒脯。翁知长房之意其神也,谓之曰:'子明日可更来。'长房旦日复诣翁,翁乃与俱入壶中。唯见玉堂严丽,旨酒甘肴盈衍其中,共饮毕而出。" ③"银蟾"句:何逊《咏娼妇》:"夜花枝上发,新月雾中生。谁念当窗牖,相望独盈盈。" ④"顾影"句:《三国志》卷九裴松之注:"晏性自喜,动静粉白不去手,行步顾影。"殷尧藩《醉赠刘十二》:"别路魂先断,还家梦几迷。" ⑤"凄风"句:《白孔六帖·秋》:"(秋风又称)商风、金风、素风、凄风、高风、凉风、激风、悲风。"纪少瑜《咏残灯》:"残灯犹未灭,将尽更扬辉。"

【评析】

这首词写别后情怀。酒杯才尽,乐曲将停,似乎弹指之间,天已大亮。回顾歌舞地,言"犹认倚墙花",不言恋人,是因花而及人。小桥才过,怅恨尺即天涯。上片一句一转,写出别时多少顾盼低回。下片抒发别后情思。当窗依旧圆月,但对影成孤另,不禁伤心欲绝。分明相思难眠,却怪风灯扰梦,意思是团聚既不可能,但愿残灯留照归梦飞来,在梦里与佳人相聚。似水柔情,"曲而能达"(俞陛云《唐五代两宋词选释》),笔路尤见委婉。

# 玉团儿

铅华淡伫新妆束①。好风韵、天然异俗。彼此知名,虽然初见,情分②先熟。　炉烟淡淡云屏曲③。睡半醒、生香透肉④。赖得相逢，若还虚过，生世不足。⑤

【注释】

①"铅华"句：柳永《玉楼春》："天然淡泞好精神，洗尽严妆方见媚。"　②情分：孙光宪《浣溪沙》："何事相逢不展眉，苦将情分恶猜疑。"　③"炉烟"句：云屏，有云形彩绘的屏风，或用云母作装饰的屏风。李商隐《嫦娥》："云母屏风烛影深，长河渐落晓星沈。"秦观《浣溪沙》："漠漠轻寒上小楼。晓阴无赖似穷秋。淡烟流水画屏幽。"　④"睡半醒"句：生香，身体散发香气。司空图残句："晚妆留拜月，春睡更生香。"阎选《谒金门》："水溅青丝珠断续，酥融香透肉。"　⑤"赖得"三句：赖，《汇释》："幸，幸而，语气副词。与通常用作动词表依仗义者有别。"鲍溶《秋思二首》其一："生世不如鸟，双双比翼翎。"

【评析】

这是一首言情之作。说到底，无非是写狎妓，但分寸把握得一如既往地不差，尽管其中也还是不免文人惯有的玩赏情趣。上片所写初次相见情形，略似于《红楼梦》第三回宝玉初见黛玉时的"情分先熟"：

宝玉看罢，因笑道："这个妹妹我曾见过的。"贾母笑道："可又是胡说，你又何曾见过他？"宝玉笑道："虽然未曾见过他，然我看着面善，心里就算是旧相识，今日只作远别重逢，亦未为不可。"

下片所表现的那种两情相悦的心态，也很是到位，也为卢炳同调用韵之作的竭力模拟所远不及：

绿云慢绾新梳束。这标致、诸余不俗。邂逅相逢，情怀雅合，全似深熟。　耳边笑语论心曲。把不定、红生脸肉。若得同欢，共伊偕老，心事忒足。

## 玉团儿

妍姿艳态腰如束①。笑无限、桃粗杏俗②。玉体横陈，云鬟斜坠③，春睡还熟。　　夕阳斗转阑干曲。乍醉起、余霞衬肉④。搊粉搓酥，剪云裁雾，比并不足。⑤

【注释】

①"妍姿"句：妍姿，美好的姿容。艳态，艳美的姿态。如束，一束绢帛，用以形容女子腰肢细柔。曹丕《善哉行二首》其二："妍姿巧笑，和媚心肠。"　②"笑无限"句：粗，粗贱。喻其他歌女不能与之伦比。白居易《与沈杨二舍人阁老同食敕赐樱桃玩物感恩因成十四韵》："杏俗难为对，桃顽讵可伦。"　③云鬟斜坠：冯延巳《贺圣朝》："云鬟斜坠，春应未已，不胜娇困。"　④"乍醉起"句：余霞，落霞。谓女子醉酒乍醒，酒红衬托得脸上越发白皙。　⑤"搊粉"三句：粉酥不及女子身体细腻白嫩，云雾不及女子的头发乌黑亮泽。韩偓《偶见背面是夕兼梦》："酥凝背胛玉搓肩，轻薄红绡覆白莲。"

【评析】

这首词从多角度描写美人之美。首句述其体貌，次句状其笑容，"玉体"三句写其睡态。下片描绘夕阳辉映下的细嫩肌肤，富有质感，继以多种美物进行衬托，更添情味。全篇平庸低俗，在清真词中实属个别。

# 粉蝶儿慢

宿雾藏春,余寒带雨,占得群芳开晚①。艳初弄秀,倚东风娇懒②。隔叶黄鹂传好音,唤入深丛中探。③数枝新,比昨朝、又早红稀香浅④。　眷恋。重来倚槛。当韶华、未可轻辜双眼⑤。赏心随分乐,有清尊檀板。⑥每岁嬉游能几日,莫使一声歌欠。忍因循、片花飞、又成春减⑦。

【注释】

①"占得"句:殷文圭《赵侍郎看红白牡丹因寄杨状头赞图》:"迟开都为让群芳,贵地栽成对玉堂……雅称花中为首冠,年年长占断春光。"

②"倚东风"句:毛熙震《后庭花》:"春残日暖莺娇懒,满庭花片。"

③"隔叶"二句:反用杜甫《蜀相》:"映阶碧草自春色,隔叶黄鹂空好音。"元稹《生春二十首》其十四:"预知花好恶,偏在最深丛。"

④红稀香浅:韩琮《暮春浐水送别》:"绿暗红稀出凤城,暮云楼阁古今情。"刘宪《奉和圣制立春日侍宴内殿出剪彩花应制》:"色浓轻雪点,香浅嫩风吹。"　⑤"当韶华"句:刘得仁《省试日上崔侍郎四首》其四:"自嗟辜负半生眼,不识春光二十年。"　⑥"赏心"二句:随分,《汇释》:"犹云随便也,含有谁遇、随处、随意各义。"白居易《重答刘和州》:"随分笙歌聊自乐,等闲篇咏被人知。"檀板,用檀木做的应歌舞节拍的木板。《旧唐书·音乐志》:"拍板,长阔如手,厚寸余,以韦连之,系以代抃。"　⑦"忍因循"句:因循,《例释》:"与诗词中常用的'等

闲'一词略同，随文而有'马虎'、'随意'、'轻易'、'怠慢'等义，也和'因袭'、'苟且'义有别。"杜甫《曲江二首》其一："一片花飞减却春，风飘万点正愁人。"

【评析】

　　这首词人花合写，借以抒发一种惜春之感。其中，"艳初弄秀"句，郑文焯校本作"艳□初弄秀"。全首读来，文字背后确有与大晏某些词相通者，尽管两者的表现方式迥然不同。晏殊词经常在优裕闲雅的生活中反思和体悟人生，反复抒写"细算浮生千万绪，长于春梦几多时"（《木兰花》），"可奈光阴似水声，迢迢去未停"（《破阵子》），"时光只解催人老"（《采桑子》）之类的忧思，从而构成其词情中有思的特质。如《浣溪沙》：

　　　　一向年光有限身。等闲离别易销魂。酒筵歌席莫辞频。　满目山河空念远，落花风雨更伤春。不如怜取眼前人。

跟同调"无可奈何花落去，似曾相识燕归来"一样，在悲哀之中的确有着一种内省，甚至隐隐有一种哲思。这种表达方式上的差异，跟个人遭际并无必然关联，应该被视为代表着唐宋词坛，至少是北宋词坛的过去和未来的分野。

# 红窗迥

　　几日来、真个醉①。不知道、窗外乱红②，已深半指。花影被风摇碎。拥春酲乍起。③　　有个人人④，生得济楚⑤，来向耳畔，问道今朝醒未。情性儿、慢腾腾地。恼得人又醉。

## 【注释】

①真个醉：吕岩《真人行巴陵市太守怒其不避使案吏具其罪真人曰须酒醒耳顷忽失之但留诗曰》："暂别蓬莱海上游，偶逢太守问根由。身居北斗星杓下，剑挂南宫月角头。道我醉来真个醉，不知愁是怎生愁。相逢何事不相认，却驾白云归去休。" ②乱红：何希尧《一枝花》："几树晴葩映水开，乱红狼籍点苍苔。" ③"花影"二句：庾信《初春赋得池应教》："春光落云叶，花影发晴枝。"周朴《春宫怨》："风暖鸟声碎，日高花影重。"酲（chéng），酒醉而神志不清。《诗·小雅·节南山》："忧心如酲，谁秉国成。"元稹《襄阳为卢窦纪事》："犹带春酲懒相送，樱桃花下隔帘看。" ④人人：《汇释》："对于所昵者之称，多指彼美而言。欧阳修《蝶恋花》：'翠被双盘金缕凤，忆得前春，有个人人共。'" ⑤济楚：原为干净整齐之意，作"齐楚"，后转为漂亮、美妙之意。《梦粱录》卷十六："分南北两廊，皆济楚阁儿，稳便坐席。"柳永《玉楼春》："心娘自小能歌舞，举意动容皆济楚。"

## 【评析】

这首词直白如话，写的是与歌妓厮混的惬意，所有的细节和情状，都融化在了最后一句中，留待读者自己想象、玩味。比照作者《黄鹂绕碧树》所云："且寻芳、更休思虑。这浮世、甚驱驰利禄，奔竞尘土。纵有魏珠照乘，未买得流年住。争如盛饮流霞，醉偎琼树。"词中描绘的场景不可谓不普通。沉醉酒色，胜似利禄奔竞，是以一种特殊的方式回避与忘却那非正常社会中的种种烦忧，属于当时文人的典型心态，殆不可仅以"颓废"视之，非之。

周邦彦此词具有典型的时代意义。《红窗迥》是徽宗年间十分流行的一个词调，适合以俚俗语言与戏谑口吻叙事抒情。被王灼指为"滑稽无赖之魁"的曹组，"潦倒无成，作《红窗迥》及杂曲数百解，闻者绝倒"（《碧鸡漫志》卷二），但一首也没有流传下来。从保存当时词坛盛行的一种风貌的角度而言，周邦彦的这一首词就显得弥足珍贵了。具体来看，全词口语化程度非常彻底，是将柳永的俚俗格调又向民间推进了一层。（按：柳永的一首《红窗迥》，据《全宋词》，是周邦彦之前唯一一首作者名未失传的作品："小园东，花共柳。红紫又一齐开了。引将蜂蝶燕和莺，成阵价、忙忙走。　花心偏向蜂儿有。莺共燕、吃他拖逗。蜂儿却入、花里藏身，胡蝶儿、你且退后。"黄文吉《宋南渡词人研究》认为，《全宋词》中断为曹豳所作的一首《红窗迥》（春闱期近也），作者似应为曹组。又，据洪迈《夷坚乙志》卷六记载，绍兴中，曹组之子曹勋出使金国，不辱使命，好事者依然作词调笑说："单于若问君家世，说与教知。便是红窗迥底儿。"可谓"祸"及子孙。）

同时，这一类"尚饶情趣"的"词中俳体"（冯金伯《词苑萃编》卷二十二。按：《粤西词见》所载朱依真《论词绝句》其五即云"词场谁为斩荆榛，只手难扶大雅轮。不独俳谐缠令体，铺张我亦厌清真"），其中也不乏"俚处得隽"（钱基博《中国文学史》）者，还是与"黄庭坚之鄙"有所不同。但是，词史上有不少批评家，对周邦彦的这类浅俗艳冶之作仍然很是不满。比如，张炎曾批评这是"淳厚日变成浇风"（《词源》卷下）；刘熙载指责清真词"只是当不得一个'贞'字"（《艺概》卷四）；王国维则认为，如果比较欧阳修、秦观和周邦彦词，"便有淑女与娼妓之别"（《人间词话》）。归结到一点，大致上就是文廷式所说的"风人之旨尚微"（施蛰存辑《纯常子词话》）。其实，当时之所以出现这样的文学创作现象，"完全是迎合了徽宗的口味"（诸葛忆兵《宋词说宋史》。按：据赵万里校辑箕颍词目录后按语，此俳体作为两宋词体之一，也"与当时戏剧，实相互为用"）。一旦时过境迁，局面应该就会有所改观。

## 念奴娇

醉魂乍醒，听一声啼鸟，幽斋岑寂。①淡日朦胧初破晓，满眼娇晴天色。②最惜香梅，凌寒③偷绽，漏泄春消息。池塘芳草，又还淑景催逼④。　　因念旧日芳菲，桃花永巷，恰似初相识。⑤荏苒时光⑥，因惯却、觅雨寻云踪迹。奈有离拆，瑶台月下，⑦回首频思忆。重愁叠恨，万般都在胸臆⑧。

【注释】

①"醉魂"三句：韩愈《答张彻》："愁狖酸骨死，怪花醉魂馨。"萧纲《倡楼怨节》："朝日斜来照户，春鸟争飞出林。片光片影皆丽，一声一转煎心。"白居易《续古诗十首》其八："风吹棠梨花，啼鸟时一声。"李中《书郭判官幽斋壁》："不妨公退尚清虚，刨得幽斋兴有余。"②"淡日"二句：娇晴，嫩晴。杜牧《早春阁下寓直萧九舍人亦直内署因寄书怀四韵》："玉漏轻风顺，金茎淡日残。"刘兼《春宵》："春云春日共朦胧，满院梨花半夜风。"杨巨源《和杜中丞西禅院看花》："知倚晴明娇自足，解将颜色醉相仍。"③凌寒：萧绎《赠到溉到恰》："何如今两到，复似凌寒竹。"④淑景催逼：淑景，指春光。杜牧《酬王秀才桃花园见寄》："桃满西园淑景催，几多红艳浅深开。"陶潜《饮酒诗二十首》

其十五："岁月相催逼，鬓边早已白。"　⑤"因念"三句：永巷，深巷，长巷。白居易《游大林寺》："人间四月芳菲尽，山寺桃花始盛开。"李商隐《无题》其四："何处哀筝随急管，樱花永巷垂杨岸。"陈后主《长相思二首》其一："羞将别后面，还似初相识。"　⑥荏苒时光：喻凫《龙翔寺寄李频》："人事因循过，时光荏苒销。"　⑦"奈有"二句：柳永《法曲献仙音》："每恨临岐处，正携手，翻成云雨离拆。"李白《清平调》："若非群玉山头见，会向瑶台月下逢。"　⑧"万般"句：刘孝绰《望月有所思》："如何当此时，怀情满胸臆。"

**【评析】**

　　这首词写离愁别恨。上景下情。破晓乌啼中，沉醉醒来，书斋幽静。向窗外望去，朦胧淡日下，香梅偷绽，"漏泄"消息；池塘青草，催逼春晴，不直书便显出不俗。上片景中有情，写来情与景谐，思与境合，景近情远，境美心沉。下片在时空跳接中，写触景所生之情，往事堪哀，引动无限愁绪。过片三句自然紧凑。遥想永巷初见，犹如此日芳菲般惹人怜惜。但时光荏苒，离散匆匆，瑶台月下的美妙时光，永难停歇的回味和思念，叠恨重愁，也只能长存记忆，埋在心底。全篇细腻铺陈，语浅情深，多方抒写，层次分明，是美成家法。

　　"顾曲周郎"周邦彦妙解音律，表现之一是能在歌词创制过程中，结合喜怒哀乐之情选声择调。择调首重选声情，是为了更好地表情达意。所以，清真词中堪称"雄曲"者微乎其微。比如，原本声喷霜竹的笛曲《念奴娇》，只有这里的一首，并且写的还是相思之情，声、情之间难免有不谐之处。类似的情况还有，慷慨悲凉的《满江红》，也只有写女子春情的一首"昼日移阴"；激越奔放的《贺新郎》，更是一首也无。曲调和内容之间的矛盾，在当时的演唱中，是通过这样的方法来解决的："根据同一曲调的大体轮廓,进行各种变奏处理。"(杨荫浏《中国古代音乐史稿》)周邦彦对这些自然是了然于胸的,其所以敢于"冒险"尝试,正印证了艺高人胆大的道理:技艺达到出神入化的境界,就可以毫无畏惧,无往而不胜。

## 燕归梁　晓

帘底新霜一夜浓。短烛散飞虫。①曾经洛浦见惊鸿。关山隔、梦魂通②。　明星晃晃,回津路转,榆影步花骢。③欲攀云驾倩西风。吹清血、寄玲珑④。

【注释】

①"帘底"二句:韩偓《边上看猎赠元戎》:"绣帘临晓觉新霜,便遣移厨较猎场。"反用张籍《宿广德寺寄从舅》:"移床动栖鹤,停烛聚飞虫。"　②"关山"句:李白《长相思三首》其二:"天长路远魂飞苦,梦魂不到关山难。"　③"明星"三句:神人乘花骢遨游于星辰间。津,即天津,星名。位于北方七宿中的女宿之北,凡九星。在银河分支处,故称。《晋书·天文志》:"天津九星,横河中,一曰天汉,一曰天江,主四渎津梁,所以度神通四方也。"榆,即天榆,犹言星榆,星名。另榆荚形似钱,色白成串,因以星榆形容繁星。欧阳修《鹊桥仙》:"鹊迎桥路接天津,映夹岸、星榆点缀。"　④玲珑:因唐代歌妓有商玲珑,泛指歌妓。白居易《醉歌(示妓人商玲珑)》:"腰间红绶系未稳,镜里朱颜看已失。玲珑玲珑奈老何,使君歌了汝更歌。"

【评析】

　　这是一首咏清晨景色而怀人之作。在一个清冷的秋晨,想起曾经见过的那位"翩若惊鸿"的美人。从别后,忆相逢,长夜漫漫,孤灯清影,思慕之情汩汩而出,越过关山阻隔,欲借梦魂而通。思念之苦至于此极,仰望星空,不禁引发奇想,因而于结拍迸发出来自心底的呼喊:"欲攀云驾倩西风。吹清泪、寄玲珑。"一吐郁积已久的万千愁情。

　　此词首二句中的"短烛散飞虫",是对飞虫的审美观照。破晓时分,蜡烛头上一点幽幽颤动的光焰和虫的飞散相映衬,显示出一种多样的动态之美。周邦彦词中这样的例子还有很多。可以看到,词人所观察、把握和描写的,已不再是原来单纯的草木虫鱼等名物,而是从高度的"物各自然",逐渐进入到了"万物归我"的齐物境界。这和他一生羁旅漂泊,因而对自然有着极其亲切的体验,是分不开的。自然景物被熔铸成艺术美,既是清真世界观中老庄哲学的认识论的反映,也体现出了作者对平淡自然之美的追求,从属于"宋型"文化所锻造出的审美理想。

# 南　浦

　　浅带一帆风,向晚来、扁舟稳下南浦①。迢递阻潇湘,衡皋迥,斜舣蕙兰汀渚。②危樯③影里,断云点点遥天暮。菡萏④里风,偷送清香,时时微度。　　吾家旧有簪缨⑤,甚顿作天涯,经岁羁旅。羌管怎知情,烟波上,黄昏万斛愁绪。无言对月,皓彩⑥千里人何处。恨无凤翼身⑦,只待而今,飞将归去。

【注释】

①南浦：《九歌·河伯》："子交手兮东行，送美人兮南浦。"江淹《别赋》："送君南浦，伤如之何。" ②"迢递"三句：《山海经·中山经》："又东南一百二十里，曰洞庭之山……帝之二女居之，是常游于江渊。沅澧之风，交潇湘之浦，是在九江之间，出入必以飘风暴雨。"杜甫《去蜀》："如何关塞阻，转作潇湘游。"衡皋，即蘅皋，长有香草的沼泽。《洛神赋》："尔乃脱驾乎蘅皋，秣驷乎芝田。"注："蘅，杜蘅也；皋，泽也。"舣（yǐ），整舟向岸。左思《蜀都赋》："试水客，舣轻舟。娉江斐，与神游。"梁文帝《从顿暂还城》："征舻舣汤堑，归骑息金隍。" ③危樯：何逊《初发新林》："危樯迥不进，沓浪高难拒。" ④菡萏：未开曰菡萏，已发曰芙蓉。《诗·陈风·泽陂》："彼泽之陂，有蒲菡萏。"欧阳修《西湖戏作示同游者》："菡萏香清画舸浮，使君宁复忆扬州。" ⑤簪缨：谢朓《和随王殿下》十六首其二："观淄咏已失，怃然愧簪缨。" ⑥皓彩：窦群《同王晦伯朱遐景宿慧山寺》："皓彩入幽抱，清气逼苍昊。" ⑦"恨无"句：李商隐《无题二首》其一："身无彩凤双飞翼，心有灵犀一点通。"

【评析】

这首词借眼前之景，抒写羁旅失意之悲。上片写景，疏淡而有致。落日黄昏，辽阔江天，蕙兰汀渚，危樯云影，菡萏微风，如画风景，沁人心脾。下片抒情，感叹身世，有无限怨恨。结三句言唯心可"飞将归去"，用幻写真，是寂寥无奈已极语。

周邦彦跟很多作家一样，也喜欢用词抒写自我的人生际遇。他对现实的不满导致对往事的无穷回忆，况且现实的漂泊、穷困与昔日的富贵形成了鲜明的对照,于是他在词中常常诉说自己的愁苦心态,而内心涌动的愁绪却又掩盖在表面的平静之下,就像这首《南浦》所写的。这种对比,重心在现实处境,但过去的安逸与现在的孤独相映照,更衬托出他身居后者而对前者的怀念、向往,以及如今独处度日的感伤。

## 醉落魄

葺金①细弱。秋风嫩②、桂花初著。蕊珠宫③里人难学。花染娇荑,羞映翠云幄。④ 清香不与兰荪弱⑤。一枝云鬟巧梳掠⑥。夜凉轻撼蔷薇萼⑦。香满衣襟,月在凤凰阁⑧。

**【注释】**

①葺(qì)金:桂花缀于枝头,犹如浓密柔细的碎金。萧衍《雍台》:"葺葺临紫桂,蔓延交青苔。" ②秋风嫩:嫩,柔和,柔软。白居易《秋凉闲卧》:"残暑昼犹长,早凉秋尚嫩。" ③蕊珠宫:亦省称"蕊宫"、"蕊珠"。道教指神仙所居之处,后世泛指仙境。《黄庭内景坚》:"上清紫霞虚皇前太上大道玉晨君,闲居蕊宫。" ④"花染"二句:荑,始生的白茅嫩芽。娇荑,原本比喻柔嫩纤细的手指,此借喻桂花的颜色。颜真卿《谢陆处士杼山折青桂花见寄之什》:"群子游杼山,山寒桂花白。绿荑含素萼,采折自遗客。"翠云幄,犹"翠幄",喻桂花树的绿叶。 ⑤"清香"句:沈约《和谢宣城》:"昔贤侔时雨,今守馥兰荪。"刘良注:"兰荪,香草也。"《梦溪笔谈》:"香草之类,大率多异名。所谓兰荪,即今菖蒲是也。" ⑥梳掠:梳理,梳妆。贺铸《凤栖梧》:"闲凭银

筝，睡鬟慵梳掠。"　⑦"夜凉"句：借蔷薇萼以指桂花萼。无名氏《明月湖醉后蔷薇花歌》："万朵当轩红灼灼，晚阴照水尘不著。西施醉后情不禁，侍儿扶下蕊珠阁。"　⑧凤凰阁：仙境中华美的楼阁。王僧孺《为人有赠》："似出凤凰楼，言发潇湘渚。"

【评析】

　　这是一幅"秋夜佳人图"（王强《周邦彦词新释辑评》）。词以写景为主。上片经由咏桂，营造出清新而美妙的氛围，景中有人。下片由花及人，若隐若现，至一枝桂花插云鬟，致香满衣袂，才人花合一。全篇人花合写，虚实相间，寓情于景，淡雅出风韵。

　　李清照后来也有一首看是咏桂又似咏人的《鹧鸪天》：

　　　　暗淡轻黄体性柔。情疏迹远只香留。何须浅碧深红色，自是花中第一流。　梅定妒，菊应羞。画栏开处冠中秋。骚人可煞无情思，何事当年不见收。

词从色、香两方面咏其独特风韵。不以明泽娇艳，而以秉性温雅取胜，所以，无须浅碧深红，就能"妒"梅"羞"菊，自成花间第一流。跟她另外的两首咏桂词《摊破浣溪沙》（揉破黄金万点轻）、《摊破浣溪沙》（病起萧萧两鬓华）相比观，此词遗貌取神，展示并歌颂了一种对内在精神的追求。比较而言，周邦彦的这首《醉落魄》缺少的，可能恰恰就是"神"。

# 留客住

　　嗟乌兔①。正茫茫、相催无定，只恁东生西没，半均寒暑。昨见花红柳绿，处处林茂。又睹霜前篱畔，菊散余香，②看看又还秋暮。　　忍思虑。念古往贤愚，终归何处。③争似高堂④，日夜笙歌齐举。选甚⑤连宵彻昼，再三留住。待拟沈醉扶上马，怎生向、主人未肯交去⑥。

**【注释】**

①乌兔：指日月。《后汉书》刘昭注引张衡《灵宪》："日者，阳精之宗，积而成鸟，象乌而有三趾。阳之类，其数奇。"左思《蜀都赋》："羲和假道于峻岐，阳乌回翼乎高标。"《楚辞·天问》："夜光何德，死则又育。厥利维何，而顾菟在腹。"　②"又睹"二句：罗隐《登高咏菊尽》："篱畔霜前偶得存，苦教迟晚避兰荪。"李商隐《过伊仆射旧宅》："幽泪欲干残菊露，余香犹入败荷风。"　③"念古往"二句：白居易《浩歌行》："贤愚贵贱同归尽，北邙冢墓高嵯峨。"　④高堂：借指华屋。《长安有狭斜行》："小妇无所为，挟瑟上高堂。"　⑤选甚：不管，不论。《汇释》："犹云管甚，论甚也。"　⑥"怎生向"句：《汉书·游侠传》："遵耆酒，每大饮，宾客满堂，辄关门，取客车辖投井中，虽有急，终不得去。"

**【评析】**

这首词感慨时光流逝，世事沧桑。上片写日月相催，春秋代序，时光飞逝；下片写"念古往贤愚，终归何处。争似高堂，日夜笙歌齐举"，表现或者肯定的是"连宵彻昼"，夜以继日地寻欢作乐的生活。结句不言自欲沉湎其间，而言"主人未肯交去"，尤能见出万不得已的普遍心态。

由此词不难看出，北宋灭亡前夕士大夫阶层及时行乐的思想与生活状态，乃至潜在的末世"悲观心理"（李世忠、段琼慧《党争视域下的周邦彦及其词之政治抒情》）。周邦彦另外的《兰陵王》、《一寸金》、《西河》等作，大抵亦如是。元人赵文《吴山房乐府序》云：

> 观欧、晏词，自是庆历、嘉祐间人语；观周美成词，其为宣和、靖康也无疑矣。声音之为世道邪？世道之为声音邪？……美成……凭高眺远之余，蟹螯玉液以自陶写，而终之曰醉翁、山翁，但"愁斜照敛"，观此词，国欲缓亡，得乎？渡江后，康伯可未离宣和间一种风气，君子以是知宋之不能复中原也。近世辛幼安跌荡磊落，犹有中原豪杰之气，而江南言词者宗美成，中州言词者宗元遗山。词之优劣未暇论，而风气之异，遂为南北强弱之占，可感已。《玉树后庭花》盛，陈亡；《花间》、《丽情》盛，唐亡；清真盛，宋亡；可畏哉！（《青山集》卷二）

清真词其实与靖康之难并无直接关联。但作为亡国后做了"贰臣"的赵文，序中给予词的政治功能以极高评估，也确实是有感而发的。

# 长相思

夜色澄明。天街如水，风力微冷帘旌。①幽期再偶②，坐久相看才喜，欲叹还惊。醉眼重醒。映雕阑修竹，共数流萤。细语轻盈。尽银台、拌蜡潜听③。　　自初识伊来，便惜妖娆艳质，美眄柔情。④桃溪换世，鸳驭凌空，有恨难成。游丝荡絮，红红、相逢牵萦。⑥但连环不解，流水长东⑦，难负深盟。

【注释】

① "天街"二句：天街，京城中的街道。韩愈《早春呈水部张十八

员外二首》其一："天街小雨润如酥,草色遥看近却无。"赵嘏《江楼感旧》："独上江楼思渺然,月光如水水如天。"帘旌,帘端所缀之布帛,亦泛指帘幕。李珣《酒泉子》："细和烟,冷和雨,透帘旌。"　②幽期再偶:爱情方面的践约。皎然《晚冬废溪东寺怀李司直纵》："幽期谅未偶,胜境徒自寻。"　③"尽银台"句:李白《清平乐》："更被银台红蜡烛,学妾泪珠相续。"韩愈《送穷文》："屏息潜听,如闻音声。"　④"便惜"二句:曹植《感婚赋》："顾有怀兮妖娆,用搔首兮屏营。"曹植《洛神赋》："柔情绰态,媚于语言。"　⑤鸾驭:驾驭鸾鸟飞升,形容进入仙境。刘威《赠道者》："高风已驾祥鸾驭,浮世休惊野马尘。"　⑥"游丝"二句:萧衍《天安寺疏圃堂》："晻暧瞩游丝,出没看飞翼。"皎然《效古》："万丈游丝是妾心,惹蝶萦花乱相续。"　⑦流水长东:李煜《相见欢》："胭脂泪,相留醉,几时重。自是人生长恨、水长东。"

**【评析】**

这首词写情人重逢。上片精妙刻画久别重逢的心理变化过程,以及竹前月下软语温存的动人情景。而一系列的环境描写,也与此时心境相契合。下片紧承"细语轻盈",直陈对情人的无限眷恋,深刻理解其不幸处境,并做出不负深盟的信誓。此词在章法结构上有一个很大的特点,就是并不铺叙爱情经历,而是摄取其中最为动人的一幕,淋漓尽致地加以表现。为此,作者安排上片集中铺叙情人重逢情境,描绘细节,而腾出下片,展开大段话白,以便向情人倾诉衷肠。这样的精心谋篇布局,表明周邦彦继柳永之后在长调铺叙艺术上所取得的新进展。

值得提出的还有"坐久相看才喜,欲叹还惊。醉眼重醒"三句,写重逢之际的百感交集,细腻地描绘了重逢时先疑是梦,是醉,最后才弄清不是梦、不是醉而是醒时的情感流程。以平易之语,道出重逢时惊喜之状,真是"状难状之景,如在目前"。其实,这种写法,跟晏几道《鹧鸪天》(彩袖殷勤捧玉钟)结二句"今宵剩把银釭照,犹恐相逢是梦中"一样,都是受杜甫《羌村三首》其一的影响:"妻孥怪我在,惊定还拭泪"、"夜阑更秉烛,相对如梦寐"。周词对杜诗在这方面的"全盘接受"(黄昭寅、张士献《唐宋词史论稿》),非常准确地用词句诠释杜诗,就表现在一个"惊"字上。这也能从特定的侧面反映出一个事实,即宋词在自觉不自觉中受到了唐诗的影响,这种影响有别于晚唐五代北宋前中期的诗词互见互通。

## 看花回

秀色芳容明眸,就中奇绝。①细看艳波欲溜,最可惜、微重重红绡轻帖。②匀朱傅粉,几为严妆时涴睫③。因个甚、底死嗔人,半饷斜盯费贴燮。④ 斗帐⑤里、浓欢意惬。带困眼、似开微合。曾倚高楼望远,似指笑频睇⑥,知他谁说。那日分飞,泪雨纵横光映颊。揾香罗,恐揉损,与他衫袖裛。⑦

【注释】

① "秀色"二句:曹植《洛神赋》:"明眸善睐,靥辅承权。瑰姿艳逸,仪静体闲。"李白《越女词五首》其五:"新妆荡新波,光景两奇绝。" ② "细看"二句:艳波,美女的眼波。轻帖,略加掩饰。元稹《寄吴士矩端公五十韵》:"筝弦玉指调,粉汗红绡拭。" ③严妆时涴(wò)睫:严妆,认真打扮。《古诗为焦仲卿妻作》:"鸡鸣外欲曙,新妇

起严妆。"浣,弄脏。 ④"因个甚"二句:嗔,嗔怪。贴燮,体贴,怜惜。 ⑤斗帐:《古诗为焦仲卿妻作》:"红罗复斗帐,四角垂香囊。"注引《释名》:"小帐曰斗,形如覆斗。" ⑥瞚(shùn):眨眼。窦梁宾《喜卢郎及第》:"晓妆初罢眼初瞚,小玉惊人踏破裙。" ⑦"揾(wèn)香罗"三句:揾,拭擦。裛(yì),通"浥",沾湿。韩偓《半睡》:"四体著人娇欲泣,自家揉损砑缭绫。"


【评析】

　　此首,毛晋刻本有词题作"咏眼"。全篇专力描摹美人之眼,美目盼兮,一意流转,动人情状,因之如在目前。作为一首艳词,周邦彦比较注意拿捏写作分寸,这就是,既将表现对象始终锁定在"明眸"本身,又在铺排中基本上不涉及心理暗示、环境刻画、气氛烘托、场景渲染或感情强化以外的内容。

　　王国维说过:"艳词可作,惟万不可作儇薄语。"(《人间词话·删稿》)但是,随着词坛上咏物意识的加强,后来的一些作家开始以物化的观点看待女性,将吟咏游戏对象扩展到女性身体的各个部位,如南宋刘过的《沁园春·美人指甲》:

　　　　销薄春冰,碾轻寒玉,渐长渐弯。见凤鞋泥污,偎人强剔,龙涎香断,拨火轻翻。学抚瑶琴,时时欲剪,更掬水、鱼鳞波底寒。纤柔处,试摘花香满,镂枣成斑。　时将粉泪偷弹。记绾玉、曾教柳傅看。算恩情相着,搔便玉体,归期暗数,画遍阑干。每到相思,沉吟静处,斜倚朱唇皓齿间。风流甚,把仙郎暗掐,莫放春闲。

品位低下,影响却很大:"近人作美人形况词者,皆倚《沁园春》调。"(俞陛云《唐五代两宋词选释》)其仿作中,如元代邵亨贞的《沁园春·龙洲先生以此词咏指甲、小脚,为绝代脍炙。继其后者,独未之见。彦强庚兄示我眉、目二作，真能追逐古人于百岁之上，不既难矣。暇日，偶于卫立礼座上，以告孙季野丈，为之击节不已。因约相与同赋，翼日而成什焉》其二：

> 漆点填眶，凤梢侵鬓，天然俊生。记隔花瞥见，疏星炯炯，倚阑延伫，止水盈盈。端正窥帘，蓍腾凭枕，睥睨檀郎长是青。销凝久，待嫣然一顾，密意将成。　　困酣时倚银屏。强临镜、捼抄犹未醒。忆帐中亲睹，似嫌罗密，尊前斜注，翻怕灯明。醉后看承，歌时斗弄，几度孜孜频送情。难忘处，是香罗揾透，别泪双零。

终嫌纤丽。非唯不可与南宋咏物名篇，如史达祖的《东风第一枝》、《绮罗香》、《双双燕》和姜夔的《暗香》、《疏影》、《齐天乐》等同日而语，也跟上述周词的相对雅洁，拉开了相当一段距离。（按：尤侗《西堂文集·西堂杂俎一集》卷七中有一篇著名的八股文《怎当他临去秋波那一转》，可录以附读："想双文之目成，情以转而通焉。盖秋波非能转，情转之也。然则双文虽去，其犹有未去者存哉？张生若曰：世之好色者，吾知之。来相怜，去相捐也。此无他，情动而来，情静而去耳。钟情者正于将尽之时，露其微动之色，故足致人思焉。有如双文者乎？最可念者，啭莺声于花外，半晌方言，而今余音歇矣。乃口不能传者，目若传之。更可恋者，衬玉趾于残红，一步渐远，而今香尘灭矣。乃足不能停者，目若停之。唯见潆潆者波也，脉脉者秋波也，乍离乍合者，秋波之一转也。吾向未之见也，不意于临去遇之。吾不知未去之前，秋波何属。或者垂眺于庭轩，纵观于花柳，不过良辰美景，偶尔相遭耳。独是庭轩已隔，花柳方移，而婉兮清扬，忽徘徊其如送者奚为乎？所云含睇宜笑，转正有转于笑之中者。虽使靓修眝于觌面，不若此际之销魂矣。吾不知既去之后，秋波何往。意者凝眸于深院，掩泪于珠帘，不过怨粉愁香，凄其独对耳。惟是深院将归，珠帘半闭，而嫣然美盼，似恍惚其欲接者奚为乎？所云渺渺愁予,转有转于愁之中者。虽使开羞目于灯前,不若此时之心荡矣。此一转也,以为无情耶?转之不能忘情可知也。以为有情耶?转之不为情滞又可知也。人见为秋波转,而不见彼之心思有与为转者。吾即欲流睐相迎,其如一转之不易受何?此一转也,以为情多耶?吾惜其止此一转也。以为情少耶?吾又恨其余此一转也。彼知为秋波一转,而不知吾之魂梦有与为千万转者。吾即欲闭目不窥,其如一转之不可却何。噫嘻!招楚客于三年,似曾相识,倾汉宫于一顾,无可奈何。有双文之秋波一转,宜小生之眼花撩乱也哉。抑老僧四壁画西厢,而悟禅恰在个中。盖一转者,情禅也,参学人试于此下一转语。")

# 看花回

蕙风初散轻暖,霁景微澄洁。① 秀蕊乍开乍敛,带雨态烟痕,春思纤结。② 危弦弄响,来去惊人莺语滑。③ 无赖处,丽日楼台,乱纷岐路思奇绝。 何计解、黏花系月。④ 叹冷落、顿辜佳节。犹有当时气味,挂一缕相思,不断如发。⑤ 云飞帝国⑥,人在天边心暗折。语东风,共流转,谩作匆匆别。⑦

【注释】

①"蕙风"二句:蕙风,和暖的春风。左思《魏都赋》:"蕙风如熏,甘露如醴。"贯休《拟齐梁体寄冯使君三首》其三:"秋空共澄洁,美玉同贞素。" ②"秀蕊"三句:王建《同于汝锡赏白牡丹》:"乍敛看如睡,初开问欲应。"张旭《柳》:"濯濯烟条拂地垂,城边楼畔结春思。"

纤结,喻柳丝低垂,似怀悲郁。冯衍《显志赋》:"心拂郁而纡结兮,意沈抑而内悲。"　③"危弦"二句:危弦,急弦。张协《七命》:"抚促柱则酸鼻,挥危弦则涕流。"白居易《琵琶行》:"大弦嘈嘈如急雨,小弦切切如私语。嘈嘈切切错杂弹,大珠小珠落玉盘。间关莺语花底滑,幽咽泉流水下滩。"　④"何计解"句:黏花,指如絮的柳花相粘连。李元纮《绿墀怨》:"宝屋粘花絮,银筝覆网罗。"　⑤"挂一缕"二句:语本《汉书·枚乘传》,谓千钧系于一缕发丝上。此喻相思如柳丝不绝如缕。　⑥帝国:京都。马戴《广陵曲》:"隋帝国已破,此中都不知。"　⑦"语东风"三句:杜甫《曲江二首》其二:"传语风光共流转,暂时相赏莫相违。"

【评析】

　　这首词写春日相思之情。上片写景。春风送暖,霁景澄洁,丽日楼台,危弦莺语,惹动无赖离思。"危弦"二句点化《琵琶行》名句,暗示同处天涯沦落之境。下片抒情。匆匆作别,相思如缕不绝,佳节辜负,此际花月何解,问向帝都飞云,心折天边奈若何。"犹有当时气味,挂一缕相思,不断如发"三句,卓人月《古今词统》卷十三有评点曰"'思'之为言'丝'",的确可以音谐意通。其形象描绘处,与秦观"无边丝雨细如愁"同妙。"人在天边"或亦双关语,有助于揣测词作时地。

## 月下笛

　　小雨收尘,凉蟾莹彻,水光浮璧。谁知怨抑。静倚官桥吹笛。映宫墙、风叶乱飞,品高调侧人未识。①想开元旧谱,柯亭遗韵,②

尽传胸臆。阑干四绕，听折柳徘徊，数声终拍。寒灯陋馆，最感平阳孤客。夜沈沈、雁啼甚哀，片云尽卷清漏滴。黯凝魂，但觉龙吟万壑天籁息。③

【注释】

①"映宫墙"二句：张祜《长门怨》："日映宫墙柳色寒，笙歌遥指碧云端。"萧纲《侍游新亭应令》："柳叶带风转，桃花含雨开。"长孙无忌《灞桥待李将军》："飒飒风叶下，遥遥烟景曛。"黄庭坚《阮郎归》："青箬里，绛纱囊。品高闻外江。"杜牧《寄珉笛与宇文舍人》："调高银字声还侧，物比柯亭韵较奇。" ②"想开元"二句：《明皇杂录》："开元二年，上于梨园自教法曲，必尽其妙，谓之皇帝梨园子弟。""天宝中，上命宫女数百人为梨园弟子，皆居宜春北院。上素晓音律，时有马仙期、贺怀智，洞知音律。"《后汉书·蔡邕传》："往来依太山羊氏，积十二年，在吴。"注引张骘《文士传》曰："邕告吴人曰：'吾昔尝经会稽高迁亭，见屋椽竹东间第十六可以为笛。'取用，果有异声。"伏滔《长笛赋序》云："余同僚桓子野，有故长笛，传之耆老，云蔡邕之所作也。初邕避难江南，宿于柯亭之馆，以竹为椽，邕仰而眄之曰：'良竹也。'取以为笛，奇声独绝。历代传之，以至于今。" ③"黯凝魂"二句：凝魂，出神。杜牧《代人作》："盼眄凝魂别，依稀梦雨来。"马融《长笛赋》："近世双笛从羌出，羌人伐竹未及已。龙鸣水中不见已，截竹吹之声相似。"李白《金陵听韩侍御吹笛》："韩公吹玉笛，倜傥流英音。风吹绕钟山，万壑皆龙吟。"《庄子·齐物论》："子游曰：'地籁则众窍是已，人籁则比竹是已，敢问天籁。'子綦曰：'夫吹万不同，而使其自已也。咸其自取，怒者其谁邪？'"

**【评析】**

　　这首词写月下闻笛。上片极力铺写环境的清幽，笛韵的高超优美，寄寓知音难觅的苦闷。下片结合闻笛感受，抒写客居孤馆的伤感。起首"小雨"三句，写月夜幽静而美丽。以下数句，写笛声哀怨抑郁，尽传胸臆，似乎映照在宫墙上的柳叶，也为之感动而飞舞。可是，曲高和寡，其中与众不同的精妙之处，无人识得。下片写闻笛后的感触。正羁旅异乡的词人，听完吹笛能手今夜的《折柳曲》，故园之情油然而生，不禁为之绕阑徘徊。这里，通过借用马融落魄的典故，进一步抒发了怀才不遇的忧伤。以下，以景色渲染哀情。沉沉夜色中，鸿雁的悲啼声和单调的漏滴声，让人更加心烦意乱。一结写余音绕梁，词人仿佛仍然沉浸其中，黯然魂销。

　　词本来是一种音乐文学体裁，可是唐宋时期的音乐词，尤其是像唐诗中《琵琶行》、《听颖师弹琴》、《李凭箜篌引》那样众所周知的名篇，好像比较少见。如果一定要找，周邦彦的这首《月下笛》可以算是一篇难得的佳作。另外，张先的两首词也值得一提：

　　　　佳人学得平阳曲。纤纤玉笋横孤竹。一弄入云声。海门江月清。髻摇金钿落。惜恐樱唇薄。听罢已依依。莫吹杨柳枝。(《菩萨蛮》)

　　　　云轻柳弱。内家髻子新梳掠。生香真色人难学。横管孤吹，月淡天垂幕。　朱唇浅破樱桃萼。倚楼人在栏干角。夜寒指冷罗衣薄。声入霜林，簌簌惊梅落。(《醉落魄·咏佳人吹笛》)

# 无　闷　冬

云作轻阴，风逗细寒，小溪冰冻初结。①更听得、悲鸣雁度空阔。暮雀喧喧聚竹②,听竹上清响风敲雪。洞户悄,时见香消翠楼,兽煤红爇。③　凄切。念旧欢聚,旧约至此,方惜轻别。又还是、离亭楚梅堪折④。暗想莺时似梦,梦里又却是,似莺时节。⑤要无闷,除是拥炉对酒,共谭风月。⑥

【注释】

①"云作"三句:谢惠连《咏冬》:"积寒风愈切,繁云起重阴。"王逸《九思·悯上》:"霜雪兮濩渃,冰冻兮洛泽。"杨广《冬夜》:"月影含冰冻,风声凄夜寒。"　②"暮雀"句:王僧孺《秋闺怨》:"斜光隐西壁,暮雀上南枝。"李隆基《春台望》:"阳乌黯黯向山沈,夕鸟喧喧入上林。"　③"洞户"三句:洞户,犹洞房,幽深的内室。徐陵《咏织妇》:"檐前初月照,洞户朱帷垂。"爇,焚烧。王泠然《夜光篇》:"浊烟熏月黑,高艳爇云红。"和凝《宫词百首》其七:"红兽慢然天色暖,凤炉时复爇沈香。"　④"又还是"句:离亭,古代建于离城稍远的道旁供人歇息的亭子,古人往往于此送别。楚梅,楚地的梅花。阴铿《江津送刘光禄不及》:"泊处空余鸟,离亭已散人。"张籍《送李司空赴镇襄阳》:"商路雪开旗旆远,楚堤梅发驿亭春。"柳永《倾杯乐》:"楚梅映雪数枝艳,报青春消息。"　⑤"暗想"三句:金昌绪《春怨》:"打起黄莺儿,莫教枝上啼。啼时惊妾梦,不得到辽西。"　⑥"要无闷"三句:无闷,没有苦恼。庾信《拟咏怀诗二十七首》其二十五:"无闷无不闷,有待何可待。"《南史·徐勉传》:"尝与门人夜集,客有虞暠求詹事五官。勉正色答云:'今夕止可谈风月,不宜及公事。'"

【评析】

　　这首词写相思之情。上片写景。开篇至"听竹上清响"句,云阴风寒,溪冰初结,鸣雁度空,喧雀聚竹,风竹敲雪,是初冬室外景象,从视觉和听觉感受两方面铺写。自"洞户悄"以下,洞户香消,翠楼红热,转入室内情景。炼字运意,均为工致。下片抒情。过片"凄切"句定下全篇的情感基调。自"念旧"句以下,叙写苦闷怀人心绪。回忆温馨的往事,总觉得它就像梦一样,美好得不太真实。可是,在梦中,往往又确实能回到那甜蜜幸福的时刻。"莺时"一语颇新,令人遐想无限。结三句,回到现实。"拥炉对酒"二句,宕开一笔写看似设想中的解脱悲哀的温馨场面,实为感叹重聚之不易。总的来看,这首词虽然不是周邦彦的代表作,也能比较明显地体现出其词章法严密、结构繁复多变的特点。

# 琴调相思引

生碧①香罗粉兰香。冷绡缄泪倩谁将②。故人何在,烟水隔潇湘。　　花落燕□春欲老③,絮吹思浪日偏长。一些儿事,何处不思量。

【注释】

①生碧:黛青色。罗虬断句:"窗前远岫悬生碧,帘外残霞挂熟红。"

②"冷绡"句:《类说》卷二十九引《丽情集》:"灼灼,锦城官妓也,善舞柘枝,能歌水调。相府筵中与河东人坐中神通目授,自此不复面矣。灼灼以软绡多聚红泪,密寄河东人。"　　③春欲老:白居易《东城寻春》:"东城春欲老,勉强一来寻。"

【评析】

这首女子思故人词,上、下片第二句有可说之处。"冷绡"句是说,怎么才能让那个人知道"我"在日日为他流泪。所借典故之用意,吴元忠词中所写者,可为之下一注脚:

> 吴县曹君直舍人(元忠),精校勘之学,有其乡黄荛圃师法。所著《云瓿词》一卷,余尝序之。谓机九张而泽鲜,丝一钩而络贵,岂陈思华胄,雅擅风华,抑吴女故都,能传哀怨者也。《子夜歌》云:"祝东风、万花吹遍,莫长江南红豆。又勾惹、旧愁新恨,娇怯怎生消受。束竹肠攒,食莲心苦,替得那人否。恐怕绡缄泪天涯,点点桃花,半瓢泥金小袖。　总念我、燕山倦旅,要把归期厮守。鹦唤帘前,马嘶门外,盼到容光瘦。待镜台双倚,玉颜能几时候。冉冉青春,沉沉紫曲,钿约长孤负。为萧郎、担尽虚名,相思还又。"
>
> (冒广生《小三吾亭词话》卷三)

"絮吹"句是说,思如乱絮,撩乱无奈长昼,一池心水,真是妙思"奇想"(王强《周邦彦词新释辑评》)。《全宋词》疑"思浪"或当作"鱼浪"。

此词的作期和主旨,有学者认为,是熙宁四年至七年(1071—1074)周邦彦游学荆州、长安期间所作八首寄内词之一;同时,推论"冷绡"等句可能是周氏"发妻不识或不太识字的美化辞令"(孙虹《周邦彦寄内系列词编年考证》)。但是,这前后两个推论其实恰好是相互矛盾的,很难同时成立,除非所谓"寄内"只是写给作者自己,而不是"不太识字"的发妻看的代言之作,希望从对方对一己的"思量"中写出自己对对方的一片深情。

## 青房并蒂莲　维扬怀古

　　醉凝眸。正楚天秋晚，远岸云收。草绿莲红，□映小汀洲。芰荷香里鸳鸯浦，恨菱歌、惊起眠鸥。①望去帆、一派湖光，棹声咿哑橹声柔②。　　愁窥汴堤细柳，曾舞送莺时，锦缆龙舟。拥倾国纤腰皓齿，笑倚迷楼。③空令五湖夜月，也羞照三十六宫秋。④正浪吟⑤、不觉回桡，水花风叶两悠悠。

【注释】

　　①"芰荷"二句：王台卿《山池应令》："池香出芰荷，石幽衔细草。"鲍照《采菱歌七首》其一："箫弄澄湘北，菱歌清汉南。"　②"棹声"句：韩偓《南浦》："应是石城艇子来，两桨咿哑过花坞。"吴融《汴上晚泊》："萧然正无寐，夜橹莫咿哑。"　③"愁窥"五句：《大业拾遗记》："（隋炀帝）凭殿脚女吴绛仙肩，喜柔丽不与群辈齿。爱绛仙善画长眉，将拜婕妤，适早嫁万郡，故不克。顾内谒者云：'古人云秀色若可飧，如绛仙真可疗饥矣。'""（隋炀帝幸江都时）每舟择妙丽长白女子千人，执雕版金楫，号殿脚女。"《迷楼记》："工巧之极，自古无有也。费用金玉，帑库为之一虚。人误入者，虽终日不能出。帝幸之，大喜，顾左右曰：'使真仙游其中，亦当自迷也。可目之曰迷楼。'"　④"空令"二句：陆广微《吴地记》引《越绝书》："西施亡吴国后，复归范蠡，同泛五湖而去。"三十六宫，此泛指隋炀帝江都的宫殿。班固《西都赋》："离宫别馆，三十六所。"　⑤浪吟：犹"沧浪吟"。储光羲《酬李壶关奉使

行县忆诸公》:"青枫江上沧浪吟,白月宫中鹦鹉林。"

**【评析】**

　　这首词,又见赵闻礼《阳春白雪》卷四,题王沂孙作,注云:"明本误附美成集后。"《全宋词》云:"所谓明本,殆指明州所刊《清真集》二十四卷。此书刊于嘉泰中,王沂孙时代较晚。此词是否周邦彦作,尚未可知,但亦非王沂孙作。"

　　此词怀古伤今,构思绝似杜甫《哀江头》:

　　　　少陵野老吞声哭,春日潜行曲江曲。江头宫殿锁千门,细柳新蒲为谁绿。忆昔霓旌下南苑,苑中万物生颜色。昭阳殿里第一人,同辇随君侍君侧。辇前才人带弓箭,白马嚼啮黄金勒。翻身向天仰射云,一笑正坠双飞翼。明眸皓齿今何在,血污游魂归不得。清渭东流剑阁深,去住彼此无消息。人生有情泪沾臆,江草江花岂终极。黄昏胡骑尘满城,欲往城南望城北。

借历史兴替,风物变幻,感时伤事,唯不及老杜沉郁激烈。篇中极写昔日繁华景象,是因为历史与现实有着惊人的相似之处,也是为了反衬此日悲哀心绪,即杜甫《秋兴》其六"回首可怜歌舞地"之意。


## 满庭芳　忆钱唐

　　山崦①笼春,江城吹雨,暮天烟淡云昏。酒旗渔市,冷落杏花村。②苏小当年秀骨,萦蔓草、空想罗裙。③潮声起,高楼喷笛,五两了无闻。④　　凄凉,怀故国,朝钟暮鼓,十载红尘⑤。似梦魂迢递,长到吴门。闻道花开陌上,歌旧曲、愁杀王孙。⑥何时见、□□唤酒,同倒瓮头春⑦。

【注释】

①山崦(yān):山坳,山曲。江淹《郭弘农璞游仙》:"崦山多灵草,海滨饶奇石。" ②"酒旗"二句:杜牧《清明》:"借问酒家何处有,牧童遥指杏花村。" ③"苏小"二句:李贺《苏小小歌》:"草如茵,松如盖。风为裳,水为佩。"李白《行路难三首》其二:"昭王白骨萦蔓草,谁人更扫黄金台。"牛希济《生查子》:"记得绿罗裙,处处怜芳草。" ④"高楼"二句:喷,声音迸发。黄庭坚《念奴娇》:"老子平生,江南江北,最爱临风笛。孙郎微笑,坐来声喷霜竹。"傅干注东坡《水龙吟》(楚山修竹如云):"善吹笛者,必俟气肃天清,风微月亮,聊作一二弄,遂臻其妙。"五两,古代测风的器具,用五两鸡毛结于高竿顶上,以测风之方向。郭璞《江赋》:"觇五两之动静。"注引许慎《淮南子注》:"綄,候风也,楚人谓之五两也。"鲍照《吴歌三首》其三:"五两了无闻,风声那得达。" ⑤红尘:指繁华之地。班固《西都赋》:"红尘四合,烟云相连。" ⑥"闻道"二句:苏轼《陌上花三首引》:"游九仙山,闻里中儿歌《陌上花》。父老云:吴越王妃,每岁春必归临安,王以书遗妃曰:'陌上花开,可缓缓归矣。'吴人用其语为歌,含思宛转,听之凄然,而其词鄙野,为易之云。"冯延巳《临江仙》:"夕阳千里连芳草,风光愁杀王孙。" ⑦瓮头春:初熟酒。岑参《喜韩樽相过》:"二月灞陵春已老,故人相逢耐醉倒。瓮头春酒黄花脂,禄米只充沽酒资。"

【评析】

作者怀念他一别十年的家乡景物以及当年的生活,于是,有了这首写于荆州的怀乡词。上片以回忆为主,却把过去和现在、荆州和杭州不同时空中发生的情事,捏合在一起写。末三句回到眼前,进一步触动思绪。下片撇开眼前的"江城",写对杭州的刻骨思念,情感浓烈而有起伏。最后憧憬未来,设想有朝一日回到故乡后的欢乐情景。全篇利用回忆、写实和想象,打并不同时地情事,铺叙展衍,姿态横生。

## 满庭芳

花扑鞭梢,风吹衫袖,马蹄初趁轻装。①都城渐远,芳树隐斜阳。未惯羁游②况味,征鞍上、满目凄凉。今宵里,三更皓月,愁断九回肠③。　佳人,何处去,别时无计,同引离觞。但唯有相思,两处难忘。④去即十分去也,如何向、千种思量。凝眸处,黄昏画角,天远路岐长⑤。

【注释】

①"花扑"三句:白居易《重游曲江》:"鞭梢乱拂暗伤情,踪迹难寻露草青。"庾信《赠别》:"谁言畜衫袖,长代手中洛。"韩翃《送故人归鲁》:"雨余衫袖冷,风急马蹄轻。"　②羁游:羁旅无定。卢纶《寄郑七纲》:"羁游不定同云聚,薄宦相萦若网牵。"　③九回肠:愁肠翻转,喻忧思难解。司马迁《报任安书》:"是以肠一日而九回,居则忽忽若有所亡,出则不知其所往。"　④"但唯有"二句:反用鲍照《代春日行》:"两相思,两不知。"白居易《偶作寄朗之》:"老来多健忘,唯不忘相思。"　⑤"天远"句:杜荀鹤《与友人对酒吟》:"客路如天远,侯门似

海深。"王廙《笙赋》:"发千里之长思,咏别鹤于路岐。"

**【评析】**

这首词抒写离京远行的羁游况味,表达对"佳人"难以忘怀的相思之情。上片叙事,记叙"征鞍"上的见闻和"凄凉"感受。下片抒情,回忆临别时同引离觞,彼此依依难舍,却又无计可施,不得不别,凝眸怅望,空叹天远路长。全篇铺叙从容不迫,情感沉郁深厚,与柳永的羁旅行役之作,如《八声甘州》的凄壮相比,别有一种风味:

> 对潇潇暮雨洒江天,一番洗清秋。渐霜风凄紧,关河冷落,残照当楼。是处红衰翠减,苒苒物华休。惟有长江水,无语东流。 不忍登高临远,望故乡渺邈,归思难收。叹年来踪迹,何事苦淹留。想佳人、妆楼颙望,误几回、天际识归舟。争知我、倚栏杆处,正恁凝愁。

此词并非清真上品,然而"象征性"(刘扬忠《周邦彦词选评》)颇强。元祐元年(1086),朝廷诏令于齐、庐、宿、常等州各置府学教授一员。次年春,周邦彦被调出太学,外任庐州府学教授。从此,这位天才的词人遥望着"天远路岐长"的前景,开始步入了一个忧患失意的中年。

# 满庭芳

白玉楼高,广寒宫阙,暮云①如幛寨开。银河一派②,流出碧天来。无数星躔玉李,冰轮动、光满楼台。③登临处,全胜瀛海,弱水浸蓬莱。④ 云鬟,香雾湿,月娥韵压,云冻江梅⑤。况餐花饮露⑥,莫惜裴徊。坐看人间如掌,山河影、倒入琼杯。⑦归来晚,笛声吹彻,九万里⑧尘埃。

## 【注释】

①云:刘绘《同沈右率诸公赋鼓吹曲二首·巫山高》:"散雨收夕台,行云卷晨障。" ②银河一派:贯休《海觉禅师山院》:"六环金锡飞来后,一派银河泻落时。" ③"无数"二句:躔(chán),指日月星辰在黄道上运行,也指其运行的轨迹。玉李,指星。《吕氏春秋·季春纪》:"月躔二十八宿,轸与角属,圜道也。"李充《七月七日》:"北极躔众星,玉机运六纲。"萧衍《阊阖篇》:"长旗扫月窟,凤迹辗星躔。"《史记·天官书》:"左角,李;右角,将。"庾肩吾《和望月》:"渡河光不湿,移轮辙讵开。"王初《银河》:"历历素榆飘玉叶,涓涓清月湿冰轮。"

④"全胜"二句:《海内十洲记》:"凤麟洲在西海之中央,地方一千五百里,洲四面有弱水绕之,鸿毛不浮,不可越也。" ⑤"云冻"句:韦庄《浣溪沙》:"暗想玉容何所似,一枝春雪冻梅花。满身香雾簇朝霞。"

⑥"况餐花"句:《离骚》:"朝饮木兰之坠露兮,夕餐秋菊之落英。"

⑦"坐看"二句:李贺《梦天》:"遥望齐州九点烟,一泓海水杯中泻。"《后汉书·岑彭传》:"今四方豪杰各据郡国,洛阳地如掌耳,不如按甲以观其变。"《酉阳杂俎》卷一:"或言月中蟾桂,地影也,空处水影也。"吕岩《卜算子》:"卷尽浮云月自明,中有山河影。" ⑧九万里:《庄子·逍遥游》:"北冥有鱼,其名为鲲。鲲之大,不知其几千里也。化而为鸟,其名为鹏。鹏之背,不知其几千里也。怒而飞,其翼若垂天之云。是鸟也,海运则将徙于南冥。南冥者,天池也。齐谐者,志怪者也。谐之言曰:'鹏之徙于南冥也,水击三千里,抟扶摇而上者九万里,去以六月息者也。'"

【评析】

　　这是一首登高赏月之作。上片叙述了一段游仙的经历，设想自己登临白玉楼，置身广寒宫，遥望星辰运转、银河泻波的奇异景象，境界鲜明开阔。下片幻想与月里嫦娥一起餐花饮露，吹笛夜归。其中，尤其是从天上下望人间等句，跟上片中初到月宫，推开像帷幕一般的暮云，看到银河一派一样，想象都很丰富。

　　古代文人在作品中表现自己的天阙遨游，从屈原《离骚》到李白《梦游天姥吟留别》、李贺《梦天》，大都有一定的寄托，侧重点各所不同。屈原着笔于太空的纵情驰骋，令羲和弭节，使望舒先驱，是企图宣泄心头的抑郁。李白重在揭示功名富贵的虚幻，表达理想破灭后的苦闷，不愿折腰权贵的孤傲情怀。李贺写对天界的主观感受，表现对宇宙世事渴望了解，又似陷入不可知论疑团的怅惘。在这里，周邦彦对纯洁、光耀、澄澈的月宫世界的憧憬与企羡，可以看成其追求光明的美学理想的体现。（参沈家庄《清真词风格论》）后来，辛弃疾、魏源的一词一诗，都称得上月亮想象与诗思"神悟"（王国维《人间词话》）的优秀篇章：

　　　　可怜今夕月，向何处、去悠悠。是别有人间，那边才见，光景东头。是天外，空汗漫，但长风浩浩送中秋。飞镜无根谁系，姮娥不嫁谁留。　　谓经海底问无由。恍惚使人愁。怕万里长鲸，纵横触破，玉殿琼楼。虾蟆故堪浴水，问云何玉兔解沉浮。若道都齐无恙，云何渐渐如钩。（《木兰花慢·中秋饮酒将旦，客谓前人诗词有赋待月，无送月者，因用〈天问〉体赋》）

　　　　月兮月兮劝汝一杯酒，安得广寒宫里一携手。月中仙人笑回头，视如大地同一浮。汝言桂树修玉斧，谁知大地河山影万古。汝言三五有盈缺，谁知四大海水如圆块。潮消潮长月盈虚，云蔽云开冰皎洁。

影落江心月一轮，千江一片光如雪。一旦乘风来月中，还看天地如明月。(《呼月吟》)

## 青玉案

良夜灯光簇如豆。占好事、今宵有①。酒罢歌阑人散后②。琵琶轻放，语声低颤，灭烛来相就。③　玉体偎人情何厚。轻惜轻怜转唧嗾④。雨散云收眉儿皱。只愁彰露，那人知后。把我来僝僽⑤。

【注释】

①"占好事"句：顾夐《木兰花》："良宵好事枉教休，无计那他狂耍婿。"　②"酒罢"句：姚合《惜别》："酒阑歌罢更迟留，携手思量凭翠楼。"　③"语声"二句：柳永《燕归梁》："语声犹颤不成娇。乍得见、两魂销。"晋《子夜四时歌·秋歌十八首》其四："开窗秋月光，灭烛解罗裳。"　④唧嗾：《汇释》："唧嗾，有伶俐意，有漂亮意，有精细意。"　⑤"只愁"三句：彰露，显露，败露。僝僽（chán zhòu），埋怨，嗔怪。《三国志》："诣阙上书曰：'臣伏自省，才非干国，因缘肺腑，位极人臣，伤锦败驾，罪负彰露，寻怨惟阙，夙夜忧惧。'"

【评析】

这首《青玉案》写男女相悦的"好事"，很是露骨。在周邦彦的作品中，恐怕是除《花心动》以外不多见的一首。对于这首词，王国维有过评论："乃改山谷《忆帝京》词为之者，似屯田最下之作，非美成所宜有也。"(《人间词话》) 不过,即便周词确有所本,所谓"决非先生作"(《清真先生遗事》),也实在不必为之讳。

黄庭坚早年"放于狭邪"(王灼《碧鸡漫志》卷二),写过一些甚至比柳永还要疏荡的词,如《添字少年心》:

> 心里人人,暂不见、霎时难过。天生你要憔悴我。把心头从前鬼,著手摩挲。抖擞了、百病销磨。 见说那厮脾鳖热。大不成我便与拆破。待来时、鬲上与厮噷则个。温存著,且教推磨。

所以,当时就有人如法秀道人曾当面指责他是"以笔墨劝淫",败坏人心。后来,朱彝尊在《词综·发凡》中指出"言情之作,易流于秽"的现象时,所举的例子也是黄庭坚。黄庭坚则辩解说,那不过是少时"使酒玩世"(《小山词序》)的"空中语"。换句话说,就是一时风气使然,而非个别现象。也因此,上述黄庭坚《忆帝京·私情》:

> 银烛生花如红豆。占好事、而今有。人醉曲屏深,借宝瑟、轻招手。一阵白蘋风,故灭烛、教相就。 花带雨、冰肌香透。恨啼乌、辘轳声晓。岸柳微凉吹残酒。断肠时、至今依旧。镜中消瘦。那人知后。怕夯你来僝僽。

才会出现与秦观《御街行》互见的情况。〔按:其词属秦,文献依据是《绿窗新话》卷上所引《古今词话》。又,秦观《如梦令》(池上春归何处),《类编草堂诗余》卷一作周邦彦词,《全宋词》定其误题,而列《全宋词》入参考书目的青山宏《唐宋词研究》仍作周词,不知是否另有所据。类似的情况还有,据《乐府雅词》卷中,《感皇恩》(小阁倚晴空)为晁冲之词;据《草堂诗余》后集、前集卷下,《忆秦娥》(香馥馥)、《女冠子·雪景》(同云密布)均为无名氏词,《全宋词》已为表出,而以吴则虞校本《清真集》为底本的《周邦彦词新释辑评》,仍作周词。〕周邦彦与黄庭坚有过相似经历,在他的笔下出现《青玉案》一类艳词,无论自作还是改作,都不奇怪。(按:在特定的文学意义上,周邦彦的作品也确实是后来居上的。又,潘游龙《古今诗余醉》卷十五曾将黄庭坚《浣溪沙》(新妇矶边眉黛愁)误题周邦彦作。)

王国维的上述说法,并非无所自来。这与前代学人从一开始就无端漠视词的发生史,无休止地对其所承载的社会功能进行道德价值方面的无情拷问紧密相关,说到底,是由于对词体文学的轻慢态度造成的。但是,词毕竟在彼时已然成为一种客观、普遍甚至是繁荣的存在,所以,身处两难境地的评论者们只好曲为之说。如欧阳修词中所谓"鄙亵"(陈振孙《直斋书录解题》卷二十一)之作,这个艳丽的话题自宋元以来曾被反复提起,俨然成为了一个相当严肃且难于回避的问题。曾慥《乐府雅词引》即云:"欧公一代儒宗,风流自命,词章窈眇,世所矜式。当时小人,或作艳曲,谬为公词,今悉删除。"左支右绌,堪称典型。《人间词话》与之一脉相承,未可信据。

# 一剪梅

一剪梅花万样娇。斜插梅枝,略点眉梢。轻盈微笑舞低回①,何事尊前拍误招。　　夜渐寒深酒渐消。袖里时闻玉钏敲②。城头谁恁促残更,银漏③何如,且慢明朝。

【注释】

① "轻盈"句:卢思道《采莲曲》:"曲浦戏妖姬,轻盈不自持。"方干《赠美人四首》其一:"舞袖低徊真蛱蝶,朱唇深浅假樱桃。"

②"袖里"句：萧纲《赋乐器名得箜篌》："钏响弦鸣，衫回半障柱。"又《夜听妓》："朱唇随吹尽，玉钏逐弦摇。" ③银漏：王勃《乾元殿颂序》："虬箭司更，银漏与三辰合运。"

【评析】

这首词上片以万样娇梅起兴，转入人时，梅眉相谐，更见媚妩。再写佳人浅笑轻舞，尊前误拍，点画之间，神态毕现。承歇拍句"何事"语意而来，下片揭明风流无尽，春宵苦短之意。城头更催，银漏恨速，刻画细腻心思，尤见情景交融之妙。

《全宋词》据吴讷《唐宋名贤百家词》本《片玉集抄补》所录"何事尊前拍误招"句，他本常作"何事尊前，拍手误招"。词牌《一剪梅》，以此首中"一剪梅花万样娇"句得名。后来，李清照填过一首名作：

  红藕香残玉簟秋。轻解罗裳，独上兰舟。云中谁寄锦书来，雁字回时，月满西楼。  花自飘零水自流。一种相思，两处闲愁。此情无计可消除，才下眉头，却上心头。

不过，在围绕易安词是否存在"出韵"、原作是否脱去"西"字等问题上，曾经出现过不同的声音：

  周永年曰：《一剪梅》惟易安作为善。刘后村换头亦用平字，于调未叶。若"云中谁寄锦书来"，与"此情无计可消除"，"来"字、"除"字不必用韵，似俱出韵。但"雁字回时月满楼"，"楼"字上失一"西"字。刘青田"雁短人遥可奈何"，"楼"上似不必增"西"字。（沈雄《古今词话·词辨》下卷引）

  玉梅词隐云：易安精研宫律，所作何至出韵？周美成倚声专家，为南北宋关键，其《一剪梅》第四句均不用韵，讵皆出韵耶？窃谓《一剪梅》调当以第四句不用韵一体为最早。晚近作者，好为靡靡之音,徒事和畅,乃添入此叶耳。(况周颐《漱玉词笺》)可见,易安词中"来"、"除"二字不用韵,非不合律。又据黄昇《唐宋诸贤绝妙词选》卷十、明抄本《乐府雅词》卷下,上片歇拍本为七字句,非流传之误。又可见出,坚持词"别是一家"的李清照,跟她在《词论》中"隐含"的观点一致,在创制《一剪梅》的过程中,并未越清真"正体"雷池一步。(按:《词律》卷九以"雁字回时月满楼"句体李清照词为正体,而以"何事尊前,拍手误招"句体周邦彦词为别体。《钦定词谱》卷十三则以"何事尊前,拍手误招"句体清真词为"正体",不列易安词。)

## 鹊桥仙令

浮花浪蕊,人间无数,开遍朱朱白白①。瑶池一朵玉芙蓉,秋露洗、丹砂真色。② 晚凉拜月,六铢衣动,③应被姮娥认得。翩然欲上广寒宫,横玉度、一声天碧④。

【注释】

①朱朱白白:红白相间,繁盛鲜艳。韩愈《感春三首》其三:"晨游百花林,朱朱兼白白。" ②"瑶池"二句:瑶池,西王母所居之地,喻莲花形质。《集仙录》:"昆仑之圃,阆风之苑,有城千里,玉楼十二。琼华之阙,光碧之堂,九层玄室,紫翠丹房。左带瑶池,右环翠水。"陆龟蒙《白莲》:"素花多蒙别艳欺,此花真合在瑶池。"嵩岳诸仙《嫁女诗》:"妆匣尚留金翡翠,暖池犹浸玉芙蓉。"王建《上李益庶子》:"昏思愿因

秋露洗，幸容阶下礼先生。"繁钦《生茨》："太阳曝真色，翔风发其敷。"
　　③"晚凉"二句：《梦粱录》卷四："又于广庭中设香案及酒果，遂令女郎望月瞻斗列拜。"六铢衣，衣轻而薄，重仅四分之一两。古一两相当于现在的半两。《博异志》："问曰：'衣服皆轻细，何土所出？'对曰：'此是上清五铢服。'又问曰：'比闻六铢者天人衣，何五铢之异？'对曰：'尤细者则五铢也。'"　　④"横玉度"句：《杨太真外传》："妃子无何，窃宁王紫玉笛吹。诗人张祜诗曰：'梨花静院无人见，闲把宁王玉笛吹。'因此又忤旨，放出。"崔橹《闻笛》："横玉叫云天似水，满空霜逐一声飞。"

## 【评析】

　　这首《鹊桥仙令》，以"浮花浪蕊"与"丹砂真色"、"欲上广寒"的"玉芙蓉"分别喻人与自喻，表达鄙弃蔑视与抗拒同流合污的情志，形象真切，意境"清真"，使人联想到"制芰荷以为衣兮，集芙蓉以为裳"（《离骚》）的屈原。王灼认为，清真词得"骚人意旨"，"词格之所以特高"（《碧鸡漫志》卷二），这当是因素之一。总的来看，以党争故，清真此类咏物词，依人之苦，患失之心，身世之感，迟暮之悲，触处可见，更容易看出与说明其继承"美人香草"之比兴寄托的问题。

# 花心动

**帘卷青楼，东风暖，杨花乱飘晴昼。**①**兰袂褪香，罗帐寒红，**②**绣枕旋移相就。海棠花谢春融暖，偎人恁、娇波频溜。**③**象床稳，鸳**

衾谩展，浪翻红绉。④　　一夜情浓似酒。香汗渍鲛绡⑤，几番微透。鸾困凤慵，娅姹双眉，⑥画也画应难就。问伊可煞⑦□人厚。梅萼露、胭脂檀口⑧。从此后、纤腰为郎管瘦。

【注释】

①"帘卷"三句：孟浩然《赋得盈盈楼上女》："夫婿久别离，青楼空望归。妆成卷帘坐，愁思懒缝衣。燕子家家入，杨花处处飞。"

②"兰袂"二句：柳恽《捣衣诗五章》其四："瑶华随步响，幽兰逐袂生。"晋《子夜四时歌·夏歌二十首》其四："罗帐为谁褰，双枕何时有。"　③"海棠"二句：罗隐《送人赴职任褒中》："海棠花谢东风老，应念京都共苦辛。"李隆基《题梅妃画真》："霜绡虽似当时态，争奈娇波不顾人。"郑仅《调笑转踏》："吴姬绰约开金盏，的的娇波流美盼。"

④"鸳衾"二句：绉（zhòu），皱纹丝织品。柳永《凤栖梧》："酒力渐浓春思荡，鸳鸯绣被翻红浪。"　⑤鲛绡：《述异志》卷上："南海出鲛绡纱，泉室潜织，一名龙纱。其价百余金，以为服，入水不濡。"顾非熊《子夜夏秋二曲》其一："君筵呈妙舞，香汗湿鲛绡。"　⑥"鸾困"二句：《山海经》："西有王母之山、壑山、海山。……鸾鸟自歌，凤鸟自舞。爰有百兽，相群是处，是谓沃之野。"《白孔六帖》："孤鸾见镜，睹其影谓为雌，必悲鸣而舞。"娅姹，娇娆多姿态，眉目含情。张鷟《游仙窟》："然后逶迤回面，娅姹向前。"和凝《江城子》："娅姹含情娇不语，纤玉手，抚郎衣。"　⑦可煞：《汇释》："犹云可是也，疑问辞。"

⑧"梅萼"句：《古今注》："燕支，西方土人以染红，中国人谓之红兰，以染粉为面色，名燕支粉，亦作焉支。"韩偓《余作探使以缭绫手帛子寄贺因而有诗》："黛眉印在微微绿，檀口消来薄薄红。"

**【评析】**

这首词写男女情事，秾艳之极。总的来看，层次清晰，结构完整，各种描写相关相错，简洁协调。一结"从此后、纤腰为郎管瘦"，突出感情成分，将全篇的描写提升到了一定的审美层次。

描摹男女情事之作，在两性关系相对开放的唐代（《红楼梦》第六十三回贾蓉的辩解开脱之辞中所说的"脏唐"，即有此意）并不多见，而在宋人的长短句中数量却相当可观。这类作品，固然可能是作者们"在理学显文化压抑之下的一种士阶层心理表征"（陶慕宁《青楼文学与中国文化》），有因为追求功名受挫而发泄苦闷的一面，同时也不能否认其中还有他们追求幸福的另一面，不宜简单地以境界崇高求之，或以格调卑下斥之。

# 双头莲

一抹残霞，几行新雁，天染云断，红迷阵影，隐约望中，点破晚空澄碧。①助秋色。门掩西风，桥横斜照，青翼未来，浓尘自起，咫尺凤帏，②合有人相识。　叹乖隔③。知甚时恣与，同携欢适。④度曲传觞，并鞯飞辔，斗陌画车连夕。⑤枕头千里，彼此一般，尽是泪滴。⑥怎生向，无聊但只听消息⑦。

**【注释】**

① "一抹"六句：王勃《滕王阁序》："落霞与孤鹜齐飞，秋水共长

天一色。"李世民《赋得含峰云》:"横天结阵影,逐吹起罗文。"郑准《云》:"飘零尽日不归去,点破清光万里天。" ②"青翼"三句:咫尺,八寸曰咫。柳永《法曲第二》:"青翼传情,香径偷期,自觉当初草草。"何逊《与苏九德别》:"宿昔梦颜色,咫尺思言偃。" ③乖隔:分离、别离。蔡琰《悲愤诗》:"存亡永乖隔,不忍与之辞。" ④"知甚时"二句:恣与,能够尽情。谢朓《怀故人》:"安得同携手,酌酒赋新诗。" ⑤"度曲"三句:张衡《西京赋》:"度曲未终,云起雪飞。"注:"度曲歌终,更授其次,谓之度曲。"张衡《南都赋》:"儇才齐敏,受爵传觞。"鞯(jiān),马鞍垫。陆机《拟青青陵上柏》:"方驾振飞辔,远游入长安。"萧纲《登烽火楼》:"万邑王畿旷,三条绮陌平。"又《饯庐陵内史王修应令》:"回池泻飞栋,浓云垂画堂。" ⑥"楼头"三句:李贺《秦宫》:"楼头曲宴仙人语,帐底吹笙香雾浓。"欧阳修《少年游》:"千里万里,二月三月,行色苦愁人。"晏殊《玉楼春》:"楼头残梦五更钟,花外离愁三月雨。"何逊《闺怨诗二百》其一:"谁知夜独觉?枕前双泪滴。"

⑦听消息:李廓《镜听词》:"昔时长著照容色,今夜潜将听消息。"

【评析】

　　这是一首言情词,以婉曲含蓄、顿挫沉郁见胜。起笔写景,环境凄清,秋意萧瑟,隐约可感。再写青鸟未来,音讯不通,分离愈久,相思愈苦。下片通过再现往日欢会情景,写出对未来的美好期盼,却也同时深化和扩展了当下的痛苦与伤悲。全篇在用韵疏密开合之间,时空腾挪转接之际,词情词境愈演愈进,愈进愈深。

　　此词,郑文焯校本云:"当为双曳头曲,以'助秋色'三字句属上,为第一段。以'叹乖隔'句属上,为第二段。"双曳头的设想,至其晚年,尚一再强调:

前承示清真《双头莲》校义至精，昨与沤公翻柳词，得《曲玉管》一解，直是同谱异曲。起调两段，乃与清真冥合。寀是则词之过片三字，确为属上无疑。虽平侧之调稍异，而句律则同一格，当据以引申补入校录。(《大鹤山人词话》附《与夏映庵书》)

兹录柳永《曲玉管》以对读：

陇首云飞，江边日晚，烟波满目凭阑久。立望关河萧索，千里清秋。忍凝眸。　杳杳神京，盈盈仙子，别来锦字终难偶。断雁无凭，冉冉飞下汀洲。思悠悠。　暗想当初，有多少、幽欢佳会，岂知聚散难期，翻成雨恨云愁。阻追游。每登山临水，惹起平生心事，一场消黯，永日无言，却下层楼。

# 大　有

仙骨清羸，沈腰憔悴，[①]见傍人、惊怪消瘦。柳无言，双眉尽日齐斗。[②]都缘薄幸赋情浅，许多时、不成欢偶。[③]幸自也，总由他，何须负这心口。[④]　令人恨、行坐儿断了更思量[⑤]，没心求守。前日相逢，又早见伊仍旧。却更被温存后。都忘了、当时僝僽。便挡撗　九百身心[⑥]，依前待有。

【注释】

①"仙骨"二句：《世说新语·文学》："卫玠始度江，见王大将军，因夜坐，大将军命谢幼舆。玠见谢，甚说之，都不复顾王，遂达旦微言，王永夕不得豫。玠体素羸，恒为母所禁，尔夕忽极，于此病笃，遂不起。"

李端《赠何兆》："文章似扬马，风骨又清羸。"沈约病瘦之腰称沈腰，后人因称瘦为沈腰。萧纲《秋闺照镜》："别来憔悴久，他人怪容色。"　②"柳无言"二句：韦庄《谒巫山庙》："惆怅庙前无限柳，春来空斗画眉长。"　③"都缘"二句：薄幸，薄情，负心。吴融《古别离》："赋情更有深缱绻，碧鹜千寻尚为浅。"柳永《倾杯乐》："如何媚容艳态，抵死孤欢偶。"　④"幸自也"三句：幸自，《汇释》："本自也。"张鷟《游仙窟》："今朝忽见渠姿首，不觉殷勤着心口。"　⑤"令人恨"句：杜安世《鹤冲天》："行坐深闺里，懒更妆梳，自知新来憔悴。"　⑥"便抢撮"句：抢撮，犹打叠，收拾。九百，亦作"九伯"、"九陌"，讥人痴呆、神气不足。《后山诗话》卷二十三："世以痴为九百，谓其精神不足也。"

【评析】

　　这首词写一名歌妓与情人分手后所备受的痛苦折磨，以及再度相逢的欢喜。上片说伊人体态消瘦，双眉紧锁，原是因为情郎薄情寡义。内心怨苦，又无法忘怀，于是言不由衷地怨恨对方"心口"不一。下片是说坐卧不安，痴情"思量"的结果，居然又得"前日相逢"回报。情郎"仍旧"和从前一样地对她好，心里刹那间便温暖如初，又和原来一样，像傻瓜一样地爱他了。诸葛忆兵《徽宗词坛研究》认为，大晟词人创作的这类俗词，之所以可以结合个人的情感体验，作真切的抒写，从而"充分发挥词的文体特长"，是因为不必像谀颂词那样，以僵硬的格式，在狭小的范围内应制敷衍，所谓"无谓之词以应职"（肖鹏《群体的选择——唐宋人词选与词人群通论》）。

　　《钦定词谱》卷二十七认为周邦彦这首词"欠雅驯"，而收周密《绝妙好词》卷五所录南宋潘希白之作，题曰"九日"：

　　　　戏马台前，采花篱下，问岁华、还是重九。恰归来、南山翠色依旧。帘栊昨夜听风雨，都不似、登临时候。一片宋玉情怀，十分卫郎清瘦。　　红萸佩、空对酒。砧杵动微寒，暗欺罗袖。秋已无多，早是败荷衰柳。强整帽檐欹侧，曾经向、天涯搔首。几回忆、故国莼鲈，霜前雁后。

这是词谱而带有词选批评特征的明显证据之一。"欠雅驯"应该是指清真词语言浅俗，不过，考虑到这首词事实上是在抒发词人自身的情感，而以代言的方式，假托歌妓之口说出，也就不难理解，这样写是为了与歌妓的身份相称。而且，也正是因为这样写，内心的痛苦与喜悦才得以和盘托出，更显得真切动人。应歌之作大率如是，无须苛责。

## 丑奴儿

南枝度腊①开全少，疏影当轩。一种②宜寒。自共清蟾别有缘。江南风味依然在，玉貌韶颜。③今夜凭阑。不似钗头子细看。

【注释】

①南枝度腊：《白氏六帖》："庾岭上梅花，南枝已落，北枝方开，寒暖之候异也。"孙逖《宴越府陈法曹西亭》："雪梅初度腊，烟竹稍迎曛。"

②一种：《汇粹》："犹云一样以同是心。"萧纲《咏美人看画》："分明净眉眼，一种细腰身。"　　③"江南"二句：《荆州记》："宋陆凯与范晔相善，自江南寄梅花与晔，并赠诗曰：'折梅逢驿使，寄与陇头人。江南无所有，聊赠一枝春。'"宋玉《笛赋》："頳颜臻，玉貌起。"鲍照《发后渚》："华志分驰年，韶颜惨惊节。"

**【评析】**

　　这首词咏梅，写得清淡而别有韵致。上片写梅之美不仅在本身，更在于和周边环境构成的一种整体意境。当轩月光，婆娑梅影，在一样的清寒中"互动"，妙不可言。上片有花无人，下片有人无花。江南风味固在，而唯独缺少的是"度腊""南枝"所具有的那种生命力，以及"疏影"、"清蟾"相互映照下的诗意之美。今夜"有缘"凭栏看花，所以才觉得它纵有"玉貌韶颜"，终不似美人头上插的花。正所谓"因花而写人，人出而花隐"（王强《周邦彦词新释辑评》），花隐而情见。

## 丑奴儿

　　香梅开后风传信①，绣户先知。雾湿罗衣。冷艳须攀最远枝。②高歌羌管吹遥夜，看即分披。③已恨来迟。不见娉婷带雪时。

**【注释】**

　　①"香梅"句：《清波杂志》卷九："江南自初春至首夏，有二十四番风信，梅花风最先，楝花风居后。"《演繁露》卷一："三月花开时风名花信风。初而泛观，则似谓此风来报花之消息耳。"　②"雾湿"二句：杨凭《春情》："暮雨朝云几日归，如丝如雾湿人衣。"和凝《望梅花》："越岭寒枝香自折，冷艳奇芳堪惜。"萧纲《雪里觅梅花》："绝讶梅花晚，争来雪里窥。下枝低可见，高处远难知。"　③"高歌"二句：分披，指梅花凋谢。江总《梅花落》："长安少年多轻薄，两两共唱梅花落。"李贺

《送秦光禄北征》:"内子攀琪树,羌儿奏落梅。"《西京杂记》卷六:"华叶分披,条枝摧折。"

## 【评析】

这首词跟上一首一样,咏梅兼怀人。上片写绣户女子,煞是感人。与情人别离既久,自然敏感于"香梅"所传动情春信。又不惜罗衣"雾湿",攀远折枝,是要通过对美的盼求,带回一春之好运。下片转写在外男子,并非没有注意梅信"娉婷",然或因羁绊而迟来,不免叹恨花已凋零。全篇上下比较,女写"先知"男写"来迟",不放过一丝希望与深憾于误过花期,二者"双双对出,其情则一"(王强《周邦彦词新释辑评》),作法甚妙。

# 蝶恋花

鱼尾霞生明远树①。翠壁黏天,玉叶迎风举。②一笑相逢蓬海路。人间风月如尘土。③　剪水双眸云鬟吐④。醉倒天瓢⑤,笑语生青雾。此会未阑须记取。桃花几度吹红雨⑥。

## 【注释】

①鱼尾霞:《诗·周南·汝坟》:"鲂鱼赪尾,王室如毁。"苏轼《游金山寺》:"微风万顷靴文细,断霞半空鱼尾赤。"　②"翠壁"二句:萧衍《直石头》:"翠壁绛霄际,丹楼青霞上。"《明皇杂录》卷下:"太平公主玉叶冠,虢国夫人夜光枕,杨国忠锁子帐,皆稀代之宝,不能计其

直。"　③"一笑"二句：《山海经》："蓬莱山在海中。"袁珂注引郭璞云："上有仙人宫室，皆以金玉为之，鸟兽尽白，望之如云。在渤海中也。"《史记》卷二十八："自威、宣、燕昭使人入海求蓬莱、方丈、瀛州，此三神山者，其传在勃海中，去人不远，患且至，则船风引而去。盖尝有至者，诸仙人及不死之药皆在焉。其物禽兽尽白，而黄金银为宫阙。未至，望之如云，及到，三神山反居水下。临之，风辄引去，终莫能至云。"《列子》："渤海之东……其中有五山焉，一曰岱舆，二曰员峤，三曰方壶，四曰瀛洲，五曰蓬莱。"韦庄《多情》："一生风月供惆怅，到处烟花恨别离。"　④"剪水"句：白居易《筝》："双眸剪秋水，十指剥春葱。"　⑤天瓢：本为天神行雨所用的瓢，此指道士所用酒具。吕岩《题全州道士蒋晖壁》："醉舞高歌海上山，天瓢承露结金丹。"　⑥"桃花"句：李贺《将进酒》："况是青春日将暮，桃花乱落如红雨。"

## 【评析】

这首词"故为隐语"（陈廷焯《白雨斋词话》卷六），以人神相恋的幻想境界，暗喻作者所经历的人间情事。每句都有明确的意象和具体所指，但作品整体呈现一种朦胧的、幻化的境界和氛围。这种朦胧，渗漏出一种奇特的诱惑力，使人艳羡并相信，这样的相会相恋，是值得铭心刻骨、永志不忘的。此词，《永乐大典》卷二千三百五十三"席"字韵所引自《清真集》者，题为"席上赋"；又，赵闻礼《阳春白雪》卷二误题何大圭作。

按照道家的审美观点，"清真"的意趣不仅在于清明通透境界的追求，更在于与"真常"之道的圆融合一。然而，在现实生活中，"清真"又是与"浊假"相伴随的。在纷繁复杂的现象世界当中，怎样获得"清真"的妙谛？从老庄道教的修持法式看来，就必须从心斋的自我观照入手,以排斥那些掩盖了"真常之道"的外表现象,发现心与道合的"明点"。这种"明点"的寻找,表现在词中也就造成了扬明去浊的意象结构。这首《蝶恋花》便具有这种结构。作者的理想境界——蓬海仙岛不仅排列着"明远树",而且有迎风招展的"玉叶"。当内视到这种景观,他就笑了出来。这一笑把扬明的态度表露无遗;相反,人间的风花雪月在他的眼中却如尘土一般低下。(参詹石窗《道教文学史》)从这个角度着眼,陈廷焯谓该词已开吴文英以下二首"先路"(《白雨斋词话》卷六),恐难于不被目为皮相之论:

> 北斗秋横云鬓影。莺羽衣轻,腰减青丝剩。一曲游仙闻玉声。月华深院人初定。 十二阑干和笑凭。风露生寒,人在莲花顶。睡重不知残酒醒。红帘几度啼鸦暝。(《蝶恋花·题华山道女扇》)

> 春温红玉。纤衣学剪娇鸦绿。夜香烧短银屏烛。偷掷金钱,重把寸心卜。 翠深不碍鸳鸯宿。采菱谁记当时曲。青山南畔红云北。一叶波心,明灭淡妆束。(《醉落魄》)

## 蝶恋花

美盼低迷情宛转①。爱雨怜云,渐觉宽金钏。②桃李香苞秋不展。深心黯黯谁能见。③ 木玉墙高小一砚。④絮乱丝繁,苦隔春风面。⑤歌板未终风色便。梦为蝴蝶留芳甸。⑥

【注释】

① "美盼"句:刘妙容《宛转歌二首》其二:"歌宛转,宛转情复

悲。"　②"爱雨"二句：爱雨怜云，典出《高唐赋》，见前《氐州第一》（波落寒汀）注。　③"桃李"二句：徐夤《尚书会仙亭咏蔷薇架坐中联四韵晚归补缀所联因成一篇》："风吹嫩带香苞展，露洒啼思泪点轻。"黯黯，隐藏不露。刘骏《夜听妓》："深心属悲弦，远情逐流吹。"　④"宋玉"句：宋玉《登徒子好色赋序》："王曰：'子不好色，亦有说乎？有说则止，无说则退。'玉曰：'天下之佳人莫若楚国，楚国之丽者莫若臣里，臣里之美者莫若臣东家之子。臣东家之子，增之一分则太长，减之一分则太短，著粉则太白，施朱则太赤。眉如翠羽，肌如白雪，腰如束素，齿如含贝。嫣然一笑，惑阳城，迷下蔡。然此女登墙窥臣三年，至今未许也。'"觇（chān），窥望。和凝《春光好》："窥宋深心无限事，小眉弯。"　⑤"絮乱"二句：李商隐《燕台诗四首·春》："雄龙雌凤杳何许，絮乱丝繁天亦迷。"杜甫《咏怀古迹》："画图省识春风面，环佩空归月夜魂。"　⑥"歌板"二句：李贺《酬答二首》其二："试问酒旗歌板地，今朝谁是拗花人。"《庄子·齐物论》："昔者庄周梦为胡蝶，栩栩然胡蝶也。自喻适志与，不知周也。俄然觉，则蘧蘧然周也。不知周之梦为胡蝶与，胡蝶之梦为周与？周与胡蝶，则必有分矣。此之谓物化。"李商隐《锦瑟》："庄生晓梦迷蝴蝶，望帝春心托杜鹃。"谢朓《晚登三山还望京邑》："喧鸟覆春洲，杂英满芳甸。"

【评析】

　　这是一首比较明显的咏妓应歌词，"秋"，疑当为"愁"（路成文《周邦彦几首寻常妓情词的编年问题》）；"风色便"，又作"风色变"。上片写女子独守空闺，饱受煎熬的情态。眉低目迷，深心黯黯，谁见金钏渐宽人憔悴。下片写不为"爱而不见"（《诗·邶风·静女》）的男子所赏的惆怅情怀。蝶不恋花，心如絮乱，虽痴痴幽怨其犹未悔。全篇似自柳永

《凤栖梧》词意点化而来：

> 伫倚危楼风细细。望极春愁，黯黯生天际。草色烟光残照里。无言谁会凭阑意。　　拟把疏狂图一醉。对酒当歌，强乐还无味。衣带渐宽终不悔。为伊消得人憔悴。

感伤深隐，益增山重水复之叹。

## 蝶恋花

晚步芳塘新霁后①。春意潜来，迤逦通窗牖。②午睡渐多浓似酒。韶华已入东君手。③　　嫩绿轻黄成染透。烛下工夫，泄漏章台秀。拟插芳条须满首。管交④风味还胜旧。

【注释】

①"晚步"句：谢朓《闲坐》："雨洗花叶鲜，泉漫芳塘溢。"湛方生《游园咏》："乘初霁之新景，登北馆以悠瞩。"　②"春意"二句：姚康《礼部试早春残雪》："微暖春潜至，轻明雪尚残。"柳永《六么令》："溪边浅桃深杏，迤逦染春色。"　③"午睡"二句：范仲淹《萧洒桐庐郡十绝》其四："萧洒桐庐郡，公余午睡浓。"庾信《山高》："遥想山中店，悬知春酒浓。"韩琮《春愁》："劝君年少莫游春，暖风迟日浓于酒。"苏轼《寒具》："夜来春睡浓于酒，压褊佳人缠臂金。"《尚书纬》："春为东皇，又为青帝。"戴叔伦《暮春感怀》："东皇去后韶华尽，老圃寒香别有秋。"　④管交：即管教。

## 【评析】

这首词，罗忼烈《周邦彦清真集笺》认为，与另外的四首《蝶恋花》（爱日轻明新雪后）、《蝶恋花》（桃萼新香梅落后）、《蝶恋花》（蠢蠢黄金初脱后）、《蝶恋花》（小阁阴阴人寂后）一样，其"微旨"乃在借咏物以"刺蔡京"；并依据另词"老来风味难依旧"、"渭城荒远无交旧"等语，推测它们作于政和七年（1117）周邦彦将出都前。果真如此，这些作品对于探究北宋党争之下周邦彦的思想和品格，及其在文学作品中的表现，将会具有相当重要的考量价值。当然，如果这首词"仅解作雨后散步，伤春已去，随意折柳，挽回春意，似亦说得通"（王强《周邦彦词新释辑评》）。对于这个问题，清代常州词派两位理论中坚周济、谭献所阐述的比兴寄托之论，可以参考：

初学词求空，空则灵气往来。既成格调求实，实则精力弥满。初学词求有寄托，有寄托则表里相宣，斐然成章。既成格调求无寄托，无寄托则指事类情，仁者见仁，知者见知。北宋词，下者在南宋下，以其不能空，且不知寄托也；高者在南宋上，以其能实，且能无寄托也。（《介存斋论词杂著》）

侧出其言，旁通其情，触类以感，充类以尽，甚且作者之用心未必然，读者之用心何必不然。（《复堂词话》）

周邦彦写过很多传统题材的咏柳言情之作，相比而言，此词在艺术性上似乎稍逊一筹，不过，这也未必就一定与其中包含政治寓托有关。有意思的是，在方千里后来所和清真同调诸词作中，下面这两首（分和"爱日轻明新雪后"、"桃萼新香梅落后"）并非深有寄托者，却被很多人认为是最好的：

漏泄东风消息后。短叶长条，著意遮轩牖。嫩比鹅黄初熟酒。染匀却费春风手。　　万缕筛金新月透。入夜柔情，还胜朝来秀。彩笔雕章知几首。可人襟韵无新旧。

　　一搦腰肢初见后。恰似娉婷，十五藏朱牗。春色恼人浓抵酒。风前脉脉如招手。　　黛染修眉蛾绿透。态婉仪闲，自是芳闺秀。堪惜年华同转首。女郎台畔春依旧。

和韵作品及其写法，往往也部分地代表着和者对原作或类似原作之作主旨的理解。

## 蝶恋花

叶底寻花春欲暮。折遍柔枝，满手真珠露。[1]不见旧人空旧处。对花惹起愁无数。[2]　　却倚阑干吹柳絮[3]。粉蝶多情，飞上钗头住。[4]若遣郎身如蝶羽。芳时争肯抛人去[5]。

【注释】

[1] "叶底"三句：谢灵运《答惠连》："别时花灼灼，别后叶蓁蓁。"姚合《游春十二首》其九："摘花盈手露，折竹满庭烟。"王驾《晴景》："雨前未见花间叶，雨后全无叶底花。"魏夫人《卷珠帘》："记得来时春未暮，执手攀花，袖染花梢露。"　[2] "不见"二句：崔护《题都城南庄》："去年今日此门中，人面桃花相映红。人面不知何处去，桃花依旧笑春风。"　[3] "却倚"句：李商隐《访人不遇留别馆》："闲倚绣帘吹柳絮，日高深院断无人。"　[4] "粉蝶"二句：高爽《寓居公廨怀何秀才》："风扉乍开阖，粉蝶时翻舞。"李白《春感》："尘萦游子面，蝶弄美人

钗。"　　⑤"芳时"句：颜延之《北使洛》："游役去芳时，归来屡徂愆。"争，《汇释》："犹怎也。自来谓宋人用怎字，唐人只用争字。"晏殊《玉楼春》："绿杨芳草长亭路，年少抛人容易去。"

【评析】

　　这首词写女子的感伤，立意只在"不见旧人空旧处"一句。上片写花，就是写人。已是春尽花残时，在浓绿中寻寻觅觅，柔枝折遍，手沾珠露，终于寻到残红。这是执拗多情。但"旧处"无"旧人"，旧梦难重温，不禁对花惆怅，惹动情愁。这是痴情想往。下片写蝶，也是写人。"倚阑干"处，柳絮纷飞，蝶上钗头，进一层触动相思之意。结二句，由"多情"粉蝶联想到"抛人去"的无情情郎，上片中寻花思人的深深情意，也在嗔怪中得以反衬。

　　全篇用寻常言语写寻常景致，却能写出不同寻常的味道，有一定的示范性。关键之一，在于上片"不见"句的辞情逆转，兼有点题之用，见深情于平淡；下片同位第四句的"若遣郎身如蝶羽"的活泼想象，奇异灵动，引人入胜。关键之二，是人物形象刻画中的遗貌取神。由于作者的"吝啬"，在作品中，人物形象的音容笑貌、服饰装束等，几乎"淡"到看不出来，但意态神情反而异常鲜明生动，呼之欲出。这是典型的以少许胜多许。


# 蝶恋花

酒熟微红生眼尾<sup>①</sup>。半额<sup>②</sup>龙香，冉冉飘衣袂。云压宝钗撩不起③。黄金心字双垂耳。　　愁入眉痕添秀美。无限柔情，分付西流水④。忽被惊风吹别泪。只应天也知人意。⑤

【注释】

①"酒熟"句：陶潜《和郭主簿二首》其一："春秫作美酒，酒熟吾自斟。"李贺《谢秀才有妾缟练改从于人秀才引留之不得后生感忆座人制诗嘲诮贺复继四首》其三："腮花弄暗粉，眼尾泪侵寒。"　②半额：喻长眉。《后汉书·马廖传》："长安语曰：'城中好高髻，四方高一尺。城中好广眉，四方且半额。城中好大袖，四方全匹帛。'当时谚也。"吴均《与柳恽相赠答六首》其二："纤腰曳广袖，半额画长蛾。"或又以额为量词。　③"云压"句：王僧孺《为徐仆射妓作》："稍知玉钗重，渐觉罗襦寒。"　④西流水：陆机《赠弟士龙》："我若西流水，子如东峙岳。"　⑤"忽被"二句：司马相如《上林赋》："然后扬节而上浮，凌惊风，历骇飚。"庾信《拟咏怀二十七首》其七："纤腰减束素，别泪损横波。"《西洲曲》："南风知我意，吹梦到西洲。"

【评析】

这首词写女子对心上人的思念，主要通过肖像和环境描写，刻画复杂微妙的心理活动。上片纯是白描铺垫。心上人远离，女子借酒消愁，无心妆扮。"酒熟微红生眼尾"，写饮至酒酣，酒红泪红，连成一片，是愁上添愁。接下来，衣袂飘飘，淡淡香传，但"悦己者"既不在，也就任由"宝钗不起"，"心字双垂"。可谓以摄魂词笔，写出思情无限。下片写女子愁眉难展，风前水畔，徙倚低回。柔情好像西流水，惊风吹泪无可托，只恨人意天不知。看似平平写来，实具忧凄震撼之美。

# 减字木兰花

凤鬟雾鬓①。便觉蓬莱三岛近。水秀山明。缥缈仙姿画不成。②广寒丹桂③。岂是夭桃尘俗世。只恐乘风。飞上琼楼玉宇中。④

【注释】

①凤鬟雾鬓:《柳毅传》:"见大王爱女牧羊于野,风鬟雾鬓,所不忍睹。" ②"水秀"二句:黄庭坚《蓦山溪》:"眉黛敛秋波,尽湖南,山明水秀。"白居易《长恨歌》:"忽闻海上有仙山,山在虚无缥缈间。楼阁玲珑五云起,其中绰约多仙子。中有一人字太真,雪肤花貌参差是。" ③"广寒"句:《龙城录·明皇梦游广寒宫》:"开元六年,上皇与申天师、道士鸿都客,八月望日夜,因天师作术,三人同在云上,游月中。过一大门,在玉光中飞浮,宫殿往来无定,寒气逼人,露濡衣袖皆湿,顷见一大宫府,榜曰:'广寒清虚之府。'……少焉,步向前,觉翠色冷光,相射目炫,极寒不可进。下见有素娥十余人,皆皓衣,乘白鸾,往来舞笑于广寒大桂树之下。"李中《送姚端秀才游毗陵》:"此去高吟须早返,广寒丹桂莫迁延。" ④"只恐"二句:《列子·黄帝》:"随风东西,如木叶干壳,竟不知我乘风邪,风乘我邪?"《酉阳杂俎》卷二:"(翟天师)曾于江岸与弟子数十玩月,或曰:'此中竟何有?'翟笑曰:'可随吾指观之。'弟子中两人见月规半天,楼殿金阙满焉。数息间不复见。"苏轼《水调歌头》:"我欲乘风归去,又恐琼楼玉宇,高处不胜寒。"

【评析】

　　这首词通篇皆拟想象对象为仙人。拟美女为仙人，作为一种避实就虚的"陌生化"手法，可以激发兴趣，调动想象。追溯源头，当推庄周为神仙化女性之祖："藐姑射之山，有神人居焉，肌肤若冰雪，绰约若处子，不食五谷，吸风饮露，乘云气，御飞龙，而游乎四海之外。"（《逍遥游》）这个仙人，当然也可以理解为一种精神现象的载体。在宋词中，古代神话系统中的嫦娥、王母、麻姑等女性神仙，也常常成为男子对女性审美过程中的参照系。在宋代的现实生活中，道姑们往往并不严格遵守戒律，她们的形象也就很容易使人联想到神仙。（详参王水照主编《宋代文学通论》）道姑们名为学道，实际上心存尘俗，她们对爱情生活的参与，有可能会被不少文人拿来作为原型，创作游仙词。道教传说中充满幻想的美好爱情故事，如刘阮天台仙遇、牛郎织女等等，也为宋代文人提供了极富魅力的表现原型，分别被用来暗示青楼的短暂欢乐，不幸而又坚贞的爱情。宋代词人将爱的对象和故事披上一层神秘而美好的神仙面纱，会使得作品中熔铸道教的审美观念和人生观念，从而构成这一类作品清丽典雅的艺术风格。

　　此词，王强《周邦彦词新释辑评》认为，其中"蓬莱三岛"可能是寓托权位，并引楼钥《清真先生文集序》中所云"虽归朝班，坐视捷径，不一趋焉"以对观。或可备一说。

# 木兰花令

歌时宛转饶风措①。莺语清圆啼玉树②。断肠归去月三更，薄酒醒来愁万绪。③　　孤灯翳翳④昏如雾。枕上依稀闻笑语。恶嫌春梦不分明⑤，忘了与伊相见处。

【注释】

①"歌时"句：饶，《汇释》："犹添也，连也，不足而求增益也。即今所云讨饶头之饶。"风措，犹风流。柳永《合欢带》："身材儿早是妖娆。算风措，实难描。"　②"莺语"句：郭祥正《醉翁操》："花落溪边。萧然。莺语林中清圆。"　③"断肠"二句：潘咸《长安春暮》："三更独立看花月，惟欠子规啼一声。"韩偓《丙寅二月二十二日抚州如归馆雨中有怀诸朝客》："薄酒旋醒寒彻夜，好花虚谢雨藏春。"何逊《赠诸游旧》："一涂今未是，万绪昨如非。"李益《送诸暨王主簿之任》："别愁已万绪，离曲方三奏。"　④翳翳：晦暗不明貌。陶潜《癸卯十二月中作与从弟敬远》："凄凄岁暮风，翳翳经日雪。"　⑤"恶嫌"句：恶嫌，憎恶，讨厌。张泌《寄人》："倚柱寻思倍惆怅，一场春梦不分明。"

【评析】

这是一首怀人之作，写法颇有特色："'薄酒'七字，是全阕点睛。'歌时'三句，从醒后逆溯。下阕句句是离愁。"（陈洵《海绡说词》）具体说来，就是采取了倒叙的手法。上片写"薄酒醒来"，怀想前晚歌筵上女子醉人的风姿、圆润的歌喉，好像还在耳边目前，不禁令人相思"断肠"。下片回到现实中，诉尽离愁。"孤灯"晦暗，愁绪蒙蒙，梦幻之中，仿佛又听见了那女子的"笑语"，可惜梦里依稀，"忘了与伊相见处"，连一个细节都想不起来了。虚笔起落，扑朔迷离，更见情切意挚，心驰神往。

# 蓦山溪

楼前疏柳，柳外无穷路。翠色四天垂，数峰青、高城阔处。[①]江湖病眼，偏向此山明，[②]愁无语。空凝伫。两两昏鸦去。　　平康巷陌，往事如花雨[③]。十载却归来，倦追寻、酒旗戏鼓。[④]今宵幸有，人似月婵娟，霞袖[⑤]举。杯深注。一曲黄金缕[⑥]。

【注释】

①"翠色"二句：韩偓《有忆》："愁肠泥酒人千里，泪眼倚楼天四垂。"钱起《省试湘灵鼓瑟》："曲终人不见，江上数峰青。"何逊《日夕望江山赠鱼司马》："日夕望高城，耿耿青云外。"　②"江湖"二句：白居易《曲江亭晚望》："诗成暗著闲心记，山好遥偷病眼看。"　③"往事"句：窦群《春雨》："人间尽似逢花雨，莫爱芳菲湿绮罗。"　④"十载"二句：杜牧《遣怀》："十年一觉扬州梦，占得青楼薄幸名。"秦观《梦扬州》："嫜酒困花，十载因谁淹留。"欧阳修《秋娘》："西风酒旗市，细雨菊花天。"白居易《立部伎》："立部贱，坐部贵。坐部退为立部伎，击鼓吹笙和杂戏。"　⑤霞袖：艳丽轻飘的舞衣。钱惟济《夜燕》："蹁跹霞仙舞，潋滟羽觞下。"　⑥"一曲"句：杜牧《杜秋娘诗》："秋持玉斝醉，与唱金缕衣。"自注："劝君莫惜金缕衣，劝君须惜少年时。花开堪折直须折，莫待无花空折枝。李锜长唱此词。"

【评析】

这首词上片寓情于景，虚写。江山城阙，极目飞鸦，无语凝伫，黯然销魂于云天苍茫处。下片叙事,实写。十载飘零,往事都非,"霞袖"深杯,金缕一曲,仅觉聊胜于无耳。对照看来,前阕意境浑成,物象意念,融化无迹,正是清真词措意之处(刘肃序《片玉集》:"辞不轻措,辞之工也。阅辞必详其所措"),为后阕所不及。

## 蓦山溪

江天雪意,夜色寒成阵。翠袖捧金蕉,酒红潮、香凝沁粉。①帘波不动,新月淡笼明,②香破豆,烛频花,减字歌声稳③。　　恨眉羞敛,往事休重问。④人去小庭空,有梅梢、一枝春信。檀心未展,谁为探芳丛,消瘦尽,洗妆匀,应更添风韵。

【注释】

①"翠袖"二句:金蕉,金蕉叶,酒杯。杜甫《佳人》:"天寒翠袖薄,日暮倚修竹。"《云仙杂记》卷二:"李适之有酒器九品:蓬莱盏、海川螺、舞仙盏、瓠子卮、幔卷荷、金蕉叶、玉蟾儿、醉刘伶、东溟样。"尹式《别宋常侍》:"秋鬓含霜白,衰颜倚酒红。"　②"帘波"二句:李商隐《烧香曲》:"玉佩呵光铜照昏,帘波日暮冲斜门。"韦庄《诉衷情》:"花欲谢,深夜,月笼明。"　③"减字"句:赞扬歌妓演唱技巧高超。

④"恨眉"二句:关盼盼《和白公诗》:"自守空楼敛恨眉,形同春后牡丹枝。"毛熙震《临江仙》:"淡蛾羞敛不胜情,暗思闲梦,何处逐云行。"朱庆余《题娥皇庙》:"往事难重问,孤峰尚惨然。"

【评析】

　　这首词，换头"恨眉羞敛"二句为一篇之重，既绾结上片所写往日情事，又将曾经的脉脉温情尽化为痛苦回忆。"人去"五句，承转出今日情状，却不明言其忧伤，而是宕开笔墨，转入写梅，冀收以梅喻心、以景寓情之效。一结照应换头，花添"风韵"，人增妩媚（无奈中透出些许刚强之故），别有一番滋味。

## 南柯子

　　宝合分时果，金盘弄赐冰。①晓来阶下按新声。恰有一方明月、可中庭②。　　露下天如水，风来夜气清。娇羞不肯傍人行。飏下扇儿拍手、引流萤。③

【注释】

　　①"宝合"二句：时果，应时的水果。赐冰，盛暑时天子以冰赐臣，后一般豪族夏季也储冰块。郑谷《赠刘神童》："时果曾沾赐，春闱不挂情。"《周礼·天官》："夏，颁冰掌事。"贾公彦疏："夏颁冰者，据颁赐群臣。言掌事者，谓主此赐冰多少，合得不合得之事。"　②"恰有"句：《汇释》："可，犹当也。刘禹锡《生公讲堂》：'高坐寂寥尘漠漠，一方明月可中庭。'言当筵也。"　③"露下"四句：温庭筠《瑶瑟怨》："冰簟银床梦不成，碧天如水夜云轻。"萧纲《美人晨妆》："娇羞不肯出，犹言妆未成。"飏（yáng），抛，丢。杜牧《秋夕》："银烛秋光冷画屏，

轻罗小扇扑流萤。天阶夜色凉如水,坐看牵牛织女星。"

【评析】

这首词写夏夜月下中庭纳凉情景,画面集中,生活气息浓郁。其中,尤以檃栝杜牧诗意境为不隔。钱基博《中国文学史》认为,这首《南柯子》和《诉衷情》(出林杏子落金盘)、《一落索》(眉共春山争秀)所代表的部分清真词风,婉媚清新,丽处能朗,得张先之意。然志不出于淫荡,词不免于哀思,既无晏、欧高秀超诣之境,亦不如东坡之辞锋横溢,"虽是当行,未见本色"。如果这首词确实是周邦彦早年之作(《全宋词》云:"此首见《乐府雅词》拾遗卷下,不著撰人,而《乐府雅词》卷上另有周邦彦词,此首疑非周邦彦作"),虽有未必能承受之重处,但这种看法倒也还算恰当。也就是说,宋人以清真词法为正宗词派之当行本色的标准,本来就只是基于其有代表性的部分创作,而非所有词作而言。

# 南柯子

腻颈凝酥白,轻衫淡粉红。①碧油凉气透帘栊。指点庭花低映、云母屏风。② 恨逐瑶琴写,书劳玉指封。③等闲赢得瘦仪容。何事不教云雨、略下巫峰④。

【注释】

①"腻颈"二句:酥白,喻洁白柔软而滑腻。苏轼《薄命佳人》:"双颊凝酥发抹漆,眼光入帘珠的皪。"萧纲《美女篇》:"粉光胜玉靓,

衫薄拟蝉轻。"何逊《少年新婚为之咏》："裙开见玉趾，衫薄映凝肤。"
　　②"碧油"二句：碧油，青绿色油漆。元稹《梦游春七十韵》："隔子碧油糊，驼钩紫金镀。"成彦雄《晓》："佳人卷箔临阶砌，笑指庭花昨夜开。"　③"恨逐"二句：雍裕之《听弹沈湘》："贾谊投文吊屈平，瑶琴能写此时情。"谢朓《咏落梅》："新劳君玉指，摘以赠南威。"　④"何事"句：《天中记》卷七："巫山十二峰，曰望霞、翠屏、朝云、松峦、集仙、聚鹤、净坛、上升、起云、飞凤、登龙、圣泉。"

【评析】

　　这首词写为情所困的女子，层次分明，笔墨传神而有一定张力。此殆孙虹《周邦彦寄内系列词编年考证》所谓寄内与赠妓"两栖"之作耶？

　　张祥龄《词论》曾有过通达平实之论："周、姜绮语，不患大家。"循此而来，如果可以把与这首《南柯子》中"腻颈"二句相类似的书写，看成周邦彦词中的"情色书写"，并且是所谓此种书写的"三重境界"中的第一重的话，那么，这一重书写的体貌虽美而乏姿态，确实不比第二重境界中的"午妆粉指印窗眼"等生动，更没有《少年游》（并刀如水）、《月中行》（蜀丝趁日染干红）等第三重境界中的化工能愈加摇荡性灵。（参江弱水《古典诗的现代性》）不过，从另一个层面看，也正是"腻颈"等句中以"精工"之笔所进行的色泽对比，跟其他作品中的形态、意态上的对照一情，共同、具体地展现出了清真词所公认的"富艳"之美。〔按：周词的这种风格，还牵涉到大晟府。郑方坤《蔗尾诗集》卷五《论词绝句》三十六首其十六云："周郎慧业溯当年，识曲听真孰比肩。待制风流岂苗裔，新词一一奏钧天。（周美成官待制，以知音名，管领大晟乐府，所奏新词常动帝听。）"冯煦《蒿庵类稿》卷七《论词绝句》十六首其七亦云："大晟乐府宗风扇，裒质襄文孰与多。若使词中参圣谛，斯人真不愧清和。"至于周邦彦提举大晟府时对其他大晟府词人的创作产生影响的说法，诸葛忆兵《徽宗词坛研究》通过排列大晟词人任职大晟府的大致时间，断言其并没有根据；于是，所谓"大晟词人"，只是依据创作中表现出的某种共同倾向——富丽精工，而大致划定的一个十分松散的创作流派。]

# 关河令

秋阴时晴向暝①。变一庭凄冷。伫听寒声，云深无雁影②。更深人去寂静。但照壁③、孤灯相映。酒已都醒，如何消夜永④。

【注释】

①向暝：临晚。向，《汇释》："犹临也。" ②"云深"句：元行恭《秋游昆明池》："阵低云色近，行高雁影深。" ③照壁：旧时筑于寺庙、广宅前的墙壁，即所谓"萧墙"，与正门相对。多饰有图案、大字。 ④夜永：长夜。戴叔伦《白苎词》："美人不眠怜夜永，起舞亭亭乱花影。"

【评析】

这首词写凄清旅况，日间由阴而暝而冷，夜间由入夜而更深而夜永，写景抒情，层层深刻，句句精绝。上片描摹秋色、秋声，要在秋心。首"秋阴"二句渲染环境气氛，以寒冷秋气映衬悲凉心怀。末"伫听"二句，因闻寒声而仰视雁影，展示浓重秋云与压抑人心，使读者不知不觉中以作者之视听为视听。下片写刻寂愁苦状，动人心弦。"更深"二句言异乡为客，借酒消愁，夜深人去，孤灯照壁，形影相吊，"但"字转折有力。末二句步步紧逼。酒醒夜永，愁上添愁，收放之间，哀何其抑。全篇研炼瘦劲，警动拙重，在清真小令中允称格调复异之作，虽"淡永"（周济《宋四家词选》）亦不足以尽概之，所谓"沉挚之思，而出之必浅近"（冯煦《宋六十一家词选叙论》引陈子龙语）。

此词有"开北曲之先声"处。罗忼烈《周邦彦清真集笺》认为：无须押处如"声"、"醒"亦用韵，与上、去通协。姜书阁《说曲》则认为：上片四句，至少有三句连用"短柱"体；下片，亦有一句四字二韵，分别是"晴"、"暝"、"庭"、"冷"、"听"、"声"、"灯"、"映"。这种"短柱"体，即一句两韵或一句三韵，一般所谓的"句中韵"，可能就是后来乔吉、张可久散曲小令标题所称的"叠韵"格。

# 长相思　晓行

举离觞。掩洞房。箭水泠泠刻漏长①。愁中看晓光。　　整罗裳。脂粉香。②见扫门前车上霜。相持泣路傍。③

【注释】

①"箭水"句：《周礼·夏官》："人氏立成壶，有四十八箭者，此据汉法而言。则以器盛四十八箭，箭各百刻，以壶盛水，县于箭上，节而下之水，水淹一刻则为一刻。四十八箭者，盖取倍二十四气也。"阎朝隐《明月歌》："梅花雪白柳叶黄，云雾四起月苍苍，箭水泠泠漏刻长。"

②"整罗裳"二句：反用晋《子夜四时歌·春歌二十首》其十："春风复

多情，吹我罗裳开。"萧衍《东飞伯劳歌》："南窗北牖挂明光，罗帷绮帐脂粉香。" ③ "见扫"二句：见，犹闻也。相持，互相扶持、抱持。张籍《羁旅行》："晨鸡喔喔茅屋傍，行人起扫车上霜。"苏轼《王中父哀词序》："轼自黄州量移汝海，与中父之子沈之相遇于京口，相持而泣。"

**【评析】**

　　这是一首送别词。写来少了许多脂粉气息，多了不少恋恋深情，流畅自然，却也平淡无奇。这其实也很正常，因为，并不是每一个作家都能像张若虚那样，仅凭流传下来的两首诗中的一首《春江花月夜》，就获得"孤篇横绝，竟为大家"（王闿运《王志·论唐诗诸家源流》）的盛誉，被认为是唐诗从初唐阔步走向盛唐的重要推动力量之一。在数量基础上求质量，是文学创作的一般规律，由此，可以大胆推测，张若虚在另外的一首非常一般的《代答闺梦还》之外，应该还写有其他作品，水平大体上应该会介于这两个极端之间，只是许久以来已经不得而知而已。

　　无独有偶，存词仅两首的南宋词人崔与之，也是以一首极不一般的《水调歌头·题剑阁》："万里云间戍，立马剑门关。乱山极目无际，直北是长安。人苦百年涂炭，鬼哭三边锋镝，天道久应还。手写留屯奏，炯炯寸心丹。　对青灯，搔白发，漏声残。老来勋业未就，妨却一身闲。梅岭绿阴青子，蒲涧清泉白石，怪我旧盟寒。烽火平安夜，归梦到家山。"（另一首是很平常的《贺新凉·寿转运使赵公汝燧》）被普遍认同为"粤词之祖"的岭词大家。跟张若虚的情况大体相似。只是，《春江花月夜》的被误解和被理解，是作品的文学价值与文学史价值在不断的分离与趋同中，被不断重新发现与确认的结果。而崔与之区域词史地位的确立，实际上主要是读者尊崇的结果，其中，非文学因素的积淀起到了相当关键的作用，即随着个体社会价值的逐步裸露，其经典作品的非文学价值渐渐凌驾于文学价值之上,从而制造了读者尊崇与文学史定位之间的疏离。

## 长相思　闺怨

马如飞。归未归。①谁在河桥见别离。修杨委地垂。　掩面啼。人怎知。桃李成阴莺哺儿。闲行春尽时。②

【注释】

①"马如飞"二句:李贺《荣华乐》:"马如飞,人如水,九卿六官皆望履。"杜甫《见萤火》:"沧江白发愁看汝,来岁如今归未归。"
②"桃李"二句:元稹《送友封二首》其一:"桃叶成阴燕引雏,南风吹浪飐樯乌。"李贺《残丝曲》:"垂杨叶老莺哺儿,残丝欲断黄蜂归。"白居易《魏王堤》:"花寒懒发鸟慵啼,信马闲行到日西。"

【评析】

这是一首闺怨词,如题。春将尽时,闲步河桥,曾经的别离地,杨柳依然依依,而往来飞奔的马儿中,始终没有她苦苦期待的那一匹。再一看到"桃李"满枝、莺儿哺子的情景(暗用杜牧《叹花》典意:"自是寻春去较迟,不须惆怅怨芳时。狂风落尽深红色,绿叶成阴子满枝。"计有功《唐诗纪事》云:"牧佐宣城幕,游湖州。刺史崔君张水戏,使州人毕观,令牧间行阅奇丽,得垂髫者十余岁。后十四年,牧刺湖州,其人已嫁,生子矣。乃怅而为诗"),心神愈加摇动,不禁掩面而泣。相思怨别情意,溢于言表,词中思妇形象,也因之而"勾勒"得逼真如画。

全篇似信手写来，却能作到疏宕松秀，曲折传意，实因有严密的内在情感逻辑调度之故。不多著一字，而尽得风流，酷肖唐五代词。人云清真词乃集大成者也，支撑其"金声而玉振"的缘由之一，自然也在于能涵盖以前的种种词风。或者也可以说，"集大成者"的评价，不仅是对一个词人的评价，而且还表明了评论者对于词这种文学样式的见解。从这个意义上讲，此"集大成者"本不必跟彼"集大成者"，如"诗圣"杜甫相提并论，不过，有一点是明确而相同的，那就是周邦彦跟杜甫一样，对他"集大成者"的评价中，也已经暗示了词这种样式所能达到的"极限"（村上哲见《周美成的词》）。

## 长相思　舟中作

好风浮。晚雨收。①林叶阴阴映鹢舟。斜阳明倚楼。　　黯凝眸。忆旧游。艇子扁舟来莫愁。石城风浪秋。②

【注释】

①"好风浮"二句：反用陶潜《读山海经》十三首其一："微雨从东来，好风与之俱。"　②"艇子"二句：《旧唐书·音乐志》："《莫愁乐》出于《石城乐》。石城有女子名莫愁，善歌谣。《石城乐》和中复有莫愁声，故歌云：'莫愁在何处，莫愁石城西。艇子打两桨，催送莫愁来。'"郑谷《石城》："石城昔为莫愁乡，莫愁魂散石城荒。"

【评析】

这首词写舟中忆旧。风伏雨收，林阴映舟，斜阳倚楼，如画美景，更能惹动游子情怀。刘熙载论晚唐五代词曾云："齐梁小赋，唐末小诗，五代小词，虽小却好，虽好却小，盖所谓'儿女情多，风云气少'也。"（《艺概》卷四）也可以移来部分地评价清真此篇。

词中"莫愁"，向有三说。其一，郢州（今湖北钟祥）石城莫愁女。其二，洛阳莫愁女。萧衍《河中之水歌》已言之甚详：

> 河东之水向东流，洛阳女儿名莫愁。莫愁十三能织绮，十四采桑南陌头。十五嫁为卢家妇，十六生儿似阿侯。卢家兰室桂为梁，中有郁金苏合香。头上金钗十二行，足下丝履五文章。珊瑚挂镜烂生光，平头奴子擎履箱。人生富贵何所望，恨不早嫁东家王。

再经过李商隐名篇《马嵬》其二的渲染，声名益彰：

> 海外徒闻更九州，他生未卜此生休。空闻虎旅传宵柝，无复鸡人报晓筹。此日六军同驻马，当时七夕笑牵牛。如何四纪为天子，不及卢家有莫愁。

最有意思的是第三个说法，金陵莫愁女。一个美丽的误会，最为晚出但名气也不小，始作俑者应该就是周邦彦。其致误之由，大概是因为金陵确有莫愁湖，咏金陵而及于莫愁，"情急"之下，不免"鄂"冠"吴"戴。洪迈早就有所驳正："莫愁者，郢州石城人，今郢有莫愁村……近世周美成乐府《西河》一阕专咏金陵，所云'莫愁艇子曾系'之语，岂非误指石头城为石城乎？"（《容斋三笔》卷十一）

不过，清真词中，当"莫愁"在其《西河》以外的这首词中再次出现时，周邦彦似乎是很清楚地知道石城莫愁女的，所谓"艇子扁舟来莫愁。石城风浪秋"。据孙虹《清真集校注》考证，周邦彦于熙宁六年（1073）春，自所游学的荆州游长安时曾初经郢州，次年秋返回荆州时再经郢州，这首《长相思》当作于其时。这又能说明，《西河》之误或许也可以理解为想象之辞。如美国学者宇文所安（Stephen Owen）所言，"莫愁"甚至是争夺文化"权利"的战场。在词人心目中,历史只活在观者的眼睛里,自唐代以来的诗人们带着一些乐趣,就自然界对社会等级的漠不关心、金陵衰败的毫不在意和它异常丰富的关联性加以描述、评论,作为"附在那消逝了的美的事物的集合中的又一个消逝了的美"(《地:金陵怀古》),金陵这座城市已将莫愁据为己有。

# 长相思

沙棠舟①。小棹游。池水澄澄人影浮。锦鳞迟上钩。② 烟云愁③。箫鼓休。再得来时已变秋。欲归须少留。④

【注释】

①沙棠舟:《拾遗记》:"帝尝以三秋闲日,与飞燕游戏太液池,以沙棠木为舟,贵其不沉没也。"后多以指游船。 ②"池水"二句:谢朓《和刘中书绘入琵琶峡望积布矶》:"澄澄明浦湄,衍衍清风烂。"鲍照《芙蓉赋》:"戏锦鳞而夕映,曜绣羽以晨过。"李舜弘《钓鱼不得》:"尽日池边钓锦鳞,芰荷香里暗消魂。依稀纵有寻香饵,知是金钩不肯吞。"

③烟云愁:杜牧《经阖闾城》:"吟罢独归去,烟云尽惨愁。" ④"再得"二句:阮瑀《文质论》:"若乃阳春敷华,遇冲风而陨落,素叶变秋。"白居易《泛溢水》:"日入意未尽,将归复少留。"

【评析】

这首词的立意,尽在结句"欲归须少留",而一路写来,圆转灵活,情味怡然。其中，尤以"池水澄澄人影浮。锦鳞迟上钩"二句的描摹为有情有景，动静相宜，韵意俱佳。杨铁夫《清真词选笺释》的分句解析，颇可有助于领会清真词笔势游走姿态："一、二（句）从人事入。三、四从'游'字写景，'迟'字已透下'少留'。五从景上作转势。六即兴尽欲归意。七推到后来。八缩回今日。"

## 万里春

千红万翠。簇定清明天气。为怜他、种种清香，好难为不醉。[①]

我爱深如你。我心在、个人心里。便相看、老却春风[②]，莫无些欢意[③]。

【注释】

①"簇定"三句：簇定，亦作"逐定"，紧接着。好难为，好不容易做到。陆龟蒙《春思二首》其二："江南酒熟清明天，高高绿旆当风悬。谁家无事少年子，满面落花犹醉眠。" ②老却春风：白居易《清明日观妓舞听客诗》："可惜春风老，无嫌酒盏深。" ③欢意：范缜《神灭论》："千钟委于富僧，欢意畅于容发。"刘禹锡《令狐相公俯赠篇章斐然仰谢》："旅愁随冻释，欢意待花开。"

【评析】

这是一首技巧娴熟的俗词，文辞轻快流丽，借景而发，顺景而出。在语言运用上，清真词善于融雅俗于一炉，是对柳永词的否定之否定。柳永热心于词的"市民化"（刘扬忠《周邦彦传论》），曾有意一反"花间"和宋初文人词专尚典雅含蓄的作风，而大量以俚辞俗语入词。但这种语言使用上的变革和创新，有时不免俗滥滑易，为时人所訾议。周邦彦有鉴于此，取诸子，包括柳永及其所"矫"对象之长以补短、救偏，为词的雅俗共赏进一步铺平了道路。事实也证明，如果周邦彦只能作典丽的雅词，就不大会像宋人所记的，"贵人、学士、市儈、妓女"各阶层皆"知美成词为可爱"（陈郁《藏一话腴》外编）了。

对于此词的好处，郑宾于《中国文学流变史》所言亦为有见：

> 关于描写儿女之情的，美成的方法也与欧、晏、秦、柳等人很不相同。美成只是自然地如实活画，喁喁私语，宛如日睹那付情态。于浅淡中显出深密纤细的恋情，这是他那笔尖惟一的妙处；然而惑者乃方以其"深远之致不及秦、欧"，殊属非是。〔按：叶嘉莹《北宋名家词选讲》的看法与此不同："说到高远的境界，那我们真的还不能不同意王国维的话。"此前叶恭绰《与黄渐盘书》所云，亦可有助于旁参其周邦彦"结北开南"之论："词与诗文相通之点，即至要在有胸襟、意境。而以必须按律之故，修辞、造句，复有其特殊技术。然专工修辞、造句，未可即为佳词。故词之推尊五代、北宋者，理也，亦势也（南宋亦尽有有胸襟、意境者，然终逊于北宋）。北宋词意境、胸襟之高迈，莫过于东坡，欧阳、大小晏次之。然历代词家，学各家者纷纷，而能学苏、欧阳、大小晏者极少，此不止天资、学力关系，实胸襟、意境之不如。故为词必须从胸襟、意境着重，而技术又足以达之。兄拟学清真，此已可云取法乎上。盖清真之用笔，正如昔人评右军字之佳处，曰：雄、秀。固不必如稼轩、后村之张眉努目，而筋摇脉转，乃如天马行空。以清真之法度，写东坡之胸襟、意境。于词之道，至矣，尽矣。"〕

或许是在某些相同的意义上，这首词被胡适认为与另外的《红窗迥》（几日来、真个醉）、《归去难》（佳约人未知）、《浣溪沙慢》（水竹旧院落）、《玉团儿》（铅华淡伫新妆束）、《少年游》（并刀如水）等一道，"很可以代表北宋的白话词"（《白话文学史》）；也成为周邦彦入选胡适《词选》的十九首作品之一。〔按：胡适《词选》在当时具有"威权"，如龙榆生《论贺方回词质胡适之先生》即云："自胡适之先生《词选》出，而中等学校学生，始稍稍注意于词；学校中之教授词学者，亦几全奉此书圭臬；其权威之大，殆驾任何词选而上之。"不过，陈国球《论胡适的文学观》认为："胡适的文学进化观是悬空的概念、零碎的文学观念，加上极度简化的价值判断所串联而成的，只宜作一种信仰，不宜深究。"又按：根据法国社会学家爱弥尔·迪尔克姆（Emile Durkheim）的"选编"理论——"教育本身不过是对成熟的思想文化的一种选编"，每个民族在不同的历史时代，都必须对自己的思想文化进行"选编"。这样的"选编"，其实就为每一个时代的教育打上了特定的文化烙印，也为每一个时代的文化增添了教育的功用。〕

单从这个十九首，仅次于辛弃疾、朱敦儒、苏轼的四十六、三十、二十首，与秦观持平的数量，也是可以看出一些端倪的，即作为文人雅词"结北开南"（叶嘉莹《唐宋词十七讲》）意义上的集大成者。〔按：早前，江昱《松泉诗集》卷一《论词十八首》其六即云："词坛领袖属周郎，雅擅风流顾曲堂。南渡诸贤更青出，却亏蓝本在钱塘。"柯敦伯《宋文学史》也曾明确指出："周邦彦之词，集众家之大成，开南宋各派，诚宋代词坛重要人物。"薛砺若《宋词通论》更从"集大成"的意义与范围、周词作风特异之处及其影响和流弊等方面进行过深入探讨。又，王易《词曲史》认为："殿北宋之末，而集其大成者，有二人焉，曰周邦彦、李清照。周起于南；李出于北。周气体高丽；李清味精永。盖异趣而不为歧，同能而不相掩也。"不过，王书所列代表作中，将无名氏《浣溪沙》（水涨鱼天拍柳桥），或是依据《类编草堂诗余》卷一误题周邦彦作。］无论如何转换视域，多侧面观照，清真词都还是能够在各个方面表现出应有的价值，正所谓大家是不可穷尽的。

## 鹤冲天　溧水长寿乡作

梅雨霁①，暑风和。高柳乱蝉多②。小园台榭远池波。鱼戏动新荷③。　薄纱厨④，轻羽扇。枕冷簟凉深院⑤。此时情绪此时天。无事小神仙⑥。

【注释】

①梅雨霁：《扪虱新话》："江湘二浙四五月间梅欲黄而雨，谓之梅雨。"　②"高柳"句：陆机《拟明月何皎皎》："凉风绕曲房，高柳鸣寒蝉。"韩翃《寄雍丘窦明府》："独坐不堪朝与夕，高风萧索乱蝉悲。"柳永《少年游》："长安古道马迟迟。高柳乱蝉栖。"　③"鱼戏"句：谢朓《游东田》："鱼戏新荷动，鸟散余花落。"　④薄纱厨：厨，形状像橱的床帐。司空图《王官二首》其二："尽日无人只高卧，一双白鸟隔纱厨。"尉迟偓《中朝故事》卷上："路严即贬儋州百姓，至江陵，籍没家产，不知纪极，有蚊幮一领，轻密如碧烟，人疑其鲛绡也。"　⑤"枕冷"句：顾夐《浣溪沙》："何处不归音信断，良宵空使梦魂惊。簟凉枕冷不胜情。"　⑥"无事"句：庾信《燕歌行》："蒲桃一杯千日醉，无事九转学神仙。"魏野《述怀》："有名闲富贵，无事小神仙。"

【评析】

　　这首词是在溧水时的消夏解闷之作。天清景和,园亭幽静,柳杪鸣蝉,鱼戏新荷,枕冷席凉,羽扇摇摇,真是神仙境界。篇中写景既注意了突出地方和季节特点,鲜明生动,又能使之与一己消散情怀融铸交织,如将蝉鱼之动与人之静卧形成对照,以显夏日的可爱和此际的舒心。全首境界悠远空明,语言清丽浅近,格调明快朗畅,为作者令词佳篇。写于同时同地的一首《满庭芳》,辞婉情悲,可对读以见其与此不同。

　　这首《鹤冲天》,被认为与下一首同属"即事之篇,不免稍率"(罗忼烈《周邦彦清真集笺》)。然据强焕序《片玉词》所云,则其襟抱"不凡"处亦可得参稽:

　　　　溧水为负山之邑,官赋浩穰,民讼纷沓,似不可以弦歌为政。而待制周公,元祐癸酉春中为邑长于斯,其政敬简,民到于今称之者,固有余爱。而其尤可称者,于拨烦治剧之中,不妨舒啸。一觞一咏,句中有眼。脍炙人口者,又有余声,声洋洋乎在耳侧,其政有不亡者存。余慕周公之才名有年于兹,不谓于八十余载之后,踵公旧踪,既喜而且愧,故自到任以来,访其政事,于所治后圃,得其遗政,有亭曰"姑射",有堂曰"萧闲",皆取神仙中事,揭而名之,可以想象其襟抱之不凡。

# 鹤冲天

　　白角簟①,碧纱厨。梅雨乍晴初。谢家池畔正清虚②。香散嫩芙蕖③。　　日流金，风解愠。一弄素琴歌舞。④慢摇纨扇诉花笺⑤。吟待晚凉天。

## 【注释】

①白角簟：《资治通鉴·后晋高祖天福七年》："地衣，春夏用角簟，秋冬用木棉。"胡三省注："角簟，剖竹为细篾，织之，藏节去筠，莹滑可爱，南蛮或以白藤为之。"曹松《白角簟》："角簟工夫已到头，夏来全占满床秋。"　②"谢家"句：谢家池畔，以谢灵运"池塘生春草，园柳变鸣禽"得称。谢灵运《读书斋》："春事日已歇，池塘旷幽寻。"　③"香散"句：王周《清涟阁》："片雪翘饥鹭，孤香卷嫩荷。"　④"日流金"三句：宋玉《招魂》："十日代出，流金铄石些。"王逸注："言东方有扶桑之木，十日并在其上，以次更行，其势酷烈，金石坚刚皆为销释。"愠，烦忧。《孔子家语》："昔者舜弹五弦之琴，造《南风》之诗，其诗曰：'南风之薰兮，可以解吾民之愠兮。南风之时兮，可以阜吾民之财兮。'"　⑤"慢摇"句：纨扇，以齐地的细白丝绢制作的团扇。徐陵《玉台新咏序》："三台妙迹，龙伸蠖屈之书。五色花笺，河北胶东之纸。"

## 【评析】

此词与上一首同作于溧水令任上。写夏日寻常情景，虽无深致，别有韵味，尤以结句"吟待晚凉天"隐隐透出的清虚澄明之气为可喜。溧水地近道教胜地茅山，学道求仙的风气较浓；或许也是周邦彦从汴京、庐州、荆襄等地一路踬踣而来，宦情心境的真实写照，略如楼钥《清真先生文集序》所云："公壮年气锐，以布衣自结于明主，又当全盛之时，宜乎立取贵显，而考其仕宦颇为流落……盖其学道退然，委顺知命，人望之如木鸡,自以为喜。"

这首《鹤冲天》在词律上是有贡献的。盛配《词调词律大典》以周邦彦此篇为四十七字体《喜迁莺》(《鹤冲天》同调异名)正体,所谓"四声安排,以此首为工":

> 此周体开头先以"角簟碧"入去入拽起抑下成波;再而以"雨乍"上去拽起成波。换头先以"日"入折一曼波,波头拽起稍顿;再而以"一弄素"入去去拽上高音成波而振起。前后结先以"谢"、"慢"去声一振拽下,以"畔正"、"扇诉"去去高音提起成波;再而以"散嫩"、"待晚"上去拽起成波。

而以与之相类似的另外三首为"列体":韦庄"人汹汹"一首,前段第一句加叶一平韵;晏殊"曙河底"一首,前段第二句不叶平韵;晏殊"风转蕙"一首,后段第一句加叶一仄韵。其考订细密处,或可纠补《词律》。

# 西 河

长安道,潇洒西风时起。尘埃车马晚游行,霸陵烟水。[①]乱鸦栖鸟夕阳中,参差霜树相倚。[②] 到此际。愁如苇。冷落关河千里。[③]追思唐汉昔繁华,断碑残记。[④]未央宫阙已成灰,终南依旧浓翠。[⑤] 对此景、无限愁思。绕天涯、秋蟾如水。[⑥]转使客情如醉。[⑦]想当时、万古雄名[⑧],尽作往来人、凄凉事。

【注释】

①"长安道"四句:李白《游水西简郑明府》:"凉风日潇洒,幽客

时憩泊。"李商隐《乐游原》："向晚意不适,驱车登古原。夕阳无限好,只是近黄昏。"　②"乱鸦"二句:刘长卿《恩敕重推使牒追赴苏州次前溪馆作》："乱鸦投落日,疲马向空山。"白居易《冬日平泉路晚归》："山路难行日易斜,烟村霜树欲栖鸦。"　③"愁如苇"二句:苇性柔韧,以喻愁不可解。柳永《八声甘州》："渐霜风凄紧,关河冷落,残照当楼。"　④"断碑"句:张继《宿白马寺》："白马驮经事已空,断碑残刹见遗踪。"　⑤"未央"二句:未央宫,故址在今西安西北长安故城内。《三辅黄图》卷二："未央宫周回二十八里,前殿东西五十丈,深十五丈,高三十五丈。"诸葛颖《赋得微雨东来应教》："涧满新流浊,山沾积翠浓。"白居易《过天门街》："雪尽终南又欲春,遥怜翠色对红尘。"　⑥"绕天涯"句:白居易《中秋月》："万里清光不可思,添愁益恨绕天涯……照他几许人肠断,玉兔银蟾远不知。"　⑦客情如醉:湛方生《还都帆》："寡言赋新诗,忽忘羁客情。"《诗·王风·黍离》："行迈靡靡,中心如醉。"李频《夏日过友人檀溪别业》："客抱方如醉,因来得暂醒。"　⑧雄名:《南史·檀道济传》："道济虽不克定河南,全军而反,雄名大振。"

**【评析】**

　　此词为周邦彦少时游长安所作。晚登古原,思绪交互穿插于眼前之景与历史陈迹,秋意无边,世事无情,加以同为漂泊之属的一轮明月清光如泻,不禁令人心生无限惆怅。全篇在洞明世态的慧眼中怀古,但情感仍耽于茫茫一片今愁,无往不复,跟之前苏轼在类似题材中的旷逸豪宕大为不同。加上结构安排匠心独运,整篇在凝重浑厚中具见摇曳顿挫之美。

　　钱鸿瑛《周邦彦研究》认为,这首《西河》对理解周邦彦的思想十分重要。尤其是在第二叠"未央宫阙已成灰,终南依旧浓翠"二句中,词人从青年时代就有的老庄思想,体现得非常明显。这和他在政治上不甚如意,"对现实深感不满、苦闷却又能淡泊自甘"是相通的,也和以后官溧水时的思想感情相通。

## 瑞鹤仙

暖烟笼细柳。弄万缕千丝,年年春色。①晴风荡无际②,浓于酒、偏醉情人调客。阑干倚处,度花香、微散酒力③。对重门半掩,黄昏淡月,院宇深寂。　　愁极。因思前事,洞房佳宴,正值寒食。寻芳遍赏,金谷里,铜驼陌。④到而今、鱼雁沈沈无信,天涯常是泪滴。早归来,云馆深处,那人正忆。

【注释】

①"暖烟"三句:郑谷《曲江春草》:"花落江堤簇暖烟,雨余草色远相连。"枚乘《柳赋》:"阶草漠漠,白日迟迟。于嗟细柳,流乱轻丝。"李白《忆秦娥》:"箫声咽。秦娥梦断秦楼月。秦楼月。年年柳色,灞陵伤别。"　②"晴风"句:白居易《同韩侍郎游郑家池吟诗小饮》:"宿雨洗沙尘,晴风荡烟霭。"　③微散酒力:可止《雪十二韵》:"入楼消酒力,当槛写诗题。"　④"金谷里"二句:《晋书·石崇传》:"崇有别馆在河阳之金谷,一名梓泽。送者倾都,帐饮于此焉。"《太平御览》卷一百五十八引陆机《洛阳记》:"洛阳有铜驼街,汉铸铜驼二枚,在宫南四会道相对。俗语曰:'金马门外集众贤,铜驼陌上集少年。'"

【评析】

这首词以春色为背景,追忆"洞房佳宴"前事,抒写此际别离凄楚,笔触细腻，清丽动人。春色妩媚，但暮色降临，却倍感孤苦清冷。上片之景，是为铺垫。下片写愁寂之由。洞房花烛，亦是春时，而今却难通音信，相思无极。既然常是天涯"泪滴"，何不早日归去？

此词以一昔一今的时间线索结构词意，其间也似存在一条隐性叙事线索。下片"洞房佳宴"五句，是这条叙事线索的中心点，属于追思实写。而上片面对春色的孤寂愁情，正源于漂泊天涯，前事不再；下片的"天涯常是泪滴"，对"那人"的思念之情，则是因为念及前事，无比留恋。此"前事"，暗中贯穿前后，完成全首词意。像这种以事件演进为线索来结构词意的作品，在清真词中还有一些，既能使词意变得委婉曲折，往复回环，又可消除以赋为词所可能带来的生硬痕迹，从而丰富词的表现技法，在对宋词发展作出贡献的同时，对北曲之叙说故事，也是有益的启发。

## 浪淘沙

万叶战，秋声露结，雁度砂碛。①细草和烟尚绿，遥山向晚更碧。见隐隐、云边新月白②。映落照、帘幕千家，听数声何处倚楼笛。③装点尽秋色。　　脉脉。旅情暗自消释。念珠玉、临水犹悲感，何况天涯客。忆少年歌酒，当时踪迹。岁华易老，衣带宽、懊恼心肠终窄④。飞散后、风流人阻，蓝桥约、怅恨路隔。⑤马蹄过、犹嘶旧巷陌⑥。叹往事、一一堪伤，旷望极。凝思又把阑干拍⑦。

【注释】

①"万叶战"三句："战"通"颤"。江淹《采菱曲》："参差万叶

下，泛漾百流前。"刘孝绰《秋夜咏琴》："上宫秋露结，上客夜琴鸣。"砂碛（qì），沙漠。杜甫《送人从军》："今君度沙碛，累月断人烟。"②"见隐隐"句：鲍照《还都道中三首》其二："隐隐日没岫，瑟瑟风发谷。"陈季《湘灵鼓瑟》："一弹新月白，数曲暮山青。"③"映落照"二句：杜牧《题宣州开元寺水阁阁下宛溪夹溪居人》："深秋帘幕千家雨，落日楼台一笛风。"赵嘏《长安秋望》："残星几点雁横塞，长笛一声人倚楼。"④"衣带宽"句：萧纲《当垆曲》："欲知心恨急，翻令衣带宽。"白居易《古意》："心肠不自宽，衣带何由窄。"⑤"飞散后"二句：王粲《赠蔡子笃》："风流云散，一别如雨。"蓝桥，在陕西省蓝田县，相传为唐裴航遇仙女云英处，后常用作男女约会之所的泛称。⑥"马蹄过"句：顾况《送柳宜城葬》："鸣笳已逐春风咽，匹马犹依旧路嘶。"⑦阑干拍：《渑水燕谈录》卷五："刘孟节概，青州寿光人。少师种放，笃古好学，酷嗜山水。而天姿绝俗，与世龃龉，故久不得仕……先生少时，多寓居龙兴僧舍之西轩，往往凭栏静立，怀想世事，吁唏独语。或以手拍栏杆，尝有诗曰：'读书误我四十年，几回醉把栏杆拍。'"

【评析】

这是一首天涯登高、悲秋忆旧之作。上片写景，层次鲜明，笔力遒劲，触人心目。"万叶战"的萧瑟，雁度沙碛的凄唳，倚楼离人的笛声；近处蒙上烟霭仍绿的细草，远处暮色中仍青的山脉，掩映于落日和新月，秋声秋色，融成一片。这完全是亲身羁旅生涯的体验，又因为经过了更多的艺术加工，所以才能熨帖细腻，而又精练如此。下片抒情，和柳永"见眼中景，即说意中人物"（吴梅《词学通论》）的即景抒情不同，一面怀人，一面宣泄天涯沦落之悲，"岁华易老"之慨，迷离又怅惘，沉郁而厚重。最后以醉拍阑干的细节描写作结，境界悠远。又，吴世昌《词林新话》认为"珠玉"必为"宋玉"之误,以所受影响之柳永《戚氏》中"当时宋玉悲感,对此临水与登山"二句为证;更以周词同调第一首下片同位句首的三字"向露冷"皆仄声,此则仄平仄为不合律为证。可从。

罗忼烈《周邦彦清真集笺》认为:"此首字面滑熟,铺叙处语多意少,勾勒无方,与清真'昼阴重'阕之力透纸背,骤雨飘风,不可遏抑者,相去何止一尘。绝类柳屯田口吻,置《乐章集》中犹不失中等而已。"不过,在《人间词话》中,认为"长调难学而易工"的王国维,对长调的评价很少见,其中却提到了这首《浪淘沙》,并且与罗氏之说绝然不同:

> 长调自以周、柳、苏、辛为最工。美成《浪淘沙慢》二词,精壮顿挫,已开北曲之先声。若屯田之《八声甘州》,东坡之《水调歌头》,则伫兴之作,格高千古,不能以常调论也。

意思是,两宋长调词作者中,真正堪称作手的是周、柳、苏、辛四家。(提及辛而未举其词,也是为自己偏尚北宋以前词、鄙薄北宋以后词张本。)但四家中的柳永、苏轼长调,只是一时兴到之作,并非刻意而为,格调虽允称高绝千古,却是长调中的例外,不能当作典范和楷模。其独尊周邦彦的理由,所谓"开北曲之先声",是认为清真长调用意层层深入,法度严谨,有如元杂剧之敷演故事一般。前后结合起来,可见王国维是在以小令之法评价柳、苏长调,"殊失学理"(彭玉平《人间词话疏证》)。按:此点,夏承焘《天风阁学词日记》(一九四一年七月八日)已为指出:"(《人间词话》)只是说小令,不能以律慢词")。

# 南乡子

秋气绕城闉。暮角寒鸦未掩门。①记得佳人冲雨别,吟分。别绪多于雨后云<sup>②</sup>。　小棹碧溪津。恰似江南第一春。<sup>③</sup>应是采莲闲伴侣，相寻。收取莲心<sup>④</sup>与旧人。

【注释】

①"秋气"二句：城闉（yīn），城曲重门，亦泛指城郭。《吕氏春秋·孝行览》："春气至则草木产，秋气至则草木落。"谢瞻《王抚军庾西阳集别时为豫章太守庾被征还东》："分手东城闉，发棹西江隩。"庾肩吾《经陈思王墓》："枯叶落古社，寒鸦归孤城。"　②"别绪"句：庾信《奉和山池》："日落含山气，云归带雨余。"　③"小棹"二句：张祜《旅次上饶溪》："碧溪行几折，凝棹宿汀沙。"柳恽《江南曲》："汀洲采白蘋，日落江南春。"　④莲心：《西洲曲》："置莲怀袖中，莲心彻底红。"

【评析】

这首词写拳拳别情。其写法，刘斯奋《周邦彦词选》说得很明白："此词上阕是追忆，下阕是目前。词人于春末夏初闲行溪畔，触景生情，忆及去秋别去之佳人，遂有'收取莲心与旧人'之叹。""收取"句既是眼前景，更是心声，蕴含一份深深期盼之情。全篇使用白描手法，犹如民歌般真情自然流露，轻切动人，堪称文人词而又富于民歌风味的典型。

# 南乡子

寒夜梦初醒。行尽江南万里程<sup>①</sup>。早是<sup>②</sup>愁来无会处，时听。

败叶相传细雨声。　　书信也无凭。万事由他别后情。谁信归来须及早,长亭。短帽轻衫走马迎③。

【注释】

①"行尽"句:岑参《春梦》:"枕上片时春梦中,行尽江南数千里。"　②早是:《汇释》:"犹云本是或已是也。"　③"短帽"句:短帽,轻便小帽。韩愈《送张侍郎》:"司徒东镇驰书谒,丞相西来走马迎。"

【评析】

周邦彦早年从家乡到汴京,留滞京师期间,对离别的苦痛记忆犹新,对亲人的音信盼望尤切,乃至常常梦回故乡。从内容上看,跟《一落索》(杜宇思归声苦)一样,这首词也应该是作于其时。寒夜初醒,方悟已是他乡之客,羁旅之愁,无处排遣,更如雨滴败叶,绵绵不绝。再一想到书信"无凭",归期无定,前路迢迢,一时不免平添几多无奈、怨恨和慨叹。不过,一结写出了长亭迎会的希望,所以,全篇的情感基调不仅"不算凄苦"(钱鸿瑛《周邦彦研究》),反而是相对明快热烈的。

## 南乡子　咏秋夜

户外井桐飘。淡月疏星共寂寥。恐怕霜寒初索被①,中宵。已觉秋声引雁高②。　　罗带束纤腰。自剪灯花试彩毫③。收起一封江北信,明朝。为问江头早晚潮。④

【注释】

①索被：盖被子。　②"已觉"句：江淹《谢光禄郊游》："气清知雁引，露华识猿音。"　③彩毫：温庭筠《塞寒行》："彩毫一画竟何荣，空使青楼泣成血。"　④"收起"三句：为问，请问。反用元稹《重赠》："明朝又向江头别，月落潮平是去时。"

【评析】

这是一首代言体闺情词。井桐飘叶，月淡星疏，北雁哀鸣，夜寒霜重，不禁勾起了"寂寥"女子对"江北"行人的思念。于是，"中宵"起身，连夜写信，寄问行人归不归。周词雅丽，偶尔也以淡笔写浓情。写"日常情"（蒋哲伦《周邦彦选集》）而不带一点夸饰，"纯以风韵胜"（俞陛云《唐五代两宋词选释》），这首《南乡子》便是一例。

或许是受到男性作家闺阁代言之作的启发和触动，清代女性词人往往把和她们日常生活密切相关的某些情境，引入自己的作品，尽管其中不免有着非常琐细的一面，却可以让读者更具体地看到古代女性生活的多个层面，初步领略到她们对已经被批评史确立为经典的女性生活的文学表现方式的某种突破。这表明，虽然生活的诗意化可能是普遍的追求，但是，让琐细的生活真正进入诗中，仍然是清代以来才出现的大趋势。日常生活，因而也就"不存在是不是诗的问题，而是怎样来写的问题了"（张宏生《日常化与女性词境的拓展》）。

# 南乡子　拨燕巢

轻软舞时腰①。初学吹笙苦未调②。谁遣有情知事早③，相撩。

暗举罗巾远见招。　　痴骏一团娇④。自折长条拨燕巢。不道有人潜看著，从教。掉下鬟心与凤翘⑤。

**【注释】**

①"轻软"句：萧纶《邵陵王纶诗三首》其二："关情出眉眼，软媚著腰支。"雍陶《状春》："含春笑日花心艳，带雨牵风柳态妖。珍重两般堪比处，醉时红脸舞时腰。"　②"初学"句：王建《宫词一百首》其六十九："小随阿姊学吹笙，见好君主赐与名。"《荀子·正名》："声音清浊，调竽奇声，以耳异。"杨倞注："调竽，谓调和笙竽之声也。"　③知事早：早早就懂得了爱情之事。　④"痴骏（ái）"句：痴骏，言幼稚娇憨。一团娇，满身娇气。段成式《柔卿解籍戏呈飞卿三首》其二："未有长钱求邺锦，且令裁取一团娇。"　⑤"掉下"句：鬟心，环状发髻。凤翘，凤形首饰。刘缓《在县中庭看月》："柏叶生鬟内，桃花出髻心。"

**【评析】**

这首词通过选取连贯、集中的若干细节，写出了娇憨少女情窦初开的生动形象。这是一个歌伎，小小年纪，不知道是谁教的，也像个知事人似的，学着偷偷地举起手帕，"操练"撩逗男孩子们的法子。下片写她傻乎乎地折了根柳枝，去拨弄燕巢，没想到被人偷看着了，慌乱羞怯中，"鬟心与凤翘"一齐垂落。

此词，李调元一方面赞赏它的"新丽动人"，一方面又认为词题"拨燕巢"有"蛇足"（《雨村词话》卷二）之嫌。其实，从艺术处理上看，这首春闺词的上片写得稍微有些轻佻，跟下片的极其真切动人，跨越的幅度很大，显然不可同日而语。而李调元的议论，也不只是在帮助把握全篇主旨，更是在启发读者乃至后来作者，要如何在"春色"中精心选择那

"动人"的如"拨燕巢"的部分,才能达到既传神,又恰到好处的艺术效果。

后来,辛弃疾也写过一首《清平乐·检校山园书所见》,其下片云:"西风梨枣山园,儿童偷把长竿。莫遣旁人惊去,老夫静处闲看。"写一群儿童,正手握长长的竹竿,在偷着扑打梨、枣。一个"偷"字,是动态呈现,使人仿佛看到了这群馋嘴的孩子,一边扑打着梨、枣,一边东张西望地提防,随时准备拔腿逃跑的情景。颇可与周词下片相比观。结二句点出了词人的态度,很容易使人联想到杜甫《又呈吴郎》中的前四句:"堂前扑枣任西邻,无食无儿一妇人。不为困穷宁有此,只缘恐惧转须亲。"这几句一气贯串,是诗圣自叙以前的事情,推己及人,体谅穷苦,目的是为了启发吴郎。杜诗的语意深沉处,与辛词笔调的简淡轻快迥不相侔,却也都能各尽其妙用。

## 浣溪沙慢

水竹旧院落,樱笋新蔬果。①嫩英翠幄,红杏交榴火。②心事暗卜,叶底寻双朵,深夜归青琐。③灯尽酒醒时,晓窗明、钗横鬓亸④。　怎生那⑤。被间阻时多。奈愁肠数叠,幽恨万端,好梦难成,可怪听来,传语耶无个。莫是嗔人呵,真个忘唤人,如何、逢人问我。

【注释】

① "水竹"二句:《耆旧续闻》卷二:"又古词:'水竹旧院落,樱笋

新蔬果。'盖唐制四月十四日,堂厨百司厨,通谓之樱笋厨。此乃夏初词,正用此事。" ②"嫩英"二句:陆士衡《招隐诗》:"轻条象云构,密叶成翠幄。""红杏"句意谓杏花像石榴花一样红艳似火。 ③"心事"三句:魏夫人《卷珠帘》:"暗卜春心共花语,争寻双朵争先去。"青琐,原指装饰皇宫门窗的青色连环花纹。《汉书·元后传》:"曲阳侯根骄奢僭上,赤墀青琐。"孟康注曰:"以青画户边镂中,天子制也。"颜师古注:"孟说是。青琐者,刻为连环文,而以青涂之也。"后华贵的宅第、寺院等门窗亦用此种装饰,因以代指豪华富丽的房屋建筑。 ④钗横鬏軃(duǒ):何逊《嘲刘郎》:"雀钗横晓鬓,蛾眉艳宿妆。"軃,下垂。唐彦谦《无题十首》其二:"醉倚阑干花下月,犀梳斜軃鬓云边。" ⑤怎生那:犹言"怎生"。 ⑥"奈愁肠"三句:黄滔《旅怀寄友人》:"重叠愁肠只自知,苦于吞蘖乱于丝。"陆龟蒙《雨夜》:"我有愁襟无可那,才成好梦刚惊破。"

【评析】

这是一首闺情词。在写法上,并没有超脱摹写景物,烘托氛围,描画孤苦状态,点明"幽恨"之由等惯常套路,但也有亮点:一是层次更为清晰、丰富,而又善于变化;二是结末"莫是"三句对闺中人心理活动的细致刻绘,同时也写出了希望:莫非你是恼恨于"我"了吗?可如果真的是这样,又为何还要逢人便打听"我"的消息呢?

此词,起首二句另外还有可说处。其一,蒋礼鸿《大鹤山人校本〈清真词〉笺记》断"渔隐所见旧本,信乎其为旧本,当据以为正",即认为因"音近致误"的"樱笋新蔬果"句,应改作"莺引新雏过"。可为文字校勘之资。其二,"水竹旧院落"句,全是仄声字。这种情况,在诗中是拗句,在词中严格来讲不是拗句,只是为了说明的方便,才习惯性地称之为拗句。原因在于，词中这样的拗句，不像诗中的拗句那样，是为了追求险怪奇崛的艺术效果，而是由音乐所决定的，是为了适合音乐的要求而产生的，对于音乐来说，它却正好是"顺句"。所以，虽然说词可以视为广义上的抒情诗体之一种，但诗、词二体仍然有别，至少在"尤关音律"的拗句的问题上，不能以诗的格律来看待词的格律：《浣溪沙慢》一调首句五字皆仄，属于"俱一定不可易"（《钦定词谱·凡例》）的固定规范。

## 夜游宫

一阵斜风横雨。薄衣润、新添金缕①。不谢铅华更清素②。倚筠窗，弄幺弦，娇欲语。③　小阁横香雾。正年少、小娥④愁绪。莫是栽花被花妒。甚春来，病恹恹，无会处。⑤

【注释】

①"薄衣"句：润，润泽。金缕，即金缕衣。反用张籍《倡女词》："画罗金缕难相称，故著寻常淡薄衣。"　②"不谢"句：不谢，不辞。反用李隆基《题梅妃画真》："忆昔娇妃在紫宸，铅华不御得天真。"　③"倚筠窗"三句：筠窗，倚竹间之窗。白居易《题周皓大夫新亭子二十二韵》："广砌罗红药，疏窗荫绿筠。"幺弦，琵琶第四弦。温庭筠《江南曲》："凤管悲若咽，鸾弦娇欲语。"　④小娥：司空图《杨柳枝寿杯词十八首》其六："恰值小娥初学舞，拟偷金缕押春衫。"　⑤"莫是"四句：莫是，应是。甚，正。病恹恹，精神委靡貌。刘兼《春昼醉眠》：

"处处落花春寂寂,时时中酒病恹恹。"无会处,不合时。

**【评析】**

这首词写美人"愁绪"。其中,上、下片第三句分别担荷承转上下文,并次第掀起情感波澜之重,是行文和鉴赏的关捩所在,需要格外留意。《夜游宫》一调大率如是,如陈允平同样写怀人的一首,以及陆游题材内容和周词迥异的一首"记梦寄师伯浑",都是如此,可录以并读:

愁厌眉峰成敛。几回皱、落花钿点。镜里芳容自羞见。又黄昏,听南楼,度更箭。 月引桐阴转。珠帘动、影摇花乱。雁过西风楚天远。待归来,把愁眉,印郎面。

雪晓清笳乱起。梦游处、不知何地。铁骑无声望似水。想关河,雁门西,青海际。 睡觉寒灯里。漏声断、月斜窗纸。自许封侯在万里。有谁知,鬓虽残,心未死。

又,郑文焯《致夏敬观信》:"'小'字与上句复。虽宋词不避复字,而此'小娥'之'小'字,又与'年少'义复。疑有讹误。"


# 诉衷情

当时选舞[①]万人长。玉带小排方[②]。喧传京国声价,年少最无量[③]。 花阁迥,酒筵香。想难忘。而今何事,伴向人前,不认周郎。

**【注释】**

①选舞:应节而舞。《诗·齐风·猗嗟》:"舞则选兮,射则贯兮。"

《正义》曰："当谓其善舞,齐于乐节也。" ②"玉带"句:排方,古时腰带上的一种装饰。王国维《庚辛之间读书记·片玉词》:"排方玉带,实乘舆之制,臣下未有敢服者也。"李廓《长安少年行十首》其八:"玉雁排方带,金鹅立仗衣。" ③无量:无法计算。张说《奉和同皇太子过慈恩寺应制二首》其一:"愿君无量寿,仙乐屡徘徊。"

**【评析】**

　　这是一首写男子幽怨的词。这种幽怨的情绪,尽管男女双方正好相互成为对方情绪变化之源,但至少从作品中反映出来的情况来看,女子幽怨还是比较多见,表现得更为集中、典型,也符合读者的审美期待,如:

　　　　锦茵闲衬丁香枕。银釭烬落犹慵寝。颙坐遍红炉。谁知情绪孤。
　　　　少年狂荡惯。花曲长牵绊。去便不归来。空教骏马回。(尹鹗《菩萨蛮》)

而且,如果可以把类似的幽怨情愫,理解为一种情感的"自我折磨"的话,那么,女子在其中又显然一贯处于绝对被动和弱势的地位,唯一能做的似乎就只有永久地等待。当然,男子的幽怨,也还有一种特别的文学表现形态,即将自己置于比拟君臣关系的夫妇关系中的"妇"的位置,借以发抒不得用世的焦虑感和哀怨心绪,也就是传统的所谓"香草美人"式的寄托。

　　词中"玉带小排方"云云,王国维题跋《片玉词》曾指出:

　　　　宋时上下便服,通用玉带,故人能辨之。复生值优服外,上僭乘舆,虽云细事,亦可见哲、徽以后政刑之失矣。

既可据以大体推断这首《诉衷情》的作期当在政、宣之际,更能彰显此词的证史之功。后者,因为属于广义的"以诗证史"的范围,所以显得尤其重要,也是在阅读类似作品时,需要特别注意的。

# 虞美人

淡云笼月松溪路。长记分携处。梦魂连夜绕松溪。此夜相逢恰似、梦中时①。　　海山陡觉风光好。莫惜金尊倒。柳花吹雪燕飞忙②。生怕扁舟归去、断人肠。

【注释】

①"此夜"句：杜甫《羌村三首》其一："夜阑更秉烛，相对如梦寐。"白居易《逢旧》："久别偶相逢，俱疑是梦中。"晏几道《鹧鸪天》："今宵剩把银釭照，犹恐相逢是梦中。"　　②"柳花"句：苏轼《少年游》："去年相送，余杭门外，飞雪似杨花。今年春尽，杨花似雪，犹不见还家。"杜甫《乘雨入行军六弟宅》："水花分堑弱，巢燕得泥忙。"

【评析】

这首词写别后重逢。松阳溪（在今浙江省境内）曾经的分别，是如此萦损愁肠，以至于时常梦回当时的离别情景，直到今夜偶过旧地重逢，都还以为是魂牵梦绕之下的梦境重现。再度相逢之后，顿时觉得周围的一切都变得美好起来，于是，海山同游之余不惜拚却一醉，以慰衷肠。然而，由眼前柳絮轻扬、燕子飞忙的景象，联想到聚而复散、独归又成必然，不禁心生波澜、肝肠欲断。全篇以寻常题材写来，具见情感的缠绵起落，一波三折，耐人寻味。尤其是上、下片结二句，一则欲夺杜甫《羌村三首》与晏几道《鹧鸪天》之胎而换骨，承上启下；一则点苏轼《少年游》之金而又奋力宕开篇中前情前景,另辟新境。均为可法。(汪筠《谦谷集》卷二《读〈词综〉后二十首》其八即云:"知音尽妙数清真,换骨能将古句新。风月漫夸天上有,莺花长发意中春。")

## 烛影摇红

芳脸匀红,黛眉巧画宫妆浅。①风流天付与精神,全在娇波眼。早是萦心可惯②。向尊前、频频顾眄③。几回相见,见了还休,争如不见。④　烛影摇红⑤,夜阑饮散春宵短。当时谁会唱阳关,离恨天涯远。争奈云收雨散。凭阑干、东风泪满。海棠开后,燕子来时,黄昏深院。

【注释】

①"芳脸"二句:陈标《公无渡河》:"黛蛾芳脸垂珠泪,罗袜香裾赴碧流。"《太平广记》卷一百七十七:"刘尚书禹锡罢和州,为主客郎中,集贤学士李绅罢镇在京,慕刘名,尝邀至第中,厚设饮馔。酒酣,命妙妓歌以送之。刘于座上赋诗曰:'鬓鬌梳头宫样妆,春风一曲杜韦娘。司空见惯浑闲事,断尽江南刺史肠。'亦用以侑赠之。"②惯,《汇释》:"纵容之意。"③顾眄(miǎn):回视,斜视。曹植《美女篇》:"顾眄遗光彩,长啸气若兰。"④"几回"三句:司马光《西江月》:"相见争如不见,有情何似无情。"⑤烛影摇红:柳永《昼夜乐》:"金炉麝袅青烟,凤帐烛摇红影。"

【评析】

　　这是一首怀旧作品。上片实写相识、传情,下片虚写离散、思念。长调而运以小令之法,通过在上、下片末三句上用力,既能分收承转、缩合之效,又能前后贯通意脉,浑然一体。尤其是结三句,熔万般感喟于三个"有着时间意义的空间意象"(王强《周邦彦词新释辑评》)中,有余不尽,跟同时和稍后的贺铸《青玉案》、马致远《天净沙》等名篇一同其妙。

　　这首《烛影摇红》据说有所依傍。南宋吴曾《能改斋漫录》卷十七云:

　　　　王都尉有《忆故人》词云:"烛影摇红,向夜阑、乍酒醒,心情懒。尊前谁为唱阳关,离恨天涯远。　无奈云沉雨散。凭栏杆,东风泪眼。海棠开后,燕子来时,黄昏庭院。"徽宗喜其词意,犹以不丰容宛转为恨,遂令大晟府别撰腔。周美成增损其辞,而以首句为名,谓之《烛影摇红》,云:"芳脸轻匀……黄昏深院。"

从词体生成角度看,如《钦定词谱》所云,这首词像是合毛滂《烛影摇红·送会宗》:

　　　　老景萧条,送君归去添凄断。赠君明月满前溪,直到西湖畔。
　　　　门掩绿苔应遍。为黄花、频开醉眼。橘奴无恙,蝶子相迎,寒窗日短。

与王诜上引《忆故人》二体而成,只第二、三句作七字一句微异。词体创制中出现的难以一空依傍的情况,一向并不少见,也毋庸讳言。事实上,《钦定词谱》又疑王词中"向"、"乍"二字可能是歌者所添衬字,这样一来,也就等于接受了稍早于《钦定词谱》面世的《词律》所指出的情形:"将前调加一叠",从而成为"南宋以后俱用之"调。(按:有意思的是,王诜《踏青游》(金勒狨鞍),《词律》卷十二误题周邦彦作,或许不单单是一个文献问题。)无论如何,周词较王词为"丰容宛转",也就是铺叙展衍,曲尽人情,是不言而喻的,所以才会在将近一百年之后,仍然"盛唱"不已:

> 嘉定更化,收召故老。一名公拜参政,虽好士而力不能援,谓客曰:"执贽而来者,吾皆倒屣,未尝敢失一士。外议如何?"客素滑稽,答曰:"自公大用,外间盛唱《烛影摇红》之词。"参政问何故,客举卒章曰:"几回相见,见了还休,争如不见。"宾主相视一笑。
> (刘克庄《后村诗话》卷四)

并且,如果周词果真是"增损"王词而成,还能借以推断其为政和七年(1117)提举大晟府期间所作,也能侧面印证王国维《清真先生遗事》所言周氏在此期间"无一颂圣贡谀之作"的基本结论。

《能改斋漫录》中这种追根溯源的词作鉴赏乃至词学批评方式,是中国古代久已存在的、具有民族特色的文学批评方法之一种,所以,在同书同卷中也并非一见:

> 豫章先生少时尝为茶词,寄《满庭芳》云:"北苑龙团,江南鹰爪,万里名动京关。碾深罗细,琼芷冷生烟。一种风流气味,如甘露、不染尘烦。纤纤捧,冰瓷弄影,金缕鹧鸪斑。　相如方病酒,银瓶蟹眼,惊鹭涛翻。为扶起尊前,醉玉颓山。饮罢风生两腋,醒魂到、明月轮边。归来晚,文君未寝,相对小窗前。"其后增损其辞,止咏建茶云:"北苑研膏,方圭圆璧,万里名动天关。碎身粉骨,功合在凌烟。尊俎风流战胜,降春梦、开拓愁边。纤纤捧,香泉溅乳,金缕鹧鸪斑。　相如虽病渴,一觞一咏,宾有群贤。便扶起灯前,醉玉颓山。搜搅胸中万卷,还倾动、三峡词源。归来晚,文君未寝,相对小妆残。"词意益工也。

两相对读，也能像上述周、王二词一样，有助于相互加深理解。其中，后一首又与同为"苏门四学士"之一的秦观词互见。即便如此，在辨析、判别中也能显出不同方面的价值。从特定的角度而言，唐宋词作的互见，似乎也可以在相当程度上表明它们受欢迎的程度。

# 参考引用文献举要

陈廷焯.《云韶集》辑评［M］//词话丛编补编. 北京：中华书局，2013.

陈鑫，刘尊明. 试论宋代渔家傲词的创作与嬗变［J］. 齐鲁学刊，2006（1）.

程千帆. 俭腹抄［M］. 上海：上海文艺出版社，1998.

村上哲见. 周美成的词［C］//日本学者中国词学论文集. 上海：上海古籍出版社，1991.

傅庚生. 中国文学欣赏举隅［M］. 北京：北京出版社，2003.

傅汉思. 梅花与宫闱佳丽：中国诗选译随谈［M］. 北京：生活·读书·新知三联书店，2010.

韩经太. 诗学美论与诗词美境［M］. 北京：北京语言文化大学出版社，2000.

胡适. 白话文学史［M］. 天津：百花文艺出版社，2002.

黄文吉. 宋南渡词人研究［M］. 台北：台湾学生书局，1985.

黄昭寅，张士献. 唐宋词史论稿［M］. 济南：山东大学出版社，2006.

江弱水. 古典诗的现代性［M］. 北京：生活·读书·新知三联

书店，2010.

姜书阁．说曲［M］．南京：江苏文艺出版社，1990.

蒋礼鸿．大鹤山人校本《清真词》笺记［M］//怀任斋文集．上海：上海古籍出版社，1986.

蒋哲伦，刘坎龙．周邦彦词选［M］．北京：人民文学出版社，1993.

蒋哲伦．周邦彦选集［M］．开封：河南大学出版社，1999.

金启华．周邦彦恋情词赏析［J］．名作欣赏，1988（3）.

柯敦伯．宋文学史［M］．上海：商务印书馆，1934.

李剑亮．宋词诠释学论稿［M］．北京：人民文学出版社，2006.

李世忠，段琼慧．党争视域下的周邦彦及其词之政治抒情［J］．北京工业大学学报，2009（3）.

刘斯奋．周邦彦词选［M］．广州：广东人民出版社，1984.

刘扬忠．周邦彦词选评［M］．上海：上海古籍出版社，2003.

刘扬忠．周邦彦传论［M］．西安：陕西人民出版社，1991.

刘逸生．宋词小札［M］．北京：中华书局，1981.

刘永济．唐五代两宋词简析：微睇室说词［M］．北京：中华书局，2007.

刘永翔．周邦彦家世发覆［J］．华东师范大学学报，1996（3）.

刘尊明，王兆鹏．唐宋词的定量分析［M］．北京：北京大学出版社，2012.

龙榆生．词曲概论［M］．北京：北京出版社，2004.

龙榆生．词学十讲［M］．北京：北京出版社，2005.

龙榆生．龙榆生词学论文集［M］．上海：上海古籍出版社，

1997.

路成文. 人生的炼狱：周邦彦羁游荆襄时期经历、创作、心态综考 [J]. 词学，2011 (26). 上海：华东师范大学出版社，2011.

路成文. 宋代咏物词史论 [M]. 北京：商务印书馆，2005.

路成文. 周邦彦出任庐州教授考 [J]. 兰州大学学报，2010 (2).

罗忼烈. 两小山斋论文集 [M]. 北京：中华书局，1982.

罗忼烈. 周邦彦清真集笺 [M]. 香港：香港三联书店，1985.

彭玉平. 人间词话疏证 [M]. 北京：中华书局，2011.

启功. 启功全集 [M]. 北京：北京师范大学出版社，2011.

钱鸿瑛. 柳周词传 [M]. 长春：吉林人民出版社，1999.

钱鸿瑛. 周邦彦研究 [M]. 广州：广东人民出版社，1990.

钱基博. 中国文学史 [M] //中国现代学术经典：钱基博卷. 石家庄：河北教育出版社，1996.

钱亦平. 钱仁康音乐文选 [M]. 上海：上海音乐出版社，1997.

钱仲联. 唐宋词谭 [M] //当代学者自选文库：钱仲联卷. 合肥：安徽教育出版社，1999.

乔大壮. 乔大壮手批周邦彦《片玉集》[M]. 济南：齐鲁书社，1985.

青山宏. 唐宋词研究 [M]. 北京：北京大学出版社，1995.

饶宗颐. 词集考 [M]. 北京：中华书局，1992.

沈家庄. 宋词的文化定位 [M]. 长沙：湖南人民出版社，2005.

沈家庄. 竹窗簃词学论稿 [M]. 桂林：广西师范大学出版社，2000.

沈松勤. 北宋文人与党争 [M]. 北京：人民出版社，1998.

沈松勤, 黄之栋. 词家之冠: 周邦彦传 [M]. 杭州: 浙江人民出版社, 2006.

沈祖棻. 宋词赏析 [M]. 北京: 中华书局, 2008.

盛配. 词调词律大典 [M]. 北京: 中国华侨出版公司, 1998.

施议对. 词与音乐关系研究 [M]. 北京: 中国社会科学出版社, 1985.

施议对. 宋词一百首 [M]. 长沙: 岳麓书社, 2011.

苏晓威. 论周邦彦词作时空结构的表现及意义 [J]. 中国诗学, 2005 (10). 北京: 人民文学出版社, 2005.

孙虹. 北宋词风嬗变与文学思潮 [M]. 上海: 上海古籍出版社, 2009.

孙虹. 琴瑟无端五十弦, 一弦一柱思华年: 周邦彦寄内系列词编年考证 [J]. 江南大学学报, 2005 (4).

孙虹. 清真集校注 [M]. 北京: 中华书局, 2002.

孙虹, 任翌. 周邦彦词选 [M]. 北京: 中华书局, 2005.

孙克强. 清代词学批评史论 [M]. 上海: 上海古籍出版社, 2008.

谭新红. 清词话考述 [M]. 武汉: 武汉大学出版社, 2009.

唐圭璋. 词话丛编 [M]. 北京: 中华书局, 1986.

唐圭璋. 词学论丛 [M]. 上海: 上海古籍出版社, 1986.

唐圭璋. 全宋词 [M]. 北京: 中华书局, 1965.

唐圭璋. 唐宋词简释 [M]. 上海: 上海古籍出版社, 1981.

陶慕宁. 青楼文学与中国文化 [M]. 北京: 东方出版社, 2006.

万云骏. 诗词曲欣赏论稿 [M]. 北京: 中国社会科学出版社, 1986.

王达津. 王达津文粹 [M]. 天津：南开大学出版社，2006.

王国维. 王国维遗书 [M]. 上海：上海书店出版社，2011.

王强. 周邦彦词新释辑评 [M]. 北京：中国书店，2006.

王水照主编. 宋代文学通论 [M]. 开封：河南大学出版社，1997.

王伟勇. 诗词越界研究 [M]. 台北：台北里仁书局，2009.

王易. 词曲史 [M]. 北京：东方出版社，1996.

王兆鹏. 宋南渡词人群体研究 [M]. 台北：台北文津出版社，1992.

王兆鹏，王可喜，方星移. 两宋词人丛考 [M]. 南京：凤凰出版社，2007.

吴梅. 词学通论 [M]. 上海：上海古籍出版社，2006.

吴世昌. 词林新话 [M]. 北京：北京出版社，2000.

吴熊和. 吴熊和词学论集 [M]. 杭州：浙江大学出版社，2002.

吴则虞校. 清真集 [M]. 北京：中华书局，1981.

夏承焘. 夏承焘集 [M]. 杭州：浙江古籍出版社，浙江教育出版社，1997.

夏志颖.《清真集校注》疑义举正 [J]. 书品，2008（6）.

肖鹏. 群体的选择：唐宋人词选与词人群通论 [M]. 南京：凤凰出版社，2009.

萧庆伟. 北宋新旧党争与文学 [M]. 北京：人民文学出版社，2001.

薛砺若. 宋词通论 [M]. 影印本. 上海：上海书店，1985.

薛瑞生. 周邦彦两入长安考 [J]. 文学遗产，2002（3）.

杨海明. 唐宋词风格论: 张炎词研究 [M]. 镇江: 江苏大学出版社, 2010.

杨海明. 唐宋词论稿 [M]. 镇江: 江苏大学出版社, 2010.

杨铁夫. 清真词选笺释 [M]. 香港: 香港海旁岐山公司, 1932.

杨易霖. 周词订律 [M]. 上海: 上海开明书店, 1937.

杨荫浏. 中国古代音乐史稿 [M]. 北京: 人民音乐出版社, 2004.

叶嘉莹. 北宋名家词选讲 [M]. 北京: 北京大学出版社, 2007.

叶嘉莹. 诗馨篇 [M]. 北京: 中国青年出版社, 1991.

叶嘉莹. 唐宋词十七讲 [M]. 北京: 北京大学出版社, 2007.

尹志腾校点. 清人选评词集三种 [M]. 济南: 齐鲁书社, 1988.

宇文所安. 地: 金陵怀古 [M] // 北美中国古典文学名家十年文选. 南京: 江苏人民出版社, 1996.

俞陛云. 唐五代两宋词选释 [M]. 上海: 上海古籍出版社, 1985.

俞平伯. 读词偶得 清真词释 [M]. 北京: 人民文学出版社, 2000.

俞平伯. 唐宋词选释 [M]. 北京: 人民文学出版社, 1979.

詹安泰. 詹安泰词学论稿 [M]. 广州: 广东人民出版社, 1984.

詹石窗. 道教文学史 [M]. 上海: 上海文艺出版社, 1992.

张伯伟. 中国古代文学批评方法研究 [M]. 北京：中华书局，2002.

张宏生. 经典确立与创作建构：明清女词人与李清照 [J]. 中华文史论丛，2007（4）.

张宏生. 清代词学的建构 [M]. 南京：江苏古籍出版社，1999.

张宏生. 日常化与女性词境的拓展：从高景芳说到清代女性词的空间 [J]. 清华大学学报，2008（5）.

张晖. 从《宋词三百首》论朱祖谋的词学思想 [M] // 沙先一，张晖. 清词的传承与开拓. 上海：上海古籍出版社，2008.

赵仁珪. 论宋六家词 [M]. 北京：北京师范大学出版社，1999.

郑宾于. 中国文学流变史 [M]. 上海：北新书局，1936.

周策纵. 弃园文粹 [M]. 上海：上海文艺出版社，1998.

周振甫. 诗词例话 [M]. 北京：中国青年出版社，2006.

朱崇才. 词话丛编续编 [M]. 北京：人民文学出版社，2010.

诸葛忆兵. 徽宗词坛研究 [M]. 北京：北京出版社，2001.